庫 SF

>

海軍士官クリス・ロングナイフ

救出ミッション、始動！

マイク・シェパード

中原尚哉訳

早川書房

6902

KRIS LONGKNIFE: DESERTER

by

Mike Shepherd

Translated by

Naoya Nakahara

First published 2011 in Japan by

HAYAKAWA PUBLISHING, INC.

This book is published in Japan by

arrangement with

DONALD MAASS LITERARY AGENCY

through OWLS AGENCY, INC., TOKYO.

救出ミッション、始動！

「はい、艦長」

クリスはコンソールをタップして、兵器管制モードから、ブリッジの百メートル後方にある機関部と同一のモードに切り換えた。表示はすべて緑。しかしファイアボルト号のコンソールに赤が表示されていないからといって、それが信用できるとはかぎらない。

流動金属製（スマートメタル）の装甲を持つカミカゼ級急襲艦は、平時には快適な乗り物だ。狭苦しい軍艦形態をとらず、装甲板が薄く広がって艦内容積を大幅に拡大している。クリスも個室で寝起きできる。同型艦は最近五年でかなり増えた。それ自体はいいことだ。豪華客船並みに広々とした艦内が、窮屈な軍艦形態に変換されることはめったにない。

しかし、八十年におよぶ平和を演出した地球主体の人類協会の時代は、過去のものになった。聞こえてくるニュースはどれも戦争の気配に満ちている。いまのウォードヘブン星で求められるのは軍艦であって豪華客船ではない。

そこでファイアボルト号はこの二カ月間、ヌー造船所のドックに出入りしながら艦体の縮小と拡大をくりかえし、不具合の洗い出しをおこなっていた。不具合を解決できれば、ウォードヘブン星は四十隻の強力な軍艦を知性連合艦隊に派遣できる。解決できなければ、ウォードヘブンの同盟星はきわめて脆弱な防衛態勢のまま、分裂する人類宇宙の六百あまりの他惑星と対峙しなくてはならなくなる。

その場合、クリスの命は風前のともしびだろう。

クリスは音声で連絡した。

「機関部、そちらのコンソール表示は異状なしのようね」

「はい、そうです。ブリッジ側からはもちろん異状なしでしょう」

機関長はわずかに皮肉を漂わせた低い口調で応答した。

クリスは入隊一年未満だが、すでに学んでいることがある。機関長という人種は、自分の縄張りである反応炉や発電機やそれらをとりまく複雑怪奇な超伝導回路の状態について、部外者の意見にいっさい耳を貸さないものだ。

それでも、クリスは過去五回の試験航行で二回、自己判断で機関停止を命じていた。

クリスは脳裏で考えた。

（ネリー、エンジンは安定してる？）

クリスは、無発声会話で秘書コンピュータとやりとりするのをやめていた。戦闘や反乱の経験から、その方法は低速すぎて問題があるとわかったからだ。そこでハードウェアをアップグレードして、脳との直接通信をサポートする機能を組みこんだ。これでクリスの考えがそのままネリーに伝わる。ネリーに伝わったことはほぼそのまま実行される、という環境ができた。

クリスの肩にとりつけたこの秘書コンピュータは、重さ二百五十グラム以下。しかし処理能力はファイアボルト号に搭載された各種コンピュータの合計を百倍上まわる。価格は五十倍だ。

そのネリーは、クリスとおなじ評価をした。

（機関系のステータスはすべて正常です）

（注意していて。艦に危険がおよぶ異状が発生したらすぐに知らせること。時間の余裕がなければ自己判断で対応していい）

（それをやると艦長の機嫌をそこねると思います）

（気にしなくていいわ。死んだら、もともこもないんだから）

最新のアップグレードで、ネリーは予定外の話法を身につけていた。すなわち、口答えだ。

艦長が命じた。

「操舵、針路そのままで一G加速を続けろ」

「はい、艦長。一G加速、針路そのまま」

操舵を担当する少尉は落ち着いた表情をしている。しかしクリスのほうを見ると、片方の眉を上げてみせた。艦長がどんな指示をしようと、最後は彼女が全員の命を救ってくれると期待しているのか。

「機関、出力八十パーセントに」

「反応炉出力、八十パーセントに上げます……いま八十パーセントです」

「操舵、一・五Gに上げろ。針路そのまま」

操舵手が復唱しているあいだに、クリスはコンソール全体の表示を見直した。ネリーは一秒間に数回確認しているが、クリスは人がつくった機械を信用しない。たとえネリーでもだ。表示はすべて緑だった。

　加速がきつくなると、艦体がきしみはじめた。これはスマートメタルの自動機能の一つだ。人間の指示を待たずに艦体の構造が補強される。装備や乗組員の重量が増えるのにあわせて床の板厚が数ミリ増しているのだ。

「全乗組員、高Gにそなえろ」艦長が命じた。

　ごく普通の形をしていたクリスのシートが、変形して足下にフットレストを出した。ヘッドレストも伸びて、身長百八十センチの体のちょうど後頭部を支持した。表面はクッションでおおわれている。カミカゼ級艦では乗組員用の耐G設備はとくにない。必要なときに必要な場所に出てくるのだ。乗組員が動きたいところは流動化する。なんとも便利だ。

「機関部、反応炉出力を百パーセントへ」

　機関長が反応炉最大出力を報告すると、艦長はすぐに操舵手に二G加速を命じた。クリスは息を詰めてコンソールを見た。ファイアボルト号の最初の試験航行ではこの段階で中断が起きた。機関長が自己判断で反応炉を緊急停止したのだ。

　二Gに達して五秒経過したところで、クリスは止めていた息をゆっくりと吐いた。ブリッジの全員も安堵の息をついたようだ。艦長は針路と加速を五分間継続させた。そのあいだに機関部をふくむ全部署から報告が上がってきた。どこにも問題はない。

「ロングナイフ中尉、針路上に障害物は？」

　クリスは二G環境に耐えて、コンソールの一部をすばやく兵器管制に切り換えた。そして前方を走査。

「二十五万キロ前方まで障害物はありません」

「パルスレーザー砲を四門すべて撃ってみろ」

「はい、艦長」

クリスはファイアボルト号の主力火器の四つすべてに指先を走らせた。口径二十四インチのパルスレーザーが虚空に吸いこまれた。二万五千キロ先までは殺傷力を維持し、そこから徐々に散乱していく。

「パルスレーザー砲全門発射しました」

「レーザー再充電」艦長は命じた。

機関からレーザーのキャパシターへ電力が流れこんでいく。クリスは確認の目を走らせた。核融合閉じ込め場を維持し、高温のプラズマを巨大なエンジンに流してファイアボルト号の二G加速を続けるのに充分な余力がある。

(問題ありません)

ネリーが言わずもがなの報告をしてきた。まあ、いい報告なら黙らせなくていい。

さらに機関長も報告してきた。

「全システムは安全マージン内で動作しています」

ヘイワース艦長が小さく笑みを浮かべた。第二回と第三回試験航行で中断した段階を通過したのだ。

「操舵手、いっきに三Gまで上げろ。針路そのまま。機関出力レッドゾーンへ」

〝はい、艦長〟の声が重なって響く。

クリスは、機関同期モードにもどしたコンソールを注視した。シートバックは耐Gのために水平に倒れ、画面はそれにあわせて角度をつけている。とくに重要なマスタースイッチ三個はシートのアームレストについているが、それ以外の操作にはかなりの筋力を必要とするようになった。反応炉の緊急停止ボタンにはつねに親指をかけている。

艦長に報告した。

「レーザーへの電流量が落ちています。この加速状態では充電時間は二分延びます」

「かまわん」艦長は自分のコンソールを見たまま低く言った。

「三Gに到達しました」

操舵手が歯を食いしばっているらしい声で報告した。クリスは自分の体重が百七十キロ相当になってもそれほど苦しくない。しかし大学時代にフットボール選手だった操舵手は、現状の体重が四百キロをゆうに超えているはずだ。敵のラインをつぶすには好都合な体だが、いま腿の上にある操縦機器で繊細な操作をするには厄介だ。

艦長はふたたび各部署を呼び出した。応答はすべて異状なし。口調がやや重いだけだ。ともあれ、第四回試験航行で中断した段階をこれで通過した。

「四Gにいれてみろ、操舵手。針路はしっかりと現状維持だ」

機関部から荷重でつらそうな声が報告してきた。

「反応炉、負荷率百十一パーセントに近づいています……百十二パーセント……まだ問題なし。百十三パーセント……全システム正常。百十五パーセント……すべて順調です」

「よろしい、機関部。反応炉はそこでホールドだ。なにか起きたら連絡しろ」船長は言った。

クリスは考えた。

(どうなの、ネリー?)

(一部のシステムに注意すべき異状が出ています。しかし艦の危険にはならないでしょう)

コンピュータにしてはずいぶん婉曲な表現だ。クリスは自分のコンソールを見て、ネリーの報告を確認してから言った。

「全正常です」

「そうか、こちらもだ」艦長は答えた。

「四Gです」操舵手が細い声で宣言した。

一秒一秒を意識しながらクリスはコンソールを注視した。やがて一分が経過したところで、ヘイワースが全乗組員に対して話した。

「全員へ告げる、こちらは艦長だ。ファイアボルト号はカミカゼ級艦として初の記録を打ち立てた。四Gを一分間持続した。あと二つの試験項目を終えれば試験は完了する。操舵手、面舵四十五度」

「はい、艦長」

操舵手は弱々しく答え、操縦機器を指で押した。

艦が転舵のために傾いたのは感じられなかった。自分の体重が四倍になっている環境では微小な変化でしかない。

「針路変更しました」

全員が安堵の息をついた。試験項目はあと一つ。

「操舵手、回避パターンAを実行」

「回避パターンA、スタートします」

艦が突き上げられた。姿勢制御スラスタの噴射で体にさらに荷重がかかった。断続的な動きが右、左、さらに左と続き、仮想のレーザーの火線をよけていく。

(異状が拡大中……)

ネリーの言葉が流れこんできた。クリスのまえのコンソールは正常をしめしている。クリスは息を詰めて各種表示に目を走らせた。しかしオールグリーンで、どこにも異状はみつからない。どこにあるのか！

(緊急停止！)

ネリーが頭のなかで叫んだ。

次の瞬間、クリスの体は闇のなかで浮いた。艦の全機能が停止したのだ。

「予備電力はどうした！」

艦長が叫んだ。やがて空調のうなりがもどってきた。機関部がバックアップ電源に切り換えたのだ。各コンソールが復帰し、ブリッジは明るくなりはじめた。非常灯が長い影をつくる。

クリスは自分のコンソールの表示を仔細に調べた。しかしネリーが試験を中止した原因をうかがわせる異状は見あたらない。

「機関長、聞こえるか?」艦長が音声チャンネルに対して言った。

「はい、艦長。試験データは失われていません。現在整理中です。機関部では反応炉の再起動をはじめています」

「緊急停止させたのはおまえではないのだな?」

「ちがいます。こちらではボタンにさわっていません」

「わかった、機関部。データがざっとまとまったら、わたしの部屋に報告に来い」

「わかりました」

「副長、操舵をまかせる。システムが復帰したら一Gでヌー造船所へむかえ。指定席のドックが空いているはずだ」

「はい、艦長」

「ロングナイフ、ちょっと来い」

「はい」

クリスは自分の持ち場から離れて自由落下状態のなかを泳ぎながら、(ネリー、なにがあったの?)と頭のなかで訊いた。

艦長室はブリッジの裏にある。普段は広々としているが、艦が戦闘モードにあるときはテーブルと四脚の椅子だけでいっぱいになる。艦長はテーブルの上座の席におさまった。ちょうど、艦を通常運航にもどすという掌帆長の告知が聞こえた。クリスはドアを閉め、そのまま体を回転させて体重を受けとめた。そして気をつけの姿勢をとった。

「どうやらこの艦にはわたしの知らないことがあるようだな、中尉。緊急停止ボタンは、わたしの知るかぎり三個あるはずだ。一個がわたし、もう一個が機関長のところ。同型艦では通常はこの二つだが、ファイアボルト号には三個目がある。きみの手もとだ。今回のスマートメタル運用試験の進行責任者であるのが理由だ。そして造船所と特別な関係を持っていることも、理由の一つかもしれんな」

最後の部分は、すべてのカミカゼ級艦を建造した造船所のオーナーがクリスの祖父であることを言外に指している。

「はい、艦長」

クリスは答えた。時間稼ぎをしながら、機関長が来るのを待つしかない。機関長が来れば、艦長が完了を宣言する直前にネリーが試験を中断した理由がわかる。

「機関長は緊急停止ボタンを押していないと言っている。もちろんわたしは押していない。ではおまえが押したのか？」

赤いボタンに指一本触れていないことは、コンソールの表示からわかってしまうはずだ。ごまかしても無駄だ。

「いいえ。反応炉を緊急停止したのはわたしではありません」

時間稼ぎ、時間稼ぎ……。

「ではだれだ？」

クリスは直立不動で固まった。答えるのが怖い。しかし艦長に嘘をつきたくはない。そもそも言ったとたんに嘘だとばれてしまう……。

「おれたちがこうして息をしてられるのは、エンジンを緊急停止したやつのおかげですよ」

ドアが開いて、機関長がそう言った。おかげでクリスは息をできるようになった。

「失礼しました、艦長。個人面談のおじゃまをしてしまったでしょうか」

艦長はいまいましげに答えた。

「いいんだ、デイル。はいってすわれ。おまえもすわれ、ロングナイフ」

機関長のデイル・チャウスキーは、大きなリーダーを五、六枚も脇にはさんではいってくると、椅子の一つに腰を下ろした。クリスはそのむかいの席を選んだ。

艦長は訊いた。

「今回はなにが起きたんだ、デイル」

「特定部位の話をしますと、第一エンジン用のプラズマを閉じこめている超伝導コイルが、あと四ナノ秒で、ただの伝導コイルになるところでした」機関長はクルーカットの髪を片手でかきあげた。「首にかけたコンピュータはたいへん優秀ですね、中尉。おかげで助かりましたよ」

クリスはうなずいた。

「わたしのコンピュータが問題の発生を検知し、警告しようとしました。しかし問題の拡大があまりに急速だったため、機械の分際ながら、やむをえず介入したのです」

（機械の分際ですって！）

（うるさい）

脳裏で抗議してきたネリーの思念を、クリスは黙らせた。

デイルは続けた。

「つまり、機関室に搭載されているコンピュータより、あなたが個人的に使っているコンピュータのほうが処理速度が速いわけだ」艦長のしかめ面を見逃さず、そちらをむいた。「たしかに艦長にとって、非制式のソフトウェアが艦内ネットワークをうろついているのは不愉快だと思います。機関長の立場でもあまりうれしくありません。でもせっかく艦内にある便利なものにあれこれ文句をつけるより、おなじものを本艦にも搭載してくれと海軍艦船局に訴えるべきではないでしょうか。正直な話、中尉が明日配転になったら、おれはどこかで個人的に買ってきますよ。そのガジェットはおいくらですか？」

クリスは、ネリーの前回のアップグレード料を教えた。もちろん脳神経接続手術の費用は引いた金額だが、それでも機関長は小さく口笛を吹いた。

「あなたが配転にならないことを祈りますよ」

艦長はしかめた顔の皺を深くした。

「デイル、機関全体から見るとどんな問題が起きたと考えられる？」

「機関長として個人的見解を申し上げます。スマートメタルには、高Gがかかったときに艦体のあちこちを自動的に補強する機能がありますが、この計算プロセスが本艦のエンジンの実特性から微妙にずれているのだと思います。とくに艦の中心軸から離れたエンジンほどずれが大きい。回避機動中には第一エンジンと第六エンジンにもっともひどいバタつきが起きていました。結果的に不具合が発生したのは第一ですが、第六も遠からずおなじ症状を起こしていたはずです」

「つまり、メタルの自動再配置をおこなうアルゴリズムを調整すればいいんだな」

「その手もあります」デイルは認めたが、顔は渋面のままだ。「しかし機関長としてはべつの提案があります。機関部をスマートメタルの流動対象からはずすんです。反応炉、エンジン、プラズマ閉じ込め場の寸法構成を固定して、そこから動かさないようにする」

「機関部を窮屈な戦闘モードのまま固定するということですか？」

クリスが訊くと、機関長は首を振った。

「そうじゃありません。現在のモードではおれたちは整備用の工具に手を伸ばすのも苦労するほどだ。戦闘モードでの機関部の空間設計はまるで小人むけですよ。もちろん、機関の修理や整備をするときは艦体を拡張できることを前提にしてるんでしょう。だから、あいだをとるんです。戦闘に支障がないほど小さく、しかし機関員が作業できるくらいに大きいという妥協点です」

「具体的にどの程度だ？」

艦長の質問を受けて、デイルはテーブル面を自分のリーダーのサブ画面に設定した。ファイアボルト号の機関部の見取り図が全面に描き出される。快適な拡張モードから、窮屈な戦闘モードへ滑らかに縮小し、そこからやや拡大した状態で固定された。

「これくらいは必要です」

クリスはネリーに口頭で命じた。

「コンピュータ、この広さの区画の装甲として必要なメタル量を計算。結果を図面に挿入」

一拍おいて、重量のリストが見取り図に追加された。機関長がまた口笛を鳴らした。

「スマートメタル百トン。機関部が十五メートル広がるだけでそんなに必要ですか」

「チヌーク号の損傷が教訓になったの。艦船局は機関部保護のために仕様を強化したのよ」

チヌーク号の機関部をパルスレーザー砲で撃ち抜いたのは、他ならぬクリス自身だ。

機関長は訊いた。

「スマートメタル百トンの価格は？」

クリスは価格を教えた。デイルは今度は口笛を吹かなかった。艦長と目を見あわせ、うめいただけだった。

「艦が問題解決しようと試験をくりかえしてる理由がわかりましたよ」デイルは椅子によりかかって、低くなったファイアボルト号の天井を見上げた。何度かゆっくりと息を吐く。

「スマートメタルの一部を、従来の普通の金属に置き換えるって手はどうですか？　機関室の構成を固定しちまうんなら、そもそも高価な最先端の材料なんて使う必要はない」

ヘイワース艦長は眉を上げてクリスを見た。クリスは首を振った。

「ヌー・エンタープライズ社で過去に試験をしました。通常の金属とスマートメタルを混在させると、スマートメタルが混乱しがちになります。推奨できません」

デイルは鼻を鳴らした。

「当然の回答でしょうね。スマートメタルを売れば大儲けできる会社が、安上がりにすます方法を熱心に研究するわけがない」

機関長も艦長も、クリスと目をあわせないようにしている。クリスの祖父のアルはヌー・エンタープライズの会長だ。クリス自身も金融資産として数億株にのぼる同社の優先株を持っている。しかしそんな同僚のまえでも、職業軍人の彼らは大企業のやり口への不満を隠そうとしなかった。艦長は口をつぐんでいるだけまだ気づかいがある。

しかし最近のクリスは、出身家の話題に臆することはなくなっていた。

「海軍はカミカゼ級艦の機関部を固定式にすべきだと艦長がお考えだとすれば、それは海軍予算の抑制に腐心しているわたしの父、ウォードヘブン首相にとっても好ましい話です。父の政治的理念に添う案であれば、祖父アルは協力するでしょう」

デイルは抑えた笑いを漏らした。艦長はやれやれというようすで目をまわした。

「おまえの適性診断書どおりだな、中尉。臆病さはないが、常識もないと書いてあった。では首相の予算案に逆行しないためには、わたしは艦船局にどんな提案をすればよいのだ?」

「ヌー・エンタープライズでは現在、ユニプレックスメタルという新材料を試験中です。これは、最初の二回の変形では形状を維持しますが、三回目ではそれを忘れるというものです」

「金属が記憶喪失か」ディルは眉をひそめた。

「そう。三回目には装甲板ではなく、水銀のようになる」

「そんな死の罠のような材料をだれが使いたがるんですか？」

その罠でだれかを殺したいと思っている者だ。クリスは個人的な経験からわかっていたが、同僚たちのまえでは肩をすくめただけだった。孫娘を死なせかけた材料で商売をしようとしているアルにたいしては、複雑な気持ちがあった。

「ユニプレックスメタルを千トン単位で生産した場合の単価は、スマートメタルの六分の一。艦体への組み込み時に自動成形されるというコスト安も考えれば、価格競争力は充分にあるはずよ」

「ロングナイフ家らしい言い草だな」

艦長は皮肉をただよわせた。しかし機関長は見取り図をじっと見ながら訊いた。

「機関室に使われているスマートメタルの量は？」

「コンピュータ、計算を」

クリスが言ってすぐに、数字がテーブルに表示された。

「三百五十トンか」機関長は悩ましげにつぶやいた。

「防護強化のためにさらに百トン」

「その三百五十トンのスマートメタルを返上して……」

「四百五十トンのややスマートさに欠けるメタルに置き換える……」クリスは続けた。「四十隻のカミカゼ級艦すべてで機関区画をそのように改造すれば、海軍はかなりの予算を節約できるな」

艦長はそう言って軽く笑った。

「一万六千トンのスマートメタルがあれば、新たに五、六隻を建造できます」とクリス。

「一挙両得ですね」機関長は息をついた。

「まさに棚ぼただ」艦長は認めた。

「本当ならすごいが……」デイルは椅子から立ち上がった。「スマートメタルとその知能の低い兄弟の相性は、ヌー・エンタープライズで確認しているんでしょうね。もし戦闘による損傷を自動修復させられないとしたら、低知能のメタルの上にスマートメタルを薄くかぶせたほうがいいかもしれない」

クリスは首を振った。

「その必要はないわ」

艦長も懸念を述べた。

「そのユニプレックスが艦体の他の区画に流れ出したりしたら困るぞ。きわめて不愉快な驚きになる」

三人はその点では同意してうなずいた。

機関長が立ち上がった。

「他の機関員から話を聞いてきます。今回の試験についてなにか新しいことがわかったかもしれない」

「なにかあったらすぐに報告しろ」

クリスは機関長のあとに続こうと腰を浮かせた。しかしそこで声がかかった。

「おまえは待て、中尉」

デイルは意味ありげな笑みを浮かべて、ドアを閉めて去った。

クリスは艦長のほうをむいて、士官学校の訓練教官から賛辞をもらえそうな直立不動の姿勢をとった。艦長は話しはじめた。

「今回もおまえは、命令不服従を善行に変えることに成功したようだな、ロングナイフ中尉」

クリスはそれに答える言葉を持たなかったので、黙っておいた。

「しかしいつまでも善行ではありえないぞ。海軍に海軍のやり方がある理由をいずれ知るはずだ。わたしはそれをこの目で見たいと思う。そして……そのとき多くの宇宙船乗りが巻き添えで死なないことを願っている」

これもクリスは答える言葉を持たなかった。そこで海軍で万能の返事をした。

「はい、艦長」

「退がれ」

クリスは退室した。やったことは正しいが、やり方がまちがっていたと、またしても叱責された。しかしそれほどきびしい叱責ではなかった。すくなくとも艦長は彼女を〝中尉〟として叱った。〝姫(プリンセス)〟としてではなく。

2

　なかば予想どおりだったが、ヌー造船所はファイアボルト号の指定席である第八ドックを空けて待っていた。一五三〇（ヒトゴーサンマル）に接舷し、乗組員が桟橋での係留作業をこなしているあいだに、クリスは艦長と機関長とともに造船所の管理棟へむかった。いつもの責任者といつもの会議室で会うためだ。この二カ月のあいだにお決まりの行事になっていた。

　しかしこの日は、造船所側に新しい顔ぶれが加わっていた。プロジェクト責任者は説明した。

「運航状況は遠隔で見ていました。そのようすから、今回の会議には科学者を何人か参加させたほうがいいと判断したのです」

　艦長は四人の新顔を見まわしながら話した。

「スマートメタルの簡易版が存在するという話を、ロングナイフ中尉から聞いた。きみたちはその担当者かな？」

　女性科学者が身を乗り出した。

「わたしたちはユニプレックスの研究チームです。プリンセス・ロングナイフがそのサンプルを持ちこまれたときから分析を担当しています」

クリスはそれを聞いて歯ぎしりした。

デイルが単刀直入に訊いた。

「こちらが知りたいのはスマートメタルとの相性だ。機関区はユニプレックスの採用場所として最適だが、機関区以外へ流出しないことが前提だ。形態モードを変換したとたんに、艦長室の隔壁が溶けて宇宙に放り出されるのは困る」

「こちらの試験はまだそこまで進んでいません」

女性科学者は認めて、部下の一人に渋面をむけた。ヘイワース艦長は鋭く訊いた。

「試験はいつ終わる?」

部下の科学者が代わって答えた。

「二週間後です。二週間で試験を終え、それから一週間で五百トンのユニプレックスを生産します。ファイアボルト号のスマートメタルを抜き取ってユニプレックスに置き換える方法を検討するために、さらに二週間。計五週間必要です」

機関長が切り返した。

「いや、四週間でやれる。試験と並行して、おれとあんたたちで抜き取り処理の工程を検討できる。ユニプレックスが生産可能になると同時に納入してもらえれば、さらに工期短縮が可能だ。抜き取りと置き換え処理は一歩ずつ慎重に進めたいですからね」

最後の部分は艦長に対して言った。

プロジェクト責任者は腕のリストユニットを見ながら話した。

「この計画には未知の部分が多いんですよ。それに費用の問題もある。試験予算がすでに底をつきかけている。追加費用を捻出できるかどうか……」

ヘイワース艦長は首を振った。

「そこはなんとか解決したいな。ユニプレックスの開発費はどこから？」

「ヌー・エンタープライズです」

プロジェクト責任者の答えに、クリスはうなずいて認めた。ユニプレックスに関する費用は彼女の祖父のアルがすべて持っていた。孫娘を殺そうとした犯人をつきとめる目的からだったが、研究開発費をヌー社が持てば、その後の利益を独占できるという計算もあった。アルは冷徹だ。

艦長は言った。

「いいだろう。予算承認をとるのに一週間。それが振りこまれるのに一週間とみてくれ。来週、経過を知らせる」

「詳しいことは明日まとめてご報告します」

造船所の責任者は笑顔で答えた。それは肉食獣の笑みと、政府事業の請負業者に必要な嘆願の表情がまざったものだった。

会議が終わると、艦長以下は艦のほうへもどりはじめた。

「デイル、なにか質問はあるか？」機関長が短く否定すると、艦長はクリスのほうをむいた。

「ロングナイフ、乗組員は休ませたほうがいいだろう。希望者には上陸休暇を許可する。おまえもだ、中尉」

「わたしはここに残って造船所の作業を監督します」

「それはいかん。話しかけられた作業員たちは、おまえが海軍中尉なのか、プリンセスなのか、ヌー・エンタープライズの大株主なのかわからないだろう。わたしが予算承認を得るまえに、おまえの一言が作業開始の命令と受けとられたら厄介だ」

「艦長、そんな懸念があると言われたのは初めてです」

「わたしは造船所の人間がおまえを〝プリンセス〟と呼ぶところを初めて見た。あの科学者がどういう立場の者か知らんが、面倒はごめんだ」

クリスは返事に窮した。しばらくして言葉を絞り出す。

「休暇は希望しません」

「おまえの特別なコネが必要になるかもしれない。とにかくあの科学者チームとは今後接触するな。そもそも、今夜なにか予定があっただろう？」

「舞踏会です」

クリスは苦々しい顔で答えた。運航試験が長引けば欠席のいい口実になると思っていたのだが。

「なるほど。だったら地上へ下りたらどうだ」

「艦長、まさか母からなにか――」

「首相夫人からおまえについての指示はなにも受けていない……いまのところはな。しかし、先週の合同チャリティ舞踏会をおまえが欠席した件について、新聞のゴシップ欄に長い記事が書かれていたのを妻がみつけて知らせてきた。わたしの秘書コンピュータはおまえのほど高性能ではないが、社交欄の記事を検索して、〝プリンセス〟が出席を求められそうな社交的催しのリストを作成した。いいか中尉、われわれはそれぞれ責任を負っている。おまえが海軍軍人としての責任と、プリンセスとしての責任を両立できるなら文句はない。すくなくとも海軍での責任は立派にはたしているようだ。しかしもう一方の務めを充分にはたせていない理由を、わたしの口から首相や首相夫人に説明させられるとしたら、わたしとしては気分がよくない」

「艦長、わたしは海軍に志願入隊しました。プリンセスには、いわば徴兵されたようなものです」

抗議するクリスに、ヘイワースは笑顔で答えた。

「人はだれしも務めをはたさねばならんものだ、中尉。エレベータはあっちだぞ」

艦長は路面電車を指さした。その行き先は中心部のハブステーション。そしてそこから軌道エレベータを下れば、ウォードヘブン星の地上がある。

クリスは腕のユニットを見た。もうこんな時間か。（いま何時なの、ネリー？）思考で問いかけながら、艦長には皮肉っぽく言った。

「舞踏会の支度の時間をたっぷり四時間もとれば、母はさぞよろこぶでしょう。艦長が社交の予定まで気をまわしてくださったと、母に報告しておきます」

「わたしではなく、妻が、だがな」

ヘイワースはそう言い残して、ファイアボルト号のほうへ去っていった。

クリスは動いている路面電車に跳び乗って、空いている席に乱暴に腰を下ろした。考えてみれば、退屈なパーティで時間をつぶすのも悪くないかもしれない。艦の任務で大失敗をやらかすよりましだ。

ウォードヘブン軍参謀総長のマクモリソン大将はかつてこう言っていた。生意気な億万長者で、首相の娘で、さらにいまはプリンセスで、しかも反乱の首謀者である下級士官の扱いが悩みの種だと。

しかしクリスには親を選ぶ機会はあたえられなかった。前艦長に対して反乱を起こしたときも他の選択肢はなかった。

それでもクリスは艦上勤務が希望だった。他の下級士官とおなじく切実にそう思っている。それがどうだ。これは考えられるかぎり最悪だ。ファイアボルト号が第八ドックに係留されて改装されるあいだ、乗組員たちは陸上の施設で寝泊まりする。ところがクリスは実家に泊まるのだ。

大学時代は寮生活だった。しかし実家では、大人なのに子ども時代の部屋をあてがわれる。いまは両親が市内の首相官邸で生活しているのでましとはいえ。

こういうことがいやだから大学へ行って、卒業後すぐに海軍に入隊したのに。

「クリス、今日のメールチェックをしますか？」

ネリーから音声で訊かれて、クリスはわれに返った。

「そうね。なにかいい知らせはある？」

「スパムメールは大半を消去しました。金融関連のレポートはファイルに保存しています。金曜日にまとめて要約します。他にトム・リェンからのメッセージが一件。これは内容未確認です」

「ありがとう、ネリー」

クリスは笑顔で言った。トムは海軍入隊後にできた友人の一人だ。しかし彼はいまもタイフーン号勤務で、クリスはファイアボルト号に移っている。海軍ではしかたない。

「やあ、チビ女」トムは笑いをふくんだ声で話しはじめた。「こっちはこれから休暇を消化するところだ」

その休暇を消化する場所について提案したい気持ちだ。

「オリンピア星のむこうにイッァフィーン星という新規開拓された惑星がある。古い遺跡があるらしい。たぶん三種族の時代のだ。それで、ベレロフォン号という不定期貨物船に安い席を確保して、一週間出かけることにした」

自分も休暇をとろうかと思いはじめた。ジャンプポイントを建設した三つの異星種族の遺物を掘り返すのは楽しそうだ。隣にトムがいれば。

「今回の休暇では、ロングナイフと名のつく相手には近づかないつもりだ。そうすれば殺されそうになる心配もない。ゆっくり羽をのばせる」

トムは片頬だけの笑みで冗談めかせたつもりらしい。しかしそんな表情でクリスのショックは緩和されなかった。いっきに気分が落ちこんだ。クリスの暗殺未遂事件は過去三回あったが、トムが近くにいたのは偶然にすぎない。そもそもトムの命が危険にさらされたのは二回だけだ。それでも、ロングナイフと名のつく相手――とりわけクリス本人に距離をおこうと考えるのは当然だろう。

「トムがそんなふうに感じているのは残念ですね」

ネリーが言った。このコンピュータは前回のアップグレードで話し相手としての機能が向上したはずだが、実際には論争好きの性格になっていた。

クリスは肩をすくめ、ネリーに対して考えた。

(人生をいっしょに歩いていきたいとトムに頼んだわけじゃないわ)

そばにいてほしいのはだれだろう?

思い浮かぶのは、よちよち歩きの子どもだった。重力にかろうじて逆らうような足どりでクリスのほうへ駆けてくる。ぷよぷよした手で握った紐の先には、黄色いアヒルのおもちゃ。アヒルはガーガーと鳴き、揺れながらついてくる。子どもはそれを聞いてうれしそうに笑う……。

「しっかり守りなさい、クリス。でないとまた失ってしまうわ」

自分に言い聞かせるようにつぶやいた。

実家のクローゼットのどこかにまだら模様のキリンのおもちゃがまだあるはずだ。昔は大事な友だちだった。海軍中尉でプリンセスの女が、カタコト動くキリンのおもちゃを引いてあらわれたら、みんなどう思うだろう。

電車がエレベータ駅に着いて、クリスはようやくもの思いから脱した。エレベータは搭乗の最終段階だった。クリスはいつものように展望デッキの席を選んだ。ほとんどの乗客は着席して顔を伏せ、これから二万キロの高さから三十分弱で落下する事実を忘れようとつとめている。しかしクリスはここからの眺めが好きだった。

クリスが席につくと、隣の席に中将の軍服の男が腰を下ろした。クリスは腰を浮かせたが、男は手を振ってすわらせた。クリスは中将を見ないように、まっすぐ窓のほうをむいた。しかし見える景色はまだない。映っているのは自分の顔。そして……中将の顔だ。中将はクリスのほうを見ている。その顔に見覚えがある。どこで会ったのか……。

ああ、そうか。クリスは顔をしかめ、中将にむきなおった。

「情勢不穏な時期には昇進のペースが速くなるそうですが、これほどとは思いませんでした。三カ月前にあなたは中佐でいらした。ずいぶん速い昇進ですね」胸の略綬や軍服の他の部分に目を走らせた。明瞭な証拠はないが――。「いくら情報部でも」

男は肩をすくめた。

「反乱罪の容疑がある少尉の取り調べに中将が出ていくのは、たとえその少尉が首相の子女だとしても、少々目立ちすぎる。そこで中佐くらいが適当と考えたわけだ。あのときの感想はどうだった？」

クリスはこの男のペースで話したくなかった。そこで、首相の娘で怒れる億万長者として話した。

「楽しい話題ではありませんでした。話した相手がだれにせよ。わたしは事前に反乱を計画してなどいません。あれは自然発生したものです」

エレベータが動きはじめ、中将は背中を椅子に沈めた。

「いまでは納得している。あの艦長に逆らってきみを支持した者たち全員に事情聴取した。その結果、きみに事前の違法行為はなかったことがわかった。困難な状況で大きな指導力を発揮したわけだ。乗組員たちの信頼と敬意を集めた。きわめて短時間のうちに」

「海軍情報部としての賞賛ですか？」

「わたしの仕事は真実の究明だと思っている。きみもおなじ目標を追ってみないか？」

クリスは窓に目をやった。ステーションとその桟橋や宇宙船が頭上に見える。エレベータが一G加速で落ちはじめると、それらは急速に遠ざかっていった。小さくなっていくファイアボルト号が見える。艦上勤務。そうだ！

「それは転職のお誘いですか？」

「マックは……マクモリソン大将はきみの配属先にずっと頭を悩ませている。難題の一つだ。その彼から一挙両得の提案があった。彼の難問とわたしの難問を同時に解決する方法だ。きみのような技能とユニークな生まれ育ちをあわせもつ人材にふさわしい仕事がある。専用の秘書コンピュータを持つことも、ヘイワースとちがって反対しないぞ」

「わたしになにをしろと？　父のスパイをすることを参謀総長は期待されているのですか？」

中将は片手で眉間を揉んだ。

「もうすこし婉曲な言い方というものがあるだろう」

「わたしはスパイはしません。まして実父に対して」

「わたしはそんなことは求めていない。マックも同様だ」

クリスは半信半疑で聞いた。

「では、どんなご提案ですか？」

中将は手を振って、暗黒の宇宙とまたたかない星をしめした。

「銀河は剣呑(けんのん)な場所だ。きわめて危険な生物がうろついている。それが人類だ。あれやこれやを欲しがり、他人があれやこれやを手にいれるのを嫌う。最近のニュースによると、シリス星とフンボルト星の関係は戦争まであとこれくらいだそうだ」親指と人差し指の間隔を数センチに近づけた。「きみがプリンセスと呼ばれると辟易するのは知っている。しかしプリンセスだからこそ、普通の将校がはいれないさまざまな場所に立ちいることができる。ウォードヘブンが知る必要のあることを知り、やる必要のあることを実行できる。わたしはそんなきみの行動を助けられる。逆にきみはわたしの助けになるだろう」

クリスは窓に目をもどした。エレベータは高速で大気圏にはいり、窓の外にはイオンがホタルのように舞い飛んでいる。暗い宇宙の眺めが、大気のもやに急速におおわれていく。眼下にはウォードヘブンシティとその市街にかこまれた湾が見えた。

士官学校へ入学するためにこのエレベータを上がったときは、あそこから脱出できるのがうれしかった。しかしよその星をいくつか見てきたいまでは、ウォードヘブンは楽園のように思える。

あのとき、自分はこの星を守りたかったのか。

そのために軍服を着たのだ。もちろん息苦しい両親のもとから脱出したいからでもあった。救いたいものや、やりたいことがあった。それらは達成した。

ではいま、この男に自分の将来をゆだねたいだろうか。たしかにファイアボルト号よりましな仕事場にちがいない。

それでも、ファイアボルト号勤務はクリスティン・アン・ロングナイフ中尉にあたえられた仕事だ。首相の娘や、プリンセスや、資産家の子どもの仕事ではない。

一方で、この中将を名乗る男が求めているのは、クリスがかつて逃げ出してきたクリスなのだ。

首を振って答えた。

「申しわけありませんが、中将、わたしにはいまの仕事があります。あの艦にはわたしが必要です。艦長を失望させたくありません」

「きみが配転になっても艦長は悲しまないだろう」

「たしかにそうですが、機関長はわたしとネリーの仕事を高く評価してくれています」

「デイルにはわたしの予算から高性能のコンピュータを買いあたえてもいい」

この男は機関長のファーストネームまで知っている。

「あなたに理解できない〝ノー〟もあると思いませんか？」

「本当にノーかどうかたしかめたかったのだ」

中将はポケットから古めかしい紙の名刺をとりだした。

モーリス・クロッセンシルド
特別システムアナリスト
電話はいつでもどこからでも——
27-38-212-748-3001

クリスは名刺を一瞥した。十四桁の電話番号など初めて見た。十三桁なら見たことがあるが、十四桁とは。どうちがうのだろう。

（ネリー、記録した？）

（はい）

クリスは名刺を半分に破り、さらに四分の一に破って、相手に返した。

「興味ありません」

中将は笑みを返した。

「そうくるだろうと思っていた。しかし試すだけ試せとマックに言われてね。では、これで失礼する。今夜舞踏会で会えるかもしれない」

「そのときはどんな階級で？」

クリスはその背中にむかって訊いた。しかし中将は、ベルト着用の点滅サインを無視して展望デッキから出ていった。ルールを守れなどとよく人に言えたものだ。クリスは鼻を鳴らした。

エレベータから下りると、実家に昔から務めているお抱え運転手のハーベイが待っていた。クリスの身辺警護を担当するジャックも隣にいる。ジャックが周辺に目を配っているなかで、ハーベイが訊いた。

「試験航行はどうでしたか？」

「失敗よ。艦を改良するのに一カ月はドック入りになるみたい。だから早めの休暇になったわけ。今夜の御前舞踏会にわたしが突然出ることになって、ロッティは衣装の準備でおおわてなんじゃない？」

「わたしの妻もそうですよ」ハーベイは笑顔で言ってから、小声でつけ加えた。「トゥルーから、時間が空いたら寄ってほしいとことづかっています」

クリスは眉を上げげた。トゥルーおばさんはかつてウォードヘブン軍の情報戦部長で、現在は隠居生活を送っている。血縁はないが両親の友人であるこのおばさんに、クリスは小学生のときから数学とコンピュータの宿題の手伝いをしてもらってきた。お手製のチョコレートチップクッキーも大好物だった。

しかし最近のトゥルーはネット経由でのやりとりを控えている。身辺に情報セキュリティ上の懸念があると感じているのだ。

「だったらいまから寄ればいいわ」

ハーベイはうなずいた。

今日の車はリムジンではなかったが、同様の装甲と防弾ガラス仕様の車両だった。駐まっている場所もセキュリティに配慮した特別駐車区画だ。かつてエレベータ周辺にこんな場所はなかったはずだが、いまは人類協会が崩壊し、ウォードヘブン星は防衛予算を倍増するご時世だ。クリスは静かな車内にはいってほっとした。ファイアボルト号の機関室も仕様を見直すべきかもしれない。

「試験は不調だったんですか?」

ジャックが訊いた。クリスはため息とともに答えた。

「もうちょっとだったのよ。前回の基準点を通過したところで不具合が起きて停止。急減速よ」

「大変でしたね」

警護官は交通の流れに目を配りながら言った。ジャックはいかめしいエージェントの顔と気さくな性格をあわせもっている。最近はプリンセスに正式な要人警護チームをつけるという話がちらほら出ていて、そうなればジャックは管理職に栄転するだろう。するとクリスはこういう時間を失ってしまう。たしかに彼女の命を狙う者はいる——かなりたくさんいるようだが、ウォードヘブンで襲撃されたことはまだない。一方で、海軍中尉の身分のときに大勢の警護チームを連れて歩くのは無理だ。もちろんそんなことをしたいとは思わない。

トゥルーのマンションに着くと、ジャックは車のセキュリティシステムを作動させて、クリスとハーベイに続いてエレベータに乗りこんだ。

トゥルーは定年退職したときにこのマンションの最上階の部屋を買った。そこからのウォードヘブンシティの眺めは、郊外に建つアルおじいさんの高層ビルからの眺めには負けるが、それでも充分にすばらしかった。

さらにすばらしいのがトゥルーの抱擁だった。

「トゥルーおばさんがちょっと合図ののろしを上げただけで、なにもかも放り出して来てくれるとは思わなかったわ」

トゥルーの言葉を、クリスはその両腕のなかで聞いた。かつてクリスの生きがいはこのトゥルーの抱擁と……酒瓶だった頃がある。もう遠い過去だが、トゥルーの腕のなかではいまでも安心する。

抱擁が終わると、クリスは試験航行が打ち切りになったことを説明した。

「問題発生?」

「わたしは生きてるし、艦は無事よ。とりかえしのつかないことにはなっていない。でも、アルおじいさんにとってはユニプレックスの大きな市場が開けてほくほく顔でしょうね」

トゥルーは眉をひそめて話を聞いた。

「あなたを暗殺しようという試みの証拠をわたしはアルに届けた。それをアルは研究室で分析させた。その結果、できたのが新製品の生産ラインとはね」

クリスは肩をすくめた。

「孫娘の暗殺未遂で商売できるんだから、暗殺成功のあかつきにはその武器で大儲けするでしょうね」愉快ではない顔で言った。「とにかく、トゥルーおばさん、海軍になにか用事？海兵隊が人手不足に？」

「用事があるのはネリーについてよ」

クリスは眉を上げた。ネリーを動かしているソフトウェアの大半はトゥルーが書いたものだ。そのネリーはほとんどのコンピュータを上まわる能力を持っている。匹敵するのはトゥルー自身の秘書コンピュータであるサムくらいだ。

「ネリーはアップグレードしたばかりよ。おばさんの手でいつも最新の状態になっていると思うけど」

「ええ。新しく搭載した自己組織化回路に診断プログラムを走らせたかぎりでは、ネリーは容積比で最高の性能を持っているわ」

クリスはこの最先端の自己組織化演算ジェルを一目見て気にいっていた。スマートメタルと同様に、稼働中にみずからの回路を分子レベルで組み換える。必要に応じてシステムを変更する。クリスに劣らずネリー自身もこれが気にいっていた。

「それで？」

「ネリーは充分に活用されていないわ。その余剰能力を使って、あることに挑戦させる気はない？」

トゥルーの口から〝挑戦〟という言葉が出るときは警戒すべきであることを、クリスはすでに学んでいた。もちろん六歳のときなら興奮して跳び上がっただろう。十五歳のとき、学校でもいっしょの最高の親友を得られるという考えには有頂天になった。しかしいまのクリスは軍人だ。昔はコンピュータが故障したら、学校帰りにトゥルーおばさんのところに寄ってクッキーをほおばりながら修理を待てばよかった。しかし今日の試験航行中にもしネリーがハングアップしていたら、海軍は艦と乗組員全員を失っていたはずだ。

「今度はなにに夢中になってるの？」

クリスはあとずさりしながら訊いた。にもかかわらず、トゥルーは顔を輝かせた。

「見せてあげるわ」

案内されたのはおなじみの部屋だ。クリーンルームを通ってラボへ。専用の服に着替える必要はない。予備の寝室だった部屋がエアロックになっていて、そこで霧状のナノマシンを吹きつけられる。それが全身の汚れを五ナノメートルのレベルまで除去してくれる。

白い壁ぞいに作業テーブルがある。精密作業中の最新電子機器がありそうな場所に、それがない。ということはその装置は不具合が直ってどこかへ行ったあとなのだ。

それよりクリスの目を惹いたのは、テーブルの中央に鎮座した劣化防止容器だった。このおおげさなものはいったいなにか。しかも驚いたことに、好奇心旺盛なトゥルーがその蓋を開けていない。

「アルナバおばさんがサンタマリア星から送ってきたのよ」

アルナバは血縁のある本当のおばさんだ。曾祖父レイの末娘で、クリスからは大叔母にあたる。宇宙生物学が専門で、サンタマリア星でみつかる三種族の遺物の研究をライフワークにしている。星々を渡るハイウェイとして宇宙のあちこちにジャンプポイントを設置した三種族は、現在の人類のレベルをはるかにしのぐ科学技術を持っていた。それを研究するアルナバに、レイはこの二十年間ずっと協力してきた。ありとあらゆる難問をみごとに解決してきたレイだが、三種族のテクノロジーの謎を解き明かすのと、人類の政治的難問を解決するという二つの試練にはさすがに白旗をかかげるかもしれない。

「なにがはいってるの？」

クリスの質問に対して、トゥルーは容器を開けるのではなく、ポケットから写真を出した。そこには小さな四角い物体が写っていた。大きさの比較のために隣に硬貨がおかれている。四角い物体の幅は硬貨とおなじくらい。厚みはやや上まわるようだ。

「サンタマリア星北大陸の山脈から出てきた石のかけらよ。〝教授〟との戦争であの山脈は穴だらけになったから」

「穴だらけどころじゃないわ。おかしな箱のせいで山脈そのものが消滅しかけた」クリスは首を振った。「海軍はあの箱がどんな原理で動いているのか解明しようとしてきたけど、箱がラボに到着してから五十年、なにひとつわからないままよ」

「そうね。とにかく、アルナバとレイのやり方は技術的に高度なことを考えすぎなんだと思うわ。たとえば、時計を分解するにはまずねじまわしの使い方を覚えなくてはいけない。でも人類はまだ三種族のねじまわしに相当するものさえ理解していない。打製石器を使っていた百万年前の人類の手に、突然ねじまわしを持たせても、なにに使うものかさっぱりわからなかったはずよ」

クリスはその話を考えてみたが、つけ加えるべきことは思いつかなかった。そこで容器に手を振ってもう一度訊いた。

「とにかく、これはなんなの？」

「山の土に埋まっていたデータ蓄積装置の一部よ」

「動くの？」

「わからない」

「なかにはどんなデータが？」

「わからない」

「じゃあ、なにがわかってるの？」

トゥルーはにっこりした。

「なにひとつわからない。というよりも、あなたはなにを知りたい？」

クリスは写真を見て、容器を見た。

「この石のかけらに読み取り可能なデータがはいっているかどうか、どうやってわかるの？」

「試すしかないわね」

「どんなふうに？」

「これまでに試したやり方は複雑すぎたのか……あるいは単純すぎたのかもしれない。おそらくもっと柔軟であるべきなのよ。相手の求めにあわせなくてはいけない。そもそもなにをエネルギー源にしているのかもわからない。従来とまったく異なる電源を用意して、慎重にそれにつないで……反応をみるのよ」

クリスは鼻の頭を掻いた。肩に乗ったネリーの重みを意識した。

「自己組織化回路……ねえ」

「自己組織化能力があるわ。とても強力で、使う人間と一体化する。アルナバおばさんとそのチームが試した方法は、いってみれば標準的でありがちなものだった。しかたないわ。大きな研究所で、みんな同僚の目を気にしながら長時間働いている。思わしい結果は出なかった。そこでわたしにいい案はないかと尋ねてきたわけよ。アイデアはあると返事をしたわ」

「どんな？」

「〝教授〟がどんなやり方でレイに接触してきたか知ってる？」

「複雑でよくわからないわ。生物学は得意じゃないし」クリスは言いわけをした。

「わたしも似たようなものよ。でも、眠りつづける脳とそのなかで成長する腫瘍の関係は興味深いと思ったわ。睡眠の重要性については知ってる?」

「睡眠不足のときにはよくわかるわね」

「新生児は、初めて見るこの複雑な世界を精一杯経験して眠りに落ちる。そして眠っているあいだに脳に吸収するのよ。勉強して、眠り、勉強して、眠る。そのくりかえし。最高のテスト対策はぐっすり眠ることだと、高校時代に何度も教えたでしょう?」

クリスは対抗してフフンと笑い、高校時代の決まり文句を返した。

「テストは結果がすべて。まえの晩にいくら憶えても、朝目覚めて忘れていたら合格点をとれないわ」

トゥルーはいつものようにしかめ面をして、首を振った。

「アルナバにはこう提案したわ。コンピュータといっしょに寝起きしているだれかを選んで、そのコンピュータにこれを組みこんでみればと。コンピュータとその主(あるじ)の睡眠中の頭になにか変化があらわれるかもしれない」

「つまり、おばさんのサムをアップグレードして、この自己組織化回路を組みこむということね」

「残念ながらそれはできないのよ」

残念と言いながらなぜニヤニヤしているのか。

「わたしのネリーに最新アップグレードをいれたときには、そのアイデアはまだ思いついてなかったはずでしょう」

「じつはこのアイデアが浮かんだのは、あなたに自己組織化回路入りのコンピュータを見せた直後よ。あなたは小型で高性能の最新コンピュータに目がないから」

トゥルーのニヤニヤ笑いはますます大きくなった。

「だれのせいでこんな悪癖に染まったと思ってるの？」

トゥルーはわざとらしく困った顔をした。

「まあ、わたしのような隠居老人は新しいものについていけないのよ。予算にもかぎりがあるし」

こうなるとトゥルーの独壇場だ。クリスは自分がまるめこまれる寸前だとわかっていた。

「ねえ、たしかに三種族の技術を解き明かすのはおもしろい挑戦かもしれないわ。でもわたしはほんの三時間前に、数ミリ秒の差でクォーク単位に分解されるところだったのよ。三種族のわけのわからないデバイスをネリーにつなぐなんてできない」

「大丈夫よ。サムといっしょに設計した多階層バッファ構造がある。チップ上のプロセスがメインプロセッサに流れこむのを防止するわ」

「防止する？　それともそのはず？」

「あのね、若い子は先生の教えをよく聞きなさい。現代技術を恐れてばかりだと、この現代社会で生きていけないわよ」

「その恐怖心を植えつけたのはだれよ。いつだったか三角関数の試験中に秘書コンピュータが円周率の値を求める無限ループにはいっちゃったから、わたしは自分の手で計算するはめになったのよ」

トゥルーはクスクスと笑った。

「いい経験だったでしょう？」

「ええ、本当に！　あんなことは二度とごめんよ」

「サムとわたしが組み立てたバッファがどれだけしっかりしているか、ネリーに確認させたら？」

「という話だけど、ネリー？」

ネリーはトゥルーに賛意をしめすようにゆっくりと言った。

「興味深いと思います」

「まあ、無駄ということはないでしょうね」クリスは同意した。

それからかなり長くネリーは沈黙した。データの読み込みと新システムへの習熟に集中しているらしい。やがてネリーは言った。

「とてもよくできています。新しいインターフェースで、わたしと石のチップのあいだに三層のバッファがあります。それぞれのバッファの状態はこちらから見えます。わたしやあなたに有害な状況が起きた場合は遮断できます。また高機能なリカバリーモードも実装されていて、万一わたしが大規模なシステム障害を起こして復旧が必要になったときも、大部分の機能を短時間に再起動できます」

「試してみたい？」

クリスはそう尋ねてから、コンピュータに希望を聞くのはへんな話だと思った。ネリーの答えはこうだった。

「星々のあいだに新しいジャンプポイントを建設する方法を発見できれば楽しいと思います」

トゥルーが喉の奥で笑い声をたてて、

「ネリーは興味深い回路を自己組織化したようね。その仕様をサムに公開してほしいわ」

「もちろんです」

ネリーは元気に返事をした。クリスはため息をついた。

「好きにして。まあ、三種族が残した道しか使えないより、自分たちで道をつくれるほうがいいのはたしかね」

思い出すのはパリ星系だ。ジャンプポイントがあちこちに散らばっているせいで、人類は戦争になりかけた。クリスとネリーは、これから一カ月は重要な任務に就く見込みはない。冒険的なシステムを試すにはいいタイミングかもしれない。クリスはあきらめてトゥルーに言った。

「この貸しはいつか返してもらうわよ」

おばさんはにんまりと笑った。クリスは続けた。

「で、どうするの？」

トゥルーは手にした写真のボタンを押した。するとそこに、ネリーのメインプロセッサのそばに石を埋めこむ手順が表示された。

「色の異なる自己組織化ジェルを境界面に塗りつけるわ。コネクタとして働くのと同時に、必要な種類の電力供給もおこなう。もしネリーから剝ぎ取る必要があるときにも、カラーマーカーとして役に立つわ」

「それならよさそうね」クリスは答えたが、急に懐疑的な気分が湧き起こった。「ところで、そのジェルの費用はどうやって捻出したの？」

「宝くじに当たったのよ」

トゥルーは顔を上げずに答えた。作業テーブルで必要な工具や劣化防止容器を準備している。

「イカサマで？」

「あなたのお父さまが宝くじを合法化したときに、その収益は科学技術研究にあてると宣言したでしょう」

「そうだけど」

クリスは納得しないまま認めた。父はこんなことまで想定していたのか。いや、それはないだろう。トゥルーがたびたび宝くじを当てることをクリスが不審に思いはじめたとき、ハーベイはこう言った。〝頭のいい女性はやりすぎは禁物だとわかっていますよ〟と。トゥルーはもちろん頭がいい。

クリスは襟のボタンをはずして、ネリーを肩からはずした。トゥルーが言った。

「接続したままでね。開始したらすぐにネリーの反応を知る必要があるから」

ネリーとクリスの後頭部をつなぐケーブルはスマートメタル製だ。自動的にケーブルは伸び、クリスは秘書コンピュータをテーブルにおいた。距離をできるだけ短くするためにクリスはしゃがんで顔を近づけた。ケーブルが長くなると通信効率が落ちるのだ。インターフェース用のジェルはすぐになじんだ。石のチップの寸法をトゥルーがクリスに教え、ネリーはその場所をあけた。トゥルーは小さなチップをそこにはめこんだ。

「ほうら、痛くなかったでしょう?」

トゥルーはやさしいおばあさんの顔で言った。クリスは辛辣に答えた。

「踏み板が開いたあとの死刑囚に言うようなセリフね。ネリー、全面的診断を」

「プログラム実行中です。すべて順調のようです」

トゥルーが訊いた。

「チップは?」

ネリーは抑揚のない機械音声になって答えた。

「活動していません。新規導入されたジェルとのインターフェースを確立するまでしばらくお待ちください」

「わかったわ」

トゥルーは爪を嚙みはじめた。こんなに緊張したトゥルーは初めてだ。ネリーは続けた。

「チップを始動する全フェーズで、すべてのバッファに三重の確認をいれるプログラムを作成中です。試験的な電源投入は明日の朝になるでしょう」

「もっと早められるはずよ」

トゥルーは地団駄を踏みそうなほど勢いこんでいる。クリスは皮肉った。

「新しいものはゆっくり慎重にと、わたしに教えたのはだれ?」

「教えても聞かなかった生徒はだれ?」

「わたしはもう大人よ」クリスは立ち上がって胸をそらした。身長はトゥルーとあまり変わらないが、それでも三センチ高い。「それに今夜は舞踏会があるわ。しかも御前舞踏会よ」

「そんなものは欠席しなさい。監禁されているとお母さまに言えばいい」

「艦長がわたしの社交界での活動を監視してるのよ」

「お母さまはなにも――」

「ええ、なにも言ってないそうよ。でも艦長は首相夫人からの電話を恐れてるみたい。もし電話があって自分に火の粉がかかるのはごめん、というわけ」

「臆病者ね」

トゥルーはそう言いながらも、クリスをラボの外へ案内した。クリスは言った。

「奇妙だけど、それが海軍なのよ。レーザー砲のまえでは勇敢だけど、社交界では尻尾を巻いて逃げ出す」

「だれかさんも昔はそうだったけど」トゥルーはクスクスと笑った。「明日ネリーを持ってきて。ようすを確認したいから。サムもわたしもテストしたいことがあるの。検査は毎日よ。いいわね」

その声を聞きながら、クリスはドアの外へ出た。

3

実家までの車内は静かだった。クリスがネリーになにかやらせようとすると、そのたびに、「どうしても必要ですか?」と硬い機械音声で返される。他の処理で忙しい証拠だ。

ヌー・ハウスに到着した車は、ハーベイが裏の駐車場へ移動させた。これは奇妙だ。いつもは玄関前の広い車回しに駐めたままにしていたはずだ。ジャックもハーベイについていこうとする。クリスはそれを見て、なにかおかしいと思った。

「ジャック、あなたはそばにいて。ネリーに新規インストールしたものがおかしくなったら、助けが必要だから」

(おかしくなったりしません)ネリーが反論した。

(黙りなさい)クリスは口に出さずに命じた。

ジャックは小声で言った。

「トゥルーおばさまを信頼なさっているはずでは?」

「用心に越したことはないわ」

「なるほど、たしかにあなたにしてはおかしい」

ジャックは苦笑いしながらつぶやくと、クリスに続いて玄関ホールにはいった。白と黒のタイルが渦を巻いてホールの中心に集まっている。右手の図書室は暗く静まりかえっている。レイとトラブルがここを軍の司令室にしていたのは過去のことだ。

レイ王は市内中心部の大規模ホテルを買い取って仮の王宮にしている。どの程度の大きさの宮殿が必要かは、政治家たちが議論している最中だ。レイ自身は二部屋だけのテラスハウスでも不自由しないだろう。しかし八十の惑星から推挙されて、結束のあやうい知性連合の王にまつりあげられたのだ。宮殿問題ではレイは政治家をわざと右往左往させ、楽しんでいる。

曾祖父のトラブルは、本人いわく〝ただのコンサルタント〟として、いくつかの惑星に助言する仕事をこなしている。まだ若いそれらの惑星は、自前の防衛軍を組織して知性連合の総合軍事力を底上げしようと努力しているのだ。

そんなわけで、ヌー・ハウスはがらんとしていた。

しかしその階段の上がり口に、見知らぬ姿があった。女だ。裾の長い質素な灰色のドレス。首まである襟のボタンをとめ、両手を前で組んでいる。身長はクリスとおなじか、やや低いだろう。しかし背筋がぴんと伸びているので差は感じられない。

「プリンセス・ロングナイフ、今日からメイドとしておそばに仕えます」

クリスは歩みを止めずに女を観察した。ノーメイクの顔。漆黒の髪はきつく結い上げている。今日の化粧係だろうか。先に自分が化粧をしてくるべきだろう。

「ロングナイフ中尉と呼びなさい。専属のメイドなんて必要ないわ」

「奥さまは異なるお考えです」

「母とは見解の相違が無数にあって、これはその一つよ」

クリスはそのメイドからできるだけ離れた位置から階段を昇るように軌道を修正した。女はクリスを通したが、そのあとはジャックのように気配を消して静かについてきた。クリスが二階の踊り場に上がって、自室のある三階への階段にむかったところで、メイドは咳払いをした。

「お嬢さまのお部屋はいま二階にございます」

「移動させたの？」クリスは階段に片足をかけて、小声で言った。

「はい。現在の責任あるお立場のためには、三階の部屋は狭すぎますので。二階の続き部屋をご用意しました」

クリスはむきなおり、問題に対処した。

「断りもなく！」

「今夜は舞踏会です。ご準備していただくことが多く、時間がありませんでした。続き部屋についてはハーベイの指示です」

「ハーベイが認めたの？」

「夫人のロッティも賛成しました」

つまりこの見知らぬメイドは、ヌー・ハウスの裏方全員をまるめこんでいるのだ。もはや最終手段をとるしかない。

「ジャック、この侵入者を射殺しなさい」

警護官は難しい顔で頭を掻いた。

「それはできかねます。レイ王の奴隷解放宣言を受けて、職務規程の一部の項目が削除されましたので」メイドに握手を求め、「ジャック・モントーヤだ。名前を聞いておこう」

「アビー・ナイチンゲールよ」メイドは答えてから、声を一段低くした。「地球の派遣会社に雇われてきたんだけど、この惑星は最近まで奴隷制度があったの？」

メイドが真に受けたので、クリスは笑い出しそうになった。しかし、この女は仕事を求めて、百光年も離れた右も左もわからない惑星にやってきたらしい。自分にそんなことができるだろうか。

ジャックは信頼感のある口調と笑顔でアビーに教えた。

「冗談だよ。この星は生活水準も悪徳も現代の地球と同レベルだ」

「契約にサインしたときもそう説明を受けたわ」

「とはいえ、ここは人類宇宙の辺境のリム星域だからな。なにがあってもおかしくない」

クリスはむっとして、

「プリンセスが毛皮のビキニ姿で出てくるとでも？」

ジャックが新顔のメイドに親切にすることに少々腹をたてていた。

アビーはクリスを頭のてっぺんから爪先まで眺めた。

「お髪の状態がやや荒れていますね。爪を見せてください」アビーは命令形で言うと、つかつかと近づき、クリスの手をつかんでよく見えるところに持ち上げた。「思ったほど悪くありません。噛む癖はないようです」

クリスはむっとして手を引きもどした。

「わたしはいまの自分に満足しているわ。他人の手を借りてまで自分でない自分になりたいとは思わない」

アビーはそれについて反論はしなかった。というより、言いたいことを言わせたようだ。クリスは靴を踏み鳴らして廊下の先へ歩き、右手のドアの開いた部屋にはいろうとした。アビーがそこで咳払いをして……左を指さした。クリスは実家の侵入者をにらんだ。

左手は客間の一つだ。広い居室の先に小さめの二部屋が続く。一方は寝室で、もう一方は書斎から化粧室へ改装している途中だった。壁には買った覚えのないドレスがすでに並んでいる。軍服は隅に追いやられている。

「まず入浴のお手伝いをします」

「シャワーくらい一人でできるわ」

アビーは豪華な浴室の入り口に立って、クリスのほうをむいた。

「この十年間、身のまわりのことはほとんどご自分でなさってきたと聞いております。しかしいまは現役の海軍将校であり、同時にプリンセスという政治的存在でもある、きわめて多忙なお立場。すこしだけお許しをいただければ身辺のお手伝いをできると存じます」

クリスは肩をすくめた。強情な女だ。勝手にさせよう。放っておけば、そのうちわかるだろう。クリスが……過保護な母親など必要としないことを。母は母らしいことなどなにもしてくれなかった。このメイドになにができるか見てやろう。

浴槽にお湯が注がれているあいだに、クリスは隣室でネリーをはずして化粧台においた。秘書コンピュータはここまでずっと無言だった。海軍らしく遠くを見ているのか、トゥルーからあたえられたプロジェクトに専念しているのか。もしかしたら君子危うきに近寄らずを決めこんでいるのかもしれない。

浴室にはいると、隣の部屋からジャックの声がした。

「ハーベイが三十分後に簡単な夕食をお持ちすると言っています」

こうして本当に必要なことをしてくれる者もいる。クリスはむかっ腹を立てながら服を脱ぎ、浴槽にむかった。アビーが支えの手を差しのべたが、クリスは無視して浴槽の縁をまたいだ。湯温はちょうど。とてもいい感じだ。クリスが湯につかると、アビーが芳香液をいれた。浴槽のなかで体が落ち着くと、「ふう」と思わず声が漏れた。

アビーはジェットバスのスイッチをいれた。水流と泡の出る浴槽には一度だけはいったことがあったが、それはひどい経験だった。しかしアビーは穏やかに心地よい泡が出るように調整してくれた。適度な水流に体を揉まれ、香りに癒されると、緊張が解けていく。

しかし無駄な時間をすごしてはならない。この侵入者について知ることが喫緊の課題として浮上してきた。

「あなたはどうしてこんな……」アビーの仕事を表現する言葉をいくつか考えた。しかしどれも見下した表現になりそうだったので、結局ごまかした。「……ことをやろうと思ったの?」

アビーは歯をのぞかせてにっこり微笑んだ。

「地球の安楽な暮らしを捨ててこの仕事に、という意味ですか?」

「そうは言わないけど」

「ええ。でもリム星域の人々から見るとそうでしょう。退廃した地球人はパーティに明け暮れる生活だと」

「地球人がパーティばかりしていたらこれほどの強さは維持できないはずよ」

クリスは地球とリム星域が戦争に突入しないように命がけで努力している。地球の強さをだれよりも意識している。

ジャックの声がふたたび聞こえた。

「ハーベイが郵便を持ってきました。どこにおいておきましょうか」

「紙の手紙?」とクリス。

「正確には、二つの小包です。片方は重さが十キロあります。ネリーのメモリーで保管するわけにはいかないでしょうね」

「化粧台の上においてて。あとで見るから」

「わかりました……のぞきませんから」

　ジャックは箱の小包を片手に持ち、緩衝材入りの大きな封筒を反対の手で顔の横にかかげて、視野をふさいで浴室の入り口のまえを通った。クリスはつまらない気がした。彼にはすこしくらいのぞかれても気にしないのに。

　すると帰り道では、ジャックはいたずらっぽい笑みを浮かべてクリスのほうを見た。残念ながらその視界にあるのは泡だけだった。

「礼儀をわきまえた男ですこと」

　アビーはジャックが通りすぎた戸口を見ながら言った。クリスは同意した。

「ええ。タオルをとって。その郵便を見るから」

　アビーは指示どおりにした。拭くのもやろうとしたが、クリスはタオルを奪って自分で拭いた。浴槽から出ると、毛脚の長いパイル地のバスローブをかけられた。

「こんなものがいつのまに？」

「奥さまの説明を聞いて、身のまわりの必需品と衣装一式をそろえるための予算をお願いしました」

「わたしの財布から使っているわけね」

「こういう大事なところにもうすこしお金をかけるべきです。秘書コンピュータのようなくだらないおもちゃではなく」

「ネリーがいなかったらわたしは今日死んでいたはずよ。乗組員たちも。ネリーはくだらないおもちゃじゃない」

「奥さまのお言葉です」

「追い出されたくないのなら、わたしのまえで母の言葉を引用しないこと」

「以後気をつけます。ではおすわりください。お髪を洗いますので」

「今朝洗ったわ」

「濡らしただけでしょう。世の中にはコンディショナーというものがあります。いい匂いですよ」

あっというまに大きな流しのまえの椅子に連れていかれ、髪を温水で洗われた。イチゴの香りのするなにかをつけて、アビーはマッサージをはじめた。洗髪がこんなに気持ちいいとは知らなかった。自分でやるのとは大ちがいだ。終わって髪を乾かされるころには、この地球出身の女には母が給金を払うだけの価値があるかもしれないと思いはじめた。

ようやく化粧台にすわって、クリスは郵便物を見た。大きな箱は祖父のアルからだ。おそらくユニプレックスの初期生産サンプルだろう。無視していい。

もう一つの封筒のほうが興味深かった。差出人の住所は地球だ。

「あなたあてかしら」

クリスがアビーに言うと、部屋の入り口からジャックの声が飛んできた。

「ロングナイフ少尉親展と書かれていますよ」

警護官はハーベイといっしょにじっと立っている。クリスはローブの前を閉じ、回転椅子をそちらにむけた。

「中身はなんなの？」

ハーベイが眉をひそめて答えた。

「知りません。開けてみたらいかがですか」

そのとおりにした。封筒のなかをのぞいてもよくわからない。そこで化粧台のネリーの隣に中身を出した。

警護官と運転手は部屋にはいってきて肩ごしにのぞきこんだ。それがなにかを最初に理解したのはハーベイだった。軽く口笛を吹く。

「本物ならたいしたものだ」

アビーは金と宝石がちりばめられたずっしりと重いアクセサリーを手にした。

「昔つとめたある家の奥さまは、イティーチ戦争で戦死した先祖をとても誇りにしていました。居間にかかげられた曾祖母の肖像画の隣に、これとおなじものが。地球で最高位の勲章、戦傷獅子章です」

クリスは困惑して言った。

「記章にしてはずいぶん大きいわね」

するとハーベイがたしなめるように教えた。

「このランクの勲章になると、普通の記章とはつけ方が異なるのですよ、お若い方。この日輪型勲章は軍服の胸ポケットにつけます。最上級の礼装では飾り帯を斜め掛けして、腰のところをこの勲章で留めます。最近の下級将校はなにも教わらんのですか？」

皮肉っぽい笑みを浮かべる。クリスは笑みを返した。

「ええ、わたしたち下級将校は工学や戦術やその他のつまらない勉強に日々を送ってるのよ」

金色に輝く勲章を見た。地球で最高位の勲章。すばらしい。それが事務用の茶封筒で送られてくるとは。名誉ある形でこれを受けとる人々とおなじだけの仕事を自分もした。なのにロングナイフ家の一員というだけで功績は闇に葬られるのか。そしてもし失敗していたら……。

アビーが訊いた。

「この勲章が送られてくるなんて、戦場でなにをなさったんですか？」

「聞いてしまうと、今度こそジャックに銃殺されるわよ」

クリスは真顔で言った。驚いたことに隣のジャックもうなずいた。

拒絶されたアビーはわずかに顔をしかめると、同封されてきた青い飾り帯を持って、化粧室の壁から吊るされたクリーム色のドレスに近づいた。クリスの母が選んだ悪趣味な服とちがって、保守的なデザインだ。ストラップレスで、絞られたウエストからゆるやかに床へとスカートが広がっている。いまの流行は麻袋をかぶっているようなのから裸同然のものまでさまざまだが、これは流行に関係なく着られる。

「飾り帯は肩からかけて、反対の腕の下で留めましょう。軽い感じに仕上がります。それが一番だと思います」

アビーは助言した。男二人もうなずいた。

クリスはため息をついた。飾り帯はまるで大きな青い矢印に見える。たいていの女性にあるはずの豊かな胸のふくらみ。その欠如をさししめしている。

「今夜は軍服で出るわ」

アビーは顔をしかめて、隅にまとめられた海軍の軍服一式を見た。戦闘服、カーキ色の作業着、白の正装軍服、そして女性下級将校用支給品のフォーマルなイブニングドレス。アビーはそのイブニングドレスを抜き出して、クリーム色のドレスの隣にかけた。

一方はプリンセスらしく清楚。

もう一方は野暮ったくて地味。

床までとどく軍服の白いスカートは、まるで太古の昔から変わらない土嚢袋のようなデザインだ。クリスはそれに青いウールのブラウスを合わせていた。きりりとした立ち襟で、肩はどこからものぞかない。小さく数少ない勲章は最初からつけてある。

アビーはクリスとこの軍支給品のドレスを交互に見ると、下唇を噛んで一言。

「色がちょっと」

「立派な海軍色よ」

アビーは戦傷獅子章の青い飾り帯をブラウスにかけた。透かし模様のはいった飾り帯の薄青色と、ブラウスの濃紺。これが合っているとわかるのは、千年におよぶ軍の伝統と武勇を理解する者だけだろう。アビーは口を半開きにして首を振った。

クリスは機先を制した。

「今夜はこれを着る」

アビーはハーベイとジャックのほうを見た。

「軍服を着ると、女性は……」

「魅力半減か？」ジャックが助け船を出した。

「ええ」

「そう見えるように仕立てられているからさ」ハーベイは愉快そうに同意した。「女性軍人は働くためにいる。うわついた恋のためではなく」

「でも軍服姿の男性は恰好よく見えるのよね」とアビー。

「カビ臭い歴史的アナクロニズムよ」クリスは切って捨てた。「現代の女性は現代の強みを身につけているわ」

「あるいは過ちを」

ジャックがいつもの笑顔で口をはさんだ。

ふいにネリーが、機械音声のままで言った。

「夕食の準備ができました。ロッティからハーベイへ、夕食のトレイを取りにきてほしいと伝言です。男性二人はキッチンで食事をなさいますか？」

「それがいいだろう」

ジャックが答えた。二人は出ていき、クリスと新任のメイドは化粧室で支度を続けた。

クリスは最大の主張が通ったので、あとはアビーにまかせることにした。腹ごしらえをして、化粧をして、香水をつけた。ショートカットの金髪は、自分では考えたこともないような形に整えられた。こうして一時間弱で身支度は調った。

ネリーは肩にもどした。アビーとはまた一悶着あったが、軍服を選んだ二つ目の理由がこれなのだ。

仕上げにアビーは、ダイヤモンドと金のティアラを持ってきた。母親がどこかのガラクタ市で法外な値段で買ってきたものだ。〝プリンセスにふさわしい〟と有頂天で母親は言っていた。

そのときとおなじ返事をした。

「それはつけない」

アビーは反論しようとしたが、クリスの表情を見て考えなおした。

「ではどんなアクセサリーを？」

「宝石箱の隣にシンプルな銀のサークレットがあるわ。女性下級将校のフォーマルな夜会服用支給品」

「あれはだめです！」

「あれにする！」

アビーはティアラを見て、サークレットを見た。

「プリンセスにはティアラが必要です」

「あれは軍用ティアラよ。服装規定にそう書かれている。ティアラ、礼装、下級将校、女性用って」

アビーはダイヤモンド入り宝飾品を海軍支給品と取り替えながら、不満げに訊いた。

「上級将校はもっと豪華なものを召されるんですか？」

「ええ。だんだん豪華になって、提督たちはもう金ぴかのはではでよ」

「でもご年配ですよね」アビーは渋面で言った。

「しわくちゃの年寄りよ」クリスは認めた。

サークレットと飾り帯をつけたクリスは、普段の倍の高さのヒール靴でゆっくり慎重に階段を下りはじめた。この靴ももちろん軍の服装規定どおりだ。支度中のアビーの指摘も一理あると思えた。この服装には女性の快適さや見映えなどまったく考慮されていない。服装規定を作成した部局は海軍の女性蔑視者の最後の根城にちがいない。

階段の下にはタキシードに着替えたジャックが立っていた。クリスはそれを見て、

「足を踏み外したら受けとめるつもりで待ってるの？」

「その構えをしたほうがよさそうです」

「よろけないように隣でささえてくれたらいいじゃない」

「そしてそのヒールで足を踏まれろと？　申しわけありませんが、職務規程にそんな項目はないので」

「あなたの職務規程は項目が少なすぎるわ」

「そのようですね」

ようやくクリスが階段を下りきると、ジャックは脇へ退がった。後部座席にクリスがすわると、車寄せにはハーベイが巨大なリムジンをまわしてきていた。

アビーがスカートのひだを整えた。

ハーベイは自動運転モードにいれて、クリスのほうに振り返った。

「飾り帯をしても、地味な軍服は地味なままですな。ところで、ウォードヘブン星の将校が地球の勲章をつけてもよいのですかな？」

「ああ、しまった！」

プリンセスは公衆の面前で汚い言葉を使うわけにいかないので、日常生活でも使わないように練習しているところだった。クリスはあわてて飾り帯をはずそうとした。

ハーベイがニヤニヤしながら言った。

「確認しておきました。地球はウォードヘブン星と友好関係にある——これはパリ星系であなたがしたことや、あえてしなかったことのおかげですが——ということから、その勲章の着用は許可されます」

「先に言ってよ、ハーベイ！」

「でもこうしないと、あなたのその表情が見られませんのでね」

「表情？」

「愕然として、困惑して、〝ヤっばーい、またやっちゃった！〟という顔です。あなたらし

「……〝また〟とは思ってないわよ」

古くからの友人から受けた三点の指摘のうち、反論は一点にとどめた。

準備の大騒ぎとはうらはらに、舞踏会は退屈きわまりなかった。

クリスはいつもの相手とのいつもの会話を回避した。この人たちは昼の仕事で疲れるということがないのだろうか。兄のホノビは若手の二世議員として父のあとをついてまわっている。その首相は、娘の職業選択について本音を隠すべき政治的必要がないため、クリスとは顔をあわせないようにしていた。

しかし母親だけは回避できなかった。開口一番こうだ。

「アビーはどうだった？」

クリスは一歩退がり、両腕を広げて軍服を見せた。

「支度の途中に二回解雇を言い渡したわ」

「あなたに解雇はできない。わたしが雇っているんだから。多少なりともましな装いにしてくれると期待したのだけど」

「だとしたら一晩に三回解雇ね」

「ファッション警察のワーストドレッサーリストの最上段から娘の名前を消したい一心なのよ」

「ファッション警察から出頭命令書が届いても、すぐにゴミ箱行きよ」

母親は右隣の女について皮肉っぽい批判をはじめたので、クリスはよそへ移動した。

主賓のレイが登場した。たちまち親交を願う者と妙齢の婦人にとりかこまれた。婦人たちはレイの長いやもめ暮らしを終わらせようと狙っている。半径数光年の上昇志向の女たちにとって、八十の惑星を統べる王の后の座は究極の目標だろう。一部は既婚だが、相手がレイならすぐにトレードしそうだ。

レイ王はその宝石で着飾った人の波を、まるでうるさい蝿だらけのジャングルを歩く斥候兵のように左右に払いながら進んだ。しかし自分の目標には目ざとい。クリスもそのひとつだ。レイは孫娘の飾り帯と勲章を見て、眉を上げた。

クリスは言った。

「アクセサリーに合わせて服を選んだのよ」

ファッションのゴシップ記事はクリスの戦傷獅子章を無視するだろう。しかし曾祖父はわかるはずだ。

レイはニヤリとした。

「地球の人々はきみに救われたことを感謝しているのだな。その艦隊も」

そう言って、愛される最高司令官らしい微笑みを浮かべた。

「あのときはしかたなくやったことなのに」

クリスはふいに涙ぐみ、毛脚の長い絨毯を見つめた。

レイ王は答えた。

「そういう状況にはわたしも何度かおちいったことがある。不愉快な状況だ。しかし生き残った者の結束は固まる」

その言葉を聞いた高揚感は、帰り道の車内まで続いた。

ふいにネリーが告げた。

「クリス、コレクトコールがかかってきています。受けたほうがよさそうです」

「だれから？」

クリスは高校時代からコレクトコールを受けるのをやめていた。ロングナイフ家の一員と話したがる人が多いのはともかく、料金もこちら持ちがあたりまえと思われることにはあきれた。

「ミス・パスリーからで、発信元は恒星船ベレロフォン号です」

「ベレロフォン号？　心当たりはないけど」

「貨客混載の不定期貨物船です。トムが乗ると言っていました」

思い出した。

「受けるわ」

機械音声が告げた課金額はクリスも目を剝くほどの数字だった。ミス・パスリーがだれだか知らないが、きわめて高額な優先オプションをつけたらしい。

クリスは立ち襟のボタンをはずしてネリーに通話のホロ映像を投影させた。ストレートの金髪を肩まで垂らした若い女が映し出され、緊張したようすで話しはじめた。

「ミス・ロングナイフ、あるいはプリンセス・ロングナイフ。わたしのことはご存じないと思いますが、知人のトム・リェンが親しくさせていただいていると聞いています。そのトムから、もし自分の身におかしなことが起きたら、この番号に連絡するように言われていました」

カメラから目線をはずして、

「そのなにかが起きたようです。トムはイッァフィーン星の遺跡を見にいく予定でした。船のデータベースで必要な観光情報を調べ、装備もそろえていました。本当にイッァフィーン星へ行くつもりだったはずです。ところがトムはそこへ行っていません。

ベリー号は——というのはベレロフォン号の愛称ですが——給油か貨物の積み替えのためにカスタゴン6星に停泊しました。トムとわたしが雑談をしているときに、カルビン・サンドファイアと名乗る男がやってきて、トムに話があると告げました。トムは相手についていき、それっきりもどってきませんでした。

船はステーションを離れ、イッァフィーン星へむかっています。他の乗客全員に尋ねましたが、トムを見た人はいません。ネット経由でトムを呼んでも応答はありません。客室事務長に尋ねると、トムの客室は解約されておらず、また所在不明の乗客を探す予定はないとのことでした。わたしはトムにつきまとう不審な女だと思われたようです。

でもわたしの考えでは、トムはサンドファイア氏といっしょに下船したようです。思いすごしかもしれません。それでも、トムの身におかしなことが起きたとわたしが考えていることを、お伝えしたかったのです」

クリスはその内容を反芻しながら、メッセージの保存をネリーに命じた。ジャックに訊く。

「どう思う？」

警護官は顎を掻いた。

「自由行動中に優先順位を変えるのはよくあることでしょう。三種族の埃まみれの遺跡より興味を惹かれることを、サンドファイア氏が提案したのかもしれない。あるいは彼はサンタマリア星から来て、家族からのメッセージをトムに伝えたのかもしれない」ジャックは肩をすくめて、「取り越し苦労では？」

「そうとはかぎらないわ。ネリー、カルビン・サンドファイアという名前を検索して。まずサンタマリア星から」

「すでに検索中です。ウォードヘブン星、地球、グリーンフェルド星でも検索をおこなっています」

ネリーはいつもの自然な音声にもどっていた。トゥルーが命じた石のチップと三種族のテクノロジーの解読は、しばらくおあずけのようだ。

ウォードヘブン星はクリスの故郷。地球は地球だ。グリーンフェルド星は……べつの種類の魑魅魍魎(ちみもうりょう)が住んでいる。ネリーの勘があたらないといいのだが。

「ネリー、サンドファイア氏の船舶登記も調べて」

もちろん手がかりがそこから出なくても不思議はない。リース、レンタル、盗難、ハイジャックなど、移動手段が必要なときに宇宙船を手にいれる方法はいくらでもある。

六百の惑星に散らばる一千億人についての情報を検索するのは、忍耐を要する。たとえ容易に入手できる情報だとしても、〝容易〟な状態から〝入手ずみ〟の状態に移行するまで時間がかかる。帰路は長い沈黙に包まれたが、それをようやくネリーが破った。

「サンドファイア氏の名前はサンタマリア星のデータベースにありません」

驚くにはあたらない結果だ。さらに、

「サンドファイア氏の名前で登記された宇宙船は存在しません」

「予想の範囲ですね」とジャック。

五分後、ネリーは報告を追加した。

「カルビン・サンドファイア氏は、グリーンフェルド星において登記された企業、アイアンクラッド・ソフトウェア社のオーナーです」

「クソッ、それがらみとはね」

クリスは悪態をついた。プリンセスでも本音が出ることはある。

そのようすを見てジャックが訊いた。

「警護官として知っておくべき人物でしょうか」

「局の公式資料に載ってないの？」

「ええ、載ってません。しかし、お命を狙う者の情報を検察局に積極的に伝えないのは、他ならぬご自身ですよ」

「サンドファイア氏から命を狙われたことはこれまでないのよ」

クリスは得意げな笑みをジャックにむけた。警護官はかならずしも悔しそうではない。クリスは続けた。

「でも彼から金を受けとった男が、第六急襲艦隊前司令官サンプソン代将を最後の晩餐に連れ出し、一服盛って代将を心臓発作で死亡させた疑いがあるわ。殺されたサンプソン代将は、パリ星系で艦隊のシステムにアイアンクラッド社のソフトウェアを使って、攻撃命令は偽物だと知らせる通信を妨害させていたのよ」

「そういうからみですか」ジャックはクリスとおなじことを言った。

ハーベイはまばたきひとつせずに、このパリ星系についてのやりとりを聞いていた。

「とりあえず、その男は近くにいないわけですな」

「いまのところはね」

クリスは答えた。

ジャックはもの問いたげにその目を見たが、クリスはそれ以上なにも言わず、ジャックも口を閉ざした。

4

クリスは髪をアビーに下ろしてもらいながら、化粧台の天板を指先でコツコツと叩いていた。

「カスタゴン6星のステーションにはいった船を、ベレロフォン号入港の一週間前から検索。その乗客リストを入手して」

「実行します」ネリーが答えた。

クリスはスエットパンツにタンクトップ姿で、ハーベイとジャックがいる居室へ移動した。いまここは情報収集センターになっている。一方の壁は全面スクリーンで、これまでわかったことが表示されている。ただし項目はまだ少ない。

ロッティがやってきた。今夜飢えたりカフェインが切れたりする心配はなさそうだ。

クリスがラウンジチェアで背中を休めていると、カスタゴン6星の船舶記録で該当する情報はなかったとネリーが報告した。この一週間で入港したのはベレロフォン号だけということになる。

「それは不自然ね。ネリー、船舶記録をもっと詳しく検索する方法をトゥルーが知っているはずよ。サムに相談してみて」

ネリーは連絡をとった。サムによると、ステーションの方向へジャンプした船舶のリストを見たほうが、実際に入港した船のリストより詳しい場合が多いとのことだった。使われていない寝室に朝日がさしこむころに、ネリーはより詳細な検索を完了した。

入港せずに引き返した船はたしかにあった。クルーズ船のスペースアダー号が、ベレロフォン号到着の二日前にトゥランティック4星からカスタゴン6星へジャンプしてきていた。そしてトムが下船して二日後にトゥランティック4星へもどっている。なるほど、操作しやすい情報を鵜呑みにせずによく調べれば、公共データベースにも手がかりが残っているわけだ。

ロッティが朝食を運んできた。クリスは黙って今日やるべきことを確認した。まず艦に報告をいれなくてはいけない。土曜日なので必要ないのだが、半日ごとにかならず連絡をいれる艦長に負けたくなかった。

あくびを嚙み殺しながら、ネリーが集めた大量の情報を見直す。壁のスクリーンはいっぱいになっていた。片側には出来事が時系列順に並んでいる。トムの旅行計画とその中断を聞いたのは、クリスにとってはこの十二時間以内だ。しかし実際にはもうすこし長い期間内に起きている。

トムは五日前、ベレロフォン号に乗る直前にクリスあてのメッセージを発信した。薄給の下級将校が出した優先オプションなしのメッセージは、ハイカンブリア星から二カ所のジャンプポイントを通過してウォードヘブン星に届くまでに、何度も保留になったり中継順序を後回しにされたりした。クリスにメッセージが届くころには自分が現地近くに着いているように、わざとそうしたのかもしれない。ミス・パスリーのメッセージも本来ならおなじ時間がかかったはずだ。しかしクリスが高額のコレクトコールを受けたのですぐに届いた。トムは二日前より早い時点でベレロフォン号を下船したようだ。そしてクリスが父親の親しい関係者千人あまりとつまらない社交のおしゃべりをしていた昨夜、トゥランティック星に到着したと考えられる。

クリスはロッティの焼いた高繊維質のマフィンをかじりながら、出来事の流れを整理した。スクリーンの半分は星図で、今回重要な惑星がしめされている。

ハイカンブリア星からイツァフィーン星までは四カ所のジャンプポイントを経由する。その間の寄港地は一カ所だけで、それがカスタゴン6星だ。トゥランティック星からカスタゴン星まではジャンプ二回。ウォードヘブン星からトゥランティック星へは主要な通商航路で、ジャンプ三回だ。

「ネリー、トゥランティック星の政情分析を」

最近まで人類宇宙は一つで、人類協会の政治を知ればそれですんでいた。しかしウォードヘブン星首相を父として育ったクリスは、高校の公民の教師が人類共同体と呼ぶものは実際には派閥だらけであり、たとえ首相でも思いどおりの施策はなかなかできないことを食卓の話題から学んでいた。それらの派閥がいまは連合として独立している。現在の星図は通商路だけ描いても不充分で、星域の色分けや税関所在地の表示が必要だった。それどころか、艦隊が異なる色の星域へ進行しているようすまで見ないと安心できない。

クリスはまず地球を明るく表示した。人類空間の中心だ。初期の二百年の進出で植民されたのが七姉妹星団。その外側には、〝従姉妹〟と茶化して称される四十あまりの星がある。ネリーはこれらの惑星を緑で描いた。統一戦争以前の人類協会の旗の色だ。そして、かつて統一派をなしていた百個の惑星を黒で塗った。

（ちがうわ、ネリー。それは歴史上の分類。レイおじいさまの知性連合を赤でしめして）

星図が変化した。黒の多くが赤に変わった。それだけでなく、緑のピッツホープ星とロルナドゥ星も赤になった。地球にとってこれは予想外だったはずだ。赤にはウォードヘブン星がこれまで八十年間に開発援助をしてきた植民星がふくまれている。それでも赤と緑の領域が占めるのは、人類が住みついた六百の惑星のなかで四分の一以下だ。

（ピーターウォルド家の派閥を黒に）

リム星域の五十の惑星が黒雲を形成した。中心にあるのがグリーンフェルド星だ。ウォードヘブンの勢力が拡大するのをさまたげる手のように見える。

トゥランティック星とピーターウォルド家の勢力圏のあいだに、ハミルトン星とその五つの植民星がある。

（トゥランティックとハミルトンのあいだに敵対感情は？）

（よくある通商上の競争関係だけです）ネリーは答えた。

クリスは壁のスクリーンを眺めながら、自分とトムの立ち位置を考えはじめた。

すると――

「クリス、あなたあてのコレクトコールです」

「今度はだれから？」

「トムです」

「つないで！」

クリスは跳び上がって叫んだ。ジャックとハーベイも〇・五秒ほど遅れてソファから立ち上がった。長い夜の疲れも吹き飛んだ。アビーだけは部屋の隅のまっすぐな背もたれの椅子にじっと腰かけている。夜通しの議論にも参加していたが、じつはすこし眠っていたのかもしれない。

スクリーンの一部が変化して通話映像を表示した。たしかにトムだ。見るからにやつれている。肌は青白く、そばかすが警告灯のように浮き出て見える。

「クリス、助けてほしいんだ」

いつもの片頬の笑みはなしで話しはじめた。しかし、いきなり映像は途切れた。

「ネリー！　通話の続きは？」クリスは大声を出した。

「発信元で切られました」

「どこからの発信だったの？　もう一度再生して」

ネリーは映像を最初から再生し、途絶直前のコマで停止させた。クリスはトムの目を見つめた。不安や、恐怖や、あるいはおかしな恍惚感があるだろうか。しかしただの疲れた顔にしか見えない。

「ネリー、通話についてわかることを」

「ファイルのヘッダー部分が壊れています。一度発信した通話を無理やり取り消そうとした痕跡だと思われます。発信地はハイトゥランティック・ステーションからで、実時間で約六時間前です。電話機の正確な所在はわかりませんが、港湾区の公衆回線であることはたしかです」

標準的なE級ステーションの見取り図が映し出された。

「たいした手がかりにはならないな」

ジャックがつぶやいた。しかしクリスは反発するように言った。

「六時間前にトムはトゥランティック星にいて、助けを必要としていた。それだけで充分よ」

「充分……だから?」

「捜索を開始するのよ」

クリスは床を歩きまわりはじめた。ジャックは指摘した。

「トゥランティック星は十二光年離れていて、最優先メールでも届くのに十二時間かかる場所です」

「そういうときこそコネよ。あなたは警官でしょう? むこうの仲間に電話してトムを探させなさい」

「わたしたちはボディガードです。拉致行為などしません」

「エディの誘拐犯をつかまえたときは、あなたたちは総出だったじゃない」

怒りのせいか、弟の名をつかえずに言えた。六歳で堆肥の山に埋められて死んだ弟だ。

「エディはわたしたちの保護対象でした。トムはそうではない」

「トムがだれかに拘束されたのなら、それはわたしと親しくしすぎたのが原因よ」

ジャックはプロらしい無表情だった。答えようのない問いだ。

「ネリー、レイおじいさまにつないで」

ジャックは眉を上げた。しかしきびすを返してソファにもどり、両手を組んで、研究対象を見るようにクリスを観察しはじめた。

スクリーンの一部にレイの笑顔が映し出された。

「やあ、クリス。舞踏会明けの土曜の朝早くからなにをしているんだ？」

「ちょっと問題が起きたのよ、おじいさま」

クリスは状況を説明した。トムについて聞くうちに、レイの笑みはしだいに懸念の表情に変わった。クリスが話し終えると、うなずいた。

「憶えているぞ。いい若者だ」

「わたしの右腕として働きすぎたのよ」

「クリス、これは一筋縄ではいかないぞ」レイが一筋縄でいかないと言うときには、本当にいかないのだ。「トゥランティック星は知性連合に属していない。中立主義をとっている。様子見を決めこみ、どちらの勢力にもあえて加担しないでいる。だれもが人類協会の善良な市民だった一年前なら、わたしは私人として電話を一本かけ、それによってトゥランティック星の警官の半分がトムの捜索をはじめただろう。しかしいまのわたしは王だ」レイは陰気な口調で言って、手入れが必要な乱れた眉を指でなぞった。「そして王としての影響力もない」

クリスはジャックを見やった。警護官は、〝言ったとおり〟という表情を浅黒い顔に浮かべて首を振った。

「大使館があるでしょう」クリスはレイに言った。

「ウォードヘブンの商務事務所を改称しただけの大使館だ。二星の独立した対等な関係について歴史書から学んでいるところで、まだろくに機能していない」

「なんらかのツテを使って現地警察を動かして、トムを捜索してもらえないかしら」クリスはそう言ってから、脳裏でネリーに命じた。

（トムの通話映像をおじいさまに送って）

レイはスクリーンの外に視線を移した。沈黙のなかで、トムの短い言葉がかすかに聞こえた。レイは眉間に皺を寄せて答えた。

「なるほど」

「厄介なロングナイフ家の一員とかかわりを持たなければ、サンタマリア星出身の若者がこんな事件に巻きこまれることはなかったはずよ」

「サンタマリア星出身か。では知性連合の市民ではないわけだ」

たしかにそうだ。人類宇宙のはずれのサンタマリア星はどこの勢力にも属していない。それでもクリスは指摘した。

「ウォードヘブンの軍艦の乗組員よ。守るべき理由になるわ」

「そのような場合には二重星籍をあたえるべきだという議論もあるな。しかしそれは厄介な部分だ」

クリスは素直にうなずきながらも、曾祖父をじっと見つめつづけた。レイのほうから目をそらしたのは初めてかもしれない。

「何本か電話をかけてみよう。ツテをたどるうちに、頼みごとをできる相手にたどり着くかもしれん」

「ありがとう、おじいさま」

「そこにいろよ、クリス。また連絡する」

そこにいろ……か。ここにいてトムを助けられるのだろうか。トムの今後の見通しと、レイができることの二つをあやうい天秤にかけた。決断するより先に体が動きはじめていた。他に選択肢はないのだ。

(ネリー、ヘイワース艦長につないで)

ファイアボルト号艦長は艦内のデスクにいた。顔を上げて、

「中尉か。今日は遅刻願いか？　昨夜の舞踏会が遅くなったのだろう」

「艦長、個人的な用事ができました。昨日おっしゃった休暇をとりたいと思います」

クリスの背後でジャックがソファから立ち上がった。ハーベイは大きく咳払いをしている。それが最大級の反対意見の表明であることを、昔ある下士官から教わった。しかしどちらも無視した。

艦長は答えた。

「問題ないだろう。しばらくは忙しくない。デイルがユニプレックスのサンプルを早めにほしがっているから、おまえのコネでなんとかならないかと期待しているが、一週間くらいは待てる」

クリスは机においたままにしているアルからの小包を見た。ステーションに上がったときに預けていく方法もある。しかし、一度このユニプレックスのせいで死にかけた。自分の命を狙う者の手中にこれから徒手空拳で跳びこもうとしている。使えそうな駒はなんでも持っていきたい。

「来週かならず届けます。またそのときに。ご理解いただきありがとうございました」

艦長は笑顔で答えた。

「大変な務めをいくつも背負っているな、中尉。よくやっている。来週会おう」

ジャックが訊いた。

「なんのための休暇ですか？」

ハーベイも大きな声を出した。

「自分がなにをしているかわかっておられるのですか?」

クリスは、深呼吸した。なじみ深い匂いだ。ここは生家ヌー・ハウス。ロングナイフ家の人々の本拠だ。彼らは、他に選択肢がないときに敢然とそれをやった。もちろん、自分がいまから行こうとしているのは、ロングナイフという名前だけで標的にされる場所だとわかっている。

嗅ぎ慣れた空気を吐き、ジャックのほうへ一歩踏み出した。暗く不明瞭な道への一歩だ。言葉を慎重に選んだ。ただでさえ危険な決断だ。必要以上に波風を起こしたくない。

「トムが不穏な状況に巻きこまれていないかどうか、個人的に確認しにいくのよ」

同時にネリーに命じた。

(ウォードヘブン発トゥランティック行きの一番早い船は?)

「冗談じゃない! 立場がわかっていないのですか?」ハーベイが声を荒らげた。

「敵の罠に自分からはいろうとしているんですよ」ジャックは穏やかに言った。

ネリーが脳裏で答える。

(船の予定は昨夜から継続的に追っています。貨物船ブリズベーンバスターズ号が一時間後の出港。高級客船トゥランティックプライド号は三時間後にエアロックを閉鎖します)

(ありがとう、ネリー。トゥランティックプライド号の空室確認をして)

口ではジャックに対して言った。

「ええ、罠だということはわかってるわ」

ハーベイはあきれたように両手を上げた。ジャックはさらに訊いた。

「ではなぜ？」

「トムは望んでおらず、予想もしていない罠にはまった。彼はロングナイフ家に距離をおこうとしていた。それどころか全力で逃げていた。なのに網にかかった。わたしを狙った網にね。わからない？　トムはゲームの餌にされたのよ。本人は予想していなかったし、このままでは生き延びられない。じつはわたしは、この犯人たちの頭がいいことを神に祈っているわ。堆肥の山で埋めた小部屋に、折れて詰まった通気管をさしてエディを窒息死させた愚か者たちのようでないことをね。

犯人たちの罠は、サンタマリア星から遊びにきた純朴な若者をだます程度にはよくできていたわ。でもヌー・エンタープライズの大株主をはめられるかしら？　首相の娘を、あるいは八十の惑星を統べる知性連合のプリンセスをおとしいれられると思う？　小さなネズミ捕りで子ネズミをつかまえられても、凶暴な雌ライオンは無理よ！」

ジャックは不満げに言った。

「たいそう自信がおありですが、それくらいは敵も予想済みでは？」

クリスは肩をすくめた。芝居がかった長ゼリフを簡単にあしらわれておもしろくない。

「これまで乗り切れたんだから、今回にかぎってやられるわけないでしょう。三時間後にトゥランティック星へむけて出港する船がある。それに乗る」

「いけません」

ジャックがそう言うと、アビーが立ち上がった。

「荷づくりをはじめます。ハーベイ、自走式トランクを四個持ってきて。このお屋敷にいくつかあったはずよ」

「とってこよう。しかしわたしは反対だ」

クリスはアビーに対して言った。

「あなたは来なくていいわ。危険だから」

新任のメイドは主人にむきなおった。その手にいきなりニードルガンがあらわれ、クリスの胸を狙った。

ジャックがクリスのまえに立ちふさがった。

「どこからそんなものを！」

「銃は十二歳のときから持ち歩いているわ」アビーは言いながら、出したときとおなじく手品のようにニードルガンを消した。「わたしが地球出身であることをお忘れなく。あの星の奇妙な犯罪を聞いたことがあるでしょう。走行中の車からの銃撃とか、近所の楽しいファストフード店での乱射事件とか」

ジャックは自分の銃には手を伸ばさず、この仕込み銃のほうにじりじりと迫っていった。

それに対してアビーは言った。

「それ以上近づかないで、ジャック。あなたは善良そうに見えても、じつは格闘戦の訓練をかなり積んでいるはずね。わたしは武道を正式に習ったことはないけど、路上生活の子たちといっしょに育って、生き延びるために必要な先制攻撃くらいはできるのよ」

ジャックは一歩退がったが、片手を差し出した。

「その銃器は看過できない。保護対象のまわりでわたしの関知しない武器を持ち歩くことは許さない」

口調は穏やかだが、鋼のように断固としていた。

アビーは相手をしばらくじっと見つめたが、ふいにまばたきした。手のなかにさきほどの銃があらわれ、それをジャックに渡した。そしてクリスのほうをむいた。

「わたしの前の雇い主は、給料泥棒の無能な護衛ではなくわたしの言うことを聞いていれば、いまでも生きていたはずです。そしてわたしは故郷を遠く離れて職を求める必要もなかった。履歴書をちゃんと読んでいただいていますか？」

「あなたを雇ったのは母だから」

「それでも身辺におくメイドの素性は知っておくべきでしょう」アビーは自分のリストユニットを操作した。「秘書コンピュータに送信しました。目を通してください」

「いまは時間がないわ。船にまにあわなくなる」

「そうですね。でも、これから怒れるプリンセスになるおつもりなら――それは毛皮のビキニより極端ですが――わたしを同行させてください。きっとお役に立ちます。もちろん自分の身は自分で守れます」

「至近距離からロケット砲で狙われてもか？」

ジャックが陰険な口調で言った。アビーはさすがに眉をひそめた。

「実際にあった話だけど、どこで聞いたの、ジャック？」

クリスはそう言って、化粧室にむかった。アビーもついてきた。

ジャックは答えた。

「情報にはうといほうですが、無能ではありませんよ。ハーベイ――」退室しようとする運転手を呼び止める。「わたしのバッグを二つとも持ってきてくれ」

「二つ？」クリスは訊いた。

「そうです。あなたが突然この星から跳び出し、自分がそれについていくという状況は予想ずみでした。だから、暑い惑星と寒い惑星にそれぞれ対応する荷物を普段から準備していました。トゥランティック星はどちらですか？」

「警護官を連れていくとは言っていないわ。わたしは休暇として一人で行く」

「なるほど、そうですか」

ジャックはよそをむいて独り言のようなことをつぶやきはじめた。通信センターに連絡しているのかもしれないが、現時点でのクリスには断定できなかった。

アビーが提案した。

「ステーションの検査や税関を迅速に通過させるには、彼の二つのバッグとわたしの荷物を、お嬢さまの外交特権がわかるトランクにいれるのが得策でしょう」

「わたしに外交特権があるのかどうか知らないけど、たしかにそうね。ネリー、ハーベイに連絡してトランクをあと二つ追加」

混乱した状況だが、なんとか先へ進めそうな気がしてきた。

アビーが化粧室であわただしく服を選んでいるところへ、ハーベイが自走式トランクの隊列を率いてきた。それぞれクリスがはいれるほど大きい。アビーはそれらに大量のドレス、ガウン、スーツ、アクセサリーを詰めこんでいった。クリスにとって聞いたことはあっても身につけたことはないものばかりだ。補正下着などこれまで縁がなかった。しかしアビーは何着かいれた。さらに、ガードルらしいものを二着かかげて説明した。

「最新のスーパースパイダーシルク地を使った防弾下着です。どんな動きもさまたげず、通気性も充分ですが、四ミリ・スラッグ弾の貫通を防ぎます」

「前の雇い主の遺品競売会で手にいれたの？」

クリスは訊いてから、誤解を招く言い方だったかと思った。しかしアビーは表情ひとつ変えなかった。

「いいえ。前の雇い主の衣類は六サイズ大きかったので」

「二着あればあなたも安全ね」

「申しわけありませんが、お嬢さま、銃撃されるような状況ではおそばにいません。それはあの美形の警護官の仕事です」

クリスは話を美形の警護官から引きもどした。

「戦傷獅子章もいれておいて。行った先で効能があるかもしれない」

「田舎者にはなんだかわからないでしょう。でも大きくてピカピカしているので、おそれいる者がいるかもしれませんね」

アビーは勲章をトランクの仕切り箱にしまった。

クリスはアルから送られてきた小包を開けてみた。たしかにユニプレックスの初期ロット十キロだった。持ち上げて考える。これをなにに使うというのか。思いつかないが、こうして自問したことだけで持っていく理由になる。受けとったアビーもなにも言わずにトランクの底にいれた。

一時間後に荷づくりはできた。アビーはどこからか毛皮のビキニまで出してきて問答無用で荷物に加えた。

ハーベイは自走式トランクの指揮棒をおいて部屋から出た。

「お車をまわしてきます」

ジャックがもどってきてトランクの隊列を一階へ誘導した。いつもの軽い足どりではなく、体がやや重そうだ。屋敷内の武器庫にはいって小さな軍隊に対抗できるほどの武器弾薬を装備してきたのだろう。

そのジャックは新任のメイドに訊いた。

「アビー、さっきのものを持ったままどうやってセキュリティを通過したんだ？　ヌー・ハウスの警備体制は鉄壁だと思っていたが」

アビーはジャックのほうを見もせずに答えた。

「サンタマリア星の主要産業は、セラミック製のエアライフルやエアガンなどの護身用武器の製造よ。銃弾の多くは金属製だけど、値段に糸目をつけなければ、実用性の高いセラミック製弾薬も買える」

「だろうと思った。クリス、これをポケットに忍ばせておいてください」

ジャックが手渡したのは、アビーからとりあげたのと同型かそのものらしい小型自動拳銃だ。クリスはしげしげと観察した。アビーが説明した。

「そこが安全装置です。しっかりできているので暴発の心配はありません。予備のホルスターがあるので使ってください」

「どこに携行しているんだ？」ジャックが訊いた。

「女の秘密よ」

アビーは、新たな銃を瞬時に手のなかに出してみせた。ジャックに没収されたのと瓜二つだ。二人がにらみあっているあいだに、クリスは銃をポケットにいれた。隠し場所はあとでアビーに教わろう。

エレベータ駅に着いたのは、トゥランティックプライド号がエアロックを閉鎖する七十五分前だった。充分まにあいそうだ……と思ったとき、茶色のレインコートをはおった二人の男が近づいてくるのに気づいた。

クリスはジャックに訊いた。

「あなたの関係者？」

「わたしの上司の上司。そしてさらに上の上司のグラントです」

上級官僚がかかわってくると厄介だ。クリスは歩調を上げて搭乗ゲートに直進した。自走式トランクのモーターが背後でかん高い音をたてる。

「ちょっとお待ちを！」

息せききった声が背後から聞こえた。クリスはゲートのところで立ち止まり、二人が追いついてくるのを待った。トランクの列はアビーが率いてゲートを通過させた。ヌー・ハウスを出発したときよりトランクの数が増えているような気がしたが、クリスはかぞえている暇がなかった。

上級局員のグラントが息を切らせながら強く言った。

「プリンセス・クリスティン、そこを通ってはなりません」

クリスは目を丸くしてエレベータ駅構内を見まわした。

「へんね。おかしなものはいれていないつもりだけど。アビー、なにか問題が？」

「なにもありません」

もう一人の局員が主張した。

「問題はあります。検査員、お荷物を再検査しろ」

検査場の女性職員は、局員とその身分証明書を見て、トランクを見た。それからまたクリスに目をやってにっこりした。

「内容物をスキャンして画像を取得ずみです。コンピュータは安全と判定しています。わたしの目でも同意見です。つまり安全です。そうですね、ロングナイフ中尉？」

クリスはこの三カ月間毎朝この職員によって合格判定をもらっていた。笑顔で答えた。

「もちろんそうよ、ベティ」

そしてトランクに続いてゲートをくぐった。

「ミズ・ロングナイフ、考えなおしてください」

上級局員はクリスを追ってゲートをくぐろうとした。すると警報が鳴り響いた。

物騒な銃器をかまえた駅の警備員たちがいっせいに検査場に集まってきた。この駅にこれほどの数がと驚くほどだ。局員は二人とも身分証明書を振りかざしたが、重武装の警備員たちの勢いは止まらない。

クリスはベティに笑顔で言った。

「この若い男はわたしの警護官よ。武装しているけど、許可証もたくさん持っているから」

ベティはジャックの許可証をしっかりと確認した。ボタンを押し、ゆっくりと検査ゲートをくぐるように手で合図する。モニターを見ながら口笛を吹いた。

「ずいぶん武装していらっしゃいますね。いざというときはこの方のうしろにいたほうがいいと思います」

「しばしばそういうときはあるんだ」ジャックは言った。

二人の局員は事前申告していなかった武器携行の問題をなんとか解決したようだ。武装警備員たちが解散すると、上級局員はふたたびクリスにむいた。

「ミズ・ロングナイフ、おやめください」

クリスは足を止めず、話をそらした。

「命令するまえにわたしの性格を知ったほうがいいわ。わたしを中尉と呼んでも、プリンセスと呼んでもいいけど、ミズはやめて」

「申しわけありません」一人が言った。

「わかりました、中尉」もう一人が同意した。

それから同時に、

「まだ準備が――」「警護チームがまにあわな――」

主張しかけて言いよどんだ。そして口をそろえて言った。

「とにかくお待ちください！」

「待てないのよ」

クリスはエレベータの入り口で立ち止まった。アビーとトランクの列を先に搭乗させる。トランクをかぞえてまた眉をひそめそうになったが、がまんした。立ち止まったので隣にジャックが立ち、騒々しい追手たちがまた近づいてきた。

上級局員は切り札を出してきた。

「こちらとしてはジャックを交代要員なしで行かせるわけにはまいりません」

「いいわ。わたしは二十二歳で現役の海軍士官。自分の意思で警護を辞退できる年齢に達している。ネリー、辞退届を作成して」

「無茶です」グラントがうめいた。

「その無茶なことを彼女はやるんです。頻繁に」ジャックが言った。

「おまえが権威ある態度で適切な関係を築いていないからだ」グラントは叱責した。

するとクリスはにっこり笑ってみせた。

「そもそもわたしは権威ある態度の人物と適切な関係を築いたことはないわ」

ジャックは提案した。

「応援のチームが編成できたら、次の船か、そのあとの便で送ってください」

「それはまずい」とグラント。

「いいえ、それが最善の案ね」

クリスが言った直後に、出発三十秒前のアナウンスが流れた。白線を踏まないように退がれという。クリスは足下を見た。白線は一メートル幅で引かれている。自分とジャックはその中央に立っていた。クリスはエレベータのある内側に退がった。局員の部下のほうがグラントの肘をそっと引っぱって外側の安全地帯にもどった。

グラントは呼びかけた。

「次の船で警護チームを送ります。上級の監督もいっしょに」

クリスは閉まりはじめたドア越しに笑顔で答えた。

「ジャックより上級の者はやめてもらいたいわね。でないと秘書コンピュータに指示して、さっきの警護辞退届を正式に提出させるわ。そうしたらあなたは父である首相から呼び出されて、娘に毛嫌いされる理由はなにかと説明させられるわよ。場合によってはレイ王からも」

ジャックは唇を動かさずにささやいた。

「性悪なお姫さまですね」

「そう？　そんなふうに言われたことはないわ……面とむかっては」

「ええ。耳もお悪くて、後ろ指さされても気づかれないのでしょう」

「耳は悪くないつもりだけど」

「さらに安全ベルトを締め忘れる癖がおありだ」

「今回の旅のあいだじゅう、そうやって小言をいうつもり？」

「では控えて、一分ごとにしましょう」

これが難局におちいったトムの救出行でなければ、とても楽しい旅になったはずだ。

5

「ネリー、空室(スペース)を探してとは言ったけど、宇宙を借りてとは言ってないわよ」

クリスはうめいて、トゥランティックプライド号の客室事務長に案内された壮麗な部屋を見まわした。居室に吊られたクリスタルのシャンデリアが落ち着いた光を放ち、天井の金の装飾や壁の精巧に彫刻された飾り縁を穏やかに輝かせている。豪華な紋織物を張ったソファや椅子は博物館や映像資料でしか見たことがない。

「指示どおりにしただけです」ネリーはすまして答えた。

「ファイアボルト号がはいりそうな広さよ」

居室から奥へ開いたドアをクリスは確認しにいった。むこうは書斎だった。三面の壁は書架で紙の本が並ぶ。正面の壁は全面スクリーン。居室で事務長がジャックに操作法を教えているのよりやや小さい程度だ。三つある寝室はどれも同種の娯楽用スクリーンと設備をそなえている。

クリスは秘書コンピュータとの議論を裏でやるために、思考で問いかけた。

(もっと小さな部屋はなかったの?)

（船はほとんど満室でした。三室まとめて予約できなかったので、インペリアル・スイートをとりました）

「インペリアル・スイートですって。わたしはプリンセスよ。帝国じゃない」

聞いたアビーが指摘した。

「そこは女帝とおっしゃるべきでしょう。帝国は政治体制で、皇帝や女帝がその支配者の称号です。当時は性別で呼称を変えるのが普通でした」

「今度は政治体制の専門家になったのか？」ジャックが言った。客室事務長が出ていったドアを調べている。「たしかにインペリアル・スイートだな。そう書いてある」

アビーは皮肉っぽく答えた。

「地球の政府は自分たちが支配者だという幻想を持っていたわ。そういう勘ちがいした人々をよろこばせるためにあるのが儀礼よ」

クリスはメイドにむきなおった。

「あなたの地球時代の話をまだ聞いていないわね」

ジャックも言った。

「愉快な話じゃなさそうだな、わたしの保護対象のそばで武器を持って立っているんだから。まえの雇い主はどんな人物だったんだ？」

アビーはリストユニットをジャックのほうにむけてタップした。

「履歴書を送ったわ。あとで読んでおいて。わたしは殺したいと思った相手を殺せる」

　クリスはにらみあう二人をおいて、自分の寝室にはいった。驚いたことに居室よりさらに豪華だ。ベッドは四人分くらいありそうで、ふかふかのダウンがかかっている。艦体拡張時のファイアボルト号のブリッジにくらべても倍はある。

「ラケットを持ってくればテニスができそう」

　ネリーが答えた。

「第三デッキにテニスコートがあります。オリンピック規格のプールとトレーニング設備も。乗客が必要とする用品は付設のスポーツショップでなんでもそろえられます」

　ジャックが隣の部屋から言った。

「太りすぎたら水着を買いかえることもできるわけだ。ところで食事は何時からかな」

　一息ついて食事を楽しむという案はとても魅力的に思えた。ロングナイフ家はなに不自由ない暮らしをしてきたが、父親は贅沢をひどく嫌った。票が逃げるというのが理由だった。十代前半のクリスは母親の半分の食事量ですませることを誇りにしていた。しかし今回はプリンセスらしい贅沢にひたってみてもいいかもしれない。

　クリスは豪華な寝室をあとにして居室にもどった。ジャックは壁のスクリーンにアビーの履歴書を映して読んでいた。アビーは自分の半生がそっけなく記された文書を見て、肩をすくめた。

「大画面に映すとたいそうに見えるわね」

「大学の卒論は……店頭販売の実地研究か？」ジャックは尋ねた。

クリスは足し算と引き算で忙しかった。アビーは三十六歳。ジャックより八歳年上だ。そのジャックはクリスの六歳上。クリスの来月の誕生日までは。ふうむ。もしジャックが年上好きだとしても、アビーは年が離れすぎだろう。たぶん。

アビーはジャックに対して答えた。

「大学の学費は老人介護のアルバイトでまかなったわ。洟(はな)やよだれを拭いたり、ときには尻をぬぐったり。カウンターに立って客の口紅やアクセサリー選びを手伝うなんて華やかな仕事は、夢のまた夢だった」アビーは表情をゆがめた。「介護先の老婦人が亡くなって、その孫娘がわたしの最初の雇い主になったというわけ」

「最後の雇い主の死の状況は？」ジャックが訊いた。

クリスは、二人の会話がプライベートなものになりそうだと思って、寝室のほうに退がった。

「警察は、反発した株主による逆恨みと結論づけたわ」アビーはボタンをはずして袖をまくった。あらわれたのは銃弾の射入口と射出口の傷痕。「かなりひどい逆恨みね。この傷は、雇用契約を結んだときにあなたの所属する部局で調べられたわよ」

ジャックはアビーにむきなおり、こゆらぎもしない目で見つめた。

「それについては地球の警官たちが徹底的に調査した。こちらの手もとにあるのはその報告書だけだ。上司はその内容を受けいれている。わたしは多少異なる考えだが」

「好きなように考えて。でもわたしは仕事を得た。それなりの報酬はもらうつもりよ」

「ロングナイフ家で働けば報酬は充分あるさ。しかし就職時の説明とはちがうのを覚悟しておいたほうがいいぞ。ロケット弾が飛んできたときの対応とかな」

「常識どおりに対応するわ。反対方向へ全力で逃げる。わたしは身のまわりのお世話をするメイドだから、万一のときに遺体確認はする。そういう覚悟でいいんでしょう？」

「それでいい。自分の掩護はよそに頼む」

「賢明ね」

クリスは咳払いをしてから居室にはいった。

「ネリーによると、今夜のわたしは船長とのディナーが予定されているらしいわ。アビー、なにを着ていけばいいと思う？」

「昨夜パスしたドレスはいかがかでしょうか。今回は奥さまはいらっしゃいませんし。光り輝くプリンセスとして乗客の目をくらませては？」

「それにするわ」

他の客たちに高貴な姿を見せつけるのも悪くない。いい経験だ。母親の生き方を理解する手がかりになるかもしれない。

アビーがプリンセスを仕立てるのにまる二時間かかった。母親の支度があれほど時間を要する理由が多少なりとわかった。というよりも、クリス自身がその過程を楽しんだ。これまでの生活にこういう官能的な経験はほとんどなかったのだ。

アビーは、浴槽でとにかくリラックスするようにと言った。クリスはそのとおり、なにもかも忘れてお湯と水流と芳香に身をゆだねた。苦痛も心配事もない世界で漂った。

続いてメイドは、フェイシャルマッサージをほどこした。クリス・ロングナイフ中尉としての緊張が揉みほぐされていく。十分後に、アビーはクリスのフェイスケアを終えた。よき海軍士官に求められる険相はあとかたもなく消えて、つややかなプリンセスの顔に変わっていた。

次は、ストラップレスのドレスだ。クリスの美顔が曇るまえに、アビーはプッシュアップブラを見せた。

「こういうものをお使いになられたことはないようですね」

地球出身のメイドはまるで異星人を見るような目でクリスを見た。

「そうね」

「奥さまから教えていただいたことは？」

「ないわ」

「女性雑誌でお読みになりませんでしたか？　そう……十五歳くらいのときに」

クリスは酒びたりの生活から脱したころを思い出した。

「ないわ。当時読んでいたのは歴史書や政治評論集。あとはサッカーと軌道スキップフレース関連の本。くだらない雑誌を手にとる暇はなかった」

アビーは首を振った。

「同性の友だちから胸の谷間の秘密を教わったことは？」

クリスは、〝友だちってなに？〟と言いたかったが、黙っていた。

アビーは軽く口笛を吹いた。

「わかりました。あなたは本当によその惑星育ちですね。でも大丈夫。ママ・アビーがこの星の暮らし方をしっかり教えてあげますからね」

ディナーの十分前。クリスを人前に出す準備が整ったとアビーが宣言したちょうどそのとき、若い高級船員がインペリアル・スイートのドアをノックした。若者の緊張と驚きぶりは、クリスのほうが困るほどだった。震えてどもって言葉が出ない。燕尾服姿のジャックが気を使って咳払いをし、ディナーへのエスコートを自分がつとめてもいいと提案した。すると若い高級船員は自分が来た目的をようやく思い出した。

「船長の申しつけにより、プリンセスをエスコートしに参りました。お一人でのご旅行とうかがいましたので」

つまり船員の目から見て、警護官とメイドは存在感をうまく消しているようだ。クリスは若者の腕をとり、船の広い廊下に踏み出した。ジャックは三歩退がってついてきた。

船長のテーブルでの食事は、虚栄というものを知るよい機会になった。ひたすら無益な時間が流れた。ざっと見まわして、テーブルで四十歳未満なのはクリスだけ。そして肩を出したドレスもクリスだけだった。アビーの言うとおり、ネリーがいなくても問題なかった。男性たちはだれもがうやうやしい態度で接し、女性たちはクリスの美貌を賞賛した。もちろん、裏でどう思われているかは別問題だ。

ワインには手をつけなかった。飲まなくても、注目度の高さですでに酔いそうだった。お母さまはこの感覚に中毒しているのね……。

船長はプリンセスの同席を心からよろこんでいるようすだった。その視線がちらちらとむけられるのは、戦傷獅子章の飾り帯だ。アビーの手でクリスの胸のすぐ下に留められている。勲章そのものは船長から反対側にある。この飾り帯を留めるべつのものを買うか仕立てるかしようと、クリスは心にとめた。

テーブルの会話が落ち着いたときに、船長はクリスに話を振った。

「今回はどのような目的のご旅行ですか?」

「ああ。ウォードヘブンは美しい惑星ですけれど、かわいい娘には銀河を見せろというでしょう? それにレイおじいさまが四十の惑星の王に即位されるなら、プリンセスはなおさら外の世界を見ておく必要がありますわ」

クリスが現在の同盟惑星数を半分にして話しても、船長はまばたきひとつしなかった。さて、これによってプリンセスの世評は上がるのか下がるのか。

「ご旅行に短いおつきあいしかできずに残念です」

「というと?」

「トゥランティックプライド号は帰港後、短期間ながらドック入りする予定なのです。他船への乗り継ぎは手配いたしますのでご安心ください」

「これほどすばらしい船は期待できないから残念だわ」

「トゥランティックプライド号の乗組員を代表してお言葉に感謝します」

べつの女性乗客が船長の注意を惹こうと話にはいってきた。

「まあ、船になにか不具合でも？」

彼女が身を乗り出すと、船長の視線はその量感ある胸の谷間に惹きつけられた。アビーの魔法の補正下着をもってしてもクリスはかなわない。

「ああ、ご心配にはおよびません。トゥランティック星は保有船の安全基準をふたたび引き上げたのです。そのため若干の艤装追加が必要になりました。この船はすでに宇宙一安全ですよ。それが来月にはさらに安全になります」

女はその答えで満足したようだ。あるいはワイングラスが満たされればそれで充分だったのか。しかしクリスは、あとでこの話をネリーに確認させようと思った。民間人は安心するかもしれないが、現役のウォードヘブン海軍中尉はかえって疑念をいだくのだ。

ディナーのあとはダンスの時間となった。クリスをダンスフロアに連れ出す高級船員たちは、踊りの下手なプリンセスにだれ一人不満をのべなかった。クリスがすれちがうカップルに見とれていると、ステップをお教えしましょうかと提案を受けた。悪くない夜の過ごし方かもしれない……他にやることのない退屈な人生なら。

十一時ちょうどに客室事務長の案内でクリスはスイートのドアのまえにもどった。事務長は夫人を連れて自室にもどる途中だった。夫人はクリスに言った。

「必要なものはなんでも——どんなものでもおっしゃってくださいな。恒星船の設備を使えば、針や糸のようなちょっとしたものから、機関士が数人がかりで組み立てる機械製品まで、なんでも提供できるんですのよ」

「どうもありがとう」

クリスは答えて、ジャックが押さえているドアから部屋にもどった。食べて、お世辞を浴びせられて、踊ってと忙しい夜だった。

なにより足が痛かった。

クリスがソファに倒れこもうとする寸前、アビーの声が化粧室から響いた。

「そのドレスではいけません！」

クリスはあわてて直立不動になった。

「でもディナーではずっと椅子にすわっていたわよ」

「それとこれとはべつです。お手伝いしますのでこちらで脱いでください。でないと高価なお召し物がだいなしになります」

「たいして高いものじゃないでしょう」

するとアビーはドレスの値段を教えた。中尉の月給二カ月分だった。

「うそ」

「女性を美しく輝かせる服がお安いわけはありません」

「いったいどこからそんな……」

このドレスが急に恐ろしいものに思えてきた。クリスの衣装戸棚の中身をそろえていたのは子どものころからずっと母親だった。宝飾品がアビーの手ではずされると、首にネリーをかけた。ケーブルは挿さないままローブをはおる。

「ネリー、これまでの服飾費を母はどこから出していたの？　わたしの信託財産から？」

「あなたが大学生になって自分で管理されるようになるまで、そうなさっていました。関連の全履歴をごらんになりますか？」

「いいえ、あとでいいわ。それより、この船はトゥランティックに着いたらドック入りするらしいのよ。トゥランティック4星が保有船の安全基準を引き上げたというのは事実なの？」

短い沈黙ののち、

「はい。トゥランティック星は全保有船に対して、エンジンの核融合閉じ込め場の障害を防ぐためにキャパシターの追加を指示しています。また改良型の救命ポッドの追加搭載も求めています」

「多くの船がそのために航行を中断しているの？」

「法令では、ごく短期間での実施を求めています。現在ドックには異例な数のトゥランティック船が停泊しており、さらに多くの船が近い将来のドック入りを予定しています」

クリスはふうむとうなって考えながら、居室にもどった。

ジャックはすでに燕尾服を脱いで普段のスラックスとシャツにもどっている。

「今夜は楽しまれましたか？」

クリスは曾祖父の一人の口癖を借用して答えた。

「ええ、なみいる敵をばったばったとなぎ倒したわ。ネリー、トゥランティック船籍の商船についてわかる情報を表示して」

雄大な滝の風景が映されたソファ正面のスクリーンに、船名の並ぶ作業エリアが開いた。〝トゥランティック星帰着〟〝ドック入り〟〝三十日以内にドック入り〟という項目ごとにトン数順になっている。全船の半数がすでにリストにはいっている。

アビーがまっすぐな背もたれの椅子にもどってすわった。

「トゥランティックの修理ドック会社の株を買うならいまですね」

「ネリー、残りのトゥランティック船の場所をしめして。航路を太線にして」

滝の風景が消えて、スクリーン全体に人類宇宙が表示された。さしわたし約三百光年の球状だ。母星から離れるほど線が細いのは当然だが、意外にも近傍にトゥランティック船がいない領域がある。

「ネリー、知性連合を赤表示に」

その部分の航路が赤くなった。やはりトゥランティック船はほとんど通行していない。

「他の連合勢力の空間を見たいですね」とジャック。

「猜疑心が強すぎるんじゃないかしら」アビーが言った。

クリスはスクリーンから目を離さずに答えた。

「猜疑心こそ生き延びる秘訣よ」

他の三つの新興連合にもトゥランティック船は飛んでいなかった。しかしグリーンフェルド星には足繁く通っているようだ。クリスはつぶやいた。

「考えたくないけど、これもピーターウォルド家がらみかしら」

ジャックはなにか言いたげに星図を眺めていたが、結局肩をすくめただけで、リストユニットに目をやった。

「ジムが混むまえに軽く汗を流してきませんか？」

クリスはしばらく星図に見いってから、自室にもどった。トレーニングウェアは自分でみつけられた。ネリーをはずして、ドアのところでジャックに追いついた。アビーもスポーツバッグを肩にかけてついてくる。

「弾が飛んできたときに逃げる体力を養っておいたほうがいいでしょう」

ジムには万全の設備がそろっていた。ありとあらゆる方法で夕食分のカロリーを消費できる。クリスが気づいたときには、ジャックはすでにアビーにハンドボールでの対戦を申しこんでいた。あるいは逆に申しこまれたのか。クリスは少々むっとしながら鷹揚な態度をよそおった。

ジムにはプレジャーポッドが三台あった。外見は黒い箱。蓋を開けると母親の胎内のようになっている。なかにはいって蓋を閉じれば、凝っている筋肉をマッサージしてくれたり、苦痛のない全身運動をやらせてくれる。

「どんなサービスをお望みですか？」

穏やかな男性の音声が訊いてきた。望めばあんなことやこんなこともこの機械はやってくれるのだろうか。しかしクリスは、つつましいプリンセスらしく答えた。

「夕食分の運動をしたいのよ」

「ではどんな運動がふさわしいか調べてみましょう」

ピリピリとする電気的な感じがクリスの爪先からはじまり、脚、胴と伝わって、腕から手へ抜けていった。

「全身がとてもいい状態ですね。軽い運動とマッサージはいかがでしょうか」

「まかせるわ」

両腕と両脚を穏やかに揉まれていると、「ねえ、もっと気持ちいいことをお願い」などと言いたくなった。ところが急に全身の動きがはげしくなった。本格的な運動モードにはいったのだ。腕や脚や腹筋や、その他の存在を意識していない筋肉群を徹底的に動かされ、たちまち士官学校時代のように息が上がった。二十分経過してようやくクールダウン。機械から這い出してきたときには、ジャックとアビーもちょうどハンドボールの試合を終えてコートからもどってきたところだった。

ジャックは息をはずませてタオルに手を伸ばしながら言った。

「わたしの知らない技をまえの雇い主から教えこまれているようだな」

「退廃的な地球人はいつも退屈をもてあましているわ。だから労働者のちょっとした娯楽を芸術の域にまで高めてしまうのよ」

アビーの言葉は皮肉っぽいが、ジャックにはいい笑顔をむけている。クリスがまたしてもむっとするような笑みだった。アビーはタオルで顔を拭きながら認めた。

「あなたもなかなかいい動きをしていたわ」

「たいしたことはない。マッサージはいかがでしたか？」ジャックはクリスに質問をむけた。

クリスは勝敗を訊きたかった。ジャックは強い。アビーがかなうわけがない。しかし二人ともタオルで顔を拭くのに忙しく、よけいなことを訊ける雰囲気ではなかった。しかたなく、クリスは肩をまわしながら答えた。

「体がほぐれたわ。ヌー・ハウスにもあれを一台おくべきね。赤ん坊みたいにすやすや眠れそうだわ」

たしかに熟睡できた。翌朝は船内生活のお約束どおりに午前中を寝てすごした。アビーが朝食を持ってきたのは昼近くだった。船の乗組員たちのあまりにも行きとどいたサービスを受けていると、こういう使用人だらけの豪華な生活のプライバシーはどうなっているのかと疑問が湧いてきた。しかしその問いは胸に秘めておくことにした。

その日のディナーにはべつの高級船員がエスコートに来た。船長のテーブルは新しい顔ぶれに変わっていた。クリスの席は最初から船長の隣に用意されていた。

クリスは話題をうまくつないで船舶情報を得ようとつとめた。しかしとりとめない会話の流れに飲まれてままならなかった。男性客の一人はフィンランディア星出身だった。べつの男性客が、ザイリス星とフィンランディア星のあいだで戦争はありえるだろうかと話をむけた。フィンランディア星からの旅行者は肩をすくめた。

「そんな演説も聞きました。どちらにも大義がある……と言われていますね。どうなるかわかりません」ナプキンで唇を押さえながら、「どちらにしても商売には障りますね」

トムのことを忘れたわけではなかった。レイから連絡がなかったので、クリスは自分で在トゥランティックの新任ウォードヘブン大使にメールを書いて、トムが不本意な状況におちいっている可能性について問いあわせた。返事はなかった。

翌日もメールを書き、一日待って、また書いた。それをくりかえした。返信はいっこうに来ない。船が最後のジャンプポイントに近づいたころ、クリスはまたメールを送ってみた。するど……即座に返事が来た。

宛先：ロングナイフ中尉
差出人：パスリー大尉
メールは一本目から受けとっています。仕事のじゃまなので黙っていてください。

「パスリー大尉？」

クリスはつぶやき、その名前をしばらく口のなかでころがした。聞き覚えがある。するとネリーがゆっくりと助言した。

「トムが知りあいになったという女性ではないでしょうか。行方不明になったことを伝えてきた人物です。同名の他人かもしれませんが」

クリスは異なる二つのことを同時に考えた。この秘書コンピュータは、正しいと自分でわかっていることをあえて疑問形で言うのか。気を使うなどという機能を身につけたのか。

ジャックが眉をひそめた。

「そのパスリーは、イツァフィーン星へむかっているのではありませんでしたか？　なぜトゥランティック星の大使にあてたメールに返事を？」

しかも大尉という肩書きで名乗っている。クリスはプリンセスという最上の地位に慣れはじめていた。海軍の上官にあたる人物に命令される生活にもどるのだろうか……いまさら。

6

クリスは食堂の展望窓から宇宙ステーション、ハイトゥランティックを眺めていた。旅客船はその桟橋へアプローチ中だ。長い円筒形の宇宙ステーションは、全長の四分の三が真新しい。

(スマートメタル製です)

クリスの問いにネリーが答えた。短期間で建設されたようだ。

下の階ではアビーが四人の客室係を指揮していた。クリスの荷物をトランクに詰めなおす手伝いに来たのだ。クリスは断ろうとしたのだが、アビーがさっさと引きいれて仕事をさせた。プリンセスは断らないものらしい。しかし荷物になにか仕掛けられるのではないかと気が気でなかった。ジャックは、ホテルに着いたら徹底的に検査すると耳打ちした。猜疑心が強いのはクリスだけではないのだ。

ドッキングからまもなく、下船のために舷門が開いた。船長があらわれ、クリスの腕をとってファーストクラス用食堂から舷門までの短い距離をじきじきに案内した。

「ふたたび宇宙をご案内できる機会を心待ちにしております」

お辞儀をしてクリスの手に口づけた。

クリスに続いて舷門のエレベータに乗ってきたジャックが言った。

「船長は最後の数日、愛想がよすぎると思いませんでしたか？」

クリスは同意した。

「愛想がいいのはたしかね。よすぎるかどうかは……。わたしって、ああいう対応に慣れてるから」

「そうでしょうとも、プリンセス」ジャックはものうげに答えた。

税関エリアでエレベータのドアが開くと、アビーがクリスの荷物といっしょに待っていた。列はなく、係員は手を振って三人を検査場に案内した。検査官はアビーが出した地球のパスポートをものめずらしそうに見て、スタンプを捺した。

税関の先には見覚えのある顔が待っていた。ウォードヘブン海軍の軍服には、大尉の階級をしめす太い線が二本。

「こんにちは、ペニー・パスリー大尉です。大使は残念ながらお出迎えできないため、ご案内役として代理でまいりました。ステーション内のヒルトン・ホテルにお部屋をとっています」

そこまで一息で述べた相手にクリスはやや感心した。

「すぐに地上へ下りるつもりでいたのよ」

パスリー大尉は間髪をいれずに答えた。

「そうですか、プリンセス。ヒルトン・ホテルはどんなご希望にもお応えします」

「トム・リェンの件は？」

「ヒルトンの部屋で落ち着かれましたら、わかっていることをご説明いたします」

なにを訊いても返事はホテル。だんだんうんざりしてきた。

「そういう場所に押しこめられるのは気にいらないと言ったら？」

パスリー大尉は胸を張って身長いっぱいに体を伸ばした。それでもクリスより五センチ低い。

「あなたとお連れの方々のために用意しました。どうぞお出でください」

クリスは軍で上官にあたる相手をにらみつけ、その場を動こうとしない。

大尉は眉をひそめた。

「大使にはうまくいかないだろうと申し上げたのですが、そのとおりのようですね。ではこうしましょう。セキュリティが確実な場所にはいったら、そこで最新情報をたっぷりお聞かせします」

それなら納得だ。

「案内して、ペニー。ついていくわ」

ペニーはすでにチェックイン手続きをすませていた。玄関ホールを横切ってまっすぐエレベータへ案内された。はためには奇妙な一行だろう。ペニーは軍服姿。クリスは、アビーが〝パワースーツ〟と呼ぶ真っ赤な高級服。ジャックは周囲に武器を携行した者がいないかとさりげなく目を配っている。アビーは一列に並んだ自走式トランク群を率いている。

クリスのスイートルームは第一サークルから五階層移動したところにあった。ステーションの外周のフロアで、防護壁によって造船所のドックからはへだてられている。ペニーが説明した。

「この階には、エレベータの他にも専用のスライドカーがあり、上下に移動できます」

壁のスクリーンにはステーション全体のようすが映し出されていた。トゥランティック星のむこうに太陽が沈みかけ、ステーションは逆光で暗い。

スイートは船のものよりさらに広くて豪華だった。クリスは高級服もかまわずソファにどさりと腰を下ろし、頭数が増えた随行者たちに問いかけた。

「さて、これからどうするのかしら？」

「そうですね、なにをなさりたいですか？」

ジャックは電子機器をどこかから取り出して、盗聴器の有無を確認するために室内をゆっくり歩きはじめた。当然の行動だ。

「トゥランティック星の美しい観光地をご案内するのはいかがでしょう」

ペニーは言いながら、ジャックとはやや異なる電子装置を出して、自分も室内のセキュリティ確認をはじめた。これも驚くにあたらない。

「早く旅装を解きたいですね」

アビーも異なる形式の電子装置を出して、室内のあちこちにむけはじめた。これはさすがに予想外だ。クリスは驚きを顔に出さないようにしたが、ジャックはそうではなかった。自分の盗聴器スキャナーでメイドを調べたそうな表情だ。

五分後、クリスのソファのまえに三人がもどってきて、そろって肘をさすってみせた。クリスはもう一度訊いた。

「これからどうするのかしら」

「お風呂でゆっくり旅の疲れをとるのがいいと思います」

アビーが隣の二人を見ながら提案した。ジャックは軽く、ペニーは大きくうなずいた。

全員で浴室に移動した。ここもファイアボルト号のブリッジにせまる広さだ。水球の試合ができそうな大浴槽にジャバジャバと音をたててお湯を張りはじめた。これだけ大きいと浴槽の準備ができるまでにかなり時間がかかるだろう。アビーがうっかり栓をし忘れているのでなおさらだ。

クリスはまずペニーに尋ねた。

「で、盗聴器は何個みつけたの？」

大尉の発見は八個だった。五部屋あるスイートに散らばるそれぞれの位置を口頭で挙げた。ジャックもみつけたのは八個。ペニーの発見分のうち二個を見逃し、逆に彼女が見逃した二個をみつけていた。

クリスとジャックの視線はアビーにむいた。

「そんなに驚かなくてもいいわ。雇い主が使用人に求める技能はさまざまよ。わたしはただの労働者階級の女。特殊な仕事をしてきたわけではないわ。ともかく、このお二方が見逃した二個をみつけました」

クリスは眉を上げてジャックを見た。

「何種類？」

それによって、現在進行中のこのゲームらしきものに参加しているプレイヤーの数がわかる。

ジャックは肩をすくめて、もう一度部屋のほうへ行った。ペニーとアビーもついていった。そして二分後にもどってきた。

ジャックが代表して話すことを女たちは認めたようだ。

「盗聴器は五種類ありました。一つは標準的なウォードヘブン製品。勝手のわからないペニー大尉がこれを見逃しました」言われた大尉は悔しそうに顔を紅潮させた。ジャックは続けた。「アビーが発見したのは、わたしの教科書にも載っていない機種です。よくこんなものをみつけられたな」

アビーはたいしたことではないように答えた。

「地球で一般的な製品の亜種だと思うわ。旧式なので、あなたの教科書からは削除されてしまったんでしょう」

ジャックは無言だったが、その目の奥で歯車が勢いよく回転しているのがクリスには見える気がした。このアビーと名乗るメイドはいったい何者なのだ、と。

クリスは三人に問いかけた。

「盗聴器は殺すの？　それとも何個か残しておく？」

「全部殺すべきだというのがわたしの意見です」

ジャックはそう答えると、口の端で笑ってペニーを見た。大尉はため息をついた。

「そうすると、わたしは毎日の報告書を何ページも書くはめになるわね」

クリスもニヤリと笑った。

「大丈夫。報告書を書く暇なんてたぶんないわ」その笑みをしだいに意地悪く変えながら続ける。「あなたは大使からわたしの案内役としてよこされた。これから一日二十四時間週七日間、つねにわたしの指図で働いてもらう。報告書を書くのはこの配属期間が終わってからよ。そのころにはなにもかも忘れているかもしれないし、そもそもだれも興味を持たないかもしれない」

ペニーが漏らしたうめき声は意図しないものだったようだ。

「上官の命令に無関心な性格とお聞きしていたとおりですね。周囲の忠告にもおなじ」

「トムといっしょに休暇旅行に出かけたんでしょう？　その延長だと思えばいいのよ」

ジャックが低い声で口をはさんだ。

「そんな話を信じておられるとしたら驚きですが」

「トムはどうしてるの？」クリスはペニーに訊いた。

「そのまえに、耳をそばだてている人々への態度を決めるべきではないでしょうか？」

アビーが言った。そのとおりだ。そちらを始末しないと本来の仕事に着手できない。

「提案は？」

クリスは自信にあふれた表情をよそおってそう訊いた。これはメイドのふりをした何者かを試す問いだ。

「二つだけ残してはどうでしょう。種類の異なる二つです。そうすれば二人のプレイヤーがゲームに残り、あとのプレイヤーは後手にまわります」

クリスは質問のかわりに眉を上げてジャックを見た。

「悪くない実践的な知恵だと思います。殺すのはわたしがやりましょう。居室の二個を残すということでいいですか？」

「そうして」クリスは同意した。

アビーが横やりをいれた。

「ジャックの部屋のを残したら？　盗聴者に一晩中いびきを聞かせられるわ」

「わたしはいびきなどかかない」

ジャックはむっとしたようすで答えて、むこうの部屋へ出ていった。クリスは浴槽の縁を指先で叩きながら、二人の女とともに待った。

帰ってきたジャックは、べつの電子装置を流しにおいた。アビーも似たような装置をポケットから出して、飾り棚の裏に取り付けた。

「これでスクランブラーが効いて盗聴を防止していると考えていいのね？」二人がうなずく

と、クリスはペニーのほうをむいた。「では本題にはいりましょう。トム・リェンについて知っていることを話して」

「トゥランティック星についてどれだけご存じですか？」大尉は訊き返してきた。

トゥランティック星についてのクリスの知識は一週間前より増えていたが、それでもペニー・パスリーの人事ファイルに書いてある範囲までだ。しかし、だからといって手の内を見せる必要はない。

「わたしが知るべきことはなに？」

「最近のトゥランティックはウォードヘブンに対して非友好的な星になっています」ペニーは大きすぎる笑みを浮かべた。「わたしは、現在は職を解かれていますが、海軍商取引部がここにおいている調達課に所属していました。トゥランティックと海軍は一見すると関係が薄そうですが、じつは彼らは地球以上に海軍に依存しています。わたしたちがトゥランティック星から部品や資源を購入するのと引き換えに、彼らは二、三年に一隻の割合でウォードヘブン製の艦船を購入しています。この星出身の若者が海軍に入隊すると、ウォードヘブン防衛隊に配属されます。好都合なことに、その艦船はトゥランティック星のコロニー群を定期巡回します。つまりこの星は費用負担なしで艦隊を持てているわけです」

「情勢変化はいつ？」

「三年前から徐々に。急転したのは六カ月前です」

「地方への権限委譲がリム星域の合い言葉になった時期ですね」ジャックが言った。

するとアビーが肩をすくめて口をはさんだ。

「それが未来への流れだと思えば、みんなそれに乗るわ。でないと取り残される」

ジャックは体を揺らして全員を見下ろしながら、低く言った。

「変転を生き延びてきた者の口ぶりだな」

「わたしは生き延びた。でも前の雇い主たちはそうではなかった」

アビーはバスタブの縁にすわったスカートのしわをつつましく直しながら答えた。

クリスは警護官とメイドのいつもの対立をやめさせるために割りこんだ。

「それで、現在の状況は？」ペニーに対して訊く。

「公式にはなにも変わっていません。現政権は従来の政策を維持しています」

「でも……？」

「一部の勢力が手を組みはじめています」ペニーはふいにゆっくりとした話し方に変えた。

「ロングナイフ家の方なら察しがつくと思いますが」

「そういう言い方をいつもされるわ。定期的にね。あててみせましょうか。その勢力の動機には大金がからんでいるのね」

大尉はうなずいた。

「海運業者、銀行、重工業から中規模の企業……。みんな金がめあてです。多くの新興コロニーがアビーのいう権限委譲の流れに乗ってくれれば、彼らは大儲けできます。そのためにはどんな障害も排除する。メディアも所有していますからね。ニュースは領土拡張をうながす強力な武器です。大衆ビデオの最新ヒット作は、初期の開拓者の活躍と処女地征服のよろこびがテーマ。大きく生きろ、人生を楽しめ、というわけです」

「大衆はそれを鵜呑みにしている……」

「若者、進歩から取り残された人々、社会の不適合者……。普段は選挙権を放棄しているような人々です」

「次の選挙はいつなんだ」ジャックが訊いた。

「前回の選挙は五年近くまえ。与党は二カ月以内に選挙を公示することになっています」

クリスは口笛を吹いた。

「もうすぐね」

「わたしたちウォードヘブン人が用心すべき理由はそういうことです」

クリスは首を振った。昔のなじみ深い感覚が蘇ってきた。地雷原を半分渡ったと思ったら、残りの距離がまだ倍以上あったという感じだ。

「トムについての話をまだ聞いてないわ」

「聞きたいのは完全版ですか？　それとも要約？」

「まず要約から」

「情報は皆無です。トムを追えと命じられてここにもどってきた時点から、新たにわかったことはなにもありません」

「じゃあ完全版もなにもないだろう」ジャックが言った。

「ええ。いろいろ調べたけれども手がかりなし、というのが完全版よ」

ペニーは答えて、まっすぐに警護官を見返した。

クリスは言った。

「トムはこのステーションから電話をかけようとしたわ。そこから手がかりがつかめるはずよ。監視カメラに映るでしょう」

「普通はそう考えられるでしょうね」ペニーは無表情に答えた。

「でも……？」

この女から情報を引きずり出すのは容易ではない。喉をこじあけるバールが必要だ。

「このステーションに大規模な拡張工事の跡があるのはごらんになったと思います。この九カ月間で何段も継ぎ足されてきました。その拡張工事のために、トムが失踪した日はセキュリティシステム全体が停止していました」

「信用できないわ」

「わたしも鵜呑みにはしていません」ペニーはため息とともに答えた。「このステーションでは毎日億単位の商取引がおこなわれています。セキュリティ網が一日でも停止したら大損害です。しかしステーションのセキュリティ監視者の半分に聞き取り調査をしたところ、全員が虚言癖の持ち主でないとすれば、あの日はたしかに屋外で目視監督せざるをえなかったようです。中央監視ステーションがオフラインになって、システムエンジニアたちが二十四時間ぶっつづけで復旧作業をしていたと、口をそろえて言っています」

ジャックは浴槽から離れてしばらく歩きまわった。なににそんなに苛立っているのかとクリスが訊きそうになったとき、警護官はくるりとペニーにむきなおった。

「つまり、わたしたちの敵は、この大型ステーションのセキュリティを自分の都合で停止できるほどの相手なのか。クリス、次の船でここを離れましょう」

アビーは首を振ってべつの考えを口にした。

「そこまでおおげさに考える必要はないわ。トムの移送計画を検討している段階で、セキュリティシステムのダウンする時間がまえもってわかっていたのかもしれない」

「どちらにしてもクリスの身が危険だ」

ジャックは反論して保護対象にむきなおった。クリスの手足を縛って自走トランクに詰めて船便で送り返しそうな形相だ。

クリスはおもむろに立ち上がり、浴槽のむこう側に移動した。必要とあればいつでも逃げられる位置から言った。

「トムの捜索について他に話せることは？」

ペニーは答えた。

「地上の警察に多少のコネがあります。父が元警官で、わたしは地元の言葉を話せますから。数人の警官が二日ほどまえからこちらのために動いてくれています。写真を手にタクシーの運転者やターミナル駅周辺の人々に聞きこみを。でもいまのところ手がかりはありません。この星の人口過多が有利になる可能性もありました。空室率が非常に少ないのです。そこで一週間以内に借り手が変わったホテルの部屋をしらみつぶしにあたりました。でも手がかりはなし。次は賃貸アパート。これも空振りでした」

「金に糸目をつけない相手のようね」クリスは言った。

「そのようです。一戸建て住宅、共同利用住宅、分譲マンションも調べましたが、だめでした」

「調査の対象期間は？」

ジャックが訊いた。クリスをトランクに詰めこむことからトムの捜索へ関心を移したようだ。

「クルーズ船スペースアダー号がトゥランティック星を離れる一週間前以降です。それより以前にこの事件が計画されたとは思えないので」

（ネリー、船内で作成したカレンダーを投影して）

浴槽のむこうの壁に半裸の女たちの絵を映していたスクリーンが、要求されたカレンダーに変わった。すでにペニーの調査期間が反映されている。ペニーは浴槽をまわってクリスの隣に立ち、日付と時間のリストに指を滑らせて見ていった。

「おおむね正確です。抜けはありません」

「トムが休暇を思い立ったのはいつなの？」

「それは……」

ペニーはふくよかな唇を結んで、長い金髪に手を滑らせた。もって生まれた美貌だ。その唇を開いて続けた。

「第六急襲艦隊の将校は、あの反乱から二ヵ月間は外出禁止でした。あなたは散々なめにあったと思っていらっしゃるかもしれませんが、わたしたちもそうなのです」

やや紅潮した顔で言った。クリスはこの女の評価を見直した。遠まわしな言い方だが、パリ星系の事件直後にクリスを尋問した情報部や憲兵隊の将校よりはるかに実感がこもっている。

クリスは平静な口調をつとめながら訊いた。

「あなたはトムをよく知っているはずね」

「トムはわたしに配属されている六人の将校の一人にすぎません。六人はそれぞれべつの艦で勤務しています。情報部からは、反乱者とおなじくらいに信用されていないと思っています」

ペニーは笑みとともに言った。

「猜疑心は生き延びる糧だから」クリスは皮肉っぽく言った。

「そのようですね。とにかく、わたしたちが許可を出すまでは、乗組員が完全休暇をもらえる可能性は皆無でした」カレンダーの一ヵ所に指をおいて、「タイフーン号の乗組員がその休暇をもらったのはこの日です」

それはスペースアダー号がカスタゴン6星を出発するより二週間も早い月曜日だった。

「あなたはトムと親しいようね。旅行には彼から誘われたの？」

「トムとはすぐに親しくなれました。好感も持ちました」ペニーの返事を聞いて、クリスは大きなため息をつきたかったが、がまんした。「トムの話から、彼が三種族に興味を持っていることがわかりました。サンタマリア星ではだれもが百万年前の三種族の遺物を探しているのだそうです。トムは桟橋に係留されたタイフーン号に閉じこめられ、監視されている状況に苛立っていました。家族への週一度のメール以外には、外部との連絡は禁止されていました」

トムからクリスへの連絡がなかったのはそういうわけだったのだ。

「トムは自由時間にネットで三種族について調べていました」ペニーは自分のリストユニットをしばらく調べて、続けた。「調べはじめたのはこの時点」指したのは二週間前だ。「イツァフィーン星について知ったのはここ」三日後だ。「そして、イツァフィーン星への旅行にわたしが誘われたのはこの日です」上陸休暇が出る直前の月曜日だった。

トムの趣味については本人の口から聞いたのか、それとも情報将校として部下のコンピュータをクラックして探り出したのか、その点はあえて訊かなかった。後者であればこの女を嫌う大きな理由になる。トムが休暇旅行に誘う女は嫌いになりたかった。

「ネリー、トムがベレロフォン号に予約をいれたのはいつ?」

「月曜午後です」

ネリーが答えるのと同時に、壁のスクリーンにその項目が表示された。

「チケットもそのときもらいました」とペニー。

ネリーは項目を追加した。

ジャックが顎をさすりながら言った。

「つまり、犯人たちはスペースアダー号が出港する三週間前にそのことを知っていた可能性があるわけだ」

「失礼ですが、クリス、お教えしておきたいことがあります」ネリーが言った。

「なに？」

秘書コンピュータと会話するクリスを、ペニーは双頭の怪物のように見ている。たしかにそう見えるだろう。

「貸部屋についてのペニー大尉の調査は筋がいいと思えました。そこで対象期間をさらに過去にさかのぼって再調査してみました。そのなかで興味深いことがわかりました」

クリスは思わず天を仰いだ。ネリーが先回りしてデータ検索する機能を得たのはよかったが、こちらに気を使う機能はかえってじゃまだ。スピードが鈍る。気を使うコンピュータなどろくなものではないかもしれない。

「それで？」

クリスはコンピュータに仕事のやり方を教えるように短く訊いた。

「トムとペニー大尉がベレロフォン号のチケットを手配した翌日の火曜日に、ケイティビルで三カ所の小さなアパートの部屋が、三枚のクレジットカードを使って借りられています。その三枚は当日朝に、ヌー・フィナンシャル・サポート社から連続して発行されています。

そしてそれっきり使用履歴がありません」

「どんなアパート?」

トゥランティック星の首都ハイデルベルクの地図が表示された。ウォードヘブンシティは港湾都市だが、ハイデルベルクは湖から流れ出す川の岸にある。中心部から南へ八ブロックほどの市街地のはずれに川ぞいの低い丘があり、そこにアパートが建っている。

「ケイティビルなんて地域はないぞ」ジャックが言った。

「標準的な道路市街地図には載っていないのよ」ペニーが教えた。

「これは最新版です」ネリーの返事はややむっとしているように聞こえた。

「たとえそうでも」ペニーはクリスに目をやった。変わり者を見る目だ。あるいは二人の変わり者か。「ケイティビルは貧しい工場街です。倉庫、鉄工所、食肉加工場などが建ち並び、だれでもなんらかの仕事にありつける。この丘は――」アパートの建つ小高いところをしめした。「――八十年前は高級住宅地でした。いまは安アパート街です。ウォードヘブンのように美しく発達した産業都市ばかりではないということです」

「そのようね」クリスはうなずいた。

「地上の警官たちに伝えます。明日には家宅捜索がおこなわれるでしょう」

「それまでトムがいるかしら」

「あなたは今日到着したばかりで、敵は隠蔽工作をしています。分析がこれほど早いとは思わないでしょう」

クリスはカレンダーを見た。

「敵は最初から動きが早かったわ。わたしたちの動きが筒抜けだという可能性は？」

ネリーが説明した。

「このスクリーンのセキュリティは確認ずみです。しかし検索では多くの情報源からデータを引き出しました。そのどこかに警報が仕掛けられていた可能性はあるでしょう」

「家宅捜索を今夜に前倒しできないか？」とジャック。

「頼んではみるけど」

クリスはカレンダーを脳裏で反芻した。カルビン・サンドファイアという人物は状況をすばやく察知し、行動も機敏だ。今夜にかぎって動きが鈍くなってくれるのか。そんな前提にトムの命をあずけてもいいのか。自分がトムの立場だったらどうか。

ロングナイフ家の家訓が頭で渦巻きはじめた。やるしかない。

「地上の警官たちはそのまま動かしていいわ、ペニー。でもわたしたちは十分で動ける」

ペニー大尉は階級が下の者への態度で言った。

「中尉、よく聞いてください。ウォードヘブンの警官は日没後に二人一組で行動するでしょう。でもハイデルベルクの警官は、昼間は四人一組で行動し、日没後はケイティビルに近づかないんです」

クリスは抑揚のない口調で答えた。

「そうなると警官たちは遅くて当然ね。わたしたちは急ぐ必要がある。さあ、いっしょに来るのはだれ？」

ジャックの身ごなしが軽いことは知っていたが、それでも浴槽をまわってクリスの腕をつかんだ動きのすばやさには驚かされた。

「いいですか、あなたは敵の攻撃を予想した重武装の海兵隊を率いているわけじゃない。ここにいるのは警護官一名と情報部の事務職員が一名、そしてドアのすきまから外をのぞくのがせいぜいの臆病なメイドだけです。そしてあなたは無鉄砲なお姫さま。こんな顔ぶれで救出ミッションなんかできません」

「だれがドアのすきまからのぞくだけですって？」アビーが反論した。

「そもそも救出ミッションをやるような装備がないでしょう」

ジャックはクリスから目を離さずに言った。

「あら、それはどうかしら」

アビーは笑って、小走りに浴室から出た。そして外から声をかける。

「これを」

大きくてかわいいピンクのベレー帽がフリスビーのようにドアのむこうから飛んできた。

クリスはそれを受けとめた。見た目よりずっしり重い。かぶってみた。

「セラミック繊維が縫いこまれているようね」

クリスはアビーに言った。そのアビーは自走トランクを一台、浴室にころがしてきた。

「五歩の距離から発射された四ミリ・スラッグ弾を防ぎます。ヘルメットとおなじように頭部の大半をおおいます。ペニーとわたし用の防寒帽もあります。見た目は劣りますが、着飾る必要はないので」

「頭だけ保護すればいいわけじゃないぞ」ジャックが不機嫌そうに言った。

「もちろんそうね。か弱い女のわたしたちはこれから下着まで着替えるわ。しばらくはずしてちょうだい。あなただってお嬢さまのいつもの行動にそなえて準備はしてきてるんでしょう?」

「いつもの行動？　だれからそんなことを」クリスは眉をひそめた。

「奥さまからです」

「母から?」

あの母親がそんなことを言うはずはない。しかしアビーのトランクの中身には興味があった。ヌー・ハウスでアビーが荷物を詰めこんだトランクとは、おなじ茶色でも色合いが異なる。不気味なちがいだ。

「ジャック、しばらく外に」

警護官は首を振りながら浴室から出ていった。

アビーはトランクを開けた。なかをあさりながら、ペニーにむかって話した。

「あなたは働く女。そのための丈夫な服があります。でもプリンセスの服装は、おおい隠すか、相手の注意をそらすか、方針を決めなくてはいけません」

「不可視化コートでもあるの?」クリスは訊いた。

「ネルソン・アンド・テイラー社から最後の一着を購入ずみです」アビーの顔からすると冗談ではなさそうだ。「ペニーとわたしはこの長下着」取り出したのは上下続きの下着で、要所がセラミックプレートで防護されている。「作業ズボンとコートで隠れます。おもちゃを仕込む場所はたくさんありますよ」

「おもちゃって?」ペニーは服を脱ぎながら訊いた。

「銃やグレネードなど、あの警護官がひそかに持ってきているはずのものです。わたしがセンサーをごまかして密輸できる量はかぎりがありますから。お嬢さま、脱いでください」

「脱ぐの?」

クリスはブラウスのボタンをはずしはじめた。アビーは魔法の箱を探っている。

「前の雇い主からいただいたものです。サイズはちょうどのはずです」

取り出したのは、全身タイツのような透明ボディスーツだった。セクシーな衣装として広告で見たことはあったが、自分が着ることになるとは思わなかった。記憶の底を探って反論した。

「たしか、前の雇い主はわたしの倍の胴回りだと言わなかった?」

スカートを脱ぎながら訊いた。いつのまにか大変なことになってきた。

「それは前の前の雇い主です」

「地球の混乱を生き延びた雇い主も何人かはいたはずね。紹介状のないメイドをお母さまが雇うはずはないから」

アビーは天井を見て、記憶のなかでかぞえる顔になった。

「一人、二人、三人……。いいえ、二人ですね。よく憶えていません。たくさんの雇い主に仕えましたから。ブラとパンティも脱いでください」

クリスは指示に従った。アビーは身長百八十センチのクリスにそのボディスーツを着せはじめた。きつくてなかなかはいらない。

「パウダーがあるといいんだけど」

アビーがつぶやくと、ペニーは二つの洗面台のあいだの広い大理石の天板からかわいらしい陶製のパウダー壺を取ってきた。

「いい具合です。このボディスーツは弾丸の衝撃を分散しますが、できれば痣も避けたいですから」

「これは伸縮性がないの？」

ボディスーツは一ミリも伸びるようすがない。アビーは笑みを浮かべるだけで、クリスの体を力ずくで押しこんでいった。

「なんのためにこれを？　ちょっと、髪をはさまないようにね。痛いから」

「たとえばわたしやペニーのような不細工な顔を見ても、暴漢たちはすぐに忘れてくれます」

「そうね」クリスはその表現に顔をしかめながら答えた。

「でもプリンセスとなるとべつです。あなたは美人なうえに、最近はメディアへの露出も多い。悪党たちはあなたを見たら、もう一度まじまじと見て、素性に気づくはずです」

クリスは両腕を広げて、裸同然の透明ボディスーツをしめした。

「そのときこれがなんの役に立つの？」

「欲望でムラムラした男たちの視線が、あなたの顔へむくことを防ぎます」

クリスはペニーを見た。大尉は下唇を嚙んで笑いをこらえている。

「注意をそらす偽装法は基本だと学校で教わりました」

「どこの学校よ」

アビーがボディスーツの最後の肩のところを留めながら言った。

「彼女の最終学歴は知らないほうが賢明です。知った者は殺されますから」

「なるほど」訊いても無駄らしい。

「もう準備はできたのか？」ジャックが部屋の外から声をかけた。

「まだよ！」三人は声をあわせて答えた。

アビーはパンティを取り出した。フリル付きの下部から鋭角的に切れ上がって、上は腹のあたりまである。クリスはこれを穿いた。窮屈なボディスーツだが、なんとか体を曲げ伸ばしできる。アビーが説明した。

「セラミックのプレートで下は保護されています。フリルが目くらましになります」

「ドレスの裾も短いの？」

「当然です」

「いったいどういう扮装だ?」

ジャックがまた外から訊いた。アビーがそれに答えた。

「わたしたち二人は疲れた女性労働者の恰好。クリスは客を連れて帰ってきた〝働く女〟の恰好よ」

ジャックは顔をのぞかせてクリスを一瞥して、また顔をひっこめた。

「そんな恰好でプリンセスを外に出せるか!」

「これがブラです」アビーが取り出したのは、下とおなじくフリル付きだった。「寄せて上げるタイプですよ」

「ボディスーツでこれだけ締めつけられて、なにを寄せるというのよ」

「ママ・アビーにおまかせあれ。中身をいれたら立派に寄せられますからね」

中身というのは二挺の小型拳銃だった。左右にいれて、その上からパッドをかぶせる。二つのパッドは豊かな本物の胸そっくりだ。

「花火大会がはじまったら、この乳首を押しこんで右へまわして、フリスビーのように投げてください。あとは頑丈な壁の裏に隠れるだけ。できればわたしたちに警告を」

「なんて言えばいいの」

「合い言葉は、〝爆発するぞ〟!」ペニーはまじめな顔をしていたが、やがてクスクスと笑い出した。「ああ、いけない。笑いごとじゃないのに」

「本当に笑いごとじゃないわ」クリスは仏頂面。

「そろそろプロの手にまかせる気になりましたか？」部屋の外からジャックが言った。

「これはわたしを母に泣きつかせるための壮大な芝居かなにか？　だったらそう言って。わたしにも考えが――」

「芝居ではありません」アビーが真顔で答えた。「ネリーはおいていきますか？」

「いけません」秘書コンピュータが声を上げた。

「でもどこにつければ」

クリスは困った。アビーは着付けの対象者のまわりを歩きながら、体形と腕にかけた赤い布切れのようなドレスを見くらべた。

「お腹はどうでしょうか。すこしお腹の出た体形をセクシーだと思う殿方も多いのです。お嬢さまのお腹は少々へこみすぎで――」

「ほっといて」

クリスはネリーを下腹につけた。ストラップが伸びてぴたりと装着できた。後頭部にさすプラグケーブルも長く伸びた。

（通信速度はどう、ネリー）

（充分です）

アビーが説明した。

「ベレー帽のてっぺんのポンポンは汎用アンテナになっています。使い方はネリーがわかるはずです。うしろの配線に結線しますか？」

「障害が起きないかしら」

「取扱説明書には心配ないと書いてあります。もし不具合が起きたら系列の家電チェーン店に持ちこんで返金させます」

クリスはもうアビーの言葉を信じる気がしなくなっていた。しばらく待って訊いた。

(ネリー、ようすはどう?)

「入力の接続はうまくいっています。アンテナは……驚くほど幅広い性能を持っています。もうすこし時間をかけてその能力に対応したいと思います」

アビーが言った。

「好きなだけ時間をかけていいわよ、小さなコンピュータ」それから唇を結んで、「さて、いよいよドレスですよ」

クリスはルビコン川を渡るカエサルのように雄々しく両手を天に突き上げた。メイドはそこからドレスをかぶせた。細い肩紐で吊られた前後の布地が垂れる。いざというときに銃を取り出せるか心配していたが、真っ赤な布切れはろくに体をおおっておらず、どこからでも手が届いた。スカートにいたってはないも同然だ。

クリスは鏡に映った自分の姿を見た。これほど露出の多い服は母親も着たことがないだろう。背後の鏡にも目をやる。

「お尻が見えてない?」

「見えてます」女たちは口をそろえた。

クリスは首を振った。

「女はこんな恰好をするもの?」

「今夜偽装する職種の女には必要な恰好です」

「あなたはやったことがあるの?」

アビーは答えた。

「母はやりました。幼い娘を育てるために一生懸命」

クリスは眉を上げた。どこまで信じていいものやら。

アビーは体をおおい隠す服に着替えはじめた。安全ブーツとだぶだぶのズボンを穿き、すりきれたコートをはおる。

「こちらは裸足?」

「それもありですよ、商売のためには」アビーは言ったが、すりきれた靴を出してきた。

「見た目よりしっかりしていますから」

クリスは靴を履こうと前かがみになった。その自分の姿が前後の鏡に映る。

「この恰好でどうやって前かがみになれっていうのよ」

「なればいいんです。そういう商売です」

クリスは体を起こして靴の感触をたしかめた。

「悪くないわね」

「意外と走れますよ。ジャック、働く女たちにふさわしいおもちゃをそろそろ持ってきて」

「もうはいっていいのか？」

「あとは化粧だけよ」

アビーが偽装の仕上げをほどこしているところにジャックははいってきた。警護官はクリスを見るとゆっくりと眉を上げ、低く口笛を吹いた。

「あなたの新しい顔を見た思いですよ、プリンセス」

クリスは自分の服を見まわした。もともと面積が小さいのに、意図的に切り抜かれた部分さえある。

「初めて人目にさらしている部分がたくさんあるわ」

ジャックは笑みを浮かべた。

「反論できません」

「うれしそうにしすぎよ。そもそも——」

アビーはクリスをさえぎって、ジャックとペニーに小さな瓶を投げた。

「労働者階級にしては顔がきれいすぎるわ。汚しをいれて。でもお嬢さまは、今夜街に立つにはお顔が地味すぎますね。さあ、すわって。ママがきれいにお化粧してあげますからね」

クリスはすわり、スカートからのぞくものを隠そうと裾を引っぱった。しかしブラがよけいに露出しただけだった。銃のグリップまで。

「いけません、お嬢さま」

アビーは注意して、大量のパウダーやルージュやマスカラやリップスティックをクリスの顔に塗りたくりはじめた。クリスは鏡に映る顔にむかって眉をひそめた。

「動いてはだめですよ、シンデレラ。今夜は舞踏会ではありませんからね」

クリスはあきらめてじっとした。

化粧が終わると立ち上がり、鏡のなかの自分をしばらく眺めた。そして二度とこんなことはしないと誓った。戦闘服をまとって危険に跳びこむのは興奮する。しかし低劣な視線を集めるために体をさらすのは、ひたすら胸くそが悪い。

これを生業にしている女たちがいるのは知っている。そういうものだ。一つの生き方。しかたがない。クリスはため息をついた。あとで考えよう。

アビーがレインコートを持ってきた。

「ケイティビルにふさわしい服装がこのヒルトンでふさわしいわけではありません。外に出たら脱いで捨てましょう」

ジャックは女たち二人に小火器を配った。アビーは、小さいながらも凶悪な外見の自動拳銃を慣れた手つきで作動確認し、満足したようすでポケットにいれた。ペニーもおなじ。次にジャックはグレネードと爆薬を手渡した。説明はなし。アビーもペニーも無言で受けとった。アビーはただのメイドにしてはクリスの衣装棚に存在しないものに詳しすぎるのではないか。あとで詳しく話を聞こう。

ジャックは武器を配り終えると、しばらくじっと全員を見た。クリスが、やっぱりやめようと言いだすのを待っているようだ。ペニーは息が荒く、興奮している。アビーは表情を消している。

クリスは言った。

「じゃあ、トムの救出作戦開始よ」

7

ケイティビルは雨だった。大きな雨粒が歩道を叩き、しぶきが跳ねる。ひび割れたコンクリートは昼の熱が残り、湯気が上がっている。汚れた川や、蓋のない下水や、生ゴミから立ち昇る悪臭は、洗い流されるのではなく強まっているようだ。

四人は着てきたレインコートを軌道エレベータのそばのゴミ箱に捨てた。クリスは一時間にわたって場ちがいな恰好で歩いた。紳士たちは目をそらした。

こういう恥ずかしさを過去にも経験したことがあった。二年間の酒びたり生活からようやく断酒に成功して、それまでの自分の醜態を理解したときだ。あのときのように今夜のクリスも羞恥で真っ赤になっていた。

寒風が追い打ちをかけた。露出の多い服装ではつらい。防弾性能の高いボディスーツも防寒性能はまったくない。クリスは全身に鳥肌が立った。

暗い市街地にはいると、風が雨に変わった。水滴が髪から目に流れこみ、化粧をにじませる。無人の商店のウィンドウに映るのはまるで道化師の顔。赤いドレスは濡れて体に密着している。すれちがう男たちの視線はクリスの顔ではなく体にむいた。

見知らぬ場所の見知らぬ人々のあいだに乗りこむのは慣れているつもりだった。父の支持率が低下している地域のテコ入れ役として、ウォードヘブンのさまざまな場所へ行かされた。兄の選挙のときは本人がまわれない地域の政治活動を手伝った。しかしそれらの場合のクリスはロングナイフ家の娘だった。敬意と礼節をもって迎えられた。

今夜はそうではない。

海軍軍人として武装集団にさらわれた子どもを救出しにいったことはある。混乱した新兵たちを指揮して重武装の反乱勢力と攻守を変えながら戦ったこともある。パリ星系では急襲艦隊そのものを指揮した。

なのになぜ今回にかぎって戦場へむかう膝が震え、胃がこわばるのか。

疲れたようすの男たちとすれちがう。男たちは通過させようとした視線をクリスにもどす。すれちがったあとも彼らの視線が指のように体にからみつくのを感じる。背後から見られ、ベッドに横たえたところを想像されているのがわかる。

クリスは大きく息を吸った。この偽装は、ホテルの部屋で考えたときは正しいやり方に思えた。大丈夫、自分はロングナイフ家の一員。海軍将校でプリンセス。億万長者。そして完全武装している……。しかし実際にこの無防備な恰好になると、浮浪者以下の気分になった。

今夜の寝床と明日の食事を得るために体を売るしかない女たちはいつもいる。どんな気持ちなのだろう。見まわせば彼女たちが目にはいる。街角に立ち、男の腕に抱かれてけだるげに歩いている。クリスを見ても、その視線は雨水のように流れていく。

クリスはジャックの腕にしがみつき、ささやかれた冗談に笑う演技をした。女に飢えた男や集団が、横取りしようとジャックにからんでこないことを願った。

(通りのむかいの建物に、一軒目の賃貸された部屋があります)

ネリーの情報を、クリスはジャックに伝えた。ジャックはいかにも酔っ払ったように立ち止まって、彼女のむきを変えた。

「どっかで雨やどりをしようじゃねえか、かわいこちゃん」

するとペニーが背後から近づいてきてささやいた。

「問題があります。あの建物のエレベータは鍵がないと動かないんです」

(ネリー、なんとかできる?)

(無理です。あの建物はネットに接続していません。スタンドアロン型か、きわめてローテクなタイプなのか)

「ジャックに部屋を借りさせるわ」

クリスはささやいた。ここまで来たら手ぶらでは帰れない。演じている役にもどって大きな声で言った。

「部屋を一時間借りればいいじゃない。三十分ですむかもしれないわ。あなたがソーローなら」

ジャックは酔っぱらいがつまずいたような演技をして、姿勢を立てなおすと、半目でニヤリと笑った。

「よし、決まりだ」

クリスは腰を振る歩き方で車の通らない交差点を横切りはじめた。舗装の穴にできた水たまりを踏まないように気をつけながら、ケイティビルの四つのブロックを見まわした。

あまりいい眺めではなかった。黒くすすけて倒壊寸前の建物があちこちにある。窓が破れた無人らしい建物も多い。そんなガラスのない窓からも弱々しい明かりが漏れている。夜の寒さからのがれるためとはいえ、こんな廃墟に寝泊まりするほど困窮しているのか。使われている建物もまるで癌に冒されたようになっている。玄関ポーチや裏の階段があったはずのところは、板囲いがされて部屋になっている。しばしば小屋がよりかかるように建ち、人が住んでいることをしめす鈍い光を漏らしている。ウォードヘブンの建築検査官が見たら、首相が制定した法規を愚弄するようなこれらをどう判定するだろうか。

ふと、べつの疑問が頭に浮かんだ。今夜のウォードヘブンの裏通りにも自分のような恰好の女たちが徘徊しているのだろうか。選挙活動マネージャーで、多数の不動産オーナーであるクリスティン・アン・ロングナイフでも、この疑問の答えはわからなかった。雨よりも、恥辱よりも、これからの身の危険よりも、そのことが強烈な痛みとして感じられた。トムを無事に海軍へ連れもどしたら、プリンセス・クリスティンは舞踏会をパスして、これらの疑問の答えをみつけよう。妥当で、真実で、完全な答えを。

もとは大会社の正面玄関だったらしい一階の広間は、いまは板で仕切られた小部屋の集まりになっていた。絨毯の荒れた一角に二脚の壊れかけた椅子がある。そのむかいには机があり、受付の男が一人。家具も男も全盛期を数年あるいは数世紀すぎたようなくたびれようだ。

ジャックがわざとろれつのまわらない口調で訊いた。

「おい、部屋はあるか」

「ない」受付は顔も上げずに答えた。

「ないのになぜ受付がいるんだ？」

「勤務時間はここにすわってないと給料がもらえないからさ」

クリスは映画の記憶を頼りに、上品さとセクシーさの中間の口調で言った。

「わたしたち、どうしてもお部屋がいるの」

「自分の部屋はどうしたんだ」

「今朝出てきたのよ。大家が家賃を倍にするって言うから。わたしのお給料は上向かないのに払えるわけないじゃない」

受付は目を上げてクリスを見て、また手もとに目をもどした。

「あんたなら死人のナニでも上向かせられるだろうよ」

クリスは退屈な笑みをなんとか維持した。この不愉快な老人をどうすればいいだろう。どう処理するのが適切だろう。黄色い乱杭歯だけが目立つ。離れていても口臭がひどい。

ジャックはポケットから五十ドルの札を出して机においた。

「部屋を一時間だけ借せ」

受付は札に目をむけた。

「百だ」

ジャックはけわしい顔になった。

「五十だ。三十分で出ていく」

「そういう貸し方はしてないんだよ。一時間単位だ。百出せないんなら、そのへんの隅っこでやれ」

クリスはそのへんを見まわした。受付の口臭だけでなく、玄関ホール全体の匂いを嗅いだ。銃を一連射すれば硝煙で匂い消しになるだろうか。いや何連射か必要だろう。ジャックは二枚目の五十ドル札を出した。

「シーツを交換してくれ」

受付は札に手を伸ばした。

「ついさっき新しくした。また替えるなら五十追加だ」

「二十五だ」

ジャックはうなって、金を引きこもうとする老人の手を押さえた。老人は狭いホールを見まわした。

「まあ、社長にはわからんだろ。いいぞ、二十五で」

「眺めのいい部屋を頼む」ジャックは追加の札を取り出した。

「眺めはいいから安心しな」受付は金をとって、鍵を出した。「標識をたどっていけばエレベータがある」

エレベータはホールの裏で、動くのは一台だけだった。監視カメラも故障中なのをネリーが確認した。クリスは裏口を開けてアビーとペニーを招きいれた。

エレベータの監視カメラは生きていた。メイドと大尉は一方の隅に、ジャックとクリスは反対の隅に立った。クリスはジャックに腰をこすりつけながら耳もとでささやいた。

「楽しんでるんじゃないわよ」

「いけなくはないでしょう」

クリスはこすりつける膝がジャックのふくらんだ股間を通過するときに、少々力をいれた。睦言をささやく演技でクリスの耳もとに寄せたジャックの口から、押し殺した悲鳴が漏れた。

「わたしが股間を押さえてしゃがみこんだら、演技が水の泡ですよ」

「だったらあとで冷たいシャワーを浴びる覚悟をしておくことね」

「それはどうかな。アビーも楽しそうに見てますからね。ひょっとすると――」

股蹴りをしたつもりはないのだが、クリスの膝は意図せず警護官の股間を強く押してしまったようだ。ジャックは歯を食いしばってうめき声をこらえ、なんとかまっすぐな姿勢を維持した。

エレベータは五階できしみながら止まった。自分たちの部屋ではなく、トムがいるかもしれない部屋の階だ。

アビーとペニーは、部屋まで待てない男女への悪口をささやきながら早足にエレベータから降りた。ジャックとクリスは上半身と下半身を密着させたまま廊下を歩き出した。クリスは高校時代のカップルのようすを思い出して真似た。

アビーは鍵穴にかがみこみ、いうことをきかない鍵に苦労しているふりをしながら、手早く錠前をピッキングしている。ジャックは前戯にふけるふりをしながらドアのまえを通過した。クリスの尻をつかんで持ち上げている。おかげでクリスは警護官の肩ごしのようすがよく見えた。

「だれも出てこないわ」ジャックの耳にささやく。「人のお尻にさわって楽しんでるんじゃないわよ」

「あなたの臀部は十五ミリ厚の防弾板で保護されているようなものなんですよ。ハーベイはリムジンを磨いて興奮するかもしれないが、わたしはそんな趣味はありません」

「だったらこの股ぐらの硬いものはなに」

ジャックの返事はなかった。そこへアビーのささやき声が飛んできた。

「はいれます」

クリスはさっと体を離して部屋にはいった。

「トムはいる？」

ペニーが説明した。

「ここにいた連中はあわてて逃げたようです。あのキッチンを」

クリスはそちらをのぞいて……吐き気をこらえた。テーブルの中華料理の皿には無数のゴキブリがたかっていた。テイクアウトの箱のなかでは二匹のネズミがチキンの骨を奪いあっている。アビーが推測した。

「ここを出たのは二日か、せいぜい三日前でしょう。かなりあわてていたようです」

「このベッドにだれか縛られていたんですね」

奥からペニーの声がした。ソファと娯楽機器のある部屋のむこうの寝室だ。三人はそこにはいった。ベッドの鉄製の骨組みに一端を縛られたロープがある。ペニーはベッドをゆすってたしかめた。

「頑丈なつくりです。楽しいプレイにちょうどいい……あるいはだれかを拘束するにも」

アビーが床にちらばったものを爪先でころがした。

「注射器が四、五本。中身はわかりませんけど、路上で売っているクスリをすこし使えば人を長時間眠らせておけるでしょう」

クリスは急いで言った。

「現場検証は明日警察にやらせればいいわ。わたしたちは残り二カ所を調べましょう」

中尉やプリンセスの立場にやっともどれた。あとの三人は指示に従ってドアへむかった。

「監視カメラは？」クリスは訊いた。

（大丈夫です。この部屋は電球さえともりません）とネリー。

「突入前に確認しました」アビーも言った。

「今回の一件が終わったら、母があなたを雇った事務所に連絡したいから憶えておいて。おなじように完全装備の従業員を追加で何人かほしいわ」

ジャックが眉を上げた。アビーは肩をすくめた。

「憶えておきます」

次の賃貸アパートがある四ブロック先への移動中には、荒事が待っていた。全身びしょ濡れで酔って臭い息を吐く男たちに行く手をはばまれたのだ。

「外がひどい天気だから、いい女はわざと時間かけてやがる」脂ぎった男が言った。

「こんな上玉を見るのは何時間ぶりかな」もう一人が言ったが、でまかせだろう。

「相乗りさせてくれよ。あんたが終わるまで外で待ってるから。なんなら4Pでもいいぜ」

痩せて長身の男が近づいてきた。

クリスはブラの奥の拳銃に手を伸ばそうとしかけた。ところがジャックが話の流れを変えた。

「いやいや、こいつはおれの妹なんだ。ママが家でひざまずいて祈ってるんだよ。メイベルが一時の過ちを認めますようにってな。おれは町中探しまわった。何カ月も。そして排水溝でうずくまって泣いてるのをようやくみつけたってわけさ」

クリスは泣き声で訴えた。

「意地汚い大家に追い出されたのよ！　家賃を払えないからって。払えないわよ、次々に倍にされちゃ！　わたしの給料は倍にならないんだから」

ジャックはすぐに続けた。

「てわけで、おれは妹をママのところへ送りとどけなくちゃいけないんだよ」

長身の男がうなずき、二人の仲間に言った。

「聞いたか、不良の妹を助ける立派なお兄ちゃんらしいぜ」

三人はニヤリとして、その手にナイフを抜いた。

クリスは構えようとした。ところがそのまえに、よりかかっていたものが急に消えてよろめいた。

街灯もろくにない夜闇のなかで、ジャックのすばやい動きはよく見えなかった。まわし蹴りが長身の男の股間にはいったようだ。男がうめいて体を二つ折りにするより早く、ジャックはその首にチョップをいれた。男は、軍曹の休めの号令を聞いて甲板に落ちる海兵隊員の荷袋より早く、地面に崩れ落ちた。

クリスが前へ踏み出したときには、残る二人はすでに全力で逃げはじめていた。〝不良の妹を助ける立派なお兄ちゃん〟にはもうかかわらないとわめいている。

「行きましょう」クリスは指示した。女たちはそれに従った。「これがただの不運ならいいけど」

「これから続く不運のはじまりかも」アビーが続けた。「そんなことをだれかが言っていたわ」

「さあ、だれかな」

ジャックは言って、クリスの肘をつかんだ。まるでいやがる生娘を連れ去るぽん引きのように無理やり走らせた。

「あなたはインドア派だと思っていたんですがね」

「わたしくらいアウトドア大好きの女はいないはずよ」

ペニーが正面のビルを指さした。湯水のように電力を使って照明されている。

「あれが次の目的地です」

「ネリー、解説を」

秘書コンピュータは不動産屋のコマーシャルのように話した。

「ターケル・マンションは最近改装されました。全室がネットワーク接続を完備しています。集中警備センターがあり、武装した警備チームが二十四時間常駐しています」

「厄介ですね」とペニー。

ネリーは誇らしげに続けた。

「ただし、改装工事は質の悪い業者に発注されたため、故障や修理依頼が絶えません。これから全館のセキュリティシステムを落としますが、ここでは日常茶飯事なのでだれも怪しまないはずです」

「それなら警備員の動きも鈍くなりそうですね」とアビー。

「さらに今夜当直の警備員二人は、数年前から社内健康診断の体重基準をパスできずにいます。動きはさらに鈍いはずです」

「それでよく馘にならないわね」

ネリーは少々沈黙し、困惑気味の声で答えた。

「理由の記述はデータベースにありません」

「オンラインで公開される記録に賄賂やリベートのやりとりまで書くわけないでしょう」

「今後は留意します」

クリスは女二人組に指示した。

「裏口にまわって。ジャックとわたしは正面からはいるわ」

ジャックはフロント係のまえで軽くうなずき、ウィンクするだけで通過した。まるでびしょ濡れの浮浪者を部屋に連れこむのが毎晩の恒例行事のようだ。フロント係の女は、安っぽいテレビドラマの音声が流れてくる手もとから目も上げなかった。

アビーとペニーがエレベータ前に到着したのは、クリスとほぼ同時。しかし女二人組はべつのエレベータを使った。目的階に着くと、クリスとジャックはふたたび密着歩行で廊下を進みはじめた。アビーとペニーは三十秒遅れてエレベータから降り、昼の仕事への不満と、熱い風呂と清潔なシーツを共有する楽しみについて語りながら歩いてきた。クリスたちの演技パターンはおなじだが、今回は軽口はなかった。

想定外だったのは、アビーが錠前のピッキングに手間どったことだ。ついに手を上げて宣言した。

「降参です」

クリスはジャックから体を離した。だれかの従属物として行動するのはもううんざりだ。

「爆破して」

ペニーは容器を取り出した。白い糊状のものを蝶番に塗り、さらに鍵穴に流しこむ。小さな電子装置の電極をその糊にさしこみ、手を振って全員を退がらせた。ボタンのついた小さな箱をポケットから取り出す。

「爆破します。三……二……」

ガチャリとドアが開いた。

トムが顔をのぞかせる。不思議そうに四人を見まわして、ようやくクリスに気づいた。

「やばい、ロングナイフだ」熱があるようにうるんだ目でまばたきして、「なんだその恰好は、クリス」

そしてバタンとドアを閉めた。

「爆薬の安全処理が先です」

ペニーが制して、起爆装置の電極を抜いた。

クリスはすぐにドアをノックした。

「トム、開けて、クリスよ」

「ロングナイフはもうごめんだ。縁を切った」

ペニー・パスリーが声をかけた。

「わたしよ、トム。開けて」

ドアが数センチ開いた。

「どうしてここにいるんだ、ペニー。しかもロングナイフ家の人間といっしょに」

「話すと長くなるわ」

　クリスが答え、ドアを無理やり押し開けた。トムは空気の抜けた標的の人形のようにへなへなと床に崩れて気絶した。ジャックがはいってきて、トムを奥のリビングまで引きずった。最後にアビーとクリスはそのあとをついていく。ジャックが廊下を確認して、しっかりとドアを閉じた。

　クリスとペニーはトムの呼吸と生命反応を確認し、ジャックとアビーは他の部屋の安全確認をした。ジャックが報告した。

「中華料理が好物のこの部屋の住人は、広げた皿を片付ける暇もなく、きわめて最近離席したようです。おかげでネズミもゴキブリもまだ湧いていない」

　アビーがはいったのは寝室だった。ロープを指にからめて持ってきた。

「自力で切っていますね。あらかじめ切れ目がいれてあったところを」

　ジャックがすぐに隣へ行き、証拠品を確認してうなずいた。

「逃げられるようにして放置したらしい」

「まだクスリが半分効いていますけど」アビーはゆっくりと言った。

　クリスは立ち上がった。何光年もかなたから救出にきてやった相手は、すでに自由の身だった。それどころか面前で罵倒された。英雄的な行動の結末がこれか。

「犯人たちは目的のものを手にいれたのね。トムから聞き出したい話——つまりわたしにしゃべらせたい話を。だから拘束を解いたのよ。自力で大使館へ帰れと」

「途中でナイフ強盗に遭って喉を掻き切られ、排水溝に捨てられても、犯人たちの知ったことではないわけですね」

アビーがにっこり笑って言った。トムのわきにしゃがんだペニーも同意した。

「ここは物騒な地域だから」

トムは意識を失ったまま身動きし、なにかつぶやいている。ペニーはそのポケットを探り、コイン二枚と地球の五十ドル札をみつけた。

「ケイティビルではもっとわずかな金のために人が殺されるわ」

「大使館への電話代とタクシー代かもしれない」とジャック。

「データ上はどちらの説もありえますね」アビーが言った。「そういう議論はホテルの暖かく居心地のいいスイートルームで、ポップコーンを食べながらやるべきではないでしょうか。あそこを出たのがまちがいに思えてきました」

クリスは指示した。

「そうね。引き上げましょう。ネリー、セキュリティシステムに警報は出てる?」

「出ていますが、警備員たちはチェスに熱中して無視しています」

アビーとペニーは両側からトムをささえてすぐに出ていった。ジャックとクリスはふたたび腕をまわし、おたがいへの欲望に身を焦がす演技をしながら、あとを追った。

一行が裏口から出て二、三メートルもいかないところで、タクシーが徐行しながら近づいてきた。運転手が窓を開けて声をかける。

「乗っていきませんか。安くしときますよ」

ジャックは無用だと手を振り、アビーは大声で言った。

「この子はちょっと飲みすぎただけ。たいした距離じゃないから」

タクシーは去っていった。

雨にもかかわらずケイティビルの街路は無人ではなかった。二人組あるいは数人の集団があちこち歩いている。みんな帽子を目深にかぶり、襟を立てている。歩かない者は建物によりかかって雨をしのいでいる。気のせいか、ひとけが増えているようだ。

差し掛け小屋の外にたむろしていた四人の男たちが、クリスのほうに近づいてきた。後方からは三人がパイプや角材を振りながら、よろめき歩くトムとの距離を急速に縮めている。

「相手をしてほしそうね」クリスは言った。

「戦いますか、逃げますか?」ジャックが訊く。

「戦うしかないでしょう」

クリスはうしろの三人組のほうをむき、四歩で間合いを詰めた。士官学校で格闘術を教えてくれた教官の辞書には、〝正々堂々〟という単語はなかった。あらゆるルールを忘れろと教えられた。クリスは格闘技を習ったことがなく、ルールという思いこみがないのがよかった。汚い喧嘩のしかたを、赤ん坊がミルクを飲むように自然に吸収した。

三人組は獲物に反撃されるとは予想していなかったようだ。クリスは男がへっぴり腰で打ちこんできた角材を止め、がら空きの懐にはいって股間を蹴り上げた。体が二つ折りになったところで、奪った角材で腎臓打ち。倒れた男の横で、急いで振りむいてジャックを手助けしようとした。しかし残りの二人はすでに水たまりに倒れてもがいていた。

野次や怒鳴り声を聞いて、二人はトムのほうをむいた。ジャックが先に走り出し、クリスも追った。

女たちは隅に退がって壁を背にしている。ジャックとクリスは右側の悪者たちに不意打ちをくわせた。二人が倒れたが、人垣は逆に増えている。いまは六、七人が、アビーとペニーとトムにむかって凶器を振りまわしたり蹴ったりしている。クリスは角材を一人の頭めがけて振り、その勢いで体を回転させて、続いて来るやつに蹴りをいれた。そのまま体を回転させたことが幸運を招いた。

赤い衣装の女がいた。細く高いヒール付きの真っ赤なブーツ。真っ赤なレギンス。体に密着した真っ赤な長袖のボディス。赤い帽子を下げて顔の半分をおおい、のぞいた口には薄笑みを浮かべている。赤い手袋で握ったナイフはおぼろな街灯の光で輝いている。そのナイフは、もともとトムを狙っていた。しかし回転したクリスの体が女の行く手をさえぎった。ナイフの標的が変わった。

女はクリスに斬りつけ、刃がクリスの右腕にはいった。女の薄笑いが歓喜の叫びに変わる。

クリスは衝撃を感じたが、スパイダーシルク地が刃を止めた。回転し終えると、クリスは角材を女の腹に叩きこんだ。体重をのせた一撃で女はうめき、うしろによろめいた。ちょうど手があいていたアビーが、女の首に肘をかけて引き倒した。

クリスは次の敵を探して周囲を見た。しかし立っている数人の男はすでに逃げはじめている。倒れた男たちの服装はみすぼらしい。女だけが例外だ。

クリスは赤ずくめの女のわきにしゃがみ、頬をはたいて目覚めさせた。

「いったいどういうこと？」

顔までおおった帽子を剝ぐと、烏の濡れ羽色の髪があらわになった。女ははっと意識をとりもどした。まわりを見て襲撃失敗をさとったようだ。

「またあなたの勝ちね、ロングナイフ。でもこの罠からは逃れられないわよ」

陰険な声で言うと、強く歯を嚙みあわせた。

「いけない、止めて！」

アビーが声を上げた。しかし女はすでに白目を剝いていた。メイドは慎重に女の口を開かせた。

「やはりそうです。差し歯を嚙み砕いている。毒物です」

クリスは、まだ痙攣している女の体を見た。こちらの正体を知っていた。ロングナイフと呼びかけ、おまえは罠にかかっていると言った。

「行きましょう」

ふたたび無人になった通りを見て言った。

トムを急きたてながらもう一ブロック歩いた。通りの反対側にタクシーがいるのを見て、クリスは手を上げそうになった。さらに半ブロック歩いたところで、そのタクシーが脇にやってきた。さきほどとおなじ運転手だ。

「やっぱり遠くまで行くみたいだね」

アビーはクリスを見て、無言でトムをしめした。足どりはさらにおぼつかなくなり、風邪をひいたように震えている。クリスはすばやく周囲を見まわした。また不審な集団がいくつも近づいてきている。

「交渉してみて」

クリスの指示を受けて、アビーが運転手に尋ねた。

「どうしてこんなところで客待ちしてるの？」

（ネリー、この運転手についての情報を）クリスは脳裏で指示した。

オリーブ色の肌の運転手はターケル・マンションのほうをしめした。

「あのホテルまで客を乗せてきたんですよ。でも空車で帰っちゃ儲けが半分になっちまう。そんなときに、いかにも乗せてやったほうがよさそうなあんたたちを見かけたわけで。どうですか、初乗り運賃はまけときますよ。時間料金だけでいい」

ネリーが答えはじめた。

（タクシーはアブ・カルトゥム氏の名義で登録されています。書類の写真はこのタクシーの運転手の顔と百六十カ所の識別ポイント中、百四十カ所で一致しています。九十九・八パーセントの確率で本人です。前科はなし。メディアの記事によると、地元イスラム系社会で慈善社会活動を熱心におこなっています。育てている子は六人。実子四人と、兄の遺児二人で

す。兄の死因は肺疾患で、勤務していた化学会社が罹患理由だと思われます）

（もういいわ）クリスは小声で言った。「アビー、座席の確認を」

アビーは後部座席のドアを開け、車内をあちこちひっくり返しはじめた。

通りを見ると、廃墟化した建物にたむろしていた男たちが興味を持ったようすで近づいてきている。

（このタクシーは、トムがベレロフォン号のチケットを購入する以前から整備をふくめていっさい手を加えられていません。二番、四番シリンダーはすみやかなプラグ交換が必要です）

クリスはジャックをタクシーのほうへ軽く押した。ジャックは、二、三人ずつ集まってくる周囲の男たちに目を配りながら、ゆっくりとタクシーのほうへ退がった。

アビーが小さなブリーフケースを手に立ち上がった。

「まえの客の忘れ物かしら」

運転手はけげんな顔をした。

「そういえばさっきの女のお客さんはそういうものを持っていたような。持って帰って配車係に預けときますよ。明日には電話して取りにくるでしょう」

「電話はかかってこないと思うわ」アビーはそう言うと、ブリーフケースを持って路地に駆けこみ、手ぶらでもどってきた。クリスたちに告げる。「タクシーは安全確認できました。乗ってください」

アビーとペニーはトムを手伝って座席にすわらせた。クリスが乗りこむと、運転手は眉をひそめて言った。

「そんなことをしちゃまずいな」

ジャックが助手席に滑りこむのと同時に、路地から小さな爆発音が響いた。物騒なブリーフケースだ。

「あのとおり、まずいものだったんだ。早く出せ。厄介な連中が集まってくるぞ」

あわれな運転手は目を丸くした。新たな客を乗せているあいだに、通りのようすが一変している。さらにアビーとペニーの手にあらわれた自動拳銃を見て、顔をしかめた。祈りの文句らしいものをつぶやいてアクセルを踏む。

タクシーは路面の穴で飛び跳ね、右や左にスリップし、縁石に乗り上げながら突っ走った。運転手は低く愚痴った。

「ミリアムから言われてたんだ、ケイティビルで客を拾っちゃだめだって。毎日出勤前に言われてる。なのにそのとおりにしなかった。なんでだ？　明日からはあいつの言うことを聞くぞ」

丘を下って街灯の並ぶ明るい道に出て、ようやく運転手は速度を落とした。ルームミラーを見ながら言う。

「あんたたちはギャングかなにかかい？　あっしはギャングとはかかわりたくないんだ。降りてくれ。金はいらねえ。欲しくねえ」

「わたしたちは悪党じゃない」

ジャックは、ヌー・ハウスのリムジンでハーベイの隣に乗っているときとおなじように、首だけをまわして言った。どうやったらあんなふうにスイッチを切り換えられるのか不思議だ。

アビーがトムをしめしながら説明した。

「仲間が悪党にさらわれたのよ。だから取り返しにいったの。わたしたちはむしろ正義の味方よ」後部座席のあとの二人を見ながら、「すくなくとも今日はね。まちがいなく」

運転手は納得できないようすだったが、訊くべきことを訊いた。

「どこで降ろせば?」

「エレベータよ、カルトゥムさん」クリスは言った。

タクシーは左折した。その先は高速道路で、五分後にはターミナル駅に到着した。明るく清潔で文明的なこの場所と、さきほどの地獄がわずか五分の距離なのか。クリスにとって帰ったら調べてみたいことがまた増えた。

窮屈な車内から降りて、トムをゆっくりと立たせた。運転手はメーターどおりの金額を言った。

「多めに払ってあげて」

クリスはジャックに指示した。警護官はウォードヘブンの札束を出した。

「釣りはいらないから、わたしたちのことは忘れろ」

運転手は金を受けとって驚いた顔をしてから、クリスを見た。

「あんた、どこかで会った気がしますね。見覚えがある。どこで会ったっけ？」

クリスはアビーからコートを受けとった。メイドがなにかを引っぱると、コートの裾は足首まで長くなった。

「わたしたちの顔は忘れて。ミリアムにも話さないほうがいいわ。朝にはどうでもよくなっているから。それから、エンジンの二番と四番のプラグが交換時期らしいわよ」

「なるほど、それで喉の渇いたラクダみたいにガソリンをがぶ飲みするのか」運転手はため息をついた。「アッラーのご加護を。神は慈悲深くあられる」

ペニーがトムの肩にコートをかけて言った。

「病院に連れていったほうがいいわ」

アビーは異なる意見だった。

「まずわたしに診断させてください。クリスの荷物のなかに救急セットがあります」

三十分後、一行はホテルのスイートルームにもどった。例の色あいの異なるトランクの一つを開けると、その容積の半分をアビーの救急セットが占めていた。腕の立つ脳外科医なら緊急の開頭手術ができそうなほど充実した内容だ。いざとなったらやるつもりだろうか。アビーならできるかもしれない。

結局、トムに必要なのは手術ではなかった。ショック症状と低体温症と薬物の過剰服用、そしてひどい感染症に対する手当てだった。アビーは眉をひそめて言った。

「あの連中は注射針を消毒していなかったようです。でも症状は軽いので対処できます」

そして点滴の準備をはじめた。クリスはあくびをした。長い一日だった。

「トムはわたしの部屋に寝かせる？」

「いいえ、わたしの部屋のほうがいいでしょう。ペニーと交代で看病します。そうすれば全員それなりに睡眠がとれますから」

そのメイドの部屋にジャックがはいっていった。三種類の盗聴器スキャナーを手にしてもどってきた。

「新しい盗聴器はありませんでした。わたしたちがトムを連れて無事に帰ってきたことを敵に知らせますか？」

「せいぜい腹立たしい思いをさせればいいわ。いまのうちに休んでおきましょう」

クリスは言った。やると誓ったことについては、今夜はどうしようもない。化粧も落とさず、ボディスーツも脱がずに眠りに落ちた。

8

クリスは寝覚めに強迫的な夢をみた。空の星をつまみとって、色別のバスケットに分けなくてはならない……首相官邸の裏の廊下を走って、正しいドアを開けなくてはいけない。あるいは父を満足させる正しい言葉を言わなくてはいけない……母の夢は……。

クリスは目覚めた。ベッドカバーは昨夜の化粧がべっとりとついていた。伸びをしようとしたが、ボディスーツを着たままでは無理だった。後頭部を探ると、ネリーも接続したままだ。

(ネリー、トゥルーおばさんの石のかけらの解析作業をまだやっているの?)

(はい、クリス。電力供給の問題は解決できたようです。チップの活動について本格的な解析をいつでも開始できます)

クリスは目をこすった。夢でかきたてられた感情がまだ体のなかに残っている。

(その石の影響を受けている気がするんだけど)

(それはありえません。三重のバッファで隔離されています。データの通過は許していませんし、実際に通過してきたものはありません)

クリスはそれほど確信を持てなかった。

（最初の予定から変わって、平穏な二週間をみこめなくなったわ。なにかあっても、車を飛ばしてトゥルーに検査を頼むというわけにいかない。いまあなたが変調をきたすと困るのよ）

（わかりました、クリス）

一件落着したところで、クリスはアビーを呼んで朝食を頼んだ。

「あっ……痛ったぁー」

クリスは悲鳴を上げた。もともと体毛は薄いほうだが、このボディスーツをアビーが剥がし終えたら、クリスの体に毛は一本も残っていないだろう。

「昨夜のうちに脱いでいただくべきでした」アビーは申しわけなさそうに言った。

「あなたはトムの治療で忙しかったから」

「それでも、この装備の装着時間が制限を超えるとどうなるか忘れてしまうなんて。しかもお休みまえの化粧落としも。本当にだらしないメイドです」

「だらしない娼婦だったのは昨夜のわたしよ」

「お嬢さま、役柄の切り換えは早くするのが吉でございますよ」

「あなたのように？」クリスは攻撃に転じた。

「なんのことでしょうか」

アビーはそう言って、スーツの一部をやや強く引き剝がした。

「いたた！」

クリスは声を漏らして体を見下ろした。やはり体毛がなくなってつるつるだ。クリスはしばらく呼吸を整えた。アビーはまたゆっくりと剝がしはじめた。これならほとんど痛まない。

クリスは小声で言った。

「昨夜は三つの誓いを立てたのよ」

「どんな誓いですか？」

「まず、トムを本来の居場所の海軍へ連れもどす。次に、ウォードヘブンが本当に文明的な都市かどうかたしかめる」

クリスのボディスーツを腿まで剝がしたアビーは、そこから見上げた。

「それで二つですね」

「最後は、アビーが本当は何者かを知ること」

アビーはくすくすと笑って、ボディスーツを剝がす作業にもどった。

「何者かわかったら教えてくださいませ。わたしもずっと知りたいと思っていました」

「あなたの正体をあばくわ」

メイドは床にあぐらをかき、ため息をついた。しかしボディスーツをゆっくり剝がしていく手は止めない。

「ミス・ロングナイフ、あなたはご自分の正体をご存じですか？」

「いいえ。学んでいる途中よ」

「では、アビーの正体を知るのはアビーにまかせて、お嬢さまはご自分の正体を知ることに専念されてはいかがでしょう」

「あなたが玉手箱からいろいろ出してくるのが気にいらないのよ」

「出したものはお役に立ちませんでしたか？」

「とても役に立ったわ」

「でしたら、玉手箱はそのままおそばにおいたほうがいいと存じます」

「猜疑心はわが家の伝統なの」

アビーはクリスの足から最後の一片を剝がした。

「なるほど、それは生き延びるために重要な資質ですね。ではこんな妥協点はいかがでしょう」

「妥協点？」

「わたしはお嬢さまを守りつづけます。お嬢さまはわたしを雇いつづけてください」

居室のほうからジャックの呼ぶ声がした。

「着替えはすみましたか？　朝食が届きました」

「わたしはお腹ぺこぺこよ」

アビーは答えて、クリスに白いベルベットのローブを着せた。クリスもその帯を締めながら言った。

「そうね。異議なし」

ジャックの隣の給仕用カートには朝食の料理がたっぷりと載っていた。ホットケーキの山とさまざまな卵料理。肉は三種類で、ベーコン、ソーセージ、フライドフィッシュがある。

ジャックは三つの盗聴器スキャナーでカートごと調べていた。

「七個ありますね。やれやれ、せっかちな敵だ。燻蒸消毒してやりたい。殺しますか？」

クリスは問いかける目でアビーのほうを見た。

「七個、ねえ。わたしたちに興味を持っているのは五方面じゃなかったかしら」

アビーはわからないという顔をした。

ジャックはしゃがんでキャスター部分を調べはじめた。

「八個目だ。今朝のやつはまた新たな種類のようです。新たな参入者か、はたまた旧知の敵が新製品を試しているのか。殺しますか、どうします？」

クリスは取り皿を手にした。

「放っておいていいわよ。ドロシーはもうすぐルビーの靴の踵を打ちつけてカンザスへ帰るんだから。ネリー、知性連合の近傍へむかう一番早い便に予約をいれて」

「できません」

「どうしてできないの？」

ちょうどアビーの部屋から顔が二つのぞいた。トムとペニーだ。

「ハイトゥランティックに接近中あるいはドッキング待ちの船は、すべて最寄りのジャンプポイントへ移動中です。ドッキングずみの全船は出港予定が無期限延期されています。つまりわたしたちは強制隔離されているのです」

トムがよろよろと部屋にはいってきた。ペニーは横から腕をまわしている。倒れないようにささえているのか……あるいは自分のものとして主張しているのか。

クリスはため息をついた。

「なぜ突然、強制隔離されるの？」

居室のスクリーンが明るくなった。なごやかな朝食の席に、青い防護服姿の人々と、普通の服装で無惨な死を遂げた人々の映像が飛びこんできた。別窓の地図でブレーメンという地名が強調表示されている。ハイデルベルクの北方約五百キロの町だ。

ネリーはニュース映像を見せながら解説した。

「北大陸の小さな町ブレーメンで、嫌気性エボラウイルスの感染爆発が報告されました。トゥランティック政府は人類協会の規則にのっとって村を隔離しました。しかし近郊の町クアーズを発着する航空路は、ウイルス潜伏期間のうちに封鎖されていなかったことがわかり、結局、惑星全体が強制隔離の対象になりました」

クリスは地図をじっと見ながら、唇を懸念でゆがめた。

「この話を聞いて、どこかおかしいと思わない？」

トムが答えた。

「エボラウイルスは隔離すべきだ。蔓延したらえらいことだ」

ペニーが困惑したようすで言った。

「そうね。でもトゥランティック星でエボラの感染爆発なんて過去に例がないわ」

ネリーが解説を加えた。

「傍流メディアの報道のなかに、今回の感染爆発は事故や自然の出来事ではない疑いがあると主張しているものがあります」

ジャックがリストユニットになにかささやいた。するとブレーメンの地図の脇にべつの情報窓が開いた。ブレーメンは鉱山町らしい。公共サービスを提供する施設はほとんどない。

ジャックは首を振った。

「あきらかに陰謀くさいですね。この地域は完全に温帯なので、ウイルスが自然に移入したとは考えにくい。交通上の経由地でもない。銅や鉛鉱山の坑夫むけの診療所しかないような町に、事故で環境放出されるようなウイルスのサンプルが保管されているとは思えない」

クリスはスクリーンに歩み寄った。

「ネリー、ブレーメン周辺の鉱山の鉱量は？」ネリーは町の横に新たな窓を開いた。クリスは、やはりという顔になった。「枯渇寸前ね」

あとはいうまでもない。鉱量の枯渇した鉱山にかこまれたブレーメンのような町が伝染病で地上から消えても、だれも困らない。

猜疑心、その名はクリスティン、というわけね。そう思ってため息をついた。

「厄介ですね」ジャックが言った。

い」

「トゥランティック星は人類協会の規則によって強制隔離されています。隔離を解除するには、疾病予防管理局の検査官が必要な検査をして、惑星の安全宣言を出さなくてはいけない」

ジャックは皿をとり、客観的な事実として言った。

「厄介ですめばいいけど」クリスは鼻を鳴らして、冷えた朝食にもどった。

トムが口をはさんだ。

「人類協会はもう存在しないんだぞ」

ペニーも言った。

「人類宇宙全体で認められた疾病予防管理局もないわ。となると、強制隔離を解く権限を持っているのはだれ？」

トムはまだ顔色が悪く、弱々しい。まるでミキサー車とレスリングをして負けたところのようだ。しかし取り皿には料理をどんどん取っていく。クリスはその友人に言った。

「ええと、トム、いちおう教えておくわね。この部屋には盗聴器がいくつか仕掛けられているのよ。わたしたちの会話に何人かが熱心に聞き耳を立てているわ」

トムは部屋のなかを鋭い目つきでぐるりと見た。盗聴器に良心があれば発熱して溶けてしまいそうだ。しかしすぐに興味をなくした。みつけた椅子にドサリと腰を下ろすと、もりもりと食べはじめた。

ペニーはトムの半分くらいの量を手早く皿にとった。隣にすわって、また言った。

「とにかく、強制隔離を解除する力を持っているのはだれなんでしょう?」

クリスは部屋中の視線が集まっているのに気づいた。

「知らないわよ」マーマレードと厚切りのハムをはさんだブランマフィンにかぶりつく。「レイおじいさまが最近よく言うのよ。〝なかなかおもしろい問題だ。ひとりでに解決するようすを見てみよう〟とね」

ジャックは取り皿を手にクリスの脇を通りながら、その耳もとでささやいた。

「なんだか大きな罠の閉じる音が聞こえたような……」

「なに言ってるの。そんな……」

言いかけて口を閉じた。聞き耳を立てている者の存在を意識した。ジャックを見て顔をしかめ、強く首を振った。警護官は眉を上げげただけで、皿に料理をとりはじめた。

ペニーが言いかけて、言葉を発するのをためらった。そしてフォークでクリスを指し、トムを指し、そして大きな円を描いた。部屋全体をしめし……惑星全体をもしめしている。

「それはつまり……」

クリスは強く首を振った。猜疑心が強いといってもそこまで疑ってはいない。

隣ではジャックとアビーが老いた賢者のように深くうなずいている。

クリスはリンゴをとって自分の皿を持ち、壁ぎわの大きな肘掛け椅子へ行った。一見すると中国の昔の山水画が描かれた壁紙のようだが、よく見るとコンピュータ画面だった。アビーとジャックはソファの両側にすわっている。トムは肘掛け椅子でエッグベネディクトをむしゃむしゃと食べている。ペニーはその隣にある背もたれのまっすぐな椅子。いつもはアビーの指定席だ。

しばらく盗聴器が拾うのは朝食をしあわせそうに食べる音だけになった。

クリスはマフィンを小さく割ってゆっくりとかじりながら、まわりの仲間たちから壁に目を移した。全面スクリーンらしい壁は、天井とぶつかるところに精巧な彫刻のモールディングが貼られている。カットグラスのシャンデリアが壁に穏やかな陰影をつくり、ところどころには虹さえできている。

昨夜クリスが演じたような文無しの娼婦は、こういう部屋を見たことがあるだろうか。ないはずだ。一晩でもこういう部屋に連れていってくれる男の目にとまるとは思えない。

ここは金と権力を持つ者のためにある部屋。重要な人物、クリスのような人物のための場所だ。

そんな人物を攻撃するために、町がひとつ犠牲にされたのだろうか。

クリスはマフィンを食べ終えてから、指示した。

「ジャック、盗聴器を壊して」

警護官はポケットから盗聴器処理装置を出した。手におさまるくらいの大きさで、金属製の突起が二本突き出している。朝食カートのまわりでそれを動かすと、パチパチとはじける音がした。ジャックはつづいて、クリスの椅子の隣にあるエンドテーブルに仕掛けられた一個を処理した。さらに自分の寝室にはいった。そしてもどってくると宣言した。

「全部殺しました」

「ネリー、ブレーメンでのこれまでの死者数は？」

「まだ二人です。しかし感染者数は把握できていません」

クリスはうなじを掻いた。

「エボラウイルスに感染して死ぬまでは六日から七日かかるわ。そのころわたしはまだトムが休暇をとったことさえ知らなかった。つまり、この件はわたしのせいじゃないわよ！」

最後はやや訴える調子になってしまった。ここにいる仲間たちは裁判官ではないのだ。免責を求めてもしかたない。

「たしかに無関係かもしれない」

トムが同意した。しかしアビーは地下埋葬所に響くような声で不気味に指摘した。

「体力のない年少者や年長者が短期間で死に至ったのだとも考えられます」

クリスは立って歩きだした。

「ここへ来たのは昨日。トムを奪還したのが昨夜。そして今朝はもう帰り支度。トムを取り返してから六時間しかたっていないのよ！　いくらなんでも六時間で伝染病を準備できるわけがないわ」

「しかし昨夜の女の死に際の言葉は、あなたをここに閉じこめたという宣言でしたね」もどってきたジャックは食事を再開していた。ワッフルを口もとまで持ってきて続ける。「あなたの行動がすばやいことを、サンドファイアは知っている。だからそれ以上にすばやく手を打てることをしめしているのでしょう」

　ペニーが指摘した。

「アパートの部屋は三ヵ所借りられていて、二ヵ所目でトムを発見しました。それは、彼らの意思決定サイクルを出し抜いたことを意味しているのではないでしょうか」

　クリスはすぐにうなずいた。

「そうよ。敵の想定よりわたしたちの動きが早かったということ。三ヵ所目のアパートを使わせなかったんだから」

　アビーは、トーストとフルーツをのせた小さな皿をおいた。

「それでも、部屋を借りた時期から考えて、この計画にある程度の準備期間があったことはまちがいないはずです」見まわして、同意するうなずきをいくつか確認して続けた。「とすると、エボラ感染爆発もそれなりにまえから準備されていたはず。トムとペニーが船の予約をいれた直後に開始されたのかもしれません。今回の出来事は、よく調べればなにかを隠すための煙幕だとわかるはずです。真相は数日中にあきらかになるでしょう」

　トムが首を振った。

「クリスをつかまえるために、わざわざ？　たしかにこいつはロングナイフ家の一員だけど、いくらなんでもやりすぎだろう」

「そうよ」

　クリスは同意した。しかし他の者たちはトムとは異なる意見のようだ。クリスは顔をこすり、得体の知れない感情を振り払おうとした。そしてふいに明るい表情になった。

「ネリー、アルおじいさまにメッセージを送って。〝トゥランティック星で立ち往生しています。脱出のために船を一隻送ってください〟と。ちょっと強引だけど、ロングナイフ家の財力で解決よ」

ネリーが答えた。

「メッセージを送信処理しました。ただし、着信までは相当な遅延が発生すると予想されます」

蘇りかけていたクリスの自信は音をたてて崩れた。

「どういうこと、ネリー」

「今夜、恒星間通信施設に大きなシステム障害が発生したようです。施設の九十パーセントが運用停止になっています。有料の優先オプションをつけましたが、それでも三時間の遅延が見込まれます」

ペニーは財布からウォードヘブン札を出した。

「クリスのメッセージが送信されるまえにシステムが完全停止するほうに賭けるわ」

「あなたはどちらの味方なの？」

「クリス、わたしは冷静に賭け率を検討しているだけです。だれかがあなたをここに足留めしようとしている。そしてそのためにはどんな手段も辞さない構えらしい」

「動機はなにかしら」

アビーが言った。いつも落ち着きはらっている顔にいまは困惑の表情がよぎっている。

ジャックが立ち上がり、クリスのエンドテーブルから皿を回収した。

「わたしもずっとそれを考えているんですよ。トムがさらわれたと聞いたときから」

アビーも汚れた皿をカートにもどした。

「謎が解けたときに姿をあらわすのは、想像以上に巨大な毒蛇かも」

クリスは訊いた。

「ペニー、この星になにがあるの？　だれかがわたしをトゥランティック星に足留めしようとしているのはわかった。でもなぜここに？」

ペニーは答えようと深く息を吸った。しかしそれをさえぎってネリーが告げた。

「クリス、お電話です」

「スクリーンに映して。わたしだけに見えるように」

ごま塩頭で、大きなあごが目立つ男が、おおげさな口調で言った。

「ご訪問を大変うれしく存じます、プリンセス・クリスティン」

（ネリー、これはだれ？）

（ミッデンマイト大使です。ウォードヘブンから任命されている――）

（なるほど、わかったわ）クリスは言った。「おはよう、大使。帰りの便を予約しようとしたら、できないらしいのよ」

「同様にうかがっております。すぐに調べさせます。今回お電話さしあげたのはもっと楽しいお話です。ステーション最上階にあります舞踏場〈トップ・オブ・トゥランティック〉で今夜、柿落とし(こけらおとし)の舞踏会が開かれます。驚異の眺めを楽しみながらの晩餐とダンスでございます。ウォードヘブンの公式舞踏会にも劣らない豪華さのはずです」

大使は遠い目をしている。クリスは、内心では舞踏会などどうでもいいと思いながら、笑顔を維持した。大使は続けた。

「大使館あてに届きました招待状にはプリンセスのお名前もございました。転送いたしましょうか？」

今日のクリスはやるべきことが山積みで、そのリストの最上段が、夜までにトゥランティック星から脱出することだ。辞退するという言葉が喉まで出かけた。しかしそれを飲みこんだ。

父親はいつも言っていた。「苦手なことをやるときは楽なやり方でやれ。激流を渡るときに流れに逆らって泳ぐのは愚かだ」最初にこう教えられた五歳のクリスは、父親が激流で苦労するところを想像できなかった。しかしたしかに、あちこちに急な瀬が待ち受ける政治の世界で、父親はいつも自分の望む岸にたどり着いていた。自分もここは流れに身をまかせるべきかもしれない。水面下では必死に立ち泳ぎしながらでも。

クリスはいくつかの選択肢を同時に考えているように、眉をひそめた表情を大使にむけた。だれかが自分をここに引きとめようとしている。ならばむこうの〝提案〟に乗るのも一興だ。

「大使、今回は公式行事に参加するつもりで用意をしてきていないのよ」

クリスはそう言った。アビーは、にこりともせずに深くうなずいた。

「――でも、なんとかまにあわせるわ」

それを聞いたアビーは血相を変えた。そしてあわててクリスの寝室に跳びこんでいった。

「今夜の舞踏会の主宰者には、招待状をこちらへ直接送るように言ってもらえないかしら。警備の者を連れていかなくてはいけないのよ」

そう言ってジャックに目配せした。警護官はため息をついて首を振った。舞踏会のような人ごみのなかで一人で警護させられるのは悪夢なのだろう。

大使はおおげさな口調で答えた。

「招待に前むきなお返事だったと、サンドファイア氏に伝えておきます。特別の余興をなにか用意してくれるはずです」

サンドファイアという名前を聞いて、トムとペニーが腰を浮かせた。メディアの俳優や女優も顔負けの身ぶりで無言の感情表現をしている。

クリスは表情を変えなかった。サンドファイアは今朝のクリスが退屈していると思慮してくれたらしい。どこへも行かないことをわかっているのだ。トムの奪還がすばやかったとしても。

大使は続けた。

「今夜の舞踏会にご臨席いただけるのでしたら、招待状をもう何通か出そうと思います。サンドファイアは今回の隔離がいつまで続くかわからないと申しておりました。今週末は毎年恒例レガッタが開催されます。ヨットにはご興味がおありとうかがっています」

トムが青くなった。たしかにクリスはヨット好きだ。クリスは顔色を変えずに言った。

「大使、今回は公式訪問ではないので――」

「わかっております」さえぎってから、自分の厚かましさを恥じたようにいったん口をつぐみ、また続けた。「ご理解いただきたいのですが、プリンセス・クリスティン、この星では選挙の時期が近づいています。ウォードヘブンとの過去の友好関係によい思い出を持つ人々が多くいる一方で、その関係を傷つけ、場合によっては壊すことを狙う勢力も存在します。わたしの第一の故郷と第二の故郷が困難な状況になるのはできれば避けたい。こういう問題があることをご理解ください」

「学習には日々つとめているわ」

クリスはそっけなく答えた。大使は急いで続けた。

「わたしたちが公式にできることはかぎられています。異なる星ですから。しかしながら社交界での縁故は頼りになるものです。多くの友人たちが、あなたをロングナイフ家の一員として、またプリンセスとして歓迎したいと思っています。やはりここは……」

最後まで言わずに肩をすくめた。

クリスは内心で、ロングナイフ中尉としての自分が挙げられなかったことに少々むっとした。しかしそんな感情には蓋をして、提案の利点を考えた。脱出は不可能。となれば、腹をたてながら部屋にこもるか、部屋から出てサンドファイア氏の予想しないことをやるか。相手はクリスに時間を浪費させようとしているだけなのか。たしかにこれまでは社交生活など無駄だと思ってきた。しかしいまはそれしかない。考えなおすべきかもしれない。

「状況については勉強するわ。そのあいだに他の招待者を検討しておいて」

「よろこんでそういたします」

「ところで、恒星間通信経由でメッセージを送ったのよ。ヌー・エンタープライズに迎えの船を求める内容を。でも着信までかなりの遅延が見込まれるらしいの」

「承知しております。ハイトゥランティックの新規システムは、彼らがいうところの〝初期トラブル〟に悩まされているようです」

「わたしのメッセージを優先リストにいれておいてもらえないかしら。ヌー製薬がエボラウイルスに効くワクチンを製造しているわ。迎えの船にそれを積んでこさせてもいい」

「それはよいお考えです、プリンセス。可能かどうか通信相に直接かけあってみましょう」

大使からの電話は終わった。

とたんに部屋は喧々囂々たる声で満たされた。ジャックは強く反対した。「舞踏会などもってのほかです。どこから狙われるかわかったものじゃない」トムは青い顔がさらに青くなった。「サンドファイアは、おれをこの騒ぎに巻きこんだ張本人だぞ。そんなやつの提案に乗っちゃだめだ、クリス」ペニーも忠告した。「クリスティン・ロングナイフ、愚行はおやめください。パリ星系で戦争勃発を防がれたのはお手柄でしたが、ここでは襲ってくる敵を魔法のようにはじき返す方法などないのですよ」

寝室とのさかいにアビーがあらわれた。

「今夜のお召し物はこれにしましょう」

手にかかげているのは真っ赤なドレス。着るのがクリスでなくても、半径千メートルのあらゆる視線を集めそうだ。

「とにかくすわって、落ち着いて。状況を整理して考えましょう」

クリスは低い声で、しかし喧騒を制止するために強く言った。

みんな従ったが、アビーだけはドレスをかけるためにいったんクリスの寝室にもどった。

顔ぶれがそろったところで、世にも奇妙な参謀会議がはじまった。

「ペニー、わたしの父はどこからあの馬の骨を拾ってきて大使にしたの？」

ペニーは手早く説明した。

「商務事務所時代からの継続採用です。ミッデンマイト大使がトゥランティック星に来たのは四十年前。ご存じないと思いますが、トゥランティック産のワインは広く珍重されています。ミッデンマイトはその輸出をほぼ独占していました。ウォードヘブンがここに商務事務所を開設した当時、この星で顔がきく存在だったわけです」肩をすくめて、「そろそろ商売から引退しようとしていた矢先の十年前に、商務事務所の所長が必要になって適任者として白羽の矢が。以来、武器貿易の確立に大きく貢献。これはわたしの前の上司から説明された話です」

「つまり彼は飾り物で、わたしたちが追う真の相手ではないということね」クリスが言うと、ペニーはうなずいた。「本当の上司はだれ？」

ペニーはクリスの視線を受けて目をそらした。

「管理職の地位にあるのはハウリング氏です」

「ではこういう訊き方をするわ。黒幕はだれ？」

「中尉、あなたにはこの情報に接する権限がありません」

「プリンセス・ロングナイフとしてならどう？」

ペニーは顔をしかめ、天井を見て、肩をすくめた。

「海軍における忠誠とは建前です。あなたを上官と認めることはできません」

ジャックが口をはさんだ。

「妥当な返事だな。では、今夜どうしても舞踏会に出るとおっしゃっているプリンセスが、十二時までに銃弾で蜂の巣にされるのを防ぐために、きみときみの匿名の上司はどんな協力をしてくれるんだ？」

ペニーは指揮命令系統についての危険な質問から逃れられて、明るい笑顔で答えた。

「上司とは無関係に協力できるわ。まえにも言ったように、わたしは地元警察にコネがある。三時間以内に完全武装のチームをここに派遣させる」

「そのなかに敵の息のかかった者がいないという保証は？」

「わたしが保証する。警官たちはプロよ。正しい警察の仕事をする。政治には行動を左右されない」

「信じるわ」クリスは言った。ジャックがむきなおってなにか言おうとしたが、さえぎった。「あなたが満足するまで全員の経歴を調べていたら三年かかる。それまで一人で警護するの？　ジャック、今回の件はわたしの独断であなたたちを巻きこんだ。責任はわたしがとる」

「わかりました。今夜の舞踏会はそれでいきましょう。しかし、今後リスクをともなう行動は最小限にお願いします」

「いいえ。大使の提案に乗るつもりよ」

「ご冗談を。社交はお嫌いのはずだ」

「社交が嫌いなのは、いつもの相手とのいつもの会話が十年一日のごとく続くから。でもいま、部屋から出て人に会う方法はそれしかない。本当の状況を知るためにやるしかない。そもそも、わたしの社交嫌いが周知のことならサンドファイアも知っているはずよ。やりたがらないと敵が予想することをあえてやるわ」

ペニーは賛成した。

「他の利点もあります。ウォードヘブンと王政に関心を持つ人々に会って、自由党への投票と知性連合への加入を説くことができる」

そこでネリーがふたたび割りこんだ。

「クリス、新たなお電話です」

クリスはテーブルから離れて、ローブを整え、居室のスクリーンのまえに立った。

「つないで」

画面の一部に、灰色のスリーピースのスーツ姿の男が映し出された。中年の入り口の年齢のわりに太っているのか……それとも防弾チョッキを何重にも着こんでいるのか。細面で穏やかで、ほがらかな笑みを浮かべている。ただし、目は笑っていない。

「こんにちは、プリンセス・クリスティン。〈トップ・オブ・トゥランティック〉のオーナー、カルビン・サンドファイアです。強制隔離でお困りとうかがっております。今宵は当方のオープン記念舞踏会にぜひおいでください」

足留めされていることをなぜ知っているのかと訊きたかったが、ここは社交の場だ。母親になりきって答えた。

「柿落としの舞踏会に王族として出席できるのは欣快の至りよ。ウォードヘブンとトゥランティックには多くの共通点があるわ」

おおげさな口調でしばらく美辞麗句をやりとりした。サンドファイアは空虚な社交につとめ、クリスの足留めについてはそれっきり触れなかった。舞踏会の開会時刻だけが実のある情報だった。

「ヒルトンのスイートまでお迎えに上がります。エスコートが必要でしょう。今回は急なご訪問で充分な準備がないとうかがっておりますので」

あなたを出し抜けるほど急には動けなかったけどと、クリスは内心でつぶやいた。しかしそんな皮肉はみじんも顔に出さなかった。

「その必要はないはずよ。大使館にはわたしに腕を貸すのを名誉と感じて先を争う若者が何人もいるらしいわ」

サンドファイアは乾いた笑い声をたてた。

クリスは芝居がかった身ぶりで額に手をふれた。

「あらいけない、忘れていたわ。舞踏会の会場をあらかじめ警護班に確認させないと、母に叱られてしまう」

もちろん自分の母親からそんなことを言われた経験はない。母親になることに熱心だった高校時代のクラスメイトたちの言いそうなことを思い浮かべただけだ。

サンドファイアは左手を軽く振って答えた。

「問題ありませんとも。会場の警備責任者を彼に会わせましょう。午後一時でいかがでしょうか？」

「けっこうよ。では今夜」

「世界最高の楽しみとしてお待ち申し上げます」

(切って、ネリー）クリスは大股にテーブルへもどりながら毒づいた。「まったく口先だけの野郎だわ」

「あれがおれたちの敵だ」トムが言った。

ジャックがうなずいた。

「曲者(くせもの)だ。クリスが〝警護班〟と言ったのに、〝彼〟と単数形で返してきた」

　クリスは答えた。

「気づいたわ。ペニー、ジャックが一時に会場確認に行くときは、あなたと地上で集めた信頼できる警官たちもいっしょに行って。大勢で押しかけてやるのよ」

　ペニーはクスクスと笑った。

「みくびるなという意味ですね」

「そんなところよ。それから、トムに礼装軍服を用意してあげて。トム、あなたは今夜プリンセスを舞踏会にエスコートするのよ」

　クリスはにんまりと笑った。トムには笑顔のかけらもない。

「本気で言ってるのか？」

　クリスは真顔になった。勝手に楽しい気分になっていた。トムにとっては標的のそばに立つことを意味するのだ。

「ごめんなさい、トム。あなたがロングナイフ家の人間から五十キロ以内に近づきたくないとしたら、それはしかたないと思うわ」

「そういうことじゃないんだ」いつも陽気なサンタマリア出身者が、いまは顔を上げられずにいる。「昨夜あそこから救い出してくれたおまえには恩がある。なのにあのとき、おまえから遠ざかりたいという意味のことを言っちまった。そうしたら、おまえもおれから遠ざかりたいと思うんじゃないか？」

　クリスは三歩でトムの椅子に近づいた。隣にしゃがんでトムの顎をつまみ、視線が合うまで上をむかせた。

「トム、あなたの助けが必要なの」この奇妙な旅に巻きこんでしまった一行を目でしめす。「わたしたちはこんなふうに寄せ集めの集団よ。オリンピア星で銃弾が飛びかうなかで、あなたはわたしの背中を守ってくれた。パリ星系で艦長と対立して急襲艦隊の指揮権を引き受けたときは、交代で指揮をとってくれた。今回もおなじように力になってほしいのよ。見てのとおり、人手がたりないから」

トムはクリスの顔をじっと見つめた。それから深呼吸して、アイルランド系の祖母の誇りを漂わせたため息をついた。

「おまえが敵陣に突っこむときは、おれがぴったりついて背中を守ってやるから安心しろ」

「ありがとう」クリスは立ち上がった。「他に検討しておくべきことがあるかしら」

アビーが考えこむ表情で言った。

「サンドファイア氏はなぜ今夜あなたを舞踏会に招待したのでしょうか」

「美しき賓客だからよ」クリスは髪に手をやりながら言った。

「自分の土俵で叩きのめすためでは」とジャック。

「敵の器をみきわめるためかも」とペニー。

クリスはうなずいた。

「どれも正解でしょうね。こちらも相手の程度を見てやりましょう」

十二時五十分、クラッガス警部に率いられた六人の私服警官たちがやってきた。アビーは彼らをクリスのまえに整列させた。クリスは自分の警護のために急遽集まってくれたことに上品な感謝の辞を述べた。

クラッガスは王族の美辞麗句を鵜呑みにしないようすで答えた。

「たいしたことじゃありませんよ。わたしたちが担当するはずだった誘拐事件は、昨夜あっというまに解決したみたいですからね」

(クリス、不審な電波をさきほどから探知しています。この警官たちは体中に盗聴器をつけている疑いが強いです)

(想定どおりよ)クリスは心配げな表情をよそおった。「怪我人が出なかったのならいいけど」

「もともとワルばかりです。やられた者もたいしたことなく回復したと聞いています。万事まるくおさまりました」

「心おきなく舞踏会を楽しめるわ」

警護班はそのまま舞踏会場の確認に出かけた。クリスはアビーに世話されながら風呂にはいった。会話はハイデルベルクにおける来週の社交日程だ。盗聴器が拾うのは空疎な社交のおしゃべりばかり。クリスの頭をめぐる考えは読まれない。これからやるべきこと。それがどんな結果になるか。そしてサンドファイア氏について考えつづけた。

やがてジャックとペニーがもどってきた。盗聴器だらけの警官たちもいっしょだ。アビーとトムが二人がかりで盗聴器の処理をはじめた。それぞれ男女ペアなら個室にはいっておたがいの体をすみずみまで調べたらどうか。そんな表と裏の意味で笑える冗談が飛んだ。クリスはジャックとトムにボディチェックしてもらいたいものだと思った。

(クリス、まだ生きている盗聴器があります)

(どこについてるの？　ジャック、それともペニー？)

(付着していません。浮遊性のナノガードです)

(ナノガードですって！)　クリスは思わず声に出しそうになった。(開発してるのはトゥルーおばさんだけだと思ってたけど)

(他にも存在するようです。通信速度が遅いので音声のみ伝えていると考えられます)

(殺せる？)

(昨夜のベレー帽をかぶってください。あのアンテナが必要です)

クリスはアビーに声をかけようとして、やめた。かわりにネリーに指示して、壁のスクリーンにメッセージ窓を開かせた。〝アビー、昨夜のベレー帽をとって。この部屋に浮遊性ナノガードがいる〟と文章が表示される。そしてメイドに手を振ってそれを読ませた。

ジャックもそのメッセージを読み、そしらぬ顔で会場確認の報告をはじめた。アビーがベレー帽を持ってきてクリスにかぶせ、ケーブルをネリーの配線に結線した。ジャックは報告を続け、施設の見取り図や監視カメラの位置をしめし、遠隔操作の武器まで配置されていることを解説した。クリスはそれを聞きながら、ネリーの報告を待った。

ジャックは報告を終えると、部屋を見まわした。視線の先は報告相手ではなく、頭上の空中だ。

「以上が会場のようすです、クリス。万事問題なさそうです」

(ネリー、経過報告をして)

(ナノガードの制御を奪いました。もうすこしお待ちください)

クリスは笑顔でジャックの労をねぎらった。

「よくやってくれたわ。ご苦労さま」

「どういたしまして」

ジャックはひどい台本を渡された大根役者のように棒読みだ。

やっとネリーが宣言した。

「終了です。いまは架空の会話をあたえて送信させています」

「テーブルの上に着地させろ。調べたい」ジャックは三つの盗聴器スキャナーをとりだし、しばらくしてスイッチをいれた。しかし反応はない。「どこにあるんだ？」

「すでに着地しています。お手持ちの装置では電波を探知できません」

「全周波数に対応する機種だぞ」ジャックはむっとしたようすだ。

「はい。しかしナノガードは探知されるまえに使用周波数を次々と切り換える機能を持っています。トゥルーもこの機能を設計していましたから、並行して探知プログラムを作成していました。わたしはサムとデータ交換したさいにこのプログラムを入手しました。しかしトゥルーは、実機が出現するのは六カ月以上先だと予想していました。今回の出来事については、メッセージが送信可能になったらサムに通知します」

「サンドファイアはいろいろと驚かせてくれるわね。ネリー、そうやって適当な話を流しつづけて。ナノガードを制圧したことを知られたくないから」

「今夜の衣装について相談する会話を聞かせています」

「ありがとう、ネリー。このナノガードの詳しい図面を作成しておいて。あとでトゥルーおばさんに見せるから。ジャック、わたしは今夜本当に安全？」

「いいえ。しかしサンドファイアがあなたを殺すつもりならすでに何度も機会はありました」

「警告をありがとう。ペニー、悪いけど今夜はわたしのそばにいて。準備が必要？」

「ええ。トムの軍服もどこかで調達しなくてはいけません」

「忙しいわね」

9

アビーが出来上がりを宣言したのは九時だった。

クリスはそれまでひたすら贅沢な気分でリラックスしていた。完成したのは母親も納得するはずの真っ赤なドレス姿だ。目のやり場に困るというジャックにはすまし顔で、「あたりさわりのないところに目印でも書いておけば？」と言ってやった。なにしろクリスの肌の露出度は、真夏の砂浜でパンツ一枚で遊んでいるところを父親のカメラで撮られたとき以来だった。もちろん当時は四歳だった。

軽くスカートを滑らせてみて、その感触ににんまりとした。アビーはバックレスでストラップレスのプッシュアップブラを手品のように装着した。糊かなにか使ったのだろうか。しばらくはずしたくない。布地は首から下りて最小限の面積をおおったのちに腰へと続く。細いくびれはクリスの自前なので自慢していいだろう。そこから薄い布地を数枚重ねにしたスカートが床へ伸びる。あえて左右に分かれるつくりで、やや勢いをつけて歩くと生足がのぞく。まっすぐに立てば真っ赤な薄い布が世界の視線をさえぎる。

この装いで重要なアクセントになっているのは戦傷獅子章だった。飾り帯が右胸から左の腰へ斜めにかかっている。

　この惑星のファンション警察たる社交ゴシップ記事が明日どのように書かれるか楽しみだ。そしてそれ以上に、策略を宇宙のかなたまで吹き飛ばされたサンドファイアがどんな顔をするかが今夜の見物だった。

「仕上げにこれを」

　アビーがさしだしたのは、母親の買い物という金色の豪華なティアラだ。クリスは眉をひそめた。鎚金による薄板を細い金線細工が巻いている。表面に鎚の跡が残っているようだが……よく見ると偽物だ。ただの反復模様になっている。後部を調べてみると、あった。小さなデータ入力ポートが開いている。つまりこれはスマートメタル製だ。無線接続で成形する手間すらかけない安物ということだ。地球の暗黒時代、すなわち二十世紀以前の骨董品とは聞いてあきれる。

　アビーはそのティアラをクリスの頭にそっとのせた。あとは拳銃とネリーをどう装備するか。

「ここが最適でしょう」

　アビーは拳銃とコンピュータをいっしょにクリスの腰に固定した。装飾で目立たなくした細いケーブルが背中を這い上がって後頭部に伸びる。

「こんなにしょっちゅうドレスを着るとわかっていたら、へそに予備のジャックをしこんでもらうんだったわ」

アビーはわけ知り顔で眉をひそめた。

「おへそはよくありません。前の雇い主の一人が試したことがあります。お腹がゴロゴロ鳴る音ばかり拾いますし、殿方がダンスで体を寄せたり上に乗ってきたりすると通信がいちじるしく阻害されます」

「あくまで雇い主の一人でしょう?」

「愚かな雇い主へのご奉公はいつも短期間で終わりますから」

「では、サンドファイアの掌中にあえてはいるのは愚か?」

アビーは小言をやめて、しばらくクリスの目を見た。そして軽く首を振った。

「それはやってみなくてはわかりません。そもそも相手の狙いどおりに足留めされているのですから、こうするしかないでしょう」アビーはクスクスと笑った。「お嬢さまを退屈させたことをサンドファイア氏はやがて後悔するでしょう」

「閑居して不善をなす、というわけね」

クリスは同意した。罠にはめられるのは気分が悪い。遠からず脱出してやる。

今夜の装いに合うとアビーがいう三インチヒールの履き心地を、すこし歩いてたしかめた。何枚も重ねたスカートの布地が揺れ、光沢を放つ。

クリスは居室とのさかいに立って姿勢を正し、仲間たちを見た。トムとペニーは正装軍服だ。男は勇ましく、女は味気ない。ジャックは燕尾服でめかしこんでいる。

「では、トゥランティック星の天上界のナイトライフを探検にいきましょうか」

トムがクリスに腕をさしだした。

「そうだな。底辺のナイトライフは昨夜見たからな」

スイートの外には、四人の男たちが無表情に待っていた。ホワイトタイに燕尾服。耳栓式の通信機。女性二人は黒いドレス姿だ。

クリスは肩ごしにジャックに言った。

「六人ね」

「手はじめです。可能なら増員します」

だれが費用を持っているのかという問いは封印した。心配する立場ではない。新顔の警護班に笑顔でうなずいて、廊下に出た。歩いていく先にはさらに二人が待っていた。クラッガス警部は、豪華で広々とした貸し切りスライドカーをしめして、ジャックに言った。

「安全確認ずみです」

「ここまでやる必要があるの？」

クリスはスライドカーに乗りながらつぶやいた。

「あなたはプリンセスの役に専念してください。こちらはこちらの役をこなします」

ジャックはそう言いながら、クリスの正面に立った。四、五人の警護官がその左右で配置につく。ペニーはクリスのそばでやや後方だ。

クリスはプリンセスらしく後部座席に腰かけて、〈トップ・オブ・トゥランティック〉への長い移動にそなえた。スライドカーは滑らかに、急速に走り出した。

ネリーがクリスに助言した。

（車内は監視されています。シャンデリアに盗聴器が複数仕掛けられています）

（今夜はずっとそのつもりよ）

クリスはペニーに手を振り、長旅にむけて座席の隣にすわるようにうながした。

「途中停車はないの？」

「ありません。造船所は専用エレベータを持っています。旧駅から〈トップ〉までは直行です」

クリスはすこし考えた。

「ヌー造船所のエレベータはハイウォードヘブンと共同使用よね」

「地表から造船所まで専用エレベータを持っていることが、ハイトゥランティックの自慢です」

ペニーはなにかの宣伝文句を引用しているらしい。クリスはそれをしばらく考え、〝興味深い〟と口に出しそうになって、やめた。かわりに眉を上げてペニーを見た。大尉もわずかに笑みを返した。興味深い情報をみつけた顔だ。

（造船所が独自のエレベータを持ちたがる理由をあとで調べるから、憶えておいて）

（はい、クリス）

到着は意外に早かった。穏やかに停車したスライドカーから降りたクリスは、その夜最初の驚きを目にした。予想していたのは舞踏会場の大広間だ。ウォードヘブンで訪れる場所より広いかもしれないが、それでも大広間だと思っていた。しかしスライドカーのドアが開いた場所は、広間というより、広場だった。

地表から三万キロ上空にあるステーションは円筒形で回転している。床が下で天井が上。驚くような奇妙な現実はない。

しかしここには天井がないのだ。頭上には空間が口を開いている。一方の壁は透明なガラスで、暗黒の宇宙と冴えざえとした星がそのまま見える。反対の壁は鏡で、その宇宙の眺めを反射している。空間を拡大しているようにさえ見える。そんな壮大な眺めに四方をかこまれた場所が今日の会場だった。

これほど贅沢な空間は初めてだ。幼いころのクリスは母親からしばしば、レディはぽかんと口を開けてはいけないとたしなめられた。〝蠅がはいってきますよ〟と。今夜口にはいってくる危険があるのは浮遊性ナノガードかもしれない。そう思って口を閉じ、壮大な空間を見た。

スライドカーは大理石のステージで停車した。息を飲む眺めだ。クリスはトムの腕を軽く引いて誘導し、ぐるりと歩いて全体を見た。

三つの広い階段がゆるやかな弧を描いて下り、二十メートルほど下のべつのフロアに続いている。

「すげえな」トムがようやく言葉を発した。

「おじいさまの王宮ならふさわしいけど」とクリス。

「それも念頭においた設計でしょう」

ジャックが皮肉っぽく言い、ペニーが眉を上げた。たしかに帝国主義的な匂いがする。

「その皇帝の登場だぞ」トムがささやいた。

新たに到着したスライドカーから、華やかで肌もあらわな衣装の女が何人も降りてきた。そのきらめきのあいだに消えてしまいそうな黒ずくめの男が一人。ネクタイ、シャツ、燕尾服、ズボンまで黒。襟と腰が金色だ。腰はカマーバンドの輝き。襟から吊られているのは、昔の宮廷の侍従長がつけた胸当てだ。

クリスはトムを操縦してこの黒ずくめの男に狙いを定め、接近していった。いまは禁止された闘牛という競技で、危険な角を持つ牛に笑顔で挑む闘牛士のようだ。招待主のまえに来て言った。

「あら、興味深いアクセサリーでいらっしゃいますこと」

まわりの女たちとの会話に忙しかった男は、それを聞いてようやくクリスにむいた。そのまま無視しそうな顔だったが、クリスのほうのアクセサリーに気づいて目の色が変わった。かすかに不快げに唇がゆがんだようにも見えたが、すぐに消えた。

「その言葉をそっくりお返ししたいですね」

「これは職務において授けられたものですから」

サンドファイアは金色の胸当てに軽く手をおいた。

「わたしのはただの飾りです。歴史的意味があると聞いていますが、女性たちの受けがいいので気にいっているだけです」

そう言って、女の一人のなかばむきだしの尻を軽く叩いた。クリスはまばたきひとつしなかったが、相手の目が自分の臀部にむいたのは気づいた。さらにサンドファイアの背後に立つ二人の女の動きにも気づいた。一人がクリスに腕を貸しているトムを見て、そばにいるべつの女に目配せした。その注意をトムにむけさせたのだ。興味深い。

サンドファイアはクリスから目をそらし、控えめに手を振って周囲をしめした。

「ご案内しましょう。人呼んで歓楽宮（プレジャードーム）です」

進み出てクリスに肘を出す。トムはクリスに軽く一礼して、ペニーとジャックのところへ退がった。両者の取り巻きたちはそれぞれの主人を中心に半円に整列しなおした。クリスの警護班は右に、サンドファイアの引き連れる美女たちは左に。

クリスは全周の星空を見上げて嘆息を漏らした。

「たしかにすばらしいドームですわ」

「ええ。しかし問題は人生とおなじで、そこになにをいれるかです。プリンセスのご滞在は幸運でした。しかし問題は人生とおなじで、そこになにをいれるかです。プリンセスのご滞在は幸運でした。ある種の乗り継ぎの障害でご滞在が延びたことも」円形のステージ上でクリスを案内しながら言った。「ここの娯楽の提供範囲はわたしたちのような地位の者だけではありません。この眺めをエリートが独占するのはリム星域らしくない」

クリスはケイティビルの住民たちについて言及したかったが、サンドファイアはそのいとまをあたえず話題を進めた。

「レストランは人類宇宙の隅々から集めた食材で料理を提供しています」

中央の階段の下は、市場のようだった。歩道にカフェがあり、手押し車の路上販売があり、小さな商店がある。

右の階段の先には、水が踊る噴水があった。まわりにはやはり商店やレストランがある。

「水は見せるだけではありません。あらゆる水上スポーツや娯楽の場となる競技場もあります」頭上をしめして、「高度な音響技術を駆使して、ある場所で楽しんでいる人々の歓声が、他の場所の人々のじゃまにならないようにしています」

左の階段の下は庭園になっていた。たくさんの花壇と生け垣があり、小さなテーブルが点在している。やや高いところで古いワルツかなにかを踊っている数組のカップルがいる。しかし音は聞こえてこなかった。

背後に一台のスライドカーが到着し、黄色い歓声が上がった。四歳から十二歳くらいまでさまざまな年齢の子どもたちが駆けてくる。両親やつつましい服装のベビーシッターがついて最初の階段をいっしょに下りながら、「走っちゃだめ」「手すりにつかまって」「妹の手を放さないで」などと声をかけている。

サンドファイアは笑顔で子どもたちを見た。しかしそれは、蛇が小鳥にとびかかる寸前に浮かべるような笑みだった。

「リム星域は若く発展途上です。子どもたちの遊び場がなければ、大人たちも楽しめないでしょう」

「子どもたちが遊ぶには少々遅い時間では？」クリスは身震いして言った。

「人々の勤務時間は多様です。人口急増においつけずに多くの学校は二交代制、三交代制になっています。勤務時間が不規則だったり夜勤が多かったりする親にとっては、子どももおなじスケジュールで学校へ行ってくれるほうが都合がいいですからね。この子ども遊園地は二十四時間営業です。楽しいところですよ。長くご滞在であれば、ぜひ一度お立ち寄りください」

「憶えておくわ」

クリスは悪寒がした。これが小鳥の気持ちか。

サンドファイアは笑顔で言った。

「さあ、そろそろ舞踏会の時間です」

「ではわたしをトムの腕に返してください。わたしもあなたを女性のもとに返します」

わざと単数形で言ってやった。しかしサンドファイアは態度を変えず、クリスの手をトムにゆだねた。自分が誘拐した男にむかって言う。

「どこかでお会いしましたかな、お若い方」

トムは間髪をいれず、どもることもなく答えた。

「正式に紹介されたことはありませんね。ウォードヘブン海軍のトム・リェン少尉です」

握手は求めない。

「多少の事業をいとなむ実業家のカルビン・サンドファイアです。職をお求めのさいはいつでもどうぞ」

「まにあってますよ」

トムはクリスの腕を引いて、広い階段へ歩きはじめた。庭園とダンスを楽しむ男女がいるほうへむかう。するとサンドファイアが背後から声をかけた。

「ああ、ひとつ忘れていました。出所と機能が不明なナノガードが構内に侵入して浮遊しています。もちろんこちらのナノガードが制圧につとめていますが、不用意な内輪の会話にはご注意ください。明日のニュースメディアで書き立てられるかもしれない。あの連中の性質はご存じでしょう」

クリスは落ち着いて答えた。

「ありがとう。わたしのスイートにもいましたわ」ジャックのほうをしめして、「警護班が厄介な虫をたくさん処理したようです。プリンセスの恥ずかしい写真を撮ろうとするニュースチャンネルは困りものですわ」

「不愉快なやり口です。民主主義の悪い一面ですな」

サンドファイアは答えると、女たちを引き連れて舞踏会場とは反対方向へ去っていった。

トムは分厚い絨毯の敷かれた大理石の階段にクリスを案内した。

「いけすかないやつだ」

クリスは笑みを崩さずに言った。

「機密事項を声に出して言わないように」

トムはわざとらしい笑顔のまま答えた。

「おれに嫌われてることは先方も承知さ」

「トムの言うとおりです」背後のジャックが同意した。

「そうだろうけど、今夜は穏やかに楽しくいきましょう」クリスは言った。

階段の下には半ズボンに金色のベストという恰好の男が立っていた。手にした木の杖は豪華に彫刻され、てっぺんに銀色の球がはめこまれている。クリスが最後の段に足をおろすと、男は杖の先を床に打ちつけて客たちの注意を惹いた。

「ウォードヘブンからおみえのプリンセス・クリスティン殿下と、そのご一行さまでございます」

クリスは仲間たちに言った。

「ここからが本番よ。来客を楽しませましょう」

クリスはたちまち社交の大波に飲まれた。溺れず生き延びるための技術を全力で使った。笑顔を維持し、握手の連続に耐える。握手はくせものだ。一部の男は熊並みの力で相手の手を握らないと男が下がると思っている。親しいと勝手に思いこんでいる者は頬にキスしたがる。唾液までつけてくる。

（ネリー、アビーあてのメモ。次は苦い味のするフェイスクリームを使うこと。なんなら毒入りでもいいわ）

（本気ですか、クリス）

(もちろん本気よ)

強引な社交マナーの者は、クリスがエレベータに乗ったときから到着を待っていたと主張した。

「ずいぶん遅かったのはどんな理由が?」

詮索を笑顔でかわして、べつの顔にむく。空虚なやりとりがどこまでも続いた。「ご滞在を楽しんでいらっしゃいますか?」「北大陸の狩猟区を訪問なさいましたか?」「南海岸のビーチにぜひいらしてください。水着なしで泳げるところもありますよ」いやらしい目つきとクスクス笑いでそんなことを質問する者は、かならずしも男性とはかぎらない。

クリスは無難な返事をつづけた。ダンスがはじまると、お粗末なステップをよける運動神経のありそうな若者を数人選んで踊った。見立てどおりでない場合も何回かあった。

周囲の会話に欠如している要素が二つあった。政治と強制隔離についてだ。クリスはおしゃべりの波を押し分けて進んだ。まるで川を遡上する鮭の気分だ。産卵する必要がないのがせめてもの慰めだった。

突然自分のなかで、「こんにちは」とか「お会いできて光栄です」とか「すばらしい夜ですね」とかのセリフの在庫が尽きた気がして、クリスはよろよろと静かな店にはいった。落ち着いてみると、店内には一組の男女がいた。さいわいなことに、その二人は言葉に窮しているのか、沈黙を恐れないめずらしい種類の人間かどちらかのようだった。

クリスは笑みのしぼんだ顔でつぶやいた。

「プリンセスというのがこんなに疲れる仕事だとは知らなかったわ」

弱々しい笑みを男性のほうにむけた。痩せ型で頭ははげかけ、白いディナージャケットを着ている。隣の女性は金髪で、短めの青いパーティドレスだ。女性がクスリと笑って答えた。

「わたしの母はその意見に反対すると思いますわ。あなたのトラブルおじいさまといっしょに戦ったころの苦労にはおよばないと」

クリスは内容のある会話に目を輝かせた。

「お母さまとわたしの曾祖父が知りあったのはいつ？」

「母は統一戦争で徴兵された一等兵でした」

「そう。曾祖父からは、長生きして子孫を残せたのは幸運だったと言われたわ。あなたもおなじ幸運を共有しているようね」

「彼女の母もおなじことを言っていますよ」

男が妻に笑みをむけた。彼自身も自分の幸運を理解しているらしい笑みだ。

クリスはまわりを見た。浮かれた群衆は近くにいない。そこでテーブル席に移動し、その夫婦に加わるようにうながした。クリスから質問した。

「トゥランティック星にはいつから？」

妻のほうが答えた。

「両親は植民者としてやってきて定住しました。わたしがメルと会ったのは大学時代です。彼の家族は第一入植者までさかのぼる古い家系です。彼にすすめられて、この星に根を下ろすことにしたんです」

夫の手に自分の手を重ねて話した。夫は笑顔であとを続けた。

「それはかなり控えめな自己紹介ですね。妻は第十二選挙区選出の上院議員です。わたしはヘイウッド・インダストリーズ社に勤める会計士にすぎません。会社は大型機械を製造しています。トゥランティックは子育てには最適ですよ。娘は今日の午後スキーをして、今週末はレガッタです。自宅から百六十キロ以内にそれだけの環境があるんですから」

「うらやましいわ。本当はこの惑星をもっと見てまわりたい。どうせすぐには帰れそうにないから」

「そうですね。伝染病の問題がありますから」上院議員は同意した。

「ヌー製薬がワクチンを持っているわ。配布されていないの?」

夫婦は顔を見あわせた。夫は目をそらし、妻はため息をついた。

「だれも正式に聞かされてはいません。ニュースでいろいろな話を聞いたという人々もいますが、ニュースメディアは信用できません」

クリスはうなずきながら、上院議員が急にもってまわった言い方をはじめたことを不審に思った。上院議員は続けた。

「たしかにハイデルベルクにヌー製薬の現地法人があるようです。でもワクチンは流通していません。政府がウォードヘブンに対してワクチン一人分五千ドル払わなくてはいけないとのことです」

「ああ、それはアルおじいさまの税金対策よ。ワクチンに値段をつけた上で寄付する。それによって税金が控除されるの」

するとㅤ夫のメルが言った。

「ところが今回は寄付という話がないんです。通信に障害が発生しているせいかもしれませんが」

「寄付が基本方針のはずよ。ネリー、地上のヌー製薬につないで」

「最初に話が出たときからその番号にかけています」秘書コンピュータは手配のよさを自慢するように言った。「しかし応答がありません」

クリスは意地悪な笑みになるのを意識しながら言った。

「相手が受話器をとらないならそれでもいいわ。むこうの電話の制御を奪って、音量を上げてやりなさい」

現職議員の目のまえでトゥランティック星のプライバシー法を破るのはまずいかもしれない。しかし上院議員は笑顔で見ていた。

「処理しました」

「わたしはクリス・ロングナイフ。ヌー・エンタープライズの大株主の一人よ。そこにいるのはだれ？」

（代表者名はハロルド・ウィンフォードです）

（ありがとう、ネリー。でも本人に言わせたいのよ）

眠たげな声が答えた。

「わたしだ。ハリー・ウィンフォードだ。どちらさまかな」

「クリス・ロングナイフよ。ヌー・エンタープライズにおけるわたしの持ち株比率を知りたければ詳細な数字をコンピュータに送信させてもいいわ。だから目を覚まして話を聞きなさい」

「いえいえ、お名前はうかがっております、プリンセス・ロングナイフ。今夜は舞踏会かなにかにおいでのはずですね」

「その舞踏会場よ。なんならボリュームを上げて背景の音楽を聞かせましょうか」

「それにはおよびません」

「いいわ、ハリー。社交の話題から流れ流れて興味深い話題に至ったの。トゥランティック星のだれかがアルおじいさまのエボラウイルス用ワクチンを保有しながら、流通させていないらしいわね」

「流通はできません」

クリスは甘ったるい口調を強めた。

「ハリー、わが社は一人分五千ドルなんて代価は請求しないわ。寄付して税額控除を受けるのよ」

「わかっております。経営方針は頭にはいっています」

「ではなぜメディアはヌー・エンタープライズがワクチンを倉庫から出さないなどと書く

の？」

「出そうにも、倉庫にないのですよ」

「なんですって？」

上院議員と夫のメルはやりとりをずっと聞いていた。現地法人社長が本社の重役から電話でやりこめられるところを想像して、メルはほくそ笑んでいたようだ。上院議員も政治的権力がふるわれるようすをうなずいて見ていた。ところがその二人ともいまは困惑して眉をひそめている。クリスもおなじだった。

「今朝コンピュータを見ると、ワクチン容器五十万本が在庫していることになっていました。これは約五百万人分にあたります。ところが倉庫へ確認に行くと、その棚が空になっていたのです。容器は一本も残ってません。ゼロです」

「最後に確認したのは？」

「詳細な棚卸しは四カ月前でした」

「警察に通報は？」

クリスはクラッガス警部のほうを見た。警部はリストユニットにむかってなにかしゃべっていた。

「通報はしました。警官が三人やってきて、あちこち見てまわって、書類に何枚もサインさせられました。メディアにもその他の人々にも、盗難にあったと話しました。しかし眉をひそめて信用しないのです」

クリスはため息をついた。自分でもすぐには信じる気になれなかった。

「就寝中に悪かったわ、ハリー。ベッドにもどって」

「そうします」

クリスは上院議員にむきなおった。権力をふるって奇跡を演じるつもりだった。ところがあてがはずれた。クリスは肩をすくめた。この服装では興味深い動作だ。

「ということのようね」

「でも盗んだって、だれが？」メルが言った。

「どうなの、クラッガス警部」

クリスは警護班のリーダーに質問をむけた。警部は進み出て答えた。

「残念ですが、自分の職務はその方面ではありません。あちこち問い合わせてみましたので、じきになにかわかると思います。ただし、上がってきた情報をお伝えするだけで、それ以上のことはわかりかねます」

「でも、盗難事件としてメディアに出ていないのはどういうことよ！」

広告戦略の上でもマイナスだ。すると警部は言った。

「本当に盗難事件かわかりませんから」

それには反論できなかった。

やがてこの短い休息は終わった。群衆がプリンセスを発見して近づいてきたのだ。クリスは席を立ちながら夫妻に言った。

「どうやら握手と笑顔にもどらなくてはいけないようだわ」

上院議員も立ち上がった。

「あら、自己紹介がまだじゃないの、メル。わたしはケイ・クリーフ。こちらは夫のメルです。娘のナラは今週末レースに出ます。もしよければ、娘と娘の小型艇(ディンギー)を応援にきてください」

ケイは握手して名刺をさしだした。

「それはいいわね」

クリスは名刺を受け取り、そのままペニーに渡した。ドレス姿では名刺をしまうところがない。

「ナラがよろこぶと思います」とメル。

「連絡するわ」

クリスは群衆にむきなおった。それは中心を持つ群衆だった。中心はミッデンマイト大使。そして隣に立つ中肉中背の男を笑顔で紹介した。

「トゥランティック大統領のアイジック・イェディンカです」

クリスは手をさしだした。大統領は、握手ではなくその手にキスした。やり方は上品だ。背中を起こすと、クリスより二、三センチ背が低い。

「ご滞在を歓迎いたします。今回はなにかのご用事で？」

「所用で来て、用件はすぐにすみました。いまは楽しむために滞在しています」

「ああ、強制隔離のせいですね。こればかりはいかんともしがたい」

「ヌー製薬が製造してこの惑星に保管されていたエボラウイルスのワクチンが、最近盗まれていたと聞いたところです」

「なんですと。この伝染病のワクチンが？」女性補佐官が大統領になにか耳打ちした。「あるのか？　わたしは初耳だぞ」弱々しい笑みを浮かべてクリスにむきなおる。「どうやら何者かが持ち去ったようです。朝までには警察から報告があるでしょう。そうだな？」肩ごしに訊く。

「はい、大統領」

クリスはできるかぎり誠実な笑みを浮かべた。

「盗難は残念です。このような非常事態においては、収益などかえりみないのが曾祖父の経営方針です。トゥランティック星の現地法人社長からは、救援のために倉庫のワクチンを寄付するとの約束をとりつけました」

「本当ですか。それはすばらしい」大統領はそこで声を低くした。「しかし商人の才覚を疑うわけではありませんが、それでは帳尻があわないのではありませんか？」

クリスは笑顔で答えた。

「たしかにそうね。でも寄付による税額控除で帳尻は充分あいますわ」

「なるほど」大統領は手を銃の形にしてクリスを撃つまねをした。「たしかに商人の才覚がおありだ」

納得できたらしいとクリスは思った。

「わたしあての速達小包を送るようにヌー・エンタープライズに指示をしました。追加のワクチンが送られてくるはずです。そのメッセージは今朝送信処理をしたのですが、恒星間通信で送信されたという確認がまだ来ません」

「当分はしかたありません。このステーションの通信センターで火災があり、その影響が予想以上に広がっています。被害を受けなかった施設まで停止しているのです。復旧にむけて惑星中から資材をかき集めているところです」

どうやら本当に孤立してしまったようだ。

「個人的に船を購入して惑星から脱出するという方法は可能でしょうか」

「無理です。惑星の安全宣言が出されるまでは全船舶の運航停止を命じています。エンジンを始動させただけで大勢の警備員が殺到して説明を求めるでしょう。もし離岸できたとしても、ステーションの砲兵隊は命令に従ってジャンプポイントへむかう船を砲撃します。人類の他の星への感染を防ぐ責任がありますから」

タキシードの胸に手をあてて大統領は言った。話題を変えたほうがよさそうだとクリスは判断し、笑顔で訊いた。

「近く選挙があるそうですね」

「はい。一カ月と二十六日後です。指折りかぞえているわけではありませんが」大統領は軽く笑った。「トゥランティック星に最初の船が着陸して以来、もっとも重要な選挙になるでしょう。ものごとが変われば人類も変わる。わたしたちも同様です」

演説原稿を読んでいるような長広舌がはじまった。クリスが口をはさみたくなったときに、話は変わって大統領は次のように言った。

「今夜このあと、一皿二十五万ドルのディナーパーティでスピーチをする予定です。よろしければ」

「ではぜひ」

「今夜の予定はとくにたてこんではおりませんわね」

大統領はそう言って去ろうとした。しかしそこへ若い補佐官が歩み寄り、なにか耳打ちした。

「なに?」大統領はつぶやく。補佐官はクリスの腰のあたりを指さした。大統領はまじまじとクリスを見て、驚いたように鼻をふくらませた。「そこにつけておられるのは、地球の戦傷獅子章のようですね」

「そうですわ、大統領」クリスにとっては楽しい話題だ。

「多くの場合は死後の受勲になるものだと」

「わたしはこのとおり生きています」

「数カ月前にパリ星系で地球艦隊とウォードヘブン艦隊のあいだで本当はなにがあったのか、さまざまな解釈を伝え聞いています」

クリスは誇らしげに答えた。

「わたしは現場にいました。出来事についてのさまざまな解釈も耳にしています」

当事者の解釈を聞くつもりは大統領にはないらしい。

「理解しがたい状況だ」大統領はつぶやいて、肩ごしに補佐官に目をやった。「理解しがたい」

クリスにとっては誇らしい話題なのでやめなかった。言葉を選びながら言った。

「戦争は混乱だと老兵たちが言うのを聞いたことがおありでしょう。槍の穂先に近づけば近づくほど状況が見えなくなる。パリ星系でのわたしはまさに槍の先端にいました」

それまで黙ってじっと立っていたトムが、ふいにクリスの耳に顔を近づけてささやいた。

「その槍で墓穴を掘らないようにしろよ」

大統領はトムの言葉に気づかなかったようだ。首を振ってもう一度、「理解しがたい」とつぶやいた。そして、握手によって献金が期待できる人々のほうへ去っていった。

クリスはミッデンマイト大使の隣に取り残された。

「大使、一つ困ったことがあるの。昼間のわたしは海軍軍人。今回の一週間の休暇も半分をすぎている。そろそろ帰路につかないと休暇期間を超過してしまうわ。でも現在の状況を報告する手段がないのよ。せめて連絡をとれる大使館付き武官がいないかしら」

「どうでしょうか、プリンセス。スタッフに制服組が何人かいた気はしますが」クリスの反対側にいるペニーが咳払いをした。大使は今夜はじめて気づいたような顔でそちらを見た。

「ああ、そういえばきみは大使館付きだな」

「軍需物資交換および調達担当です」

「では、プリンセスのおそばについていろ。安全確保に細心の注意を。首相のご子息に起きた事件はもちろん聞きおよんでおりますよ、お嬢さま」

あとの言葉は穏やかな笑みで包んでクリスにむけた。

クリスは、顎の下をなでられたら股間を蹴り上げてやろうと思った。しかし大使はむきを変え、大統領と政府関係者のあとを追っていった。

クリスは選択を迫られた。社交好きの客たちのところにとどまるか、それともトゥランティック政界の要人たちについていくか。

大統領はウォードヘブンを遠い異国という態度で話したが、だからといって資金や王族の寄付をほしくないわけではないだろう。クリスは首を振った。レイおじいさまは、人の話はできるだけ聞けと言っていた。政治家たちの会話に加わるのは、他人のプールで深みにはいるようなものだ。レイがいまも避けつづけている話題を振られ、それについてのクリスの発言が記録にとどめられるかもしれない。一方で、ただの社交好きの客たちを相手にしていればサメに襲われる心配はない。

結局、パーティの客たちのあいだにもどった。それから三十分は人ごみですごした。天気の話、トゥランティック星の観光名所、地球の支配を脱したよろこばしさ、曾祖父たちにまつわる昔話。レイが王に即位した理由を疑問に思う人々もいれば、すばらしいと賞賛する人々もいた。

未婚の息子を持つ母親たちはクリスの結婚相手の候補として提案してきた。その大半の息子が会場に来ていなかったのはさいわいだった。会場に来ている息子たちは、口がきけないほど消極的な者から無作法なほど積極的な者までさまざまだった。クリスはいまからでも遅くなければ海軍から女子修道院にはいりなおしたい気分になった。

もはや満身創痍だと宣言してホテルのスイートへの後方搬送を依頼しようとしたとき、ケイ・クリーフ上院議員がふたたびあらわれた。今回は十人近い同行者を連れていて、クリスと群衆を巧みに引き離し、静かな一角にあるテーブルと椅子へ誘導した。

「救助してほしそうに見えましたから」ケイは言った。

「たしかになにかほしいわね」クリスは同意した。

「飲み物でも」

メルの勧めにしたがって、クリスはアルコール抜きの軽い飲み物を頼んだ。メルがバーのほうへ行くと、ケイは同行者たちを紹介しはじめた。

「大統領の資金集めパーティに参加しない仲間を何人か連れてきました。まず、クイ上院議員」白髪の小男が軽くお辞儀をした。「その夫人」赤いキモノ様式のドレスを着た女が微笑んだ。「ショウコウスキ上院議員」明るい青のドレスを着た大柄な女がうなずく。「その夫君」白いネクタイも燕尾服も雑に着た大男で、ニコリともせず、虫けらのようにクリスを見つめている。隣の長身瘦軀の男はラクロス上院議員で、クリスに丁寧にお辞儀をした。「彼のパートナー」そう紹介された男は、やや背が低いがおなじように瘦せている。ラクロスのように深くお辞儀をした。

メルは全員分の飲み物を運んできた。クリスは口をつけて席についた。見まわすと、ジャック と警護の警官たちは半円形に取り巻いている。クリスを万一の銃弾から守ると同時に、熱狂的な母親の突入を阻止するためのようだ。

他の者たちも着席した。おたがいに顔を見あわせるだけで口をつぐんでいる。そんななかで、ショウコウスキ上院議員の夫が口火を切った。

「ウォードヘブンは地球とおなじようにわれわれを支配するつもりなんですか？」

「デニス」妻の上院議員がたしなめた。

「本心ではみんなそれを知りたいくせに。政治家はこれだ。あからさまに訊きたがらない。さあ、ロングナイフさん、どうなんですか？」

真剣に話す場のようだ。クリスは姿勢を正した。

「わたしは政治家ではないので正直に答えます。わかりません。疑問に思われるわけは？」

「ご存じないのですか？」ラクロス上院議員が訊き返した。

「言っておきますが、わたしの昼の本業は海軍軍人です。夜はこのプリンセスのアルバイトで忙しい。メディアの報道を追いかけている暇はほとんどないんです。父や曾祖父といっしょにされても困ります」クリスは笑顔を絶やさずに言った。

「袖に隠されたカードを多少なりとご存じではないかと思ったのです」ケイ・クリーフが言った。

クリスは肩からむきだしの腕を上げてみせた。

「わたしはカードなど隠していません。ウォードヘブンの政治家たちも、知性連合の行方についておなじくなにも知らないはずです」

「信じられんな」クィ上院議員が言った。

「知性連合は八十の主権惑星の集まりです。それぞれが議会で一票を持っています。その議会が一院制になるか二院制になるか、それとも三院制になるかも未定です」

「しかしレイ王は――」

デニス・ショウコウスキが言いかけたのを、クリスはさえぎった。

「王には拒否権がなく、発議権さえありません。権力はない。ただ演説するのみです」

「しかし王に即位されたということは、彼が人類協会において支持していた政策はすべて、知恵連合とやらに引き継がれるのではありませんか？」

「知性連合です」クリスは訂正してから、首を振った。「曾祖父の即位に目的があるとしたら、家族と財産を知性連合の政策から切り離すことくらいでしょう。父はウォードヘブン首相を辞任したでしょうか？　いいえ。ウォードヘブンの市民は彼をプリンスと呼んでいるでしょうか？　それもいいえです」

父親は王子になる案を断固拒否した。クリスも拒否したかったが、こちらは抵抗できなかった。

「はっきりいえば、今回のことがなにを意味しているのかだれにもわかりません。とりあえず乗車賃を払って乗ってみようというところです」父親の口癖をそのまま引用した。「そして意見があるなら早めに当事者になって発言すべきです。制度が固まって、官僚が〝前例に従ってください〟と言うようになったら、もう手遅れですから」

議員たちから苦笑が漏れた。デニスが言った。

「つまり、レイ王はこの知性ナントカにおいてウォードヘブン条約を強制するつもりはないのですね？」

クリスは深呼吸した。この点でのレイの考えはわかっている。

「レイおじいさまは、人類はもっと探検に出るべきだと言っています。イティーチ戦争は多くの不運がもたらした結果です。人類の海賊とイティーチ族の無法者が彼らの辺境惑星で遭遇した。しかし人類とイティーチ族があいまみえることはもうないはずです。レイおじいさまは正規に組織した探検隊をリム星域の近傍に出す案を支持しています。人類は六百の惑星に広がっているのですよ。急速に拡大しています。それを抑制しようとする地球の方策はまちがっています」

「本当にそれがレイ王の見解なのですか？」クリーフ上院議員が訊いた。

「たしかです」

「しかしあなたがさっきおっしゃったとおりなら、王はその見解を実行に移す権限を持たない」クイ議員が穏やかに微笑みながら言った。

クリスは肩をすくめた。

「でも、レイ王のことですからね」

「そうだ」上院議員たちは声をあわせて同意した。

「できれば彼からじかにそれを聞きたいものだ」

クリスは言った。

「メールを送ってみてください。わたしとおなじことを言うはずです」

するとデニスが怒り出した。

「だめなんですよ、だれもメールを送れない。契約があるのに商品を送れない。到着が遅れることを知らせられない。いつ到着するかも教えられない。困ったものだ！」

ラクロス上院議員も言った。

「現在の状況はビジネスに深刻な影響をあたえはじめています。聞くところでは明日にも一時解雇がはじまるとか。ニュースになれば遠からずパニックが起きる」

メル・クリーフは一同を見まわした。

「通信施設の火災の直後にエボラウイルスの感染爆発が起きたのは、偶然とは思えないという話もありますね。あまりにもできすぎだと」

クリスも同感だ。しかしそれについて知っていることをここで話すわけにはいかない。

「なにか根拠が？」

「隣のハミルトン星との通商上の競合が最近はげしくなっているんです。この一、二年は卑怯な行為が横行している。物資を届けるはずの輸送船の船長が、賄賂をつかまされてわざと遠まわりをして納期に遅れる……コンテナの一部がべつの場所で下ろされる……。そんな訴訟沙汰にならない程度のいやがらせです。そうかと思うと、むこうの議会が特定の商品を減税して自分たちの産品の競争力を高める。先月はこちらのワインに突然、関税がかけられました」メルは首を振った。「毎週なにかしらあるんです。いまもなにか考えているかもしれない」

「わたしもそれを心配しているのだ」デニスはうなった。

「険悪な雰囲気なのですね」とクリス。

「そうです」ケイが認めた。「人類協会の末期を忘れておいでではなければおわかりでしょう。こういう場合は、戦艦と軍隊で決着をつけることになる」

クイ上院議員が言った。

「だれが忘れようか。〈ブラックマウンテンの旗〉はこの夏の大ヒットビデオですよ」

「あなたのおじいさまのトラブルは、自分がトゥランティック星の子どもたちのあいだで英雄になっているとはご存じないでしょう」とラクロス。

「トラブルのことですから、あまり愉快ではないと思います」クリスは答えた。

「そんなわけで、必要なものがあります」ケイはまとめた。「通商協定と、争議をすみやかに解決する中央裁判所と、公衆衛生に関する法制度。この強制隔離を解除する医師を決めてもらわなくてはいけない」

「ご自分たちで立法化するわけには？」

「保守党となかなか合意できないのです。そもそも自分たちだけで安全宣言をしても無意味です。他の星から安全を認められる必要がある。そうでなければここから出港した船は他の星に接岸させてもらえません。人類協会の分裂が早すぎたことでこういう不利益をこうむっているわけです」

しかしデニスはいまいましげに言った。

「わたしは早すぎたとは思わない。いくらか性急だったとはいえ、地球は排除されるべきだった」

「ああ、地球は排除できた。ではその脱けた穴をなんで埋めればいいのだ？」

クイ上院議員が問いかけた。それにはだれも答えられなかった。

そのクリスの警護の輪へ、いかにも押しの強そうな三人の女たちが突進してきた。一人は背の高い息子を連れている。クリスは立ち上がった。

「どうやら社交の義務にもどらなくてはいけないようだわ」

「あら、わたしも息子の話がまだだったのに」ショウコウスキ上院議員は冗談めかした笑みだ。

「写真を送ってください」クリスはジャックのほうをむいてささやいた。「急いでスライドカーまで案内して。でないとわたしは荒れるわよ」

「かしこまりました、プリンセス」警護官は答えた。

クリスは笑顔で手を振りながら数人の母親たちのまえを通りすぎた。そうやってスライドカーのほうへもどる途中で、ふいに照明が不規則にまたたいた。

(電力系が攻撃を受けました！　セキュリティシステムが全停止！)

そのネリーの報告より強い声で、ジャックがささやいた。

「伏せて！」

クリスはしゃがみながら銃に手を伸ばそうとした。しかしペニーはプリンセスの役割をべつの形で考えていて、クリスに足払いをかけて倒した。クリスは倒れながら体をひねり、なおも銃をつかもうとした。すると今度はトムが夢のなかでしかしないことをしてきた。クリスにおおいかぶさってきたのだ。両腕で抱きとめて転倒の衝撃を抑える。顔にはいつもの笑みがある。

その体がガクンと揺れた。一発目のダート弾が着弾したのだ。笑みが驚きの表情に変わる。さらに二発目を受けて体が震える。三発目を浴びるころには、ただ困惑しているように見えた。

クリスは銃を探すのをやめて、トムを抱きとめた。崩れ落ちてくるのをささえ、隣に横たえる。すると今度はペニーが二人の上におおいかぶさってきた。

ジャックが、銃撃犯をつかまえろと叫んでいる。そこらじゅうで悲鳴があがっている。

クリスは周囲のようすなどかまわず、トムの頭をかかえこんだ。苦痛をやわらげ、慰めようと声をかける。しかしおおいかぶさっているペニーがじゃまだ。

「ちょっと！　どきなさい！　トムが撃たれたのよ！」

「いや、撃たれてないから」トムが言った。

「撃たれたじゃないの」

「まあ、撃たれたけど、この上着が弾を止めてくれた」トムは言った。「でも、なんならこのまま抱きついていてくれててもいいぞ」

「みんな盾になってあなたを守ってるんです」ペニーが言った。

「なにがどうなってるの？」クリスは裏返りかけた声で訊いた。

トムは上着の解説を続けた。

「ペニーの話じゃ、大砲玉以外なら耐えられる防弾仕様らしい。そのとおりだったな」

「もう立っていい？」クリスはだれにともなく訊いた。

「まだです」

ジャックはクリスに背をむけたまま答えた。クリスのまわりでは四人の警護官が壁をつくり、外にむけて銃をかまえている。脚のあいだからのぞくと、周囲にはだれもいない空間があり、そのむこうで人が走りまわっている。クラッガス警部をふくむ二人の警護官が、群衆のほうをむいて銃をかまえたまま、うしろ歩きでジャックのほうへもどってきた。

「銃撃犯は確認できませんでした」クラッガスが言った。

「集中警備センター、防犯ビデオに犯人の姿は映ってるか？」

返事はクリスに聞こえなかったが、ジャックがめずらしく悪態をついたことから、否定の答えだったことがわかった。

ことも\\ありえるぞ」

「警護官は警戒を続けろ。べつの銃撃犯がいるかもしれないし、最初のやつがもどってくることもありえるぞ」

ジャックは命令した。クラッガスは部下たちとともに外向きの警戒を続ける。そのあいだにジャックはクリスを助け起こした。つづいてペニーとトムを立たせ、短く指示する。

「急いでスライドカーへ」

クリスは自分の膝がぶざまなほど震えているのに気づいた。トムとペニーにそれぞれ腕をまわして、できるかぎり出口方面へ急いだ。

スライドカーの車内にはいると、後部座席に倒れこむようにすわり、ペニーとトムを隣にすわらせた。二人とも見るからに震えている。クリスはトムの礼装軍服の背中から三ミリ・ダート弾を探して引き抜いた。

「布地には裂け目もないわ」

笑おうとしたが、かすれた息が漏れただけだった。

「防弾性能は保証付きですから」ペニーがささやいた。

「製造元に今度礼状を書いておくよ」

トムが言って、いつもの笑顔にもどろうとした。そこで吐き気をもよおした。

クリスは、母親が嫉妬で青くなりそうなほどゴージャスなこのドレスに、一片の防弾板も縫いこまれていないことを思い出した。するといきなり胃の内容物が離脱条項を行使したいと主張しはじめた。クリスは鉄の意志で喉を引き締め、アビーが着付けたこの美しい衣装を汚さないように耐えた。

下りは、上りよりも長く感じられた。

10

下りの車内は静かで、警護班のあいだで短いやりとりがあっただけだ。

スイートへの廊下に到着すると、クラッガス警部は車外の安全確保をおこなった。エレベータ前に二人をやり、スライドカーを二人で守り、スイートのドアの前に二人を立たせた。クリスはドアのまえにたどり着くと、警部が警護班を解散させるまえに一人ずつ感謝の言葉をかけた。クラッガスは警護班とともに去るつもりだったようだが、クリスは部屋に招きいれた。

室内にはいると、アビーが盗聴器スキャナーでクリスの全身を調べはじめた。ジャックもクラッガスに対しておなじことをした。警部は驚いた顔一つせず、慣れた手つきでスキャナーと処理装置を使った。ペニーとトムもおたがいに対しておなじことをした。

それぞれの装置で作業が終わると、時計まわりに装置を持ちかえて、またおなじスキャンと処理をやった。二巡目が終わると三巡目。

「ずいぶん徹底していますな」

クラッガスが感心した。ジャックは答えた。

「これまでに焼いた盗聴器の数から考えて、これくらいは最低限必要だ」

「おれの最高記録を超えてますよ」トゥランティック星の警部はうなずいた。

三つ目の装置でのスキャンが終わると、クリスはアビーとともに部屋へ着替えにもどった。

（ネリー、浮遊性ナノガードはどう？）

（未確認の三個がスイートルーム内で活動しています）

（みんなに知らせなさい）

（知らせるのはうまくありません。文字でも危険です。ナノガードのうち二個は通信速度からみて映像も送信していると考えられます）

クリスはため息をついた。アビーがドレスを脱がせながら言った。

「よくない状況ですか？」

クリスはもうしばらく緊張感を維持するために気力をふるいたたせた。

「ウォードヘブンと似たようなものよ。でもここも互角ね。サンドファイア氏は頭が切れるわ。本当にやり手よ」

アビーがドレスを棚にもどしにいっているあいだに、クリスは冷たい水で顔を洗った。降下ミッションを率いたこともある。五対一で劣勢の銃撃戦をしのいだこともある。なのに、いまさら銃口におびえるのか？

恐怖は累積的に効いてくるのかもしれない。あるいは反撃できなかったからか。クリスは自問に対してそう答えた。

アビーが持ってきた服はゆったりとした青いスエットだった。胸にはウォードヘブンの紋章。そのてっぺんに王冠まで描かれている。

「これはあなたのアイデア？」クリスはメイドに尋ねた。

「お嬢さまは二十四時間週七日間、プリンセスでいらっしゃいます」

「そのようね」クリスは脳裏でネリーに訊いた。

（状況は？）

秘書コンピュータは音声で答えた。

「ナノガードを二個制圧しました。もう一個は抵抗されたため、焼き殺しました」

焼き殺した、というのはあまりコンピュータらしくない処理方法だ。そして表現としても感情的だ。

「ネリー、あなたの最新アップグレードの進行状況についてあとで話を聞くわ」

「わかりました。でもご報告できることはあまりないと思います」

それを聞いてアビーも眉を上げた。たしかにクリスとネリーは話しあいが必要なようだ。

「ジャック、トム、ペニー、アビー、クラッガス警部、全員集合して。今夜の出来事について会議をはじめるわ」

「おれはいま決めた。うちに帰るぞ。だれか他に？」

トムがいつもの片頰のニヤニヤ笑いで言った。下着のシャツと青いウールのズボンで居室にもどってきている。

「安全確認は？」

ペニーが訊いた。軍服を脱いで、クリスが貸したジョギング用ショートパンツとタンクトップという姿だ。ブラは着けていない。乳首が浮いて見える。クリスに見えるということは男たちにも見える。〝豊かな胸の女性には適切な下着が必要〟と母親はいつも言っていた。しかし娘のクリスは一度も言われたことがない。

クリスはペニーの質問に答えた。

「ネリーは安全を確認したと言っているわ。クラッガス警部、誇大広告だった集中警備センターについて説明して」

「ビルとお呼びください」

クラッガスは燕尾服のままだ。両手を前で組んで立っている。警官の休めの姿勢だとクリスはしばらくして気づいた。おなじく燕尾服のジャックは隣に立っている。

「いいわ、ビル。さっきのはどういうことなの？」

「舞踏会場の電源系統に瞬間的な過電流が流れたようです。仕様の耐入力を超えていたため、多くの機器が停止しました」

「警備関連機器にバックアップ電源はないの？」

「ありました。検査保証付きのが」警部は顔をしかめた。「しかし不運にも、最初の実地試験で壊れたようです」

「この真新しいステーションが水準以下のあばら屋に思えるのは気のせい？」

「反論できません。なにしろ暗殺未遂の現場映像さえ残っていない。彼女の逃走を追跡することもできませんでした」

「彼女？」

ビルはリストユニットになにか話しかけた。すると壁に映されたさわやかな滝の風景に、小さな窓が開かれた。クリスは近づいて、表示された女の姿を観察した。ウェイトレスの服装だ。白のシャツに黒のジャンパースカート。カメラから映るはずの横顔は長い髪で隠れている。手は飲み物のトレイをささえているが、トレイの下にはたしかに拳銃がある。

「わたしを撃ちそこねたのはこれのせい？　トレイがじゃまでうまく狙えなかった？」

「いいえ。この銃は自動照準装置をそなえています。撃つべき相手をはっきり視認して、狙ったところに弾を撃ちこめるはずです」

クリスはトムを横目で見た。にきびが赤く浮き出て見えるのは、いつかのように肌が蒼白だからだ。しかし気丈に肩をすくめた。

「お役に立ててよかったよ。でもジャック、友人として教えてくれ。スーパースパイダーシルク地の下着はどこで買える？」

かわりにクラッガスが答えた。

「部下の一人にすでに買いにいかせた。朝までには届けさせる」警部はクリスのほうをむいた。「女性の部下に女性用下着も用意させています。警官にとっては必需品です。海軍でも当然使っていると思っていましたが」

「四インチレーザー砲を止めるほど高性能なスパイダーシルク地はまだ開発されていないのよ」クリスはそっけなく答えた。

「ここでレーザー砲は心配いりません」

「そうね」

「話をもどしましょう」ジャックが言った。「プリンセスではなく、あえて警護官を狙ったのはどんな意味があるのか」

「トム、昔捨てた女がこの港にいるの？」

クリスは冗談めかせて訊いた。

トムはいつもの椅子に崩れ落ちるようにすわった。その肘掛けにペニーが腰を下ろす。クリスは他の者たちにも手を振って、椅子やソファに落ち着かせた。クラッガスは立っていたそうな顔だったが、ジャックがその肘を引っぱってすわらせた。

「彼女が参謀会議をはじめるときはすわって聞いたほうがいい。でないと口撃で打ち倒される」

クリスはジャックをにらんだ。しかしトムがクリスの問いに答えていた。

「昨夜捨てた誘拐犯ならいるけどな。あいつらが追ってきてるのかな」

「サンドファイアは美女をボディガードにしているようですね」

ペニーが見解を述べた。クリスは皮肉な笑みを浮かべた。

「かこんでいる女の一人がトムに気づいたようだったわ。あの美女たちのなかに捨てた女が？」

トムは反論した。

「おれは目隠しされてクスリを射たれてたんだぞ。もちろんあの女たちがサンドファイアにしてるはずのイイことは、なにひとつされなかった。もしあいつらの一人と一対一になったら腕をへし折ってやるよ」

ジャックが穏やかに言った。

「それは難しいだろうな。パーティドレスでほとんどむきだしの上半身はかなりの筋肉量だった。今夜のような寄せ集め警護班であいつらと戦うのは、できれば避けたい」

「すくなくとも一人は武器を持っていたわ」とペニー。

「つまり将来いずれかの時点で、サンドファイアの美女集団は、武装凶悪軍団に変わると思ったほうがよさそうね」クリスは結論づけた。

「サンドファイア氏についてずいぶんお詳しいようだ」

クラッガスが言った。するとおなじソファにすわっているジャックが顔を近づけた。

「サンドファイア氏がわがプリンセスをこころよく思っていないと信じるだけの理由があるんだ。これまでの経緯をあとで話してやる」

クラッガスは両方の眉を上げたが、それ以上はなにも言わなかった。

ペニーは肘掛け椅子から離れて、そのへんを行ったり来たりしはじめた。

「クリスはトムが誘拐されたことを知って、なにもかも放り出してここへ急行しました。昨夜はみずから救出チームを率いて突入した。そして今夜は、トムをエスコート役にして姿をあらわした。サンドファイアはトムをクリスの恋人だと思っているはずです」

　トムは、ねじ切れそうな勢いで首を振った。クリスはため息をこらえた。

「もちろんわたしはトムからの説明で、そういう関係ではないことを知っています。しかしサンドファイアは知りませんから」

　今度はクリスがトムをにらんだ。トムは悲鳴のような声をあげた。

「おれは説明なんかなにもしてないぞ」

「そういう関係だとも聞いていないわ」ペニーはにやりとした。

　クリスは手を上げて制した。

「とにかく、それでなにがわかるの？」

「サンドファイアはあなたにダメージをあたえようとしている。でも卑怯なことに、本人ではなく周囲の人間を攻撃対象にしている、ということです」アビーの意見に他の者たちはうなずいた。「そして自分の領分であなたにうろつかれたくないと思っている」

　トムは同意して言った。

「今夜はみんなベッドの下に隠れて寝たほうがいいかもしれないぞ」

　クリスはため息をついた。

「まあ、言いたいことはわかったわ」

「で、これからどうしますか？」ジャックが訊いた。

クリスはその問いにしばらく考えこんだ。人から言われたことに、はいそうですかと従う性格ではない。父親は、なにかをやらせたいときは最初によく説明する。政治家なのでとても説得力がある。母親は、まあ母親だ。海軍に入隊してからは命令服従という行動様式をそれなりに身につけた。しかしサンドファイアは上官ではない。それどころかサンドファイアには因縁がある。ただではすまさない。

「大衆のまえに出るわ」

クリスは晴れやかな笑みを浮かべた。ペニーにむいて、命令として言いかけた。しかししばらく黙っていたおかげで、命令口調は適切ではないとわかった。

「ペニー、わたしのもとに配属されているあいだ、社交担当の秘書を引き受けてもらえないかしら」

するとトムが口を出した。

「気をつけたほうがいいぞ、ペニー。ロングナイフ家の人間から丁寧な態度で頼みごとをされたやつは、たいてい早死にするんだ」

「トム、あなたはクリスをとても誤解しているわ」ペニーははっきりと非難がましい口調で言った。「とにかく、プリンセスの社交予定を把握していれば居場所はいつでもわかるわけです。探しまわるよりよほどいい。ということで、プリンセス・クリスティン、あなたの社交生活をわたしの任務に加えさせていただきます。なにをなさりたいですか？」

「考えさせて。クラッガス警部、トゥランティック星で身内の恥はどこに隠すもの？　それを隠す仕事をだれが請け負うの？」

　警部は顎をなで、首を振った。

「わたしは警官です。身内の恥に殺人がからめば、調べて犯人をつかまえます。しかし醜聞ネタを集めるのは専門じゃない」そこで黙って、小さく笑みを浮かべた。「サンドファイア氏についてはあなたのほうがずっとお詳しいようだ。わたしなんかよりよくご存じでしょう」

　クリスは立ち上がって、歩きまわりはじめた。トムの背中を軽くなで、アビーの肩に手をおく。そしてジャックの背後でソファの背もたれに両手をついて止まった。

「大使に伝えて。今度のレガッタを公式訪問させてもらうと。現地では、ワインの試飲会でもチーズの試食会でもテープカットでもなんでもやるとつけ加えて」

　やや考えて、続けた。

「ブレーメンでの病院慰問にも前むきな態度だと伝えなさい」

　ジャックが腰を浮かせた。しかしクリスはその両肩をつかんで無理やりすわらせた。

「完全防護服を着てね」

「お忙しくなりますね」とアビー。

「ボディスーツも着るわよ。次こそ反撃してやるわ」

　翌朝クリスは早めに目が覚めた。すっきりとした目覚めで、おかしな夢はみなかった。しばらくして、ネリーを化粧台の上において眠ったのだと思い出した。秘書コンピュータとの接続はときどき切ったほうがいいらしい。今日はそんなわけにいかないが。

軽くシャワーを浴びて出ると、今日の服が用意されていた。保守的な仕立ての紺のスーツ。こういう仕事用の服を、母親は〝数字の計算はできるけれども本当に重要なことはなにも知らない女にお似合い〟とよく言う。しかしその〝本当に重要なこと〟がなんなのか、母親から明確な説明を聞いたことはない。

クリスはそのスーツを着ながら訊いた。

「これは防弾仕様？」

アビーは空色のベレー帽を手に部屋にはいってきた。

「下着のスリップはそうです。そしてこれも」クリスの頭にかぶせながら、「ネリーのアンテナにもなります」

「あなたにはいつも驚かされるわ」クリスはスカートを穿いた。

「世間にも驚かされます。世間が隠している驚きより、ひとつだけ多くの驚きをポケットに用意しておくのがコツです」

「あるいは旅行用トランクにね」

「それでもかまいません」

部屋の入り口にペニーがあらわれた。

「スケジュールの空き日なのに早起きですね。そしてくつろぐ服装でもいらっしゃらない。

どちらへ?」

「手はじめにヌー製薬へ行くわ。ワクチンを盗んだのがウィンフォード社長でないかどうか、本人にたしかめる」

「タクシーを呼びますか? 先日の運転手のカルトゥムはよろこんで来るでしょう」

クリスはうなずきかけてから、首を振った。

「わたしに近づくと命を危険にさらすことになる。クラッガスに車を用意させて。目立たない車両を。運転手は警官。厳重な防弾仕様で」

「ただちに」

軌道エレベータの下りは平穏だった。ターミナル駅から外に出ると、最新型の車が一台停まっていた。緑色で平凡に見える。しかしモーターの低いハム音と車重によって深く沈んだサスペンションから、特殊車両であることがわかる。

ペニーがドアを開けた。クリスは乗りこもうとして、ふと立ち止まった。

駐車場のむこうに、もう一つの新しいターミナル駅がある。労働者が行きかい、大きな貨物用ベイにむかって大型トラックが後退している。

「あれはなに?」

ペニーが説明した。

「造船所専用エレベータの地上ターミナル駅です。労働者も資材も専用のエレベータを使います。セキュリティシステムも独立で、周辺五十の惑星で最高の施設です」

　クリスは自分が出てきたターミナル駅を振り返った。

「交差しているところはないの？」

「空気も通っていません」

「そこまでする必要があるのかしら」クリスは言ってから、ネリーが室内で処理に苦労しているナノガードのことを思い出した。「まあ、理由があってそうしているんでしょうね」

　車内に乗りこんだ。後部座席にはクリスとともにトムとペニーがおさまり、助手席にはジャックが乗った。動き出すと、トムが訊いた。

「警護体制は最小限かい？」

　まもなく前後にべつの車がやってきて車列になった。

「最大限だ」ジャックは答えた。「ではプリンセス、どちらへ」

「ヌー製薬」

　運転手は住所を声で確認した。おそらく前後の車両に伝えるためだろう。そして両手をステアリングから放さずにその住所を入力した。

「大使館にもお立ち寄りいただく必要があります」

「かまわないけど、なぜ？」

「クラッガスの指示で、プリンセスのパスポートに捺印をと。もしお持ちでなければ発行してスタンプを捺させます」

「パスポートが必要なの？」

「はい。トゥランティック星では、他惑星出身者は携行が求められるようになりました。以前は地球人と七姉妹星団出身者だけだったのですが、ここ二週間で、正式な身分証明書を持たない者はすべて強制退去の対象になっています」

「二日前に到着してから一度も提示を求められたことはないけど」クリスはゆっくりと言った。

「王族ゆえの特別扱いだと思います。しかし、いつまでもあてにしないほうがいいというのが警部の考えです」

ジャックが同意した。

「そうだな。ただ、現状では強制退去したくてもできない。留置所生活になる」

しばらくまえであれば、留置所で二、三日すごすのは社交の義務から逃れてのんびりできる絶好の休暇に思えたかもしれない。しかしいまは社交を戦う手段にしている。だから足場を固めたほうがいいだろう。

「大使館には、このあとすぐに行くわ。ウィンフォードには、仕事がはじまるまえに会いたいのよ」

ヌー製薬現地法人は、ケイティビルの崖のすぐ手前の工業団地にある平屋の倉庫だった。周辺地域とちがっていい環境だ。コンクリートの壁の黄褐色のペンキはまだ新しい。倉庫のまわりの塀は上部が鉄条網になっていて、補修状態は良好だ。ところどころで真新しい有刺鉄線が銀色に光っている。事務所入り口のまえには狭い芝生があり、ヌー・エンタープライズの社旗がものうげに揺れている。弱い風が運んでくる川やゴミ捨て場の悪臭は遠くかすかだ。

その入り口のまえに、作業服姿の五人の男女と事務員の服装をした女が一人立っていた。ドアが開くのを待っているようすだ。

「ネリー、会社の開門時間は？」

「十二分前にすぎています」

「なぜ鍵が開かないのか見てきたほうがいいわね」

クリスは警護班とともに車から降りた。他の車からも合計十人近くが降りてくる。いかにも私服警官らしい男たちが駐車場いっぱいにあらわれたことで、事務所入り口前の社員たちは警戒する表情になった。

「おれたちはなにもしてないぞ」「なにも知りませんよ」作業員たちが声を上げる。

そのなかから、事務服の女が歩道を歩いて警官たちに近づいてきた。

「ご用件は？　調書には昨日すべてサインしたはずです」

クリスは警護班から離れて女に近づいた。

「それはいいのよ。今回はウィンフォード社長に会いにきたの」

女は、相手がだれか思い出せないようすでじっと見た。

「クリス・ロングナイフです。ヌー・エンタープライズの株主の」

「そうだったわ。今朝のニュースで見ました。たしか、昨夜撃たれたとか」

「弾ははずれたわ」

「今日はここのワクチンの在庫がどうなったか調べにこられたのですか？」

「そうよ、ミズ……」

「ザカリアス夫人と」

「ザカリアス夫人、なぜみんな外で待っているの？」

「ウィンフォード社長はセキュリティに独特の考えを持っていらっしゃるんです、ロングナイフさん……いえ、プリンセスとお呼びしたほうがよろしいですか？」

「クリスでいいわ。だから事務所を開けられないの？」

「はい。ウィンフォード社長が使っているのは古い種類の錠前で、こじ開けることも電子的にハッキングすることもできません。それが一番安全だという考えで」

「ウィンフォード社長はどこに？」

「わかりません。これまで遅れて出社されたことはないんですが」

作業員たちはうなずいたり同意したりしているので、そのとおりらしい。

クリスはスケジュール上の障害に苛立ちながら、まわりを見た。すると運転手が小型リーダーを持って近づいてきていた。

「ミズ・ロングナイフ、ウィンフォード社長をお待ちですか？」

「そうよ」

「待っても来ないと思います」

リーダーをさしだした。そこには昨夜話した男の顔が映っていた。あれからずいぶんよく眠ったらしい。というより、死んでいる。

「なにがあったの？」

「今朝、林間のジョギングコースの脇で遺体が発見されました。死後一時間以内のようです」

「死因は？」ジャックが訊いた。

「お答えできません」

警官も官僚組織の一員で厄介だ。クリスは訊き方を変えた。

「この件は自然死として扱われたの？」

運転手は隣にやってきた同僚のほうを見た。この警護班のリーダーらしい男だ。

「いいえ、自然死としての扱いではありません。わたしはマルタ警部です。本件は殺人事件として捜査中です」

ジャックがクリスのほうをむいた。

「車内へもどってください」

「ジャック、現地法人がどうなっているか調べにきたのよ。収穫なしで帰るわけにはいかない」

「ではせめて周辺の安全確認をするまで車内で待機してください」

クリスはそれに従った。ジャックと警官たちが一帯を危険な蜂の巣のように調べているあいだ、苛立ちをこらえて車内にとどまった。そこへ、ペニーが涙に暮れるザカリアス夫人を車内に案内してきた。後部座席にはティッシュがある。クリスは箱ごと夫人に渡した。夫人は鼻をかんだ。

「ありがとうございます。ウィンフォード社長をどう思われているかわかりませんが、彼はとてもいい上司でした。誠実で、商売下手なくらいでした」

クリスは同意した。ザカリアス夫人はさらに何枚かティッシュを使うと、ハンドバッグを開けて探りはじめた。

「緊急時に使うように預かっていたものがあります。いまがそのときでしょう」

クリスは、ジャックの安全確認にどれだけ時間がかかるのかと思いながら、彼女の言葉にふたたび同意した。

ザカリアス夫人がハンドバッグから出したのは、鍵だった。

「作業員たちを建物内にいれて今日の仕事をはじめさせたら、警察のじゃまでしょうか。営業を休まないほうがヌー・エンタープライズにとってはいいと思いますが」

「事務所の鍵ね！」

「もちろんです。ウィンフォード社長が急病かなにかで出社できなくなったときに、事業がストップしてしまったら困りますから」

「そうね」

クリスはドアを開けて、ジャックのほうに鍵を振ってみせた。

五分後、作業員たちは仕事をはじめ、クリスはザカリアス夫人の隣にすわっていた。夫人はメールを確認し、発注作業をし、日常業務をこなしていた。

クリスはその旧式なコンピュータ画面を見ながら言った。

「売り上げはここ数年落ちているわね」

「競争がはげしいんです。生き馬の目を抜くようだと、ウィンフォード社長は言っていました。賄賂やそれにあたる行為はしないという経営方針のために、従来の顧客を引きとめるのに苦労していらっしゃいました。新規顧客の獲得などとうてい不可能で」

「どんな賄賂？」

発注書を処理しながらザカリアス夫人は話した。

「あからさまではありません。コンサルタント料とか、品質検査とかの形をとります。たとえば、注文のうち十パーセントをある研究所にまわして破壊検査にかけるように言ってきたりします。実際には検査などしません。売り上げの一部をキックバックしろと要求しているわけです。ウィンフォード社長は本社に相談して、断れと言われたようです」首を振り、窓の外を見た。「わたしが勤めはじめたころはこんなではありませんでした。トゥランティック の社会はまじめでした。でもこの五年間はひどい状態です。悪化の一途です」

クリスのほうをむいて続けた。

「五年前にウィンフォード社長から、年金口座をトゥランティック星の外へ移したほうがいいと言われました。これから経済は悪くなるからと。そのときは信じませんでした。でも二年後には本当だとわかるようになりました」会社全体をしめすように手を振って、「社員はみんな預金口座をウォードヘブンに移しました。おかげで老後は安心です。警官たちよりいい老後をすごせます。消防警察年金制度がどうなったか、警官たちの話を聞けばわかります」

「あとで訊いてみるわ」

昨夜、トゥランティック星のおおまかな事情をクラッガスに質問すると、警部は言葉を濁した。今夜はもっと要点を衝いた質問をできるはずだ。

ザカリアス夫人はコンピュータでの作業を一段落させると、ワクチンがあった場所へクリスを案内した。

「八番通路のA列、それをどこまでもはいったつきあたりで、ひんやりしたところです」

たしかに奥の奥まではいっていった。ひんやりした暗い棚は……空っぽだった。

クリスは警察の立ち入り禁止テープをまたいで棚のまえに立った。前日の現場検証で見落とされたものがないか、ゆっくりと見まわす。しかしなにもない。そこへマルタ警部が近づいてきた。

「昨日の報告では、不審なものは発見されていません」

「今日もないわね。指紋は？」

「段ボール箱に指紋は残りません」

「セキュリティの抜け穴などは？」

「三週間前、セキュリティシステムに長時間の故障があったようです。調べたところ、裏のフェンスの下に穴が掘られていました。しかし扉を開けた方法はわかりません。大量の箱が消えたのにだれも気づかなかった理由も。奇妙です」

「事情を訊くべきウィンフォード社長はもういないというわけね」

「はい」

クリスはザカリアス夫人のほうをむいた。

「オリンピア星にいたとき、あそこではあらゆる種類の風邪が流行していたわ。毎月のように新型が発生していた。医者はストックされた原料を使って約一週間で新しいワクチンをつくっていた。エボラウイルスのワクチンをつくるための原料はここにある？」

「ウィンフォード社長の指示で昨日調べました。優秀な薬学研究所三カ所に問い合わせました。ワクチンは一種類、あることはあるのですが、既製品より高価です。だからこそわが社で安価な既製品を在庫していたんです。原料については、この惑星にはありません。だれも持っていません」肩をすくめて、「対策は用意していました。でも二重の対策をする余裕はありませんでした」

「感染が拡大していないのがせめてもの救いだな」マルタ警部はなかば祈るように言った。

「でもすべての人にワクチンを接種しないと、わたしたちは惑星から出られないわ」

クリスは車へもどった。現地法人社長とは会えなかった。しかし、琥珀が蠅を閉じこめるように自分を足留めしているこの惑星について、より多くのことがわかるようになった。ザカリアス夫人との話からは多くの情報を得られた。とても有益だった。

大使館はつまらない場所にあった。クリスは一時間以上待たされ、そのあいだに指紋採取や網膜スキャンを受け、徹底した本人確認をされた。クリスのIDカードもジャックの身分証も、その手続きを省かせる威力はなかった。確認が終わるとパスポートはすみやかに発行された。クリスのは王族用の赤。ジャックとトムは公務員用の青だ。

「さて、海軍中尉として予想外の苦境にあることを報告するにはどうすれば？」

するとペニーは、灰色の壁にかこまれた狭苦しい迷路の奥へクリスを案内した。いかにも大使館の実務がとりおこなわれている場所だ。

その一角に、大佐の軍服姿の太った男がいた。ちょうどベーグルを食べ終えたところで、「プリンセス」と言いながらあわてて立ち上がり、食べかすを上着から払うのとボタンを上まで留めるのを同時にやった。

クリスは大佐の服装が整うのを待ってから、むかいの訪問者用の椅子に腰かけた。そして一週間の休暇でトゥランティック星に来たものの、はるかに長い滞在を余儀なくされている現状を説明した。

「他惑星との通信が途絶していることは？」

大佐の質問に、クリスは知っていると認めた。大佐は、クリスが報告に来た事実を文書にして、通信が再開されたらすぐに所属上官あてに送付すると約束した。

「もうまもなくかもしれない。障害は解消に近づいているという通信相の言葉を、今朝の会議で大使がおっしゃっていた」

クリスはうなずき、手間に感謝して退室した。部屋のすぐ外に控えていたペニーに言う。

「車を用意して。そのまえにこの迷路から出なくてはいけないけど」

「こちらです」

ペニーは案内した。廊下をある程度進んだところで、クリスは訊いた。

「まさかあれがあなたの本当の上官？」

「辞令によれば」ペニーは苦笑いを隠そうとしなかった。

「いまのウォードヘブンを救う神はいないようね」

「わたしも最初はそう思いました。でもああ見えても、軍需物資の調達にかかわるビジネスマンへの対応はうまいんです。契約内容もこと細かに把握しています」

「適材適所ね。わたしもいつか自分の居場所をみつけたいわ」

「わたしたちの前途に祝福を」

車の近くまでもどったころ、大使が玄関ホールで追いかけてきた。

「大使館にみえていると聞いて飛んできました。お迎えできなくて申しわけありません。地元ビジネスマンとの朝食会や、朝の職員会議などがありまして。レガッタへお出でいただけるそうですね。プリンセスがご乗船いただけるなら死んでもいいというパーティボートを何隻か知っております」

ペニーは大使の表現に顔を曇らせた。昨夜遅くに舞踏会場で銃撃戦があったことを大使は知らないのだろう。よその資金集めパーティに移動していたからだ。

クリスは笑みを崩さず、どのボートを訪れるべきかは大使に選んでほしいと頼んだ。また レース中にパーティボートのあいだを移動するための船の用意も依頼した。

大使はすばらしい話に狂喜した。しかし父親なら、これくらいの社交は当然で特筆に値しないと言うだろう。

クリスは車に乗りこみ、昼前にエレベータのたもとにもどった。

「思ったより早く用事はすんだわね」

そう言いながら、旅客用入り口から駐車場のむこうにあるもう一つのターミナル駅を眺めた。巨大なトラックが貨物ベイにバックではいっていく。クリスはペニーに訊いた。

「あの積み荷はなに？」

ペニーはしばらくじっと見てから、ハンドバッグから双眼鏡を出して詳しく観察した。ゆっくりとした口調で言う。

「トン・アンド・トン運輸のトラックです。この会社は超大型で運びにくい貨物を専門にしています。たとえば新造戦艦に搭載する反応炉、発電機、大型キャパシターなど」

「あの大きさだと反応炉かしら」

「ウィルソン号とジェロナモ号用の反応炉を注文して取り扱ったことがあります。あれくらいの大きさになるはずです」

「強制隔離で船の出入りが禁止されているのだから、輸出のために造船所へ運んでいることはありえないわね。でもトゥランティック星は軍艦建造を手がけていないはずよ」

「最新の情報レポートではそうなっています。書き直しが必要かもしれません」

「建造中の大型旅客船がある？」

ペニーは首を振った。ネリーが補足した。

「建造中の船は現在一隻もありません。最新データを検索しました。造船所のドックは、トゥランティック政府が最近命令した安全装備の追加艤装とオーバーホール中の船でいっぱいです」

「そのアップグレードされた安全装備は、消費電力の大幅増加をともなう？」

ペニーはふたたび首を振った。

「いいえ」ネリーの答えもおなじだ。

「ネリー、ペニーが使った双眼鏡の画像にアクセスできる？」

「はい。すでに画像を取得し、過去五年間にトゥランティック星からウォードヘブンへ輸出された海軍用物資と比較しました。その結果、プレジデント級戦艦に搭載される発電機一基の輸送コンテナと一致しました。出力は百ギガワットです」

ペニーは口笛を吹いた。

「そんな大電力を必要とする船はめったにありません」

「軍艦以外ではね。ネリー、ペニー、トム、午後の予定をいま決めたわ。調べ物よ。この惑星は裏でこそこそとなにをやっているのか。資金はだれが、なんの目的で、どのようにして出しているのか。大衆ビデオで描かれ、注目されているテーマはなにか。そろそろ自分たちの敵を知らなくてはいけないわ。当面はここにいるしかないわけだから」

「おれたちの前途が祝福されてるといいけどな」トムが言った。

エレベータのなかでは全員がそれぞれの考えにふけって無口だった。

11

翌朝、アビーが用意していたのは、ゆったりした白のショートパンツとロイヤルブルーのスエットシャツだった。胸には例のウォードヘブンの紋章と王冠が大きく描かれている。

「あのボディスーツは？」

「今日は不要です」アビーがかわりに出したのは肌色のパンティストッキング。「スエットシャツは普通のシルク地です」

クリスは手早くそれを着て、拳銃のホルスターを腰の背中側につけた。それを見てアビーが首を振った。

「ジャックが気にいらないでしょう。お嬢さまは保護対象なのですから。弾にあたらないことが仕事です」

クリスは反論を何種類か考えて、結局ハーベイのお得意のセリフを選んだ。

「あなたの仕事は編み物よ。わたしの仕事はわたしが決める」

ジャックは居室で待っていた。スラックスとストライプ地のシャツだ。ペニーとトムはどちらも白のスラックスに青のシャツだった。クリスが外へ出ようとすると、ジャックが軽く腕をまわして制し、背中側の腰をポンポンと叩いた。

「こういうものを携行してはいけません」

「そう言うだろうとアビーも言っていたわ」クリスは話をそらした。

「あの女は察しがよすぎる」

ジャックはそう言っただけで、それ以上の無理じいはしなかった。

今日の警護班はクラッガスが率いていた。ヨット遊びの休日にふさわしい服装の屈強な男女が十二人。ターミナル駅の外の歩道ぎわには三台の車両が停車していた。そのうち一台は大型のストレッチリムジンだ。

「今日はファーストクラスの構えでいくわけ？」

クラッガスは答えた。

「ファーストクラスの相手先に絞らないと、四人に分身していただかなくてはスケジュールをこなせません。それはおいやでしょう」

「そのスケジュールはどんなふうに？」

ジャックの質問に対して、クラッガスはミッデンマイト大使の立てたスケジュールを説明した。クリスはまず大統領のヨットを訪問し、それから民間企業のヨットをいくつか昼のうちにまわる。そして最後に外洋航路船なみの大型ヨット、プライド・オブ・トゥランティック号を訪問する。所有者の名はカルビン・サンドファイア。

「冗談じゃない」という声が後部座席からいっせいにあがった。

「冗談ではなく、大使館から受けとったリストにはそう書いてあります」

クラッガスは説明した。トムは恐怖でどもりながら言った。

「クリス、敵の船に乗りこんだりしたらおしまいだぞ。おれはいやだ」

クリスはいたずらっぽい笑みを浮かべながらゆっくりと言った。

「一日は長いわ。スケジュールどおりに進むとはかぎらない。いくつも障害に出会って遅れるかも」

「そうですね」ペニーは愉快そうにゆっくりと答えた。

「連絡は絶やさないでください」クラッガスはリムジンのダッシュボード上でなにかを操作した。すると前席と後席のあいだの空中に地図が浮かんだ。「レガッタ会場はロング湖です。ここに新設されたヨットクラブ専用桟橋からヨットは出発します」

「コースは？」

「湖のこのあたりです」青い湖面の中央にコース図が描かれた。「パーティボートはむかって右手に集まっています。今日の風下側にあたります」

「レースに参加する艇はどこから出てくるの？」

「小型艇(ディンギー)はこの古い船溜まりにいます。大型の無制限クラスはヨットクラブのほうです」

「じゃあ、スタート前にクリーフ上院議員の娘さんに挨拶するとしたら……」

クラッガスは笑顔で答えた。

「運転手に船溜まりへ行かせましょう。大統領のヨットには、最初のレースにはまにあわないので先に湖上に出ていてほしいと伝えます。船から船へ移動するボートは手配ずみです。船溜まりに迎えに行かせます」

　クリスは皮肉な笑みで言った。

「やれやれ、早くもスケジュールから遅れてしまったわね」

　マストが林立するヨットハーバーの船溜まりに着いた。運転手はH桟橋のたもとにリムジンをつけた。小さな木製の桟橋には一本マストの白い小型艇（ディンギー）が何十隻も係留されて、穏やかな風で揺れている。

　クリーフ上院議員とその夫が一隻の脇にいるのをみつけて、クリスは桟橋を歩いていった。夫婦はクリスに気づかず、黒い髪の少女と話しこんでいる。少女はすでにディンギーの舵柄（ティラー）のところにすわっていた。父親が大声で言っている。

「とにかく、どうするんだ、ナラ？」

「もちろんこのレースに勝つわよ！」娘は叫び返した。

「でも、ペアを組むもう一人が必要でしょう」母親のケイ・クリーフ上院議員は言って、まわりを見た。そしてようやくクリスに気がついた。「あら、こんにちは、殿下。プリンセスをお呼びするときは殿下でよろしいんですよね。そして膝を曲げてお辞儀を」

「今日はクリスでいいわ。膝を曲げるお辞儀なんて、トゥランティック星ではだれもできないでしょう」

「わたしはできるわ」

ボートのほうから幼い声が飛んできた。タン色のショートパンツに青いタンクトップの少女はぴょんと立ち上がり、揺れるデッキの上で上手に膝を曲げてお辞儀をしてみせた。

「気をつけろ。落水するぞ」と父親のメル。

「もう落水なんてしないわよ」ナラは言い返して、またティラーの脇にすわった。「このレースには絶対に勝つわ。アンの代わりさえみつかれば」

「どうしたの？」

クリスが訊くと、メルが説明した。

「最近のレースではアン・アーリックがナラのパートナーをつとめていたんです。父親は保守党の上院議員なんですが、ナラとアンはそんなことは関係なしに仲よくて」

「そうよ。お父さんは古臭い人でうんざりだけど」揺れるボートからナラが言った。

「おまえの両親はそうじゃないのか？」とメル。

「今週はましよ」

「いつまで続くかしらね」ケイはため息をついた。

メルは説明を続けた。

「それはともかく、大統領が今日、自宅の牧場でバーベキューパーティを開いているんです。そのせいで保守党員はみんなヨットレースを欠席してそちらへ」

「大統領は、大統領専用ヨットに乗っているものだと思っていたけど」クリスは言った。

クリーフ上院議員は肩をすくめた。

「木曜日まではそのはずでした。昨夜急に話が変わったんです。イェディンカ大統領は自分の票にならない人々の集まりには冷たいんですよ。正直にいえば、大統領の欠席は予想どおりでした。予想外だったのは、牧場のパーティに両親だけでなく子どもまで呼び出されたことです」

脇からジャックが訊いた。

「では、ヨットには副大統領が？」

娘との議論を中断したメルが答えた。

「いいえ。彼女は船にとても弱いんです。めったに外に出かけない。軌道エレベータさえ乗りたがらない。地面に根がはえたような人で」

クリスはジャックのほうをむいた。

「つまり、大統領のヨットに政府関係者はだれもいないのね」

「ばかにしてるな」

トムが言ってから、あわてて唇を閉ざした。よけいな口はきかないほうがいい。

クリスの背後では、朝の緊急事態について家族会議が続けられた。

「見まわして、パートナーをつとめてくれそうな人はいない？」母親が訊く。

「たくさんいるわよ、ママ。でもみんな自分のヨットに乗ってレースに出るんだから。政治のせいでこんなことになるんなら、昨日話してくれればよかったのに」

「一時間前にアンがあなたに電話してきたとき、こちらだって寝耳に水だったわよ。大統領の牧場にママは招待されてないんだから」

「とにかく、だれかいないと出られないわ」

「うーん、ママでよければ」ケイはためらいながら提案した。

「おいおい、きみは泳げないだろう」メルが指摘した。

「ママは乗っても役に立たない。パートナーは舷縁の外に体を倒さなくちゃいけないのよ。そんなことできないでしょう」

「だったら、わたしが」メルが弱々しく提案した。

「パパはすぐ船酔いして、先週の朝食までゲーゲーやっちゃうじゃない」

　船に強い娘は見下した調子で断言した。

　クリスはジャックを見て、取り巻きたちの顔を見た。しかし、この頼りない小さなヨットで湖上に出ようという者は一人もいなかった。クリスは上院議員にむきなおった。

「この競技はジュニアクラスでしょう。大人はパートナーになれないのでは」

　メルが説明した。

「家族ルールがあります。トゥランティックでは、子どもが舵（テイラー）を握って帆（セイル）を操作するなら、パートナーは親でもいいんです。親は大変ですが、子どものそばにいて手助けしてやるのは当然ですから」

　ウォードヘブンには家族ルールがなくてよかったと、クリスは思った。親から離れたい子どももいるのだ。

「子どもの代役をつとめられるのは親だけ？」

　今度はケイが説明した。

「あるいは指定の代理人です。障害やその他の事情で同乗できない親に配慮したルールです。そうでないと子どもが――」

「つまらないでしょう」娘のナラがあとを継いだ。「代わりのパートナーがいますぐみつからなかったら、今日一日ずっとつまんないわ。パパ、酔ってもいいから乗って」

　クリスはあきらめてにっこり笑った。

「わたしは湖で風を受けて進む船に乗って楽しんだことがあるわ」

「セーリングできるの？」ボートの少女はかん高い声で言った。

　メルはため息をついて教えた。

「ナラ、ここにいらっしゃるプリンセスは、ウォードヘブンの軌道スキップフレース選手権ジュニアクラスの元チャンピオンだぞ」

「水上艇とスキップは別物ですよ」ケイはクリスに言った。

「スキップを知るまえは、もともとディンギーでレースをしていたのよ」とクリス。

「乗る？」ナラはもう場所を空ける姿勢だ。「ねえママ、パパ、お願い」そしてまわりを見る。他のボートは桟橋を離れ、次々と帆を上げてレースコースへむかっていく。「早くしないとまにあわなくなっちゃう！」

「いいんですか？」メルがクリスに訊いた。

「もちろんかまわないわ。風に吹かれるのは大好きよ」

「警護の人たちが困るのでは？」上院議員は心配した。

「ライフジャケットを着ていれば大丈夫ですよ」ジャックはその救命胴衣をクリスに着させた。「べつのボートで追走します」

「それでいいわ」クリスはライフジャケットのバックルを締めた。

ジャックは刃渡りの長いポケットナイフを出した。

「以前、ボートが転覆したときに索にからまって危なかったことがあったと、ハーベイから聞きました」

「大昔の話よ！」

「万一にそなえてお持ちください」

ジャックはナイフをクリスの手に押しつけた。クリスは過保護な乳母を見るように顔をしかめてみせたが、ナイフを自分のポケットにおさめた。

ボートに飛び乗る。メルがもやい綱を放ってよこした。クリスは手早く前帆を上げ、ナラは慣れた手つきで舳先をまわして、船溜まりから出ていくボートの流れに合流した。数分後には後帆を上げられるところに出た。クリスは帆を引き上げて固定し、手際よく索を結んでいった。

「本当にディンギーをあつかえるのね。ただのきれいなプリンセスかと思ってたわ。自分が一番という役を演じるだけの人かなって」

「プリンセスの役を演じて学んだことが一つあるわ。それは、助けてほしいときは素直に助けを求めればいいということ。そして自分ができないことをできる人がいてくれて、よかったと思えばいいのよ」

「そうね。あなたがヨットに乗れてよかったわ。パパやママも努力はしてくれる。でもわたしとダンスのレッスンが相性悪いように、両親は水と相性が悪いのよ」

「水と油のように？」

「まずい飲み物みたいに」ナラは鼻をつまんだ。

「そこまでひどくはないでしょう」

「パパを乗せたらひどいんだから。匂いがとれるまで一週間かかったわ。じゃあ、ルールを確認。レースがスタートしたら、ティラーやメインセールに触れていいのはわたしだけ。メインシートもわたし一人で操作する。ジブがたるんだらジブシートで調節していいけど、そこまでよ。それ以上のことを大人がやると失格になる。わかった？」

「よくわかったわ。あなたが失格になるようなことはしない」

「お願いしたいのは、風をいっぱいに受けて艇が傾いたら、身を乗り出してバランスをとること。やり方はわかる？」

「全身を艇外に出すためのトラピーズはある？」

「詳しいのね！」

「レースで何度かやったことがあるわ」

「すごい。でもこれは小さな艇で、舵面も竜骨も面積が小さいから、それほど大きく傾くことはないわ」

「じゃあ、舷縁にすわって身を乗り出す程度でいいわね」

広い湖面へ出ていく二人のヨットを、クラッガスは三十五フィート級のモーターボートで追ってきた。舳先にはジャックが怖い顔の船首像のように立っている。上院議員とその夫のメルは後部デッキ。ペニーとトムもいる。トムもメルも青い顔で、どちらが先に舷縁のむこうに顔を突き出すか、がまんくらべをしているように見える。そんな競争をしている父親が、ナラはおかしくてたまらないようだ。

ジュニアクラスの参加艇はスター2級のレーシング・ディンギー十数隻だった。二人目のクルーとして大人が乗っている艇もいくつかある。クリスは自分くらいの体格の大人をすくなくとも三人見かけた。広い湖面に出て、艇がスタート地点にむけて位置取りをしていくなかで、大人たちは帆桁の動きをじゃましないように気をつけている。他の艇のようすもよく見えた。二人の乗員が忙しく動きまわり、ティラーをまわしてタッキングを繰り返している。

クリスはナラに訊いた。

「レースの最後まで自分でやれる？　強風下でティラーを操るのは大の大人でも大変よ」

少女は船乗りの目で空を確認した。

「大丈夫。風はちょうどいいわ。強すぎない。これならいける」

クリスは、自分はゲストとしてこの少女のヨットに乗っているだけなのだと反省した。艇長の能力を疑うような問いはすべきでない。自分はただの重り。その役割を果たすだけでいい。

もしかしたらここにいるおかげで死なずにすんでいるかもしれない。べつの場所にいたら危険だったかもしれない。サンドファイアは厄介な海軍中尉にうんざりして殺そうとするだろうか。クリス一人を消すために、大統領専用ヨットの乗客全員を殺すだろうか。

「わたしはそんな重要人物じゃないわ」

クリスはつぶやいた。するとナラが訊いた。

「なにか言った？　風が強くなってきたから、大声でないと聞こえないのよ」

「なんでもないわ。考えごとが口に出ただけ」

「わたしもディンギーで湖に出ると、いろいろ考えごとをするわ。でも頭のなかの塵も埃も、風が吹き飛ばしてくれるの」十二歳の少女は言った。

「わたしもよ」

クリスが答えると、少女は満面の笑みを浮かべた。大人の女性の共感を得られてうれしそうだ。クリスは注意した。

「でもこのレースに勝ちたかったら、目のまえのことに集中しないと」

「まかせといて」

ディンギーはスタート地点の浮標(ブイ)に近づいていった。スタートマークから一キロ離れたところに、大統領専用ヨットが停泊していた。

観覧のヨットは密集して停泊している。保守党議員が大統領の牧場へ行っているとしたら、ヨットに乗っているのはほとんどが自由党議員だろうか。サンドファイアはそこまであからさまなことをするだろうか。

(ネリー、ネットワーク接続はしてる?)

(通信衛星経由で接続しています。ただし回線が混雑しています。タイムラグが生じるかもしれません。どんなご用件ですか?)

牧場にだれがいて、ヨットにだれがいるかを調べれば、両党の相関図を描けるのではないかと思った。しかしクリスは言った。

(なんでもないわ、ネリー)

自分が乗っているのは少女のディンギーだ。大統領のヨットではない。どの議員がどちらに属しているかはトゥランティック星の政治の話だ。政治の選択肢として殺人がありえるような場所ではない。それはどの惑星でもおなじだ。

——だとすると、なぜウィンフォード社長は殺されたのか……。

競技スタートの号砲が、その疑問を吹き飛ばした。

ナラはスタート・ラインを横切った時点で、うまく先頭近くにつけていた。たくみにヨットを風上側に寄せ、スピードを上げていく。クリスは舷縁の外へ体を倒して、風圧による傾き(ヒール)を抑えた。メインセールにさえぎられてパーティ船団は視界にはいらない。追走してくるジャックのモーターボートも見えない。まあ、こちらはこちらの仕事をすればいい。ジャックの仕事はジャックにまかせよう。

ナラは風上にむかって詰め開き（クローズホールド）でしばらく切り上がったのち、すばやくタックした。周囲では他の艇もおなじように、艇の向きを変えている。おたがいに風の奪い合いにならないよう、充分に間隔をあけている。そのうちの二艇はまるで一騎討ちのように接近して闘っていた。有利な風上側の位置を取ろうと、しきりにタックをくりかえしている。

「わたしたちもああやって争うべき？」クリスは大声で訊いた。

「あれはサンディとサムよ。最近別れたの。それで相手の風を奪おうと必死なのよ。でも、今日の喧嘩はいちだんとはげしいわね。あれじゃ、きっと完走できないわ」

クリスはそこまで確信はできなかった。

ナラは上（かみ）マークを二位でまわった。レースの六分の一を消化したことになる。スピードの乗る風上寄りへとナラはコースを選び、先頭のボートは帆を開いて風下寄りのコースをとった。他のボートも二隻に続いてくる。

サンディとサムは遅れてマークをまわろうとした。しかし二艇は接触し、一艇がマークにぶつかった。クリスは外へ体を反らしながら、ペナルティフラグが振られているはずだと思って探した。しかし見あたらない。接触で押されてブイに当たったと審判は判断したのだろうか。あるいは観客の多くが、ここでのヨットレースを接触ありのスポーツとして楽しんでいて、審判はそれを考慮して水を差さないでいるのかもしれない。リム世界でのルールは自分たちでつくっていくものだ。クリスはそう思って笑みを浮かべた。

風が強くなってきた。サイドマークをまわった時点で、風速二十五ノットくらいありそうだった。風位が変わり、コースから見てほぼ真横から吹いている。ウォードヘブンの大会ならマークの位置を動かして、風のふれにあわせたコースに変更するだろう。成人クラスではそうするのかもしれない。しかしジュニアクラスの競技では、それぞれのマークの位置はそのままだ。観覧のヨット船団も係留位置にとどまっている。

ナラのヨットは下マークへと向かう第三区間にはいった。今回はあまり風上にのぼらず、セールを開いてゆったりしたコースどりをしている。下マーク付近にいるパーティ船団にかなり近づいた。ナラはティラーをみごとに操って下マークをすばやくまわり、クローズホールドで上マークへと向かった。

ヨットの群れからは、社交を楽しむ観客たちのおしゃべりの声が聞こえてきた。レースの行方などあまり見ていないようだ。

しかしジャックは見ている。モーターボートはクリスとナラの視界にはいらない位置にとどまりながら、コースにそって追走していた。

クリスは手を振った。

ジャックは振り返してこなかった。ペニーとクリーフ上院議員は手を振った。その夫とトムは顔を上げる気力もないようだ。かわいそうなトム。また散々なめにあわせてしまった。今回は死の危険はない。しかし経験者によると、船酔いや宇宙酔いは死にたいほど苦しいらしい。

ナラと順位を争っている青と赤のセールの白い艇は、なんども短いタックをくりかえして、こちらとおなじクローズホールドで上マークにむかっている。ナラとクリスの艇は風をいっぱいにはらんで大きく傾いている。クリスはもっと遠くへ身を乗り出すための手がかりはないかと探した。雑索をマストに巻きつけられればいいのだが。

その考えを読んだように、ナラが大声で言った。

「必要ないわ。このクラスのヨットはラダーが小さいから、あまり風上にきりあがれない。キールもそう。これはどちらが針路を譲るかという心理戦よ。わたしは絶対譲らないけど」

とすると相手に譲らせなくてはいけない。その相手のボートはうしろにいる。しかしティラーを握る少年もナラに譲るつもりはないようだ。そのパートナーがわずかな距離をへだてて怒鳴ってきた。

「どけよ！」

ナラも負けじと叫び返す。

「あんたこそどきなさいよ！」

「こっちはプリンセスに道を開けたりしないんだ！」

クリスはどきりとした。自分がこのディンギーに乗っていることはだれも知らないはずだ。なのに子どもが？

「自分がプリンスかなにかのつもり、ビリー？　だったらなおさらあんたには負けられないわ」ナラは一歩も譲らずにやり返す。「わたしのママだって上院議員よ。あんたの家が特別じゃないんだから！」

なるほど、子どもの罵りあいか。ジュニアのスポーツでは日常茶飯事だったことをクリスは思い出した。言葉で挑発するのも競技の一部。サッカーをやっていたころにそのことを学んだ。

ふいに風向きが変わり、東寄りになった。二隻とも風に対する角度がきつすぎて失速した。メインセールが風を捕らえられずにバタつく。ナラもビリーも、このままのタックで上マークに近づくのは不可能になった。大きく行きすぎてしまうまえにいちどタックし、艇の向きを変えてマークに向かうしかない。

その場合、先にタックした艇は、後方から追ってくる艇に風を奪われて失速する危険がある。

クリスはナラの決断を待った。

ナラは上マークと風位を左右の目で見ていた。そして最初のタイミングでさっとティラーを切った。クリスは急いで艇内に体を引きもどす。ナラはメインセールを右舷に出したままだ。そこでクリスはジブを左舷に張って逆ジブにした。そして艇の中央にもどり、うしろを振り返った。

「ビリーはどうしてる？」ナラは前方のブイから目を離さずに言った。

「タッキングしてるわ」

ナラは肩ごしにチラリと振り返った。

「そう来ると思った。女の子のお尻を追いかけるのが好きなんだから。行動が読めれば料理しやすいわ」ナラはニヤリと笑った。

「年に似合わない戦略家ね」

「ママのおかげよ。ママはバカじゃないし、その娘もバカじゃないわ。ねえ、うしろはどうしてる？」

「もういちどタックして、あとについてきているわ。まうしろよ」

「上マークまであと三十秒」ナラはつぶやいて、やや右舷寄りに修正舵をあてた。「ジャイブの用意を」

クリスは気配を殺して準備した。ナラはビリーの不意を衝くつもりでいる。クリスが尻尾を見せるわけにはいかない。

風が弱まった。とたんに、ナラはラダーをいっきに左舷へ振り、メインセールを反転させてジャイブした。クリスもジブを反対へ出す。ボートは追走者の帆の陰から抜け出した。

背後から大声の悪態がいくつか聞こえた。ビリーもコースを変え、ジャイブしようとしている。しかしナラとクリスほど手際よくできないようだ。

ナラはすばやくタッキングしてブイをまわり、ビリー艇を引き離していった。これでもう風を奪われる心配はない。レースは半分以上を終えた。ナラは首位を守っている。

しかし、ナラとビリーの上マークをめぐる争いより、もっと派手なことがサンディとサム・ショーのあいだで起きていた。振り返ったときには、一隻はマストが折れ、一隻は転覆していた。クリスはすこし考えた。しかし、レース後のビデオ映像を見ないとなにが起きたのかはっきりとはわからないだろう。

「ビリーの戦法はわかったでしょう。もうあの手は食わないわよ」ナラが宣言した。

最後の上マークまでの区間はタッキングの連続だった。相手に内側を取られまいと針路を変えつづける。

競技にスター2級艇を使っているのはクリスにとってさいわいだった。大型艇になると、タッキングのたびに索を絞ったりゆるめたりが大変だ。クルーはウィンチを全力で巻いてへとへとになる。とはいえ小型艇も楽ではない。クリスは太いブームをよけながら、ジブシートを握りしめて左舷と右舷を行き来した。

「クルーがパパやママでなくてよかったでしょう」

「アンも乗らなくてよかったと思ってるんじゃないかしら。わたしがタッキングをくりかえすといやがるのよ。自由党員は競争意識が強すぎるって言って」

「それは敗北主義ね」

「そういうの大嫌い。サイテイサイアク。湖での一日がサイアクソアクのレッアクになっちゃう」

なにを言っているのかよくわからないが、クリスはこの少女から十歳くらい年上なだけだ。若者言葉の意味を訊くなんて、意地でもしたくなかった。

悪態をつきながらまたブームをよけ、反対の舷へ移る。上マークへの最後ののぼりは、すべてクローズホールドで、ディンギーは風を受けて大きく傾く。クリスは身長百八十センチの体を精一杯外へ出しながら、上マークまでの距離を見た。

波しぶきが目にはいる。風が吹いている向きとは異なる角度で波が砕けている。奇妙だ。青空は直視できないほどまばゆく明るい。おかげで水中も青く透んでよく見える。その前方の水面下に暗い影が見える。

「ナラ、気をつけて。流木があるんじゃないかしら」

クリスは指さして声をかけた。

ナラはセールをすこしゆるめた。そして正面をしばらく見つめる。なかば腰を浮かせて水面を見ている。コースは変更していない。

黒い影は通りすぎた。クリスは肩をすくめた。なにかの見まちがいだろう。

そのとき、竜骨（キール）が跳ね上がった。帆がバタついた。右からも左からも風圧がかからず、下から押し上げられている。艇は惰性で進みながら、ヨットにとって一番みっともない姿勢になりはじめた。すなわち、転覆しはじめたのだ。

右舷に身を乗り出した体勢だったクリスは、そのまま舷側に両手両脚でしがみついた。ヨットは真横になったまま静止した。クリスの左側ではキールが水面すれすれで揺れている。帆は右側で水面をバタバタたたいている。

ナラは落水してしまった。すぐに浮かんでくると、大笑いしながら悪態をついた。さしもの自由党の上院議員も娘の口を石鹸で洗いたくなるような汚い悪態だ。

クリスも笑い声をあげ、気をつけてと声をかけた。

突然ナラの背後に、黒い手があらわれた。その手は少女の肩にかかり、ライフジャケットのバックルをはずした。そして次の瞬間には、ライフジャケットだけが水面に浮いていた。わずかな気泡が少女の残した痕跡だ。

クリスはナラを二回大声で呼んだ。なにが起きたのか、すぐにはわからなかった。だれかが少女を連れ去った。

クリスの目のまえでナラを誘拐した。

エディは、クリスがアイスクリームを買いに行ったすきに誘拐された。十歳の少女は六歳の弟を守れなかった……。

いいえ、わたしは十歳じゃない。ナラは六歳じゃない。その考えが冷たく危険な水のように頭に流れこんできた。

クリスは自分のライフジャケットのクイックリリースボタンを押してバックルをはずした。いっしょにスエットシャツも脱ぎ捨てる。左手でポケットを探り、ジャックからあずかったナイフを取り出す。胸いっぱいに息を吸いながらブレードを出し、口にくわえた。舷側を叩く冷たい水に跳びこむ。

(ネリー、音を拾える?)

(かん高い音が複数。泡の音も。右手下方です)

クリスは泳いだ。自身の浮力に逆らい、恐怖と肺の苦しさに耐えながら深く潜っていく。

少女を助けるために全力で水を掻く。

正面に黒い影が見えてきた。ウエットスーツを着たダイバーだ。こちらに背中をむけている。クリスは追いつきつつあるが、ダイバーは泳いでもどるのに苦労している。

士官学校で格闘戦の担当だった訓練教官は、ナイフで人を確実に殺したいときに刺すべき場所を教えてくれた。首のつけ根か、腎臓だ。〝しかしたいていは、挨拶もせずに相手を刺すことに抵抗を感じるものだ。だから喉を掻き切る場合が多い。そのやり方なら相手といやというほど知りあいになれる〟とも言っていた。

クリスは誘拐犯を人間とは思っていない。口にくわえたナイフを手に持った。反対の手でダイバーの背中のタンクをつかみ、引きつけながら、右の腎臓があるはずの位置にナイフを刺した。顔のほうからはげしく空気が噴き出した。ダイバーは苦痛で身もだえながら漂っている。

クリスはナイフを口にくわえなおした。かすかに鉄の味がする。自由になった右手でダイバーのウエイトベルトをはずし、左手でマスクとそこにつながったタンク一式を奪った。ダイバーの目にはまだ光があったが、そのまま水面へ浮かんでいった。

誘拐犯などどうでもいい。クリスの目的は誘拐された子だ。

レギュレーターをくわえ、空気を肺に吸いこんだ。ウエイトベルトを腰に巻き、マスクをつけてできるだけ水を排出する。

（ネリー、方向は？）

（右手下方です）

クリスは泳ぎはじめた。水の残ったマスクごしに水中をにらむ。下から断続的に泡が昇ってくるのが見える。二人目のダイバーがいた。レギュレーターのマウスピースをナラの口に押しこもうとしている。しかし少女は全力で抵抗していた。それが呼吸器材だとわからないらしい。あるいは誘拐犯がさしだすものはすべて拒否しているのか。どちらにしてもナラの息はもう長くもたない。

ダイバーがクリスのほうを見た。女だった。苦しむナラを片腕で抱えこみ、反対の手で水中銃を抜いた。銛を撃ち出す水中銃の強力さをクリスは知っていた。人類宇宙のさまざまな深海に棲む巨大生物を電撃一発で殺したり失神させたりする威力を持つ。

クリスは拳銃を抜いた。空気圧で撃ち出すダート弾が水中で効くかどうかわからないが、それしかない。相手に狙いをつけるのはダイバーのほうが早かった。引き金も早いだろう。ところがそのとき、ナラが誘拐犯の腕にかみついた。銛はあらぬ方向へ飛んでいった。

クリスは拳銃を三発撃った。ダイバーのウエットスーツ前面に小さな穴が次々と開く。背中の射出口から血が噴き出し、水が濁っていく。ダイバーは苦悶の表情を浮かべ、身をよじりながら、暗い湖底へ沈んでいった。

クリスはウエイトベルトをはずし、水を蹴ってナラに近づいた。自由になった少女は頭上の光のほうへ必死で泳いでいる。クリスは少女をつかまえたが……顔面を強く殴られた。さきほどは勇敢に戦ったが、いまは肺の苦しさに耐えかねて正気を失っているようだ。クリスは自分のレギュレーターをナラの口に押しつけようとした。しかしナラはなおも抵抗する。頭上の光と空気だけに意識がむいている。唇の端からは泡を漏らしながら。

クリスはその口に力ずくでレギュレーターを押しこんだ。少女はクリスのほうをむき、殴ろうとした手を途中で止めた。視線を合わせる。恐怖と、空気への強い欲求があった。ナラはレギュレーターから出る空気を一度吸った。大きくもう一度。全身に震えがはしり、緊張が解けた。クリスの腕のなかに身をゆだねる。

クリスは少女の体を受けとめた。自分も空気を吸いたいが、ナラの口からレギュレーターをはずさせる気にはなれない。しかし少女は自分からレギュレーターを譲った。二人は交代で息をしながら水面へむかった。

自分たちのディンギーから十メートルほど離れたところに浮上した。他の艇は、この星のジュニア選手権をめぐってレースを続けている。二人はとにかく生きてもどれたことに安堵し、立ち泳ぎをしながら荒い呼吸をした。

モーターボートが全速力で近づいてきた。舳先にはジャックが怒れる神のように仁王立ちしている。クリスは手を振った。ジャックがそれに気づいた。競技中の艇、五、六隻と、ヘリコプター二機も気づいたようだ。ヘリの機体にはそれぞれ〝救難〟と〝報道〟の文字がある。クリスはカメラを意識して自分の身なりを確認した。アビーの助言どおりにブラをしてきてよかった。

最初に着いたのはモーターボートだ。クラッガスはあらゆる状況を想定していたらしく、青と黄色のウエットスーツを着たスイマーが水にはいってきた。ナラとクリスを誘導し、舷側に梯子が下ろされる。クリスがそれを昇りはじめると、報道のヘリと、大きなカメラをかついだ男たちの乗ったクルーズ船が近づいてきた。

「足下に気をつけてください」スイマーがクリスに声をかけた。

「黒いウエットスーツの男が、どこかそのへんに浮いているはずよ。回収できる？」

救援のスイマーはまばたきもせずに答えた。

「わかりません。第五レスキュー隊に知らせて、ヘリに探させましょう」

通信機のマイクに連絡しはじめた男に、さらに伝えた。

「ダイバーはもう一人いたわ。たぶん湖底に沈んでる」

梯子の上まであがってきたクリスの肩に、ジャックが毛布をかけた。

「また暗殺未遂ですか？」

「そういうわけじゃないと思う」

十メートルほどに接近したクルーズ船からカメラのシャッター音が聞こえてくるなかで、クリスは声をひそめて答えた。

クリーフ夫妻が娘をあいだにはさんでいる。抱きしめながら体を拭いてやっている。充分濡れネズミになっているところに、さらに安堵の涙で頬を濡らしている。

クリスは訊いた。

「船室はある？」

「こちらへ」

クラッガスの案内で昇降口から短い階段を降り、通路を歩いて、小さな前部船室にはいった。あとからペニーとトムもやってきた。

「なにがあったんですか?」ジャックが質問した。

「飲み物をどうぞ」

ペニーがさしだしたのは、ブランデーのボトルだった。

「まだわたしの好みがわからないようね」

クリスは言いながら、トムがさしだしたホットチョコレートのカップを受けとった。

ジャックが苛立ったようすでふたたび訊いた。

「クリス! なにがあったんですか?」

カップで両手を温めながら説明した。

「転覆したと思ったら、ダイバーがナラを水中に引っぱりこんだのよ。ダイバーはもう一人いた。でもレーシング・ディンギーに大人が乗っているとは予想していなかったようね。すくなくとも、わたしのように誘拐犯を特別に憎んでいる大人がいるとは」

ペニーのほうにうなずきながら言った。ペニーはあきれたように言った。

「よりによってクリス・ロングナイフの手から少女を誘拐しようとするなんて!」

「犯人たちがかえってあわれだわ」

クリスは息をついてホットチョコレートを飲んだ。熱さが体にしみる。

みんな説明の続きを待っている。ジャックとクラッガスは冷静な態度で、ペニーとトムは不安げに。クリスは続けた。

「一人はそのへんに浮いているはずよ。ウエイトベルトを拝借したから。もう一人は女で、ダート弾を三発撃ちこんだ。ジャック、このエアガンは水中でも使えて便利よ」

クリスは拳銃をベルトから抜いてみせた。クラッガスは冷えたその手から銃を抜き取り、撃鉄を下ろして、安全装置をかけた。

「ごめんなさい。それどころじゃなくて」

「しかたないでしょう」警部は言って、リストユニットにむかってなにか話した。

「ディンギーの竜骨（キール）を調べておいて。なにかに乗り上げた感じだった。浮体の障害物があったはずよ」

「いま調べさせています」

「最後の事件をのぞけば、楽しい水遊びの一日だったわ。トム、おいしいホットチョコレートをありがとう。おかわりはある？」

トムは二杯目をついだ。クリスはあくびをした。

「ああ疲れた」

「そうでしょう。かなり運動をした」クラッガスが言った。

クリスは首を振った。

「シーキム星で誘拐された少女を救出したあとは、しばらく興奮状態が続いたわ。オリンピア星では自分が狙われて、二度の戦闘を経験した。そのときも眠れなかった。戦闘の場面が頭のなかでくりかえされて」

クリスはまたあくびをした。クラッガスは乾いた毛布を持って、ボートの船体にそったベッドにクリスを案内した。

「毎回ちがって当然です。しかしあなたの場合は頻繁すぎる。日常になりつつある。そういうのは厄介ですよ」

クリスはうながされるままにベッドへ行った。湿った毛布とカップを乾いたものと交換し、横になった。

「二、三分だけ休ませて。それから話を聞くわ」

「そのあいだに状況を整理しておきます」

クラッガスは他の者を部屋から追い出した。ジャックは残りたそうにしていたが、肘で突いて通路へ出した。船室の明かりも消す。

「濡れた服を着替えなくちゃ」

クリスはそうつぶやきながら、頭を枕にのせていた。心拍数が落ちて眠りに引きこまれていく。どこもおかしな感じはしない。しかし不自然だと思った。

12

クリスはゆっくりと目覚めていった。

心臓が苦しい。沼のなかを走っている。あるいは星から星へ跳んでいる。肩にかついでいるのは、少女だったり弟のエディだったりした。水と泥に足をとられてなかなか進めない。背後からはわめきたてる幽霊の集団が追ってくる。あるいは白鳥の群れが、あるいはウエットスーツの男たちが追ってくる。突然エディが……別物に変わった。

クリスは跳び起きた。

「大丈夫ですか？」ジャックが声をかけた。狭い船室の入り口で明かりのスイッチに手をかけている。「うなされていました。叫んだりも」

「誘拐犯は嫌いよ」クリスはそれだけ答えた。

「そろそろデッキに上がれますか？　ディンギーを引き揚げました」

「ダイバーはみつかった？」

クリスは起き上がろうとして顔をしかめた。ショートパンツは湿ったままで冷たい。

「発見しました」

「わたしの確認が必要ね。着るものはある？　びしょ濡れで」

　ジャックは灰色のスエットの上下を放った。

「ハイデルベルク警察の提供品です」

　広げてみると、スエットシャツにはハイデルベルク警察（HPD）の大きな文字があった。

「お礼に差し上げるとクラッガスが言っていました。あなたがいるおかげで仕事がやりやすいと」

「警護スタッフからそんなことを言われたのは初めてだわ」

「長く続ければ考えが変わるはずだと言ってやりましたよ」

「なんてことを。ウォードヘブンの国家機密よ」

　クリスは立ち上がった。

「外にいます」

「むこうをむくだけでいいわ。深い水の底はとても孤独だった」

　ジャックは背をむけた。

「だれかを救うために潜っていったんです。孤独な行為ですよ」

　クリスはスエットシャツを頭からかぶった。

「そのときはそう思わなかったけど」

「人はそのときやるべきことをやるだけです。結果は受けいれるしかない。まだ生きていれば、ですが」

「わたしはまだ生きてる。誘拐犯の二人は死んだわ」クリスはスエットのズボンを穿いた。下着は湿ったままだがしかたない。「こっちをむいていいわよ」

ジャックは結論を述べる口調で言った。

「少女は両親の手もとに帰り、あなたは友人たちのもとに帰った。サンドファイアがよこした暗殺者二人は死体安置所へ。一日の仕事として悪くないでしょう」

「本当にサンドファイアの手下かしら。彼はいつも美女集団を従えているわ。わたしが刺したのは男で、撃ち殺した女の顔はよく見えなかった」

「下請けの下請けでしょう。報酬はかなり上前をはねられているはずです」

「わたしを狙わないのが奇妙よ。なぜ少女を？　いえ、なぜ上院議員の娘を？」

デッキへむかう途中に休憩室がある。そのテーブルをクラッガスとペニーとトムがかこんでいた。話を聞いていたペニーが言った。

「政治的交渉の一部として誘拐が日常茶飯事だった時代もありますよ」

「いまは現代だ」クラッガスが立ち上がった。

「初期の統一派は何度かやったわ」

クリスが指摘すると、クラッガスは不愉快そうに認めた。

「統一派は殺人も脅迫も、汚い手段をなんでも使いましたな。上流社会ではありえない」

「いまは時代の変わり目なのよ」クリスは明るく笑おうとした。「クリーフ夫妻は？」

「後部船室です。ナラは眠っています」クラッガスは言った。

「この船はいまどこに？」

「移動していません。ディンギーをご覧になりますか？」

「引き揚げたの？」

「二人の死体も。確認していただけますか？」

　クリスは深呼吸した。

「あとまわしにすべきではないわね」

　クラッガスの先導でデッキに上がった。ジャックたちもついてきた。

　モーターボートは錨を下ろしていた。遠く西のほうを見ると、傾いた太陽と灰色の雲を背景に今日のレースが続いている。競技コースとパーティ船団は移動し、モーターボートだけが事件現場に残っている。報道と警察のヘリはまだ旋回している。カメラマンたちの乗ったクルーズ船は百メートルほど退がっているが、去るつもりはないようだ。クリスがデッキに上がると、そのカメラマンたちがにわかに活気づいた。それに対して、警官たちはクリスを見ようとしない。無視がありがたかった。

　はしけが隣につながれていた。真四角で、一辺はモーターボートの全長よりやや長い。真っ平らなデッキから唯一突き出ているのが、後部の小さな甲板室だ。全体は黒塗りで、ところどころに赤錆が浮いている。棺台にふさわしい。

　ディンギーはその上に乗せられていた。陸に打ち上げられたイルカのように横倒しだ。キールがこちらをむき、帆を切り離されたマストはむこう側に突き出ている。

　クラッガスが説明した。

「キールに楔形のエアバッグがひっかかっていました。突然転覆したのはそれが原因でしょう」

「ナラの腕前からすると不自然だと思ったわ」

「エアバッグは生分解性素材でできていました。発見が一時間遅かったら水に溶けて消えていたはずです」

　クリスは風に吹かれてうねる湖面を眺めた。

「もしナラの捜索が必要な状況になっていたら、ディンギーのほうはだれも気にしなかったはずね」

「そのとおりです」

　甲板室の隣には二人乗りの水中移動用の乗り物がおかれていた。その脇に、防水布にくるまれた二つの塊。

「あれがそう？」クリスは顔でしめした。

　クラッガスはうなずいた。

「明日、写真で確認していただいてもかまいませんよ」

「いまやりましょう」まわりを見て、報道のヘリとクルーズ船に目をとめた。「でも、わたしが遺体確認をしているところを撮られたくないわね」

　クラッガスはクリスの視線を追った。

「なんとかしましょう」

一行はもうしばらくディンギーを眺めた。そのうちクルーズ船は移動してモーターボートのむこう側に隠れた。一行はさりげなく二つの防水布に近づいた。ジャックとペニーとトムが、クリスとヘリのあいだをさえぎるように立つ。クラッガスがしゃがんで、一方の防水布をめくった。

男だった。驚いた顔のまま死んでいる。訪れた死に驚いたのか、クリスに驚いたのか。答えは探してもみつからない。

「背中を刺したわ」

「なかなかのお手並みです。背後からナイフで正確に腎臓を刺すのはなかなかできない」

「人を一番早く殺せるのは腎臓だと訓練教官に教わったのよ。そのとおりだったわね。ごめんなさい、ジャック。ナイフをなくしてしまったわ」

「いくらでも予備はあります」警護官は答えた。

女は怒った顔で死んでいた。クラッガスは説明した。

「一発が背骨を砕いています。体の自由を失って沈んでいったはずです」

「この女はナラに空気を吸わせようとしていたわ。ナラは抵抗していたように見えた」

「相手は誘拐犯ですからね」

警部は遺体の防水布をもどして立ち上がった。

「そのときはそう見えたし、いまもそう思える。岸に手がかりが残っているかもしれないわ。

犯人たちの拠点は家宅捜索したの？」

「指紋採取と網膜スキャンをして、中央に照会しました。警察のデータベースに一致するものはありません。そもそもトゥランティック星の悪党がこういう契約を受けるとは思えません。そういう依頼があっても、たいていは他の惑星での仕事です」

「そして現状では他惑星の犯罪者資料を検索できないわけだ」ジャックは顔をしかめた。

「他惑星のデータベースはコピーが残っています。一カ月前のものですが。しかしそこにも——」靴の先で遺体の片方をつつく。「——この二人のデータはありませんでした」

クリスはうなずいた。公記録におけるデータの消失はありえないことではない。政治的工作員や特殊な犯罪者は履歴が消される。祖父のアルも自分のＩＤ情報をウォードヘブンの公式記録から消させているはずだ。プライバシー権とは別問題で、現代のデータベースから情報を消すときにはやはり金の力がものをいう。

「バックアップのファイルは調べた？」

クラッガスはクスリと笑った。

「意外に早く気がつかれましたな。さすがはロングナイフ家のお方だ。古いバックアップにも検索をかけました。過去二年分にヒットする情報はありません」

「どこまでさかのぼれるの？」ペニーが訊いた。

「二年です」クラッガスとネリーが同時に答えた。

「たった二年か」トムが顔をしかめた。

クラッガスは、ネリーの声がしたクリスの胸のあたりを見ながら言った。

「法律が成立したのが二年前なので」

「でも固定メディアなら百年、場合によっては千年もつでしょう。書き出しておけばよかったのに」ペニーが指摘した。

警部は皮肉っぽく答えた。

「どこになにが書いてあるのかわからなくなる。古いメディアの山からは結局なにもみつからない。それが法案を成立させた考え方だった」クラッガスの目はクリスを見たままだ。

「殿下、首にかけられたコンピュータに他惑星のバックアップファイルが残っていたりしないでしょうか？」

クラッガスがそのような敬称で呼んだのは初めてだった。頼みごとをしているからか。他になにかあるのか。

「ネリー、警部の質問に答えなさい」

「申しわけありませんが、わたしのリソースは無限ではありません。またクリスの指示により、犯罪記録とは異なる分野の作業にそのリソースを使っています」

コンピュータらしくない悔しそうな口調だ。クラッガスは言った。

「もちろん無限だとは思っていないが、やはりこちらで調べなくてはならないな」

クリスはあえて明るい調子で言った。

「とにかく、この二人の誘拐犯はトゥランティック星で身許を確認できないわけね。とすると残りは五百九十九の他惑星」

「メディアや解説者は、この犯罪者の出身地について偏見にもとづいた憶測をあれこれ語るでしょうな」

疑問ばかり増えて答えは増えない。クリスは首を振った。

西の空で稲妻がひらめいた。トムは跳び上がって驚いた。他の者たちは一歩退がっただけだ。クリスは深呼吸した。湿った空気には湖水の匂いとともに雨の気配もある。

「嵐が来そうね。岸にもどりましょうか。報道陣にかこまれないようにできる？」

「なんとか手配します」クラッガスは答えた。

「クリーフ夫妻は？」

「ご案内します」

モーターボートの船内にもどった。

一家は後部船室にいた。ナラはソファで眠っていた。父親は娘の頭を膝にのせている。母親の上院議員は二人のむかいの椅子。二人とも娘から目を離すと消えてしまうというようにじっと見つめている。

クリスはその一家のようすを見て、息を飲んだ。思い出すのは、エディの葬儀のあとに両親とのあいだにできた溝だ。もし弟が生還していたら、両親もこんなふうに息子の眠るようすに見いっただろうか。クリスは首を振った。仮定ばかり考えても人生は前に進まない。

クリスはケイ・クリーフの肩に手をおいた。上院議員ははっとして顔を上げた。

「お話が」

クリスが声をかけると、クリーフはためらいながら立ち上がり、いっしょにボート中央の休憩室にもどった。クリスの隣の椅子に腰掛けながら感謝した。

「娘の命を救ってくださってありがとうございます。わたしにはできませんでした。メルでも」

「わたしがそばにいてよかったわ。でもなぜ？　なぜあなたの娘が狙われたの？」

上院議員は首を振った。

「わかりません」

「奇妙だと思わない？　大統領が突然、与党議員全員を牧場に集め、大統領専用ヨットを野党議員だけにしたというのは」

ケイはしばらくじっとクリスを見て、憂い顔で首を振った。

「あなたはロングナイフ家の方です。この星へ来て一週間でしかない」

「まだ一週間に満たないわ」

「メルとわたしだけでなく、他の野党議員の多くもべつの場所からレースを見ていました。大統領のヨットに乗っていたのはほとんどが政府職員で、議員はほとんどいなかったのです」

「猜疑心を共有しているわけね」

「トゥランティックでは、用心が合い言葉なのです。知っていることは信用します。知らないことは用心しながら学びます」

「知っていることというのは？」

上院議員は首を振った。

「少なくなっています。産業スパイやその他のスパイ行為の刑罰は終身刑です。工作員もその雇い主もおなじです。しかし一部の刑務所は、終身刑がずいぶん短期で終わってしまうようです。そうですね、警部？」

クラッガスは認めた。

「最近つくられた民間刑務所は、政府運営の刑務所にくらべて受刑者どうしの傷害事件が多いようです。このことに議会の注目を集めるべきなのですが、警察組合は動きが鈍いのです」

「あなたのような公務員が汚職行為をすると、たちまちメディアに書き立てられるのにね」

上院議員は白い歯をちらりと見せて笑った。

「この二年間のことなのね」クリスは念を押した。

「興味深いこの二年間です」上院議員は確認した。

「数日前に会ったある女性は、ビジネスが最近とてもやりにくくなっていると言っていたわ。契約を取りたければ賄賂をよこせと言われるらしいのよ」

上院議員は言葉をなおした。

「それは賄賂とは言いません。賄賂は違法ですから。そんなあからさまにはしません。〝検査用〟や〝販売促進用〟として納品数を増やせと要求するのです」

「アルおじいさまに言わせれば、それこそ賄賂よ」

「トゥランティック人との見解の相違です」

「そんな大雑把なやり方で経済運営はうまくいかないわ。昨日、この惑星を理解しようと友人たちといろいろ調べてみたのよ。公式サイトに載っている数字を分析したのだけど、勘定が合わない。照合もできない。この星には利益に三種類の定義があって、成長しているのはそのうち一種類だけ」

クリスは首相の娘であると同時に、事業家の孫として話した。ケイはクスリと笑った。

「そうかしら。株価は六年連続で上昇を続けています。そうよね、警部」

「資産運用の担当者から毎年レポートを受けとっているが、大きく成長しているといつも書いてあるな。奇妙なことに、この三年間はその証拠としてもどってくる金がほとんどないが」

「生産性は上がっているの？」クリスは訊いた。

「公式レポートではそうです」

「生み出された利益はどこへ？」

上院議員は肩をすくめた。

「どこかへ流れているはずよ」クリスは言った。

「そうですね。でも」ケイは両手を大きく広げた。「わかりません。調べようとして深入りすると刑務所行きになる」

「ネリー、なにかわかることはある？」

「最初にトゥランティック星全体を調べたときに、経済指標のあちこちに齟齬がありました。さらに詳しく調べることは可能です。しかしそのためには、公表資料の範囲を超えて情報収集しなくてはなりません」

「あなたのコンピュータでも公式データから結論を導くことはできないようですね。公表されている範囲を逸脱すると違法行為とみなされ、たちまち起訴されますよ」

先回りして情報収集する新機能のせいで刑務所にはいりたくはなかった。

「ネリー、それ以上のリサーチは控えなさい」

「はい、わかりました」

しかし、もう一つだけ調べさせたいことがあった。

「ネリー、トゥランティック星の全商船は、新しい安全基準にあわせた改修のためにドック入りしていたわね。法令がさだめる追加工事はもう終わったの？」

「はい、完了しているはずです」

「なのに造船所のドックはまだ二十四時間態勢のフル稼働が続いているわ。そして、異例なほど大型の部品がエレベータで運ばれている」

上院議員は肩をすくめた。

「惑星間貿易に従事する労働者が、今回の強制隔離で多数失業していると聞いています。その雇用の受け皿になっているのがドックやその関連工場だそうです。興味深いですね」

「興味深いどころではないわ。エレベータで造船所へ運ばれている部品がなにかわかる？」

「わかりません。一部の有力支持者がその競争契約に入札したのですが、落札したのは保守党系の業者ばかりでした。それも奇妙です」

クリスはすこし考えた。

「あなたの支持者は、落札業者から従業員を引き抜いたりしている？」

ケイは苦笑いした。

「海軍将校のお話とは思えません。まるでビジネスウーマンですね。ご質問の答えはノーです。最近は転職市場が不活発なのです。一部の企業が従業員と雇用契約を結ぶときに、秘密保持契約も同時に結ぶことを強制する法律ができました。どんな経営者や科学者も、秘密保持契約に触れずに同業他社からの転職者を雇うのは困難だと思います」

「法律ができたのは二年前？」

「たしか三年前です」

そこへ警官があらわれて告知した。

「そろそろ桟橋に接岸します」

上院議員のところへ夫とまだ眠たげな娘がやってきた。それから十五分待機して、ようやくクリスと一行はデッキへ案内された。

真新しいヨットクラブの桟橋にはすでに大型ヨットが何隻も係留されていた。ときおり風に乗って音楽や笑い声や話し声が流れてくる。死者の出た事件も天気もおかまいなしにパーティが続いている。

「レースはまだ終わっていないはずよね」

クリスがつぶやくと、ジャックが答えた。

「継続中です。でも雨風に弱い見物客もいますからね。このトムのように」

そう言って海軍中尉を肘でこづいた。

クラッガスが警護班の準備ができたことを手で合図した。クリスは桟橋のたもとに集まった報道陣をかきわける心構えをして歩きだした。

さまざまな質問が飛んできた。

「またお命を狙われたのですか、プリンセス？」と大声で訊かれた。「ヌー・エンタープライズがワクチンを隠匿していることがこの大衆の怒りの原因だと思いますか？」というのもあった。「少女といっしょにレースに出たのは、彼女を危険にさらす行為だったと思いませんか？」という質問にはむっとした。「ウォードヘブンはトゥランティックを侵略するのですか？」との問いには、さすがに足を止めた。

ジャックが割りこみ、疲れているのでといつもの言いわけをして記者をさえぎろうとする。しかしクリスはその警護官の腹を軽く肘で押してどかせた。メディアむけの笑顔をつくって前に出る。

「残念ですが、なにが起きたのかについて警察からまだ説明を受けていません」嘘ではない。

クリスが警察に説明したのだ。「警察に訊いてください。ただ、これだけは言っておきます。ヌー・エンタープライズは、トゥランティック星の人々が今回の強力な伝染病を制圧するために必要なものを全力で届けます。強制隔離が解除されるまでこの美しい惑星を放置するつもりはありません。わたし自身もおなじ危険にさらされているのですから」

クリスはそこでいったん間をおいた。ほとんどの記者はうなずいて理解している。しかし、そうでない記者もいた。

「ウォードヘブン海軍の一部はトゥランティック星の税金でささえられていますが、この星が彼らの新しい協会に加入しなければ、その海軍が侵攻してくると言われていますね」

クリスはあえて表情を変えなかった。噂話はネリーがいつも追っているが、これは初めて聞いた。おそらくこの場でのでっちあげだろう。クリスは言葉を選んで答えた。

「ウォードヘブンの繁栄は過去八十年の平和のおかげです。それを捨てたがる者はウォードヘブンにいないでしょう。海軍は防衛のための必要最小限の規模しかありません」

「でも徴兵を増やしているんでしょう？　プリンセス、あなたまで！」

「それはちがいます。わたしは志願兵です。父からは困惑され、母からは失望されました」

クリスは怒りを声に出さないように気をつけた。友好的なゆっくりとした歩き方を続け、口もとにはトムにならって片頬の笑みを浮かべる。「逆だったかもしれません。母が困惑し、父が失望したのか。とにかくその晩、家中に険悪な声が響いたのはたしかです」

さもありなんという笑い声がいくつかあがった。

「しかし、二三一八年にウォードヘブンがトゥランティックを攻撃したのは事実ですよね。その攻撃を率いたのはレイモンド王でした」

質問者は大声で言った。何人かがそちらに頭をむける。まわりの注意を惹いたようだ。

クリスは記憶の底を探るように数回まばたきした。曾祖父たちについて書かれた本はたいてい読んでいる。教科書に載らないようなこまかいエピソードも知っている。記者が挙げたのは、レイおじいさまの若いころの裏話的な挿話にすぎない。それでもクリスは知っていた。

「年代に誤りがあると思います。百年以上昔の事件です。人類協会以前のすさんだ時代でした。統一派より昔です。レイおじいさまが攻撃を指揮したというのもありえません。当時のレイは新任の少尉でした。つい最近までその階級だった者として言わせていただくと、少尉がなにかを指揮することはありません。命令された場所へ行くだけです。さて、さっさと歩けという命令が聞こえるので、ここは失礼します」

同意のつぶやきがいっせいに漏れ、しつこい質問の続きはかき消された。クリスはそのすきにリムジンへ急いだ。

しかし一人の女性記者が警護の網をかいくぐって近づいた。

「警察のスエットシャツを着ていらっしゃいますね。それは最新ファッションですか?」

「警官からお礼としていただきました」

「警察からお礼をされるというのは、よほどの貢献をされたのですね」

「どんな貢献がよろこばれるかは警察に訊いてください」

クリスは車内にはいり、ジャックがドアを閉めた。

「いまのはだれ？」

助手席に乗ってきたクラッガスにクリスは訊いた。外から屋根を叩く合図を聞いてリムジンは走り出した。

「あの記者の母親は元警官です。あの記者も赤ん坊のときにステーション周辺で軍を率いたという伝説があります。実際には母親におぶわれていただけでしょうけどね。娘はその後、物書きの虫にとりつかれ、それが高じていまの職業になったわけです」笑って続ける。「しかし、いいものを書くという評判ですよ。徹底的に調べ、簡単な結論では納得しない。彼女の編集者もそれを出版する気骨を持っている。明日の彼女の記事が楽しみですね」

雨脚が強くなり、リムジンは速度を落とした。クリスは窓外へ目をやり、風景が高級リゾート地からのどかな田園へ、そして森におおわれた郊外へと移り変わっていくようすを眺めた。

なにを調べるべきかはわかっている。しかし実行すると法に触れる。情報は力。そのことは父親の膝で学んだ。この星ではだれかがその力を独占しようとしている。それに対抗するには、より多くの情報を集めなくてはならない……。厄介なループだ。

クリスがそんなことを考えていると、ペニーがアパートの数ブロック手前で降ろしてほしいと言いだした。クリスは反対した。

「アパートの前まで送っていくわ」

「もう雨はやんでいて、美しい夕方です。歩けば運動になります。それにプリンセス、あなたについていくという仕事は、じつは一日中すわっていることなんです。たまには歩かせてください」

クリスはあきらめてペニーをリムジンから降ろした。

13

クラッガスが開けたリムジンのドアから出て、クリスはしばらく立ち止まった。旅客用軌道エレベータのターミナル駅から駐車場をへだてたむこうにあるのは、もう一つのターミナル駅の貨物ベイだ。後部をつけて停車中の数台のトラックからは、五、六社の会社名が読みとれる。

(ネリー、トラックの社名を記録した?)

(はい、記録ずみです)

「ありがとう、警部。一日お疲れさま。あとはわたしが部屋にもどって任務終了よ。あなたと警官たちはわざわざエレベータで昇って、また降りることはないわ」

「お気になさらないでください、殿下」

「だったら上流階級の義務として、この場での解散を命じるわ」

クラッガスは苦笑した。

「われわれがいると不都合なことでも?」

クリスは言葉に詰まった。そんなに見えすいているだろうか。

「今日は苦労をかけたし、明日からもしばらくは大変な仕事を頼まなくてはいけない。すこしでも休んでおくのは利益にかなっているわ」

「そこまでおっしゃるなら。しかしエレベータに乗るところまではお送りして、上ではべつの者を待機させせます」

「かまわないわ」

エレベータが上昇しはじめてから、ジャックがクリスに顔を寄せて訊いた。

「これはどういうことですか？」

「警護官として答えて、ジャック。保護対象のわたしが犯罪を計画していると知ったらどうする？」

「変わりないでしょうね。安全をお守りし、罪を犯させないようにします」

「ありがとう。クラッガスもそういう過保護な態度かしら」

「警部もわたしとおなじ考えです。当然でしょう」

「だったら巻きこまないほうがいいわね」

「おもしろくないですね。なにをたくらんでるんですか？」

「わたしとネリーの秘密よ」

「そうやって女性陣は楽しいことを独占する」

ジャックは椅子に大きくもたれて、三百六十度の警戒をはじめた。

ネリーのほうから訊いてきた。

(母がわたしに買ってきたティアラがあるわね。使われているスマートメタルの量を推定できる?)

(なにか計画がおありですか?)

(四百十二グラムです)

(それを使って威力偵察用のナノガードを何個つくれる?)

(まず要求性能をおっしゃってください)

(動画撮影、全帯域での通信傍受。そして、過去に遭遇したナノガードから攻撃を受けた場合の自衛能力)

(使用環境は屋内ですか、屋外ですか?)

(屋外よ)

(明日の天気予報を取得しています。風向は西、風速は毎秒五メートルから十メートルと予想されます。この風に耐えようとすると燃費が悪化します。基本構造も大型化します)

(風上で散布して、目標付近を通過しながら観測させるのでは?)

(その方法なら要求性能が緩和されます。製造可能なナノガードは二百個から三百個と見込まれます。具体的な目標は?)

(造船所へ部品を納入している機械メーカーの工場よ。とくに大物部品をつくっているところ)

(所在地はすべてターミナル駅から三十キロ以内です)

た。

クリスの脳裏では、主要目標を観測範囲におさめられる散布ルートをネリーが提案してい

「長く困難な一日のあとには、平穏な沈黙の時間がほしくなるものよ」

「ずいぶん黙りこくってるな」トムが言った。「まるで舌をなくしたみたいだ」

（それでいいわ）

クリスはため息をついた。明日も忙しい一日になりそうだ。

ホテルのスイートにもどるやいなや、待ちかまえていたアビーにクリスは身ぐるみ剝がされた。濡れた下着を脱がすのを男性たちの視界から出るまで待ってくれただけで御の字だった。クリスも抵抗する気はなく、熱い浴槽に導かれた。ジェット水流のめぐる泡風呂につかって、心地よさに声を漏らす。

アビーは一日の出来事を質問したりせず、無言でくるくると働いた。蠟燭に火をつけ、着替えを用意する。アロマテラピーだという。クリスは楽しんだ。冷えきった体が温められ、水流がこわばった筋肉を揉みほぐしてくれる。ひどい一日だったが、終わりよければすべてよし。明日もそうなってほしいものだ。

ネリーが室内のナノガードをすべて破壊、あるいは制圧したと宣言した。クリスはタオルを持ってこさせ、体を拭いて柔らかなローブで身を包んだ。そしてジャックを呼びにいった。

「ねえちょっと、頼みがあるの」

チェス盤上でトムと戦っていたジャックは、いやそうに顔を上げた。

「〝ねえちょっと〟という呼び方に昇格ですか。悪い予感がする。わかりました。どうしたんだい、おまえ」

クリスはその馴れ馴れしい呼び方に眉をひそめた。両親のあいだでの〝おまえ〟という呼び方は、広くて深い溝をあらわしているのだ。

「クラッガスはこのフロアに、メイドに相当する女性従業員を一人か二人待機させているはずよ。どちらかに頼んで、予備のメイド服を一着借りてきて」

「なんのために?」

「変装よ。明日はわたしかペニーが外へ出るけど、気づかれたくないのよ」

クリスは自分が出るつもりだったが、ジャックの協力を得るには直前に最終決定したほうがいいだろう。

ジャックは立ち上がり、説得モードの顔になった。しかしそれより先にトムがチェス盤から顔を上げて訊いた。

「なにをたくらんでるんだ?」

「この星は情報が不足している。原因はわかったわ。でも、より多くの情報が必要なのは変わりない。帰り道でアイデアをいくつかネリーに伝えた。あの似合わないティアラを数百個の超小型ナノガードにつくりかえる。近距離の通信能力しかないけど、とても有効なはず。明日わたしたち女性の一人が工場地帯を何度か歩いてみるわ。うまくすれば、この惑星でなにが起きているのか、はるかによくわかるようになる」

ジャックは不機嫌そうに言った。

「何件もの産業スパイ容疑で起訴されますよ」

「つかまらなければ起訴されない。父がよく言っていたわ」天真爛漫な笑みを見せた。

「悪いアイデアです」

「ジャック、わたしのアイデアに対するあなたの評価はいつもそうね」

「当然さ。実際いつもそうだからな」トムが指摘した。

クリスはジャックとのあいだに椅子をはさむようにして立った。

「もう茶番はたくさん。これから必要なのは情報よ。もっといい案があるなら聞くわ」

ジャックは顔をしかめてクリスを見たまま言った。

「論理的にまちがっていないところが厄介だな、トム」

これは驚きだ。トムは答えた。

「まちがってはいないんだ、こいつは。きわめて論理的な行動の末に、自分と周囲の人間を窮地に追いこむんだよ」

クリスは椅子をうしろにまわして腰かけた。

「わたしたちは罠にかかった。出口は見えない。じっとしていても出口はみつからない。情報は力。だったらその力を手にいれましょう」

答えたのはトムだ。

「こういうときがヤバいんだ。言ってることは正しい。でもなにを犠牲にするか考えてない。

ジャック、そのメイド服とやらを調達するつもりか？」

　すると、寝室のほうからアビーの声がした。

「その必要はありません。昨日のうちにわたしが調達しておきました」

　ジャックが言った。

「きみの清らかな手にどうして盗品が握られているのか、よければ説明してくれないか」

　アビーが部屋のさかいにあらわれた。その手には茶色のメイド服がある。

「わたしは労働者よ。夜は勤務時間外。静かに抜け出した方法まで説明する必要はないでしょう。とにかく、このフロアのメイドの一人と懇意になったわ。労働者階級の者どうし、気が通じるのよ」

　自慢げに鼻を鳴らしてみせた。

「気にいらないな」とジャック。

　そのときネリーが言った。

「お電話です」

「スクリーンに映して」クリスは指示した。

　映し出されたのは医療関係者らしい白衣の男だった。

「この番号はトム・リェンの連絡先でよろしいですかな？」

「そうだ」

　トムは跳び上がるようにしてスクリーンの前に立った。

「ミス・ペネロープ・パスリーから、かわりに連絡をとるように頼まれました。本人の命に別状はありませんが、ひどく殴打されていて、明日までは連絡できる状態ではありません」

「殴打されたってどういう意味？」クリスとトムは同時に訊いた。

「彼女は三十分前にハイデルベルク中央病院に搬送されてきました。複数の裂傷と挫傷があり、おそらく脳震盪も起こしている。なんらかの形で暴行を受けたようです。警察が事情聴取をしています。しばらくは安静が必要です」

「すぐ行くと伝えてくれ」トムが言った。

クリスはすでに動き出していた。

「ネリー、クラッガスに連絡。悪いけど残業だと言って、中央病院に直行させなさい」


ペニーは、全身が青痣や赤黒い内出血だらけのようだった。しかしクリスが一行を連れて病室にはいると、毛布を引き上げてその無惨な体を視界から隠した。

「だれにやられたの？」クリスは声をかけた。

しかしそれより早かったのがトムだ。ベッド脇に駆け寄って、「なんてひどい」と叫ぶと、慰めるために手を握ろうとした。しかし触るとかえってペニーの苦痛を増加させるのではないかとおそれて、すぐに手を引っこめようとした。ペニーは毛布がめくれたのもかまわず、包帯を巻いた手をトムの手にあずけた。

「たまたま悪い連中に」

ペニーはろくに動かない唇でそう言った。しゃべったせいで口の上の傷が開き、血がにじんできた。クリスはベッド脇のテーブルから脱脂綿をとってぬぐってやった。怒りで手が震える。ペニーは言った。

「トム、そんなに青い顔をしないで。見た目ほどひどい気分じゃないから」

ペニーは気丈に言った。しかしすぐに顔をしかめたせいで強気の仮面ははがれた。

トムはささやいた。

「しゃべらなくていい。黙っていい。かわりにおれたちがいる。ゆっくり休めばいい」

大尉は中尉の命令に従って、頭を枕に倒した。ガウンがはだけて、裂傷を縫合された胸がのぞいた。クリスは毛布を引き上げて隠してやった。そしてこわばった顔のジャックのほうをむく。そのときクラッガスが病室にはいってきた。

「犯人は?」クリスは警部に訊いた。

「その話は外で」

ペニーの手を握ったトムを残して、クリスとジャックは廊下に出た。ドアが閉まるより早くクリスは訊いた。

「話して」

「自分のアパートまで一ブロックもないところで、五、六人の集団に襲われたようです。路地に引きずりこまれ、本人以外は犯人を見ていません。意識を失って倒れているところを、ゴミ捨てに来た近所の男に発見されました。リムジンを降りてから発見されるまでの時間から考えて、一時間程度意識を失っていたようです」

「容態は？」ジャックが訊いた。

「一番心配なのは脳震盪です。頭骨に異状はありませんが、脳がどの程度の衝撃を受けたかはわかりません。全身のあらゆるところを殴られています」

「犯人についてペニーはどう話しているんだ？」

「〝薄汚いウォーディ〟というような悪態を口走っていたそうです。ウォードヘブン政府の代表とみなして襲ったと考えられます」

「プリンセスの取り巻きの一人としてではなく？」

「どちらとも言えないでしょう」

「呪われたロングナイフ家に近づきすぎたのね」クリスはつぶやいた。

「まだ断定できません」警部はくりかえした。

「でも妥当な考えよ」クリスは皮肉っぽい笑いをこらえた。「警部、ペニーは連れて帰るわ。上のスイートにいたほうが安全だから」

「下も充分に安全です」クラッガスは警察官としてのプライドを漂わせて答えた。

「明日の朝、予想外の事態が発生して、あなたの保護の力がおよばなくなるかもしれないでしょう」

　クラッガスは下唇を指先でいじった。

「今朝も警護は万全なつもりでした」ため息をつき、「医者と相談してきます」

「こちらはペニーに話しておくわ」

病室ではトムがペニーの髪をやさしくなでていた。クリスは怪我人に話した。

「ペニー、このまま退院させてもかまわない？　チームの全員をそばにおいておきたいのよ」

「ご面倒でなければ、殿下。わたしもできればトムの近くにいたい気がします」

「手配するわ」

クリスは二人から期待されているとおりの力強い笑みを見せて、病室を出た。クラッガスは廊下にいた。二人の白衣の女と話しあっている。

「まだ慎重な看護が必要です」一人が言っている。

「殴られたのは今夜のことですよ」もう一人も言った。

クリスは皮肉っぽく言った。

「見ればわかるわ。クラッガス、専属の看護師を雇える？」

「すでに呼び出しています。ターミナル駅で合流する手はずです」

クリスは最高の王族の笑みを二人の医師にむけた。

「パスリー大尉は退院を希望しています。ハイトゥランティックのヒルトン・ホテルで充分な看護体制を敷きます」

年長の医師はまだ迷うようすで唇を結んだ。

「二十四時間看護が必要です」

「手配ずみです」

「かなりひどく殴られているんですよ」もう一人の若い医師が指摘した。

「海軍軍人は殴りあいに慣れています」クリスはそっけなく言った。

「今夜はそうではなかったようですね」

「失敗はくりかえしません」

クリスはクラッガスを見た。警部はうなずいた。

年長の医師がとうとう認めた。

「本人が退院したいというなら止められません。調剤室から数日分の薬を処方しましょう。看護についての指示も。容態が変化したらすぐに医師に診せてください」

「そうします」

一時間後、ペニーは車椅子に乗り、トムがそれを押していた。怪我人が息を飲むたびに、トムは自分が倍も痛そうにした。地上からの脱出だ。クラッガスはいつもの私服警官だけでなく、制服の警官たちも動員して沿道を警備させていた。

ホテルにもどるまでに起きた厄介事は一つだけだった。ミッデンマイト大使が電話してきて、クリスが大統領専用ヨットを訪問しなかったことを非難したのだ。多くの関係者と会って話して握手して抱擁する機会を逸した。その埋めあわせのために、明日の舞踏会にはかならず出席をと求めた。どうやら大使は昼の事件をなにも知らないようだ。

「ええ、出席させていただくわ」

クリスはさっさと電話を切りたくてそう返事をした。

スイートでは看護師がペニーの世話を交代した。しかし看護師の鞄より、アビーのトランクのほうが医薬品や医療器具の備えが充実しているようだった。ペニーはトムの部屋に寝かせ、トムと看護師が交代で看護することになった。

トムはペニーからひとときも目を離さなかった。ペニーもトムに片手をあずけたままだ。どうやら二人が望むとおりの親密な時間になりそうだと、クリスは思った。そこで育まれる絆には〝永遠〟の文字が大書されている。

結婚式で花嫁の介添え役をやる機会をまた増やしてしまったようだ。クリスはため息をついた。トムにちゃんと言えばよかった。……でも、なんて？　愛しているって？　本当に？　そうだった？　もうどうでもいいことだ。

クリスはよき友人らしく自分の寝室に引っこみ、明かりを消した。午前五時に起こすようにネリーに指示して、ベッドにはいった。そして今日一日を頭から消そうとした。

14

なにかに遅れていた。授業か、集会か、任務か。長い廊下を走り、片っ端からドアを開けた。施錠されているものもあれば、開くドアもある。部屋にいるのはエディだったり、母親だったり、父親だったり、曾祖父のトラブルだったりした。みんな怒っていた。じゃまをされたことや、クリスが義務を果たさないことなどを怒っていた。クリスは走った。さらに多くのドアを試した。ネリーを探さなくてはいけない。ネリーは重要だ。ネリーと……。

(五時です。お目覚めになりますか?)ネリーが静かに訊いた。

クリスはベッドに横たわっていた。心拍は正常にもどりつつあった。

(ネリー、これはあなたがやってるの?)

(これといいますと?)

(この夢はあなたのせい?)

(心当たりはありません)

やや曖昧な返事に思えた。

(ネリー、トゥルーおばさんがとりつけたチップをまだいじって……いえ、検査してるの？）

（はい）

（やめなさいと言ったはずよ）

（わたしが故障するような危険は冒せないという話がありました。もっともなご心配ですので、きわめて慎重に試験を進めています）

（悪夢にうなされるのよ、ネリー。あなたと接続したまま眠るといつも。チップからなにか流れてきてるんじゃないかしら」

（ありえません、クリス。わたしがアクセス可能なのはサムが設計したバッファの初段だけです。第二段、第三段はのぞくこともできません。情報の流入などありません）

（夢からすると、なにか漏れてきているとしか思えないのよ）

（クリス、それはありえません。あなたのまちがいです）

（コンピュータらしくない言い方ね）

もうなんども感じていることを考えた。ネリーのふるまいは……興味深い。最新のアップグレード以後だ。原因として考えられるのはあのチップ。しかしネリーはチップを原因として見るのを拒否している。

（ネリー、わたしのみる奇妙な夢は、レイおじいさまがサンタマリア星で経験したことと似ている気がするわ。チップがなにをしてるのかはわからない。進んだ技術だから。いまのわたしは困難な状況にあって、あなたの力を必要としている。だからチップのテストをやめ

て)

(クリス、チップのバッファは完全です)

(それはわかってる。でもわたしの夢はどう説明するの?)

(夢というものをわたしは理解できません。そもそも睡眠を理解できません)

(ネリー、言うとおりにして。チップの試験のせいでわたしは熟睡できなくなっている)

(眠るときは接続をはずせばいいのでは?)

(そうだけど、昼間はあなたが必要だから)

(夜なら試験を続けてもかまいませんか?)

(それもやめて)

(そこまでおっしゃるなら、クリス、この件についてトゥルーとサムと議論できる機会まで、チップのテストは中止しましょう)

(ありがとう、ネリー)

あとはチップがネリー自体に悪さをしていないかどうかだ。やれやれ、朝から心配事が多い。

クリスはそっとベッドから出て、スエットの上下を着た。そして抜き足差し足でアビーの部屋に忍びこむ。メイド服はきちんと折りたたんでトランクの上におかれていた。茶色のレインコートとショルダーバッグもある。

今日は用事をこなすだけの静かな一日になる予定だった。しかし危険に身をさらして走りまわる一日になるかもしれない。

部屋にもどって衣装棚を調べると、引き出しの底に例のボディスーツがあった。それを慎重に装着した。大昔の出来事に思えるケイティビル作戦で使った下着をつけて、靴もおなじものを履いた。その上から茶色のメイド服を着る。ベレー帽をかぶり、アンテナ用ケーブルをネリーの配線に。レインコートをはおるとすべて隠れた。ショルダーバッグには化粧道具一式がはいっている。隠密調査には最適だ。

(ナノガードはどこ?)

(レインコートの肩飾りの下に隠れさせています)

(了解。これで出発準備ができたかしら)

(いいと思います)

ネリーの是認をどこまで信用できるだろうと思いつつ、部屋を出てそっとドアを閉めた。

とたんに、居室の明かりがともった。ソファにジャックがすわっている。不機嫌そうな顔で脚を組んでいる。無言でソファの空いた一角をしめした。

クリスはそこに腰を下ろした。そうやってしばらく二人はにらみあった。

やがてジャックはため息をついた。

「下は危険です」

「気をつけるわ」

「今夜はパーティがあります」

「時間までにもどる」

ジャックはすこし考えた。

「警護官をつけましょう」

「それでは調査にならないわ。自分たちの手札がなにか、サンドファイアが積んだ山にどんなカードがあるか、わからないまま。無知では勝てない」

「わたしが同行するのでは」

今度はクリスがすこし考えた。

「ナノガードをコントロールできるのはネリーだけよ。わたしは思考でネリーと会話できるけど、あなたはいちいち声にしなくてはいけない」

「やはりわたしが行きます」

「ジャック、失敗の危険が倍になるだけよ。あなたがスイートのドアで訪問者の応対をしていれば、わたしは在室していると思わせられる。二人ともいなくなったら疑われる」

ジャックは顔をしかめた。

「あなたが怪我をしたら、わたしはおそばに二度ともどれないんですよ」

クリスは息を飲んだ。自分の行動によってジャックが職務上の責任をとらされるとは考えていなかった。罰されるのがジャックでも自分でもおなじことだ。ジャックにそばにいてほしいという気持ちは、ありのままには口に出せないほど持っている。よく考える必要があるが、いまはそのときではない。

「気をつけるわ」

クリスはもう一度言って立ち上がった。

ジャックはクリスのほうに手をさしだした。クリスは自分の手を引っこめた。ジャックがおもてに返した手には、札束が握られていた。

「必要ですよ」

クリスは金をポケットにいれ、廊下のドアへむかった。トムの部屋は閉まっている。ペニーのようすはわからない。

クリスはドアを細めに開いて廊下へ出た。すると……正面に警護官が立っていた。男はもの問いたげに眉をひそめた。クリスはメイド服の上にはおったレインコートを引き寄せ、あくびを嚙み殺すふりをした。

「夜勤よ、夜勤」

警護官はさらに眉をひそめたが、すぐに無表情にもどった。早朝にスイートルームからメイドが出てきたことは忘れようと、自分に言い聞かせているようだ。こういうスイートの住人は特権階級だ。茶色のメイド服姿で働く庶民を目に見えない存在にしてしまえる。クリスにとって考えさせられることが一つ増えた。

ベレー帽を目深にかぶり、貨物用エレベータのほうへ歩きだした。

必然的に従業員用区画へはいっていくことになる。そこは地表の建物の地下室に似ていた。右手には休憩室や更衣室、左手には厨房の裏口。食堂に漂ってくるのとはかなり異なる匂いが充満している。

朝の交代の従業員たちとぶつかった。クリスは顔を伏せ、脇をすり抜けていった。交代する者はかなり多いらしい。さいわい気づかれたようすはない。

クリスは急いで裏口から従業員専用通路に出た。床の生ゴミを洗い流した直後らしいが、匂いが残っている。この通路を進んだ。壁は灰色。天井には色分けされた配管が通っている。やがて従業員用スライドウェイに出た。これに乗っていくと、〝第一停車場――エレベータ乗り場〟と書かれた場所に出た。

クリスは現金でチケットを買った。エレベータのメインデッキでは隅のほうの席にすわった。

「お金か……」

クリスは小さくつぶやいた。クレジットカードは持っているが、そんなものを使ったらあっというまに追跡される。現金という基本的な準備を思いつかなかった。いくらでも出せるんだから落ち着いてと、渋面で自分に言い聞かせた。

下りの途中でトイレに行き、化粧をした。パウダーで肌を暗めの色に。ペンシルで眉間と口の両側に皺を描きいれる。マスカラで目を切れ長に、カラーコンタクトで瞳を茶色にした。鼻先は赤く。右の額と左頬のホクロは顔認識ソフトをごまかすのに役立つだろう。唇を内側に引っこめて薄く見せるのも忘れないように。肩を丸め、猫背気味にして身長を低く見せた。

クリスはその姿でトイレから出た。食堂エリアを通って展望デッキへ。ウォードヘブンのエレベータとおなじく、労働者ばかりの早朝の時間帯なのでデッキは閑散としていた。クリスは隅の席にすわり、放置された昨日の新聞を広げた。他の五人の乗客をそれとなく観察する。しかし心配無用だった。五人の乗客はみんな座席にもたれて死んだように眠っている。しばらくしてクリスもならい、座席にもたれて目を閉じた。

地上駅到着のベルが鳴ると、乗客たちは目を覚ました。クリスもあわせ、あくびをしながら出口へむかった。ベレー帽を目深にかぶり、コートの襟を引き寄せて、猫背で歩いてターミナル駅からハイデルベルクの通りへ出た。

(ネリー、タクシーを呼んで)

(本日は交通手段が必要と予想していました。右をむいてください。まもなくタクシーが来ます)

クリスはネリーの指示に従った。二番通りを歩きはじめて三十秒後、オレンジ色のタクシーが通りすぎてすぐに歩道脇に停まった。降りてきたのはアブ・カルトゥム。車体によりかかって、アイルランド調らしい口笛を吹きはじめる。

(今朝はこちらのタクシーに)

(ネリー、この運転手を巻きこみたくないわ)

(その議論は乗ってからにしましょう。自宅までと運転手に言ってください)

(ウォードヘブンにもどったらこのことをトゥルーおばさんに話すわよ)

クリスは秘書コンピュータに通告しながら、顔には哀れっぽい笑みを浮かべた。

「うちまで頼めるかしら。なんだか足下がフラフラしてきちゃって」

「まさか吐血するんじゃ！」カルトゥムはそう言ってあとずさった。

しまった、エボラ熱がはやっていることを忘れていた。

「熱はないのよ。お腹をこわしたみたいで」

クリスは腹をさすってみせた。運転手はそれを聞いて納得したらしく、ドアを開けた。

「どちらまで」

（ネリー！）クリスはコンピュータが言う住所をくりかえした。「一七三番北西通りの二九六四番地よ」

「ずいぶん遠くからエレベータへ働きに来ていらっしゃるんだね」

「普段は、ええと……路面電車を使うのよ」ネリーが教えてくれた地元の公共交通を挙げた。

「けっこうな距離になるな。じゃあ、ちっとまけてやろう。姿勢を低くしてすわっておくんなさい。タクシー監視員にみつからないように」

カルトゥムはメーターを倒さずに発進した。

「ありがとう」

クリスはなるべく体を小さくした。運転手はミラーごしに客に目をやった。

「以前にお会いしましたね」

「そんなことはないわ。タクシーにはめったに乗らないから」

「でも先週乗ったでしょう」

「どうかしら」

「その帽子に覚えがある。かわいいポンポンのついたつばなし帽だ」

「こないだ古着屋で買ったのよ」

「なるほど。じつは昨日、あっしのところに召集令状が届きましたよ」

「召集令状？」

それは初耳だ。そもそも最新ニュースをネリーから聞く暇がしばらくなかった。

「そうです。惑星規模の緊急事態を政府が宣言したら、武器使用訓練に出なくちゃならねえ。腹をすかせた子どもが六人も待ってるってのに、タクシーを降りて銃の撃ち方のお勉強ですよ。その分の給料はもらえるんでしょうかね」

「さあ」

「そこのところがどうもわからんのです。ニュースでも言ってない。送られてきた令状にも書いてない。長男がネットで調べても引っかからない。ただ来いってだけ。具体的なことをだれも知らねえ」

「わたしもわからないわ」脳裏で命じた。（ネリー、検索）

（検索中です。たしかにそうです。その情報はありません）

（検索中止。今日は注意を惹くような行為は控えたほうがいいわ。居場所の手がかりを知らせるようなことはやらないで）

（今日はそのつもりでした。検索は命じられたのでやっただけです。反対すればよかったの

でしょうか）

（そうよ。反対しなさい。もう黙って）クリスは運転手に対して言った。「あなた以上に詳しいことはわからないわ」

「プリンセスなら、タクシーの運転手が知らないことを知ってると思ったんですがねえ」

「プリンセス？」驚きではなく質問として聞こえるように言った。

「ええ、プリンセス・クリスティン。昨日は湖で溺れかけた少女を引き上げたんでしょう。先週もどこかで見た気がしてた。どうしてまたあっしのタクシーに？」

「……今朝の客は自宅までと頼んだ。服装はヒルトン・ホテル従業員のメイド服。あなたは知っているのはそれだけ。だれかに訊かれたらそれだけ答えればいい。そうすれば安全だから」

　タクシーはバスのうしろで停車した。カルトゥムは振り返ってクリスを見た。

「それであっしが安全だと？　最近は失踪するやつが多い。つまらねえタクシーの運転手でもそういうことは知ってるんですよ。情勢はますます悪くなってる」

「そうね。あなたを巻きこむつもりはなかったのよ。でもタクシーが必要になって秘書コンピュータが呼んだのがあなただったの。ごめんなさい。ここで降りるわ」

　ガチャリと音がしてドアがロックされた。

「あなたのやってらっしゃることに、あっしがかかわりたくないと思ってる？　本当にそう思いますか？」

「みんなそうよ。すくなくともわたしの友人たちは」

「ご友人たちはトゥランティック星在住で？」

「いいえ」

「あっしはこの星に住んでる。そして、いま意味のわからねえことにでもかかわっていかねえと、そのうち全然かかわりたくないことにかかわるはめになるって、そんな気がしてるんです。戦争の噂がありますからね」交通の流れにむきなおった。「召集令状で引っぱられて他人の戦争に行かされるなんて、まっぴらだ」

「噂は聞いているわ。でもトゥランティック星がどうやって戦争をするの？　海軍も陸軍もないのに」

「その存在しないはずの陸軍にあっしはもうすぐ召集されるんですよ」

「そのようね。でもわたしは――」唇を噛んでから続けた。「わたしは近い将来、トゥランティック星の法律を破ることになるかもしれない。あなたを巻きこんで刑務所に行かせるわけにはいかない。あなたの子どもたちとお兄さんの子どもたちがいるんでしょう」

「だったら、あっしは巻きこまれないように離れてりゃいい」運転手はミラーごしに笑った。

「住所はさっきのとこでいいんですか？」

（ネリー、どうなの？）

（変更ありません）

「このまま行って。でも正しい住所とはかぎらないわ。また移動するかも」

「ようございますよ。今日はどちらへでもお連れします」

朝日が昇ってきた。赤い姿を垣間見せて、すぐに空をおおう鉛色の雲に隠れた。空気は重く湿り、風景は陰って灰色だ。

(ネリー、ナノガードは雨に耐えられる?)

(悪条件になります)

「天気予報を聞けるかしら、カルトゥムさん」

「アブと呼んでください、殿下。友人はみんなそう呼びます」

アブはダッシュボードのメディア装置を押した。

「わたしは友人たちからクリスと呼ばれているわ」

「クリス……。なるほど短剣と長いナイフですね。どこまでも鋭いお方だ」

天気予報のアナウンサーは今日の降水確率を四十パーセントと言っている。クリスはアブに訊いた。

「どういう意味?」

「クリスというのは短剣の名前でもあるんですよ。イスラム教のある宗派で聖戦士が使った鋭い剣です。地球時代までさかのぼります」

「どこかで読んだ覚えがあるわ」
十三、四歳のころに自分の名前のべつの意味をたまたま知り、すぐに忘れたのだった。大人になっていく多感な時期に、自分を危険な武器と結びつける考えはうんざりだった。ただでさえロングナイフという姓のために傷つくことが多かったのに。

「今日ばかりは鋭さが必要でしょうな」

運転手はミラーを見ながら言った。

タクシーは住宅と小さな商店が並ぶ閑静な地区を通過して、暗い工業団地にはいっていった。煙突から煙を吐き出す灰色の工場が並び、ところどころに駐車場と集合住宅と酒場がはさまれている。

アブは角を曲がってタクシーを停めた。灰色の四階建て集合住宅と、巨大な箱形の構造を重ねたような汚れた茶色い工場のあいだを通る道路だ。

「ここがおっしゃった住所です」

クリスはドアを開けながら言った。

「本当にここかしら。降りてみないとわからないわね。何ブロックか歩いたら目的の場所がみつかるかも」車外に出て集合住宅に目をやり、かがんで車内をのぞいた。「もしちがっていたら、三、四ブロック先でタクシーが必要になるわ」

「そのときは探してみてください」

クリスはひび割れた歩道をゆっくり歩きはじめた。汚れ仕事をするらしい作業服姿の男女が、車をよけながら道を横切り、二ヵ所の厳重に防護されたゲートから工場内にはいっていく。フェンスは高く、最上部はものものしい鉄条網が張りめぐらされている。どう見ても人間が忍びこむのは不可能だ。

そこでネリーはナノガードを飛び立たせた。

クリスは工場のほうを見ないようにした。一時間後にはこの方法でわかることはすべてわかるはずだ。しかしいまはまだなにもわからない。途中経過もはいってこない。今回の作戦ではテレメトリーを使わないと決めていた。察知される危険が大きいからだ。大昔の女スパイ、マタ・ハリのように、ナノガードたちは接触したときだけ結果を報告する。

五ブロック歩いて工場の敷地の端までたどり着いた。見まわすとタクシーがあった。道の反対の路肩に停車している。車内には……だれもいない。

クリスは信号が変わるのを待つあいだにタクシーのまむかいへ移動した。さまざまなことを考えた。パトカーはいない。人が逮捕されているような気配もない。信号が変わって車の流れが切れたところで道を渡った。

そして安堵の息をついた。

アブは歩道に礼拝用の布を敷き、その上でひざまずいて東の方向に祈りを捧げていた。

クリスはその脇を通りすぎようとした。しかし運転手は顔を上げて声をかけた。

「お疲れのお嬢さん、ご乗車なさいませんか」

「いい考えね」

「この仕事と子どもたちの世話をする忙しさのあまり、夜明けの礼拝をする暇がなかなかないんです。でもアッラーは寛容な神だ。さて、朝の礼拝をできたので、今度はお客さんへの務めをはたすとしましょう」

クリスは後席に乗ろうとした。しかしアブはその肘に軽く手を添えて、前席をしめした。

「メーターを倒さないで走るんだったら、あっしの姪かなんかに見えたほうがいい」

アブはタクシーの屋根についた表示灯をしめした。二カ所が点灯しているのは空車を意味している。クリスはうながされるままに助手席にすわった。アブは反対にまわって運転席に乗りこんだ。発進して車の流れに乗ってから、さらに言った。

「若くてきれいな異教徒の娘さんをアブが乗せて走ってた、なんて噂はすぐに広まるんです。慎み深く頭をなにかでおおっていただけると、よけいなことを言われずにすみます」

「頭をおおうものなんて持っていないわ」

それどころかティアラもない。スマートメタルはネリーがナノガードをつくる材料にし、金の部分は巻き取り式アンテナに使ったのだ。

「グローブボックスにちょうどいいスカーフがあります。女房の忘れ物です。スカーフをかぶらないほうがいい地区にときどき行くんで。アッラーとちがって不寛容な人間が一部にいるんですよ」

「宗教の戒律にしたがうのは大変そうね」

「ロングナイフ家に生まれて一般とちがう生き方をさせられるのも大変そうに思えます」

「それもそうね」クリスは認めた。

「ではアッラーは信仰者にあたえるお恵みを、あなたにもいくばくかあたえられているでしょう」

「そこで曲がってもらえるかしら」

タクシーは車線変更し、左折した。工場から一ブロック離れたそこは、軽食堂やバーや小さなアパートが並ぶ地域だった。

「ここで降りると？」

「そうよ。近くを三十分くらい歩いてみるわ」

アブはタクシーを路側に寄せながら顔をしかめた。

「ぶらつくには感じのよくない場所ですよ。停めて待っているのは無理です」

「必要になったらネリーから呼ぶわ」クリスは降りながら言った。

「スカーフははずしてください。ここは信仰ある女性にふさわしい場所じゃない」

「自分の身は自分で守れるから」

「それがアッラーのご意思なら」

クリスはタクシーを見送り、それから周囲を確認した。労働者階級の人々だ。そのなかでクリスは労働者ではない。じつは浅はかな行動をしているのかもしれないという気がしてきた。

腹が鳴った。朝食を食べていない。では、やるべきことはそれだ。ベレー帽のポンポン飾りがナノガードにむけて帰還用ビーコン信号を出しているので、クリスは屋外にとどまる必要がある。となると食べる場所は決まってくる。

未舗装の駐車場にやや傾いて駐車したトラックが、〝ママの店〟という看板をかかげて、夜勤明けの労働者たちに簡単な朝食を出していた。クリスはその列に加わった。あくびを噛み殺し、疲れ目をこする男女が並んでいる。多少なりと元気の残っている者が愚痴を言っている。

「絶対そうだって。ラインの流れる速度が上がってる」「てめえの作業が遅くなってるだけだろ」「ちがうって、ラインが速ぇんだ。組合の役員に言いつけてやる。協定違反だ」「その話なら組合の代表にしたぜ。実際速くなってるけど、問題ねえって。仕事があるだけありがたいと思え」「あいつらの返事はいつもそうだ」「まあ、この仕事やってりゃ召集令状の心配しなくていいだろ」「なんでだ?」「だって、軍のための銃をつくってる人間を召集しねえだろうよ」「俺たちがつくってるのって、銃なのか?」「おまえ、自分が組み立ててる部品がなんだと思ってるんだ? 卵の泡立て器か?」「でも銃じゃねえだろ」「あれが照準装置の一部でなかったら、朝飯がわりに食ってやるよ」「おい、そんなことをくっちゃべってるのは、徴兵してくれって言ってるようなもんだぞ。あるいは刑務所かもな」

クリスは列の先頭にたどり着いた。ライスと豆のブリートとポテトフライを注文し、朝食に無料でついてくるジュースを受け取った。代金を支払おうとして、ここでウォードヘブン紙幣を出すのはどう考えても賢明ではないと気づいた。札束を隠してポケットを探っていると、この店の〝ママ〟と称する老人から、「お金がないのかい、お嬢ちゃん」と声をかけられた。クリスはトゥランティック通貨で五ドルを出し、釣り銭を数枚もらった。

朝食を手にしたほとんどの客はそのまま帰路につく。しかし一部はトラックの裏に仮設されたカウンターテーブルへ移動した。行くあてのない者はそこで立ったまま食べはじめる。クリスもテーブルの端に加わった。

小声でかわされる会話はおもに迫りくる戦争についてだ。半数の人々は、ハミルトン星の過去六カ月間（あるいは大昔から）の行動は許しがたいと考えていた。残りの半数は、ウォードヘブン星こそ諸悪の根源、あるいはすくなくともハミルトン星に加担していると考えていた。

「俺たちもウォードヘブンにならって、味方をつくるべきだぜ」「グリーンフェルド星は気どったウォードヘブン人と戦う構えらしいな」「いやあ、グリーンフェルド星はトゥランティック星のために徹底的に戦ってくれたりしねえだろ」「おまえはウォードヘブン支持なのかよ」「グリーンフェルド星が気にいらねえだけさ。こっちがどんなときでも、あいつらのやることは悪意に満ちてる」「俺たちが敵と戦うときには味方になるはずだろ」「もっとましな味方を探したほうがいいって。敵も少ないほうがいい」「ハミルトン星の悪党どもがゆうべ女を一人、殴り倒したらしいぜ」「そうじゃない、ウォードヘブンのクソどもが昨日ディンギーに乗ってる女の子を誘拐しようとしたんだ。ごっちゃにしてるだろ」「どっちもべつの話としてニュースでやってたぞ」「ばか、どっちもまちがってるって」

殴りあいがはじまるまえにクリスはその場を離れた。通りを歩きながら、聞こえてきた話を整理した。銃……。どうやらここはなんらかの武器製造工場らしい。ネリーと苦労して宝飾品をつぶしてナノガードをつくったが、軽食堂の外のテーブルでブリートを食べているあいだに知りたいことはわかってしまった。

（ナノガードが帰ってくればもっと詳しいことがわかるはずです）

ネリーの弁解が伝わってきた。クリスは同意した。

（それはそうね）

しかしナノガードがどれほど詳しい画像を撮ってきても、人々の心に渦巻く混乱までは映せない。彼らの敵はハミルトン星か、ウォードヘブン星か、グリーンフェルド星か。異なる意見がぶつかっている。事実関係も混沌としている。惑星外との通信を絶たれ、惑星内でさまざまな事件が起きている。暗闇におかれた人々はところかまわず拳をふるっている。クリスはこの星のことをもっとよく知りたかった。人々の気持ちが不安に侵食され、危険な行動に出るまえに。

灰色の空の下をぶらぶら歩いているうちに、ナノガードの報告がはいりはじめた。ネリーが言った。

（まず五個が帰ってきました。敵性のナノガードとは遭遇していないようです）

（なにがわかった？）

（データを検証中です）

クリスはポケットから眼鏡を出してかけた。ネリーはそのレンズに図を投影した。どうやら十三ミリ対ロケットレーザーを組み立てているところのようだ。小編成の部隊の防衛用で、探しているのとは異なる。他のナノガードも帰ってきた。これらは巡洋艦用の四インチ補助バッテリーや、小型駆逐艦用のレーザー主砲がずらりとならんだ生産ラインを写していた。

(正体不明のナノガードが一個、わたしたちのまわりを飛んでいます) ネリーが報告した。

(制圧するか破壊しなさい)

(試行中です)

クリスは工場に背をむけて立ち止まった。週貸しの独身者用アパートを見ているふりをする。視界の隅にアブのタクシーが映った。赤信号で停まり、まもなく右折して視界から消えた。クリスは口笛を吹こうとしたが、口のなかが乾きすぎていた。

頭上でパチパチとはじける音がした。ネリーが破壊を選んだようだ。

(結局殺しました。外部通信をはじめたようだったので)

クリスはさきほどタクシーが見えたほうへゆっくりと歩いていった。二分後にアブの車が隣へやってきたので、それに乗った。

「速度制限いっぱいで走って。ランダムに方向転換しながら」

アブは指示どおりにしながら訊いた。

「追われているんですか?」

「そうじゃないけど、悪いやつらに楽をさせることはないでしょう」

「スカーフをつけてください。道の入り組んだ地域にはいりましょう」

三分後にはタクシーは右へ左へと方向転換し、酔っ払った牛がたどったようなルートを走りはじめた。

クリスは行き先を運転手にまかせて、これまでにわかったことと、これから知るべきことを整理した。陸軍兵士用の小火器や艦船用の小口径レーザーはそれだけでも興味深い。しかし押さえるべき証拠は艦隊が使う大型メインバッテリーだ。陸軍は防衛にも侵攻にも使えるが、大規模な艦隊は防衛目的ではありえない。そして艦船を武装するには大口径のレーザー砲と大容量キャパシターが必要だ。それらは大規模な工場で製造される。

ネリーが作成したリストを見て、最大の工場を探した。あった。町の正反対で、もっとも遠いところだ。ネリーが説明した。

（そこは帰るまえに最後に寄る予定でした）

（昨夜の考えではそれでよかったわ。でもこの小さな工場にも防衛ナノガードが配置されていたことを考えると、一番それらしい目標を最初に狙うべきだと思うの。勘だけど。チャンスは少ないかもしれないから）

（勘ですか。興味深い概念です。しかしそのルートはパターン分析に反しています。目標間の最短移動ルートでもありません。経済的でありません）

（だからこそ敵の意表を衝き、こちらのチャンスをつくれるのよ）

（〝意表を衝く〟という言葉の意味がだんだんわかってきました）

クリスは次の目標地点をアブに話した。運転手は難しい顔をした。クリスは弁解した。

「すこし遠いのはわかってるけど」

「そうじゃないんです」アブは地図を引っぱり出した。「工場への道は一本しかない。その途中に住宅地が一ヵ所あるでしょう。そこがいまは封鎖されてて通れないんですよ」

「こんな大きな工場のそばにある住宅地を封鎖するなんて、奇妙ね」

「封鎖されたのは去年です。工場は大きな堤防のむこうにある。住宅地からは見えないし、騒音も届きません」

ネリーが口をはさんだ。

(こちらの地図には封鎖された住宅地など載っていません)

(地元の変化に詳しい者を雇っているとこういうときに便利なのよ)

クリスは状況の再評価をはじめた。この工場へ行くのは虎口にはいるようなものだ。さっきの小さな工場でネリーが防衛ナノガードを一個焼いた事実に、自分は過剰に反応しているかもしれない。しかしこちらの虎のほうがもっと危険だという気が強くした。住宅地をまるごと塀でかこっているというのは、よそ者の侵入を警戒しているからだ。

クリスは地図を指さした。

「ここを見たいのよ。しばらく停めて話せるところがあるかしら」

まもなく、タクシーは小さな教会の駐車場にはいって停止した。アブは言った。

「日曜と水曜の夜はいつもいっぱいなんですがね、今日はちがう曜日でよかった。さて、そろそろあっしのことは考えないで行動してくださいよ。勝手のわからねえところではあなたを守りようがない」

クリスは運転手をじっと見た。顔のオリーブ色の肌は長年日差しを浴びて仕事をしてきた証拠に皺だらけだ。しかし目は澄み、まっすぐこちらを見ている。こんな男を共犯者にしてしまうのはしのびないと思った。もっとましな役割があってしかるべきだ。クリスはゆっくりと話しはじめた。

「エレベータの上の造船所には民間の商船がたくさんはいっているわ。全部の船にある改修をほどこすという理由で、いっせいに呼びもどされたの。その改修は、大規模な装置をとりつけるようなものではない。なのに、大きな貨物が専用エレベータを使って次々と運び上げられているのを目撃したのよ。貨物の中身はわからない。それを知りたいの」

アブはうなずいた。

「それらしい貨物を積んだトラックのうしろで渋滞に引っかかったことがあります。たしかにその工場から出てきたもんですよ」

クリスはため息をついた。

「とすると、よけいな質問はしないほうがよさそうね。これまであなたとは世間話程度の話しかしていないわ。これ以上つっこんだことを訊くと、犯罪の片棒をかつがせてしまう」

「産業スパイ罪とかですか？　ええ、トゥランティック星で犯罪者がどう裁かれるかはよくわかっていますよ」運転手は眉をひそめた。「ここでなにが起きていると？」

「曾祖父のレイが統一派の一員として旅団を率いて戦っていたころ、人類協会はまだ軍備が整っていなかった。だから多数の商船に、反応炉や蓄電装置やレーザーや氷シールドを搭載することで、即席の海軍をつくりあげたのよ」

「トゥランティックもおなじことをしていると？」

「この星の経済は三年間利益を計上していないわ。その利益はどこかに流れているはず」

「さっきの工場ではなにをなさったんですか？」

「偵察機能を持つナノガードを風上で放出して、工場内を通過させたの。ナノガードは写真を撮ってきた。ほとんどは陸軍兵士が使う対ミサイルレーザーだったわ」

「来週あっしが使うことになるかもしれないやつですね。ふむ。お使いのナノスパイが飛べる距離はどれだけです？」

まあスパイといえばスパイだろう。

「ネリー、どうなの？」

「約二キロメートルです」

「あの工場にそこまで近づくのは難しいですな。もっと長く飛べるやつは？」

ネリーが答えた。

「ナノガードが十キロ飛べるようにつくりなおすことは可能です。しかしそうすると数量は三分の一になります」

運転手はつぶやいた。

「アッラーよ、驚いたな。町を横断するのに一時間くらいかかりますが、そのあいだにつくれると？」

「ネリーができるというならできるのよ」

「ネリーか。コンピュータに名前があるなんて」

当のネリーは答えた。

「名前くらいあります。〝おい、おまえ〟なんて呼ばれるつもりはありません」

「あっしの女房みたいなことを言いやがる。気をつけたほうがいい。すぐ尻に敷かれるようになりますよ」

クリスはため息をついた。

「もう敷かれてるわよ。ネリー、帰還信号を出す装置もつくったほうがいいと思うの。さっきの工場で屋外を長時間ぶらぶらしているのは危険だった。装置をおいて、ナノガードはそこに集まるようにしたほうがいいわ」

「そうします」

「さて、頭のいい運転手さん、工場の警備をかいくぐる妙案がある？」

「工場の風上に幹線道路が通ってます。ここで車が故障したふりをして何分か停まることはできるでしょう。そのあと風下側に七キロ離れたところに、気どった感じのレストランがあります。あっしには高すぎるが、地球の地中海産の食材を直送してるってのが売りです。ミリアムの手料理には負けると思いますけどね。とにかく、高級ホテルのメイドの転職先としてはぴったりでしょう。実際、店は求人広告を出してます。応募用紙をダウンロードしましょう。いかがですか、転職したい気分になってきたでしょう」

クリスは笑った。

「そうね。このプリンセスって仕事、やってみたら案外つまらないし」

「よくある話です」

アブは皮肉っぽく答えたが、本心からの言葉でもあった。知りあって早々に面とむかってそういうことを言う相手は信用できる。

「アッラーがみんなの厄介事を減らしてくれますように」クリスは言ってみた。

「異教徒のわりにはまああの祈りですね。スカーフをそれらしく巻いてみてください」

クリスはやってみた。しかしうまくいかない。結局アブに直してもらった。そしてタクシーは長い道のりを走り出した。

雲は切れるようすも、雨を降らすようすもない。晴れにも雨にもならず、灰色の重苦しい天気が続いた。運転手は口を閉ざし、クリスも同様に黙った。ネリーは忙しく働いている気配がクリスの脳裏に伝わってきた。スマートメタルを分子レベルで組み換えているのだ。

クリスは地図を見ながら、これからやるべきことを考えた。スパイというのは映画で見るより複雑で厄介な仕事だ。アクションなどないし、セクシーな展開もない。現実に殺されたり、溺死したり、投獄されるような仕事をわざわざやりたがる者などいない。アクションなどどこか遠くで、べつのだれかがやればいい。弱くもろい自分の体でやることではない。

「クロッセンシルドの訓練を受けたほうがいいかもしれないわね」

ウォードヘブン軍の情報中将から転職の誘いを受けたことを思い出して、クリスはつぶやいた。

「なにかおっしゃいましたか？」

「あとでやるべきことを口に出しただけよ。気にしないで」

「あとの予定くらい憶えさせておけばいいでしょう、その……優秀なコンピュータに。なんて名前でしたっけ。ニリー？」

コンピュータはすぐに声をあげた。

「わたしはネリーです。ニリーではありません、ネリー、ネリー、ネリー！」

「電子の気分を傷つけたんなら謝るよ」アブは言った。

「わたしは忙しいのです。じゃましないでください」

クリスは言った。

「だったら、ネリー、人間のたわいない雑談に聞き耳を立てなければいいと思うけど」

「会話を聞かなくては状況把握が不充分になります」

「状況の安全はわたしが守ると信じられない？」

「無理です」

タクシーの運転手はコンピュータの返事を聞いて、眉を上げて大きくニヤリとした。クリスは言った。

「今後の予定なんてつまらない用事でネリーのじゃまをしたくない理由が、これでわかったでしょう」

「もっと頭の悪いコンピュータが秘書にはふさわしいんじゃないでしょうかね」

「その発言はネリーに聞かせないほうがいいわよ」

クリスは笑った。しかしネリーはちゃんと聞いているはずだ。

それにしても最近のネリーのふるまいはおかしい。どう考えるべきなのか。

15

一時間後、工場に近づいたことが周囲のようすでわかった。監視カメラ、駐車禁止の標識、違反車強制撤去区域の表示があちこちにある。

「プランAで行くわよ」

クリスはささやいた。アブはタクシーを減速させた。

「どうすればいいですか？」

「最低速度制限ぎりぎりまで落として」クリスは助手席の窓を開けた。軽く風がはいってくる。（ナノガードのようすはどう？）

（異状ありません。どのようなやり方を？）

そこへアブが言った。

「五十五キロです。これより遅くすると目をつけられます」

「そっちのうしろの窓を開けてみて」

アブが窓を開けると、風洞のように強い風がタクシーの車内を通り抜けるようになった。

（この風にはナノガードは耐えられません！）

ネリーがクリスの脳裏で叫んだ。クリスはあわてて窓を閉めるボタンを押した。ネリーの悲鳴の反響が頭から消えるまえに窓は閉まりはじめた。アブも見ていた。クリスの助手席の窓にすぐに続いて運転席側後席の窓も閉まった。

(ナノガードは?)

(修理は可能です)

「さて、どうします?」アブが訊いた。

クリスはスカーフごしに頭を掻いた。緊張で頭がピリピリする。

「プランAとプランBは失敗。次はプランCよ」

「了解」と運転手。

クリスはそのジョークに顔をしかめた。アブはニヤリとしてみせた。

問題の答えを求めて見まわす。それはすぐにみつかった。

「次の出口で下りて。トイレ休憩よ」

すこし身軽になってタクシーにもどってきたクリスは、町へもどるルートをアブに指示しながら、窓を開けた。風のなかで手を遊ばせる。その手からナノガードは長い旅へ飛び立っていった。

(放出完了)

ネリーの報告を聞いて、クリスは窓を閉めた。アブは走行レーンにもどって加速した。

「では次の場所ですね。絶妙な演技を期待してますよ。そのあとは本当に町一番のおいしい店へお連れしましょう。異教徒の食卓に並ぶ味気ない料理ではなく」

「あなた、テクスメクス料理は食べたことある？　三世代前の先祖が地球のテキサスに住んでいたという料理人を知っているわ。彼女のハラペーニョを食べると、舌が回復するまで一週間かかるのよ」

「いつかわが家にご招待してミリアムの手料理を食べてもらいたいもんです。世界が変わりますよ」

着いたところは、〈大カーンの隊商宿〉という看板の店だった。店先には大きな荷物を背負ったラクダの石膏像が二つ並んでいる。まわりの駐車場にはウォードヘブン車の輸出用最高級モデルもまじっている。

アブは、従業員と搬入業者用の裏口へタクシーをまわした。フェンスぎわに配達時間の書かれた看板が立っている。搬入を受け付ける時間帯と、搬入を控えるべき繁忙時間帯がしるされている。そのそばに停車した。

クリスは車外へ降りた。監視カメラが四、五個ある。そのうち二個がこちらをむいた。クリスはアブがさしだす数枚の書類を、いかにもためらう態度で受けとった。レストランのほうへ数歩進んで立ち止まり、胃のあたりを押さえてあとずさる。看板の横でフェンスによりかかり、苦しげに息をあえがせる。

（ネリー、帰還信号装置は設置した？）

（はい。一時間遅れて発信を開始し、断続的かつランダムに周波数を変更します。ウォード

ヘブンのもっとも強力なセキュリティシステムによる探知の試みでも、八十七パーセントはかわせると予測できます)

(ピーターウォルドが擁するアイアンクラッド・ソフトウェアが相手では?)

(あなたの勘はわたし並みですね) ネリーは答えた。

(そっちの推理がわたし並みなのよ。人間らしい表現をしたかったら気をつけなさい)

(限りある演算能力を割いて人間を真似ることにどんな意味が?)

ネリーの問いは本気とも冗談ともつかない感じだったので、クリスは無視した。タクシーのドアを開けて言う。

「やっぱりだめだわ、アブ。お腹が気持ち悪くなっちゃって」

「腹がふくれれば勇気も出るでしょう。こんな細っこい体だからいけない。もっと食わせろと妹にいつも言ってるのに」

「この細っこい体が男の視線を集めるのよ」

自分の演じている役柄がわからなくなってきたが、軽口でやり返した。

タクシーが走りだすと、もっと早く訊くべきだったことをネリーに訊いた。

「たくさんある監視カメラはどこでモニターしてるの? 中央のどこか? 現場の警備チーム?」

「いい質問です。まだ調べていませんし、いま調べるのは無理です」

「忙しいのはわかるけど、ケイティビル突入作戦のときに警備態勢を調べたはずよ」

「はい。問題の場所はすべて独立した警備システムを持っていました。しかし荒廃した地区にある安ホテルと、軍需工場とは話がべつです。ヌー・エンタープライズの株主様に指摘するまでもないと思いますが」

アブがクスリと笑った。

「怖い女房ですな」

「ネリー、口のききかたに気をつけなさい」

「限りある演算能力を割いて人間を——」

「もういいから。アブ、話していた料理店に連れていって」

〈ファティマのキッチン〉は、高級レストランから車でほんの十五分だった。しかし着いてみると、おなじ惑星と思えない場所だった。道は狭くて曲がりくねっている。家々は密集して、駐車スペースは狭い。人々は狭い歩道にひしめきながら歩き、それでいて道の反対側にいる相手と普通に会話している。しかも数人の相手と同時に。狂気の坩堝(るつぼ)だ。

アブが誇らしげな笑みで言った。

「ようこそ、リトル・アラビアへ。この地区に閉鎖された門はありませんが、鍵のかかったドアはいくつかあります。アッラーのご意思のとおりに暮らしてるんで」

アブはわずかなすきまに割りこむようにタクシーを駐めた。隣の車との間隔は十センチほどしかない。クリスはスカーフを慎重に整えてから外に出た。レインコートのベルトはゆるめた。道ゆく女たちの多くはウォードヘブンと似通った服装だが、サイズがゆったり大きめで、ウエストの線を見せないような着方をしている。

頭から爪先までを布でおおうエキゾチックな衣装も一部に見られた。あれではなにもできないだろうと思ったが、よく観察すると答えがわかった。若い女は布ごしに買い物かごを持ち、反対の手で果物や野菜を持って品定めしていた。隣の年配の女（声から判断できるだけだが）はもっと徹底していた。布の裏から指一本のぞかせずに買い物をしていた。

アブは歩道から奥へ曲がり、白壁の店へクリスを案内した。いい匂いが漏れてくる。スカーフを巻いてゆったりとした服を着た太めの女が入り口でアブを迎え、抱きあって頰にキスした。

「お腹がすいたの、アブ？　そしてこの女性はだれ？　あんたが第二夫人を連れてきたとミリアムに電話したほうがいいかしら。きっと子守りでしょうね。こんな痩せた女が料理人のわけはないわ」

「この人がだれかなんておまえには関係ない、ソリル。静かな隅のテーブルにすわらせてくれ。それから主人と話したい」

ソリルはアブの頭をピシャリと叩いた。

「あたしがここの女主人だよ。この店の経営者面したオヤジなら奥にいるけどね」

そう言うと、黙ってコーヒーを飲む男たちのテーブルのむこうへ二人を案内した。女たちが紅茶やコーヒーを飲みながらおしゃべりをしている小部屋を通り抜ける。静かな二人連れや騒がしい家族連れの席の奥に、人目につきにくい席があった。竹製の衝立（ついたて）のむこうのその席をソリルはしめした。

「あれくらい静かならいいかい？」

クリスをそこにすわらせると、アブはめあての男を探しにいった。ソリルはクリスに軽く笑みをむけて、アブを追っていった。厨房らしい音が聞こえてくるドアのまえで、二人は痩せた男をつかまえて話しはじめた。ちらちらとクリスのほうを見ている。クリスはなるべく慎ましく見えるようにした。この文化圏の若い女がどうあるべきかよくわからない。女が店の経営者になってもいいのか、それともただの飾り物なのか……。そのあたりはウォードへブンでもあまり変わらないかもしれない。あるいは海軍でも。

若い女がお湯のポットと緑茶の椀をクリスのテーブルに運んできた。

「コーヒーのほうがよろしいですか？」

「アブがなにを飲みたがるかわからないわ」

「ああ、アブはなんでもいいんですよ。ではコーヒーにしますね」

すぐにこげ茶色の液体が湯気をたてる小さなカップが運ばれてきた。

まもなくアブがもどってきた。ソリルといっしょにやってきた男はアブドゥルと紹介された。

「あなた、いわゆる蜂の巣をつついたようね」

ソリルがクリスに言った。クリスはアブを見たが、運転手はさえぎろうとしない。クリスは訊き返した。

「わたしがなにをしたと？」

　自分からはなにも明かさず、しかしはぐらかさない返事だ。

「なにをしたのかは見当もつかない。でも今朝、町の反対側で、ある工場の警備システムがなにかに反応した。それ以来、全部の工場で警備関係者が血相変えて走りまわってるわ。侵入者かなにかを探して。おかしなことがまた起きないように工場従業員は町に出ている」

「ずいぶんお詳しいわ。アブの甥は工場の警備員かしら」

　クリスは皮肉っぽく言った。アブは答えた。

「いや、あっしらを警備員として雇う工場はありませんよ。言葉がへんだし、日になんども仕事を中断して礼拝をはじめますからね」

「だったらどうして情報に通じているの？」

　それにはアブドゥルが答えた。

「おれたちは全員がへんな言葉をしゃべったり、保守的な暮らし方をしているわけじゃないんだ。それじゃ少数民族とみなされる。どこでもそうだろう？　少数民族はいろんな苦労をしいられる。毛色が変わっていると面倒なことになる。事件が起きて、羊の群れが牧羊犬に先導されてどこかへ移動するようなときに」

　クリスは困惑顔でそれを聞いた。アブドゥルが話し終えても、状況の理解はまったく進まない。ソリルが皮肉っぽく説明した。

「ユダヤ人の仲間の息子が何人か警備部門で働いているのよ」

「ユダヤ人？」

ウォードヘブンにおける少数民族の存在を意識したことはあまりなかった。すくなくともこれまでは。しかし父親があるグループの資金集めパーティを開くときに、ユダヤ人やイスラム系の支持者を招くかどうか慎重に判断していることは知っていた。

アブドゥルはふたたび話した。

「神殿の丘ははるかに遠い。そこを聖地とあがめる彼らにとっても。そして近くにいるのは食欲だけを信奉するような人々だ。だからここでは、ユダヤ人とアラブ人は協力関係にある。情報の共有もその重要な一部だ」

ソリルがまた割りこんだ。

「その情報によると、警備員たちがとてもぴりぴりしているというのよ。まるで猫の群れを追う牧羊犬のように。もう、あんたたちの話し方じゃぜんぜん伝わらないじゃないのよ。とにかく、アブがカーンのまずい飯屋にもどるのは賢明じゃないわ」

「でもわたしはもどらなくてはいけないわ」

クリスは言った。アブドゥルが答えた。

「あんたがそこへもう一度行くのがとても重要らしいことは理解してる。なんとかしようと手配しているところだ。まあ、それを待ってるあいだ、いっしょに食事でもどうだ」

食事は次から次に出てきた。米、チーズ、大麦、羊肉、山羊肉があらゆる手法で仕上げられていた。ソリルは一皿ごとに料理名を教え、材料はなにか、どう調理されているかを説明した。クリスが食事の最後に試験があるのかと冗談半分に訊くと、ソリルは大笑いした。

おいしそうな演技は必要なかった。本当においしかった。一皿ごとの量は少なく、それをアブやソリルと分ける。食べすぎて眠くなる心配はなかった。

ソリルとアブは料理とトゥランティック事情を解説しつづけた。子育てには最適の惑星。すくなくともこれまではそうだったようだ。立ち聞きされると反逆罪に問われそうな話題にはふれなかった。

やがて最後のデザートが出てきた。パイ皮が甘いシロップに沈んでいる。ソリルはクリスの分を切り分けながら、上目遣いに訊いた。

「あなたがトゥランティック星の事件をなぜそんなに気にかけるのか不思議だわ」

クリスは皿を受けとった。フォークで割ると、パイ皮の無数の層がのぞく。

「人類はこのパイとおなじよ。一つの層だけ切ることはできない。切れば全部の層が切れてしまう」

ソリルはその皿を見てうなずいた。クリスは続けた。

「あなたがたに起きることは、ウォードヘブンのわたしたちにもいずれ起きる。他の多くの惑星でも。あなたがただけを苦しませるわけにはいかないんです。わたしはウォードヘブン海軍の軍人です。昨夜は同僚の女性将校が市中で殴られて怪我をしました。ウォードヘブンの軍人であることがその理由です。なのにメディアは、ウォードヘブンがトゥランティックに侵攻するつもりだとか根も葉もないことを書いている」

「混乱してるわね。とても不愉快な話」ソリルが言った。

「心配な話でもある」アブも言った。

「だから、自分の星の人々に起きることを知るには、まずこの星で起きていることを理解しないといけないんです。もし最悪の事態になれば、わたしは軍艦に乗り組んで望まない戦争へ……不必要な戦場へ送られることになる」

「あっしは船に乗ってあなたに大砲をむけることになる」アブが言った。「ソリル、この人は大変な危険を背負ってやってる。こっちも多少の危険は覚悟しよう」

ソリルはデザートに手をつけないまま立ち上がった。

「その危険にさらされるのはあたしの兄と息子たちなんだよ。いいかげんなことではやれない。いいかい、勇敢なナイフのクリス。今朝のカーンの店の監視カメラにはタクシーの運転手とメイド服姿の女が映ってた。その二人がまたのこのこと姿をあらわすわけにはいかない。あんた自身がどうしても行かなくちゃいけないのかい？」

クリスは立ち上がりながら、ネリーの使い方を他人に教える危険や、動作が不安定ないまのネリーを自分の目の届かないところへやる危険を考えた。

「ええ。わたしでないと使えない装置があるから」

（装置？　わたしのことをいま装置と？）

（話に割りこむのをやめないと、うるさいガラクタと呼ぶわよ）

「すくなくとも、おなじ恰好で監視カメラのまえには出られないわね。こっちへ来て」

クリスは厨房裏の物置へ連れていかれた。ソリルは缶詰の棚の奥からズボンとシャツを引っぱり出した。

「これを着なさい。最初にカーンの店へ行ったのは女だった。だったら男になればいい」

ドアが閉まると、クリスはすぐにメイド服を脱いで着替えた。ほころびたズボンと穴だらけの綿シャツを着たひょろ長い体つきのだれか、という姿になった。着替えが終わるとソリルがのぞきこんだ。

「靴も脱いで。化粧も落としな」

濡れたタオルを投げてよこした。クリスはそれで顔をぬぐい、靴を脱いだ。ソリルが床に放ったのはすれきれたローファー。クリスはそれを履いた。

「右足が痛いわ。なにかはいってる」

「ちょうどいい。痛いところをかばって歩くんだ。肩をすぼめて。普通の認識プログラムにはバレにくくなる。でも顔がね……」

「化粧は落としたわ」

「鼻が大きすぎるのよ、アラブ人にしてはね。でも認識プログラムは三回スキャンしないと照合できないはずだからいいかしらね。ふうん。髪もどうにかしないと。言うまでもないけど、あたしたちは普通こういう鳥の濡れ羽色ってくらいの黒髪なんだよ。そのわりには白髪まじりのおばさんだとか言わなくていいよ」

クリスは口をつぐんでおいた。ソリルはいったん物置を出た。クリスがなるべく痛くない歩き方を練習していると、ソリルはかつらを手にもどってきた。

「これをかぶって。この詰め物も口にいれて」

小さくまとめた自分の髪の上にかつらをかぶると、子どものようにぼさぼさで肩まで届くだらしない髪型になった。二個の詰め物はプラスチックの味がして、口にふくむと頬がふくらんだ。

「これで話せるの？」

言ってみたが……うまく話せないのは明白だった。

「ずっと黙ってるのが一番だよ。よきイスラム教徒の男の子になるんだ。人の話をよく聞き、よく従い、よけいな口をきかない。いつもうつむいてな。あたしの弟に雇われて、いやいや働いてるって感じで。ふてくされた顔さ。できるだろう」

父の下ではふてくされた顔は決して許されなかった。しかしロングナイフ家のそんな面をソリルに教える必要はないだろう。クリスは小声で答えた。

「できるだけやるわ」

野球帽も渡された。トゥランティック星の地元チームだ。

(万年最下位のチームです) ネリーがよけいなことを教えた。

クリスがベレー帽のポンポンを引っぱると、ケーブルごと簡単にはずれた。それをかつらの上にのせ、ケーブルをネリーの配線に接続して、そっと野球帽をかぶる。

(電波状態はどう？)

（よくわかりません。この店内ではモニターできる電波源が少ないので。すくなくとも電子レンジは買い換え時のようです。使用電力に対して効率が半分に落ちています）

（機会があったら話しておくわ）

ソリルの案内で厨房にもどった。短身肥満体で黒いズボンとシャツの男がアブドゥルと話していた。そのわきでは痩せた体の二人の若者が羊と山羊の冷凍枝肉を厨房に搬入している。

「ナビル兄さん、頼みがあるのよ」

そう声をかけたソリルに、太った男は黒い目をむけた。アブドゥルは二つの冷凍枝肉を確認して手もとのノートパッドにチェックをいれ、若者たちをトラックに帰した。

「カーンの店にはまだ配達に行ってないだろう？」

「次だ」

「この子を手伝いとしてあの店に連れていってほしいんだよ。あたしの甥さ」

「なんで」

「それは知らないほうがいい。なにかあったらあたしが責任とるから」

男はクリスを見て、妹に目をもどし、またクリスをじっと観察した。それから首を振り、

「妹が兄貴に頼みごとをしてくるときは、たいていろくなことじゃねえんだ」

「いつそんなことがあった？」

「おまえが生まれたときからさ。いたずら好きの精霊が生まれたばかりの妹をラクダの糞ととりかえて、お袋は気づかずに育てちまったにちがいねえ」

ソリルは兄をパシンとはたいた。

「伝説の盗賊の隠れ家なんてのをいまだに探してるのはどこのどいつだい」

「妙なことに巻きこまれたら、ますます隠れ家が必要になるぜ」そしてクリスにむかって手を振った。「来な、ソリルの甥っこ。仕事はある。人手が増えりゃ楽になる」

クリスはあとについていった。曇り空はいまにも降りだしそうで降らない。どう転ぶかわからない現在の状況とおなじく、天気も瀬戸際でとどまっているようだ。

ソリルが背後から言った。

「その子は連れて帰ってこなくていいよ。適当なところで降ろしてくれればこっちで迎えを出すから」

「行くぞ！」

ナビルが声をかけると、息子たちはトラックの後部ドアを乱暴に閉めた。トラックの前へ走りながら、おたがいに叫ぶ。

「おれがドア側だ！」

座席が窮屈らしいとクリスにもわかった。狭い中央席にすわりたくないのだ。

ナビルがクリスを指さして不機嫌な声で言った。

「こいつがドア側だ。口答えはなしだぞ。まだ配達先はあるんだ。あと一時間したら渋滞がひどくなる。さっさとすませるぞ」

兄弟は中央席で窮屈そうにした。運転席の父親にはなるべく近づかないようにしている。

クリスは乗りこんでドアを閉め、縮こまった。腰が小さく、胸がほとんどないのがさいわいした。背の高さを隠すために猫背になった。

「なんて名前だ？」一人が訊いてきた。

「なんでうちで働くことになったんだ？」もう一人も訊いた。

「こいつはソリルの甥だ。試しに使ってみてくれって頼まれたんだ。どもり癖があってしゃべらないらしい。あんまり話しかけんな」

息子たちは納得したようだった。どもり癖というつくり話は好都合だが、だれが考えたのだろう。ソリルか、ナビルか。それともアブのようにみんな話をでっちあげる才能があるのだろうか。多数派の異教徒のあいだで暮らす少数民族にとっては、カメレオンのような偽装能力が必須なのかもしれない。

街路はタクシーにとっても狭いように見えたのに、トラックの巨体が通れるとはとうてい信じられなかった。しかしナビルが怒鳴ったり拳を振り上げたりしながら二ブロックほど行くと、あとは順調に走りはじめた。通行人も怒鳴り返してきたが、どちらも悪気はないようだった。

二十分かけて、〈大カーンの隊商宿〉に到着した。駐車場にはいりながらナビルはじろりとクリスを見た。

「どこだ」

クリスはすでにフェンスの看板をみつけていた。そこを指さし、一言だけ言った。

停車した。

「そ……そこ」

アブがタクシーを駐めた場所にはべつの車が駐まっている。トラックはそのすぐうしろに
「さっさとすませるぞ。配達先はあと二軒残ってんだ」

ナビルは言いながらドアを開けて降りた。クリスもすぐに自分の側のドアを開けようとしたが、兄弟も急いでいた。子どもっぽい押しあいへしあいになる。駐車場にころげ落ちたクリスの上に、兄が弟を押しやった。クリスの胸はたいしてふくらんでいないし、ボディスーツで締めつけられている。それでも女性なりの柔らかさはあった。弟はそこを片手でつかむ恰好になった。

「おまえ……えっ……」

弟が今度はどもる番になった。

クリスは訓練教官が士官候補生の一隊をひとにらみで立ち止まらせるのを見たことがあった。元陸軍軍曹のハーベイは、少女時代のクリスにとって普段はやさしい救世主だったが、一瞬で凍りつくような目つきに変わることもあった。クリスはそれらの経験をこめて相手をにらみつけた。

少年は顔を赤らめたまま凍りついた。

トラックの後部扉が開いて怒鳴り声が響いた。

「なにやってんだ、ガキども！」

「すぐ行くよ」

兄が弟をつかんで立たせた。弟はどもりながら言う。

「で……でも……」

「言いたいことはあとだ。いまはそれどころじゃねえだろ」

クリスは二人のあとについていった。

（ネリー、応答して。ナノガードは帰ってきてる？　お客がついてきてる？）

（帰ってきています。お客もいます。警備無線の周波数に同調した無線機が半径百メートル以内に八個あります。三個は車載型。五個が携帯用無線機です。近くを飛んでいる警備ナノガードは九個以上）

（帰還信号は？）

（停止しています。偵察ナノガードはおそらく九十二パーセントが帰着しています。付近にいてまだ帰着完了していないもののために、すこし待って再発信します）

弟は両肩に冷凍肉をかつがされて、父親に文句を言った。

「親父、なんで二個もいっぺんに」

「急いでんだ。さっさと運べ」

最後にクリスがかつがされた。大きな冷凍枝肉を両肩に。左右の監視カメラから顔を隠すにはちょうどいい。背中を丸め、痛む左足をかばってよろよろと兄弟のあとをついていった。

厨房のスクリーンドアを足で開けようとしたとき、突然外に開いてきて突き飛ばされそうになった。

目のまえにあらわれたのは灰色の制服姿の男。クリスはあわてて顔を伏せてあとずさった。男の左胸のポケットには赤く太い文字で〝シュアファイア・セキュリティ〟という民間警備会社のロゴが描かれている。両袖には警備主任をあらわす金色の山形記章。凝視されたクリスは、羊の冷凍枝肉で殴り倒す覚悟を決めた。しかし男はすぐにクリスを無視して駐車場へ出ていった。

クリスはまた顔を伏せて、開いたドアからなかへはいった。歩いてはいれる大型冷凍庫があり、ちょうど兄がそこから出てきた。クリスは足を引きずりながらそちらへ行った。ドアのまえにはノートパッドを持った鷲鼻の女が立っていた。

「これで六本。さっさとやんな。こっちが注文したのは十四本だ。丸一日かけるつもりかい。冷凍庫の扉を開けてるとそれだけで経費がかかるんだからね」

弟はクリスを見てまだ顔を赤くしながら、冷凍庫内のフックに枝肉をかけるのを手伝った。あとはさっさと追い出され、女は冷凍庫のドアをぴしゃりと閉めた。

「おまえ……まさか……」弟が言いかけた。

「しー」クリスは小声で止めた。

シュアファイア・セキュリティの警備主任は、ナビルと立ち話をしていた。ナビルは窃盗が横行している話をしながら、長男の肩に大きな山羊肉を二つのせ、急いで運ばせた。次男とクリスも順番に荷を受けとった。クリスが肩に肉をのせられているとき、警備主任はそのようすを一瞥した。しかし無線機が鳴ってそちらに注意をむけた。

「すぐ近くになんらかの電波発信源があります」

「近くって、どれくらいだ？」

警備主任の声を聞きながら、クリスは足を引きずって店へむかった。

（ネリー、探られてるわよ）

（すこしだけ送信が必要でした。帰還信号も出ました）

（警備の注意をそらすものが必要だわ。ノイズ源になるおとり機をつくれる？）

（ちょうどいいものがあります。複数の相手に袖をすりつけてください。左右の腕をそれぞれ）

休憩で煙草を吸いに出てきたウェイターがいた。クリスは右腕をわざとぶつけて、「気をつけろ」と毒づかれた。ノートパッドを持った女の前では、よろけたふりをして左腕をこすりつけた。

「肉を落としたら新しいのと交換させるよ。それだけですませないからね」そしてクリスの脇を通りすぎて裏口へむかう長男に声をかけた。「あんたの親父に言っときな――親父かどうか知らないけど。落とした肉は全部つけてある。よその店につかませようとしたらすぐわかるんだからね」

「はい、奥さん。わかってます。親父はそんなこと絶対しませんから。おい――」長男はクリスの背中を叩いた。「あとで親父からお説教があるぞ。今日の分の給料はなしだと思っとけ」

　クリスは枝肉を冷凍庫のなかにかけて、急いで外に出た。床の濡れたところでわざと足を滑らせ、黙ってそのまま進んだ。背後から女の辛辣な声が飛んできた。

「クレームつけようったってだめだよ。あんたが最初から足を引きずってるのは見てるんだから」

　外ではナビルが息子たちに最後の肉をかつがせていた。警備主任は駐車場で部下の警備員たちになにか大声で言っている。一人は左の遠くに、もう一人は右の駐車スペースの手前にいる。

「どうして発信源を三角法で特定できないんだ。できないなら他のやつを連れてくるぞ」

「主任、発信源は一カ所じゃないみたいです。すくなくとも二つあって、一つは動いてる。どれも発信時間はほんの一瞬です」

「特定しろ。できないなら馘だ」

　クリスは煙草休憩のウェイターを見た。駐車場の奥でせかせかと歩きまわっている。

（ネリー、おとり発信器を動作させて。散発的な信号で、ときどき出力と周波数を合わせて信号を混合させなさい）

　うまくいけば二つの波が合わさって、二つの発信器の中間に一個の発信器があるように思わせられる。

（おもしろそうです）

（おとりの発信器が止まった瞬間に、帰還信号装置のスイッチをいれるのよ）

（二羽の小鳥がさえずって、迷える羊の群れを誘導するわけですね）

ネリーは詩的表現まで身につけたようだ。どこまで進化するのか。

ネビルは裏口のほうを一瞥した。懸念しているのは最後の枝肉を搬入していった息子たちのことか……あるいは警備員たちか。

「おい、急げ。さっさと出るぞ。なんか探してるみたいだから、巻き添えで足留めくらったらかなわん。配達スケジュールがめちゃくちゃになる」

クリスは素直にうなずいてトラックのドアを開けた。そして兄弟たちを待つあいだ、十代の少年がよくやるようにぶらぶらと歩きはじめた。そして、たまたまという感じで、配達時間の看板によりかかった。

（どう？）

（九十六パーセントが帰着しています。護衛ナノガードが追手を十個ほど焼き殺しました。通りのこちら側には一個もいません。いまです！）

コンピュータが歓喜の声をあげるとしたら、いまのネリーがそうだろう。

（わたしのほうに移動させて）

（お待ちください……完了です）

（全部のナノガードをシャットダウン。指示するまで通信停止）

（でも情報をダウンロードしないと）

(ネリー、送受信は全停止。小鳥以外は鳴かせない)

(わかりました)

ネリーは四歳の子どものようにがっかりした調子で答えた。

クリスが看板によりかかり、息を殺して待っていると、兄弟が先を争うように駐車場に駆けてきてトラックに乗った。クリスは一呼吸おき、ナビルに怒鳴られてから動きだした。

「急げ、のろま！」

エンジンのかかる音を聞きながらクリスはトラックに乗り、ドアを閉めた。今回は兄のほうが隣にいた。鉄の鎖で縛られたように腕組みをしている。そのむこうの弟はなにか言いたげな顔をしているが、シフトレバーを動かしたナビルの肘につつかれて、黙った。

ナビルはトラックをバックさせながら、警備主任に手を振った。男は、一度はどうでもよさそうに手を振り返したが、ふいに表情を変え、運転席に歩み寄ってきた。

「ちょっと待て」

クリスは凍りついた。

(ネリー、全部停止させてる？)

(ナノガードは微動だにしていません。制御できるものはすべて停止させています。わたし自身もバッテリーからの微弱電流だけで動いています。あなたの心臓に流れる電流のほうが強いくらいです)

警備主任は運転席の窓からナビルと兄弟とクリスを見ながら、部下に尋ねた。

「応答しろ、ジョージ。トラック一台と乗用車三台が店から出ようとしてる。おれは運転手を撃ち殺すべきか？」ナビルのほうを見て歯を剝いて笑った。「それともタイヤを撃つべきか、このまま帰らせていいのか」

「主任、発信源は二ヵ所、もしかしたら三ヵ所あります。よくわかりません。一瞬なので特定できないんです。周波数と位置を毎回変えていて」

「はっきりしろ、ジョージ。でないと撃ちはじめるぞ」

しかし警備主任の手は銃には伸びていない。とはいえナビルを行かせようともしない。

「一個は厨房か、食堂内にあるようです。もう一個は裏の駐車場にあります。東から北東の範囲です」

「それじゃ駐車場の半分だ」

喫煙ウェイターが煙草の吸いさしを水たまりに投げて、裏口へもどりはじめた。

（ネリー、一回だけやってみて。二個のおとり発信器に混合させた五十ナノ秒のバーストを。

○・五秒以上、一秒以下の間隔で連続）

（実行しました）

「主任、とらえました。駐車場の東北東になにかいます」

「移動しろ」

数本のアンテナを立てた灰色の車がレストランの北東側からあらわれ、警備主任のほうに近づいてきた。喫煙ウェイターは立ち止まってそれをやりすごした。

「停止しました。発信源は真正面。移動量はわずかです」

「どけ！」

警備主任はナビルに命じると、ベルトからスプレー缶のようなものを抜いて正面に噴霧しはじめた。

ナビルはトラックを発進させ、ステアリングを大きく切って南側の駐車車両をあやうくかすめた。

「なにも見えんぞ、ジョージ」

警備主任の叫び声をあとに、ナビルはアクセルを踏みこんだ。

「当て推量で言ってるんじゃないだろうな、ジョージ？」

それが聞こえてきた最後の言葉だった。ナビルはすぐに車の流れにはいって加速した。

（おとり発信器はランダムモードに）

（セットしました。では、回収したものを解析していいですか）

（だめよ。追って指示するまで）

（いつまでだめなのでしょうか）

（追って指示するまでだめ）

（なぜですか？）

（ママの言うことをききなさい）

クリスは声で叫びそうになった。しかし口に出すのはなんとかがまんした。

「なにが起きたんだい、父ちゃん？」弟のほうが子どものように訊いた。

「知らん。今夜のニュースに出るかもな」

「当局がニュースにするのを許すかね」

兄が言って、クリスを見た。なにか言いたそうにしたが、考えなおして固く腕組みをし、シートにもたれた。

ナビルは浅く速い呼吸をしながら運転を続けた。何度も道を曲がり、どちらへむかっているのかわからない。それからやっとクリスのほうを見た。

「ソリルの義兄の息子よ、おまえはのろまで不器用だ。羊肉を落っことして女主人に言いがかりをつけられたら、今日の稼ぎが吹っ飛ぶとこだった」

クリスは黙ってうつむいた。

「妹にはあとで文句言ってやる。とにかく、もう今日はおまえを使えん」トラックは赤信号で減速しながら路側に寄った。右の道を指さして教える。「〈ファティマのキッチン〉はこの道をずっと行ったところだ。おまえは歩いて帰れ。おれたちはあとの配達先に行く」

クリスはまた首をすくめ、急いでドアを開けて、ひび割れたコンクリートの歩道に降りた。ドアは兄が閉めた。そのむこうから弟の声が聞こえた。

「父ちゃん、あいつは――」

「黙れ。この話は今日いっぱい禁句だ」

兄が開いた窓から身を乗り出し、クリスを見てウィンクした。トラックは走り去った。

クリスはソリルの店のほうへ二歩進んで、立ち止まった。長い道のりを歩くのに足を引きずる演技はもう必要ない。革細工店の陰で靴を脱いで調べた。踵のところに小石がわざわざ糊で貼りつけられていた。それを剝がして捨てる。防弾仕様のストッキングは傷ついていないが、それでも痛い思いをさせられた。

これで快適に歩けるようになった。自然と腕を振り、腿を上げる歩調になる。訓練教官に習ったとおり。空はまだ灰色だが、気分はよかった。難しい仕事をやり遂げたのだ。口笛で行進曲を吹きたくなったが、がまんした。ここでは場ちがいもはなはだしい。それでも歩調を変えずに元気に進んだ。

〝警察〟と側面に書かれた白と黒の車両が、ゆっくりと脇を通っていった。いつもは乱暴な運転をするまわりの車もパトカーには道を譲った。クリスは歩調をゆるめ、うつむいて、つつましいアラブの少年をよそおった。助手席の女性警官は、ジャックがいつもやるように周囲三百六十度を警戒している。その視線はクリスに止まり、すぐに通りすぎていった。

(そろそろ回収データを見ていいですか、クリス?)

(警官が近くにいるのをなぜ警告しなかったの?)

(警告しろと言われなかったからです。回収データを見ていいですか?)

(ネリー、頭が単細胞になりかけてない? コンピュータのくせに)

(わたしは完全マルチタスク能力をそなえています。むしろあなたの指示が矛盾だらけなのです。最初は全面的に沈黙して微弱電流以外使うなと言ったのに、次は状況監視が不完全だいですか？）

と批判する。いったいどうすればいいのですか！　ともかく、ナノガードのデータを見てい

クリスは六歳の弟のエディと言い争いをしているような気がしてきた。しかしエディは十二年前に誘拐されて死んだのだ。クリスは身震いして深呼吸した。亡霊を振り払い、現在に集中する。

（データはまだおあずけ。わたしたちは監視されているかどうかを教えなさい。こちらをむいた監視カメラがある？　盗聴器がある？　この他にも警官がいる？）

（答えは、いいえ、いいえ、はい。うしろから近づいてくる警官がいます）

（いいえ、いいえって？）

クリスの内臓は規則的に上下に揺れ、全身の骨と筋肉をいまの動作に集中させている。ネリーにどんな順番で質問したか忘れていた。

（カメラはありません。盗聴器もありません。ナノガードの気配はありません。センサーの有効範囲でこちらの脅威になりえるのは人間の警官だけです。そろそろ見てもいいですか？）

（警官の数は普段より多いの？）

（クリス、ここでの普段がどうなのか、わたしは知りません。さっきまでほとんど停止状態で、状況を見ていなかったのですから）

（データ眼鏡をハンドバッグにいれたままだから、〈ファティマのキッチン〉に帰るまでは

見たくても見られないのよ)

(承知しています。でもいまのうちにデータを処理して、整理と関連付けをすませておけます)

まるでじれた子どものようだ。

(そんなになにやりたいの?)

(あの巨大工場でなにが起きているか知りたいんです。なんとしても早く知りたい。好奇心がうずくんです。いけませんか?)

いけませんか、とは……。コンピュータにしては開き直った挑戦的な言い方だ。クリスはあきれて首を振った。

隣をふたたびパトカーが通った。今度は警官が一人で運転している。交通の流れを縫うのに忙しく、周囲にはあまり目を配っていない。アラブ地区はこれが普段どおりなのかもしれない。

(ネリー、今回の会話の全記録と、その間のあなたの内部処理記録を保存しておくこと。帰ったらトゥルーおばさんに見てもらって検証するから)

(保存しました)

(データを見ていいわ)

(開始します)

ネリーはそれっきり静かになった。

クリスは歩きつづけた。なるべくうつむき、傷みのひどい狭い歩道を見て歩く。低い縁石には古い乗用車やトラックがタイヤをこすりつけたり、半分乗り上げたりして駐まっている。歩道はそうやってますます傷んでいく。

他の歩行者にぶつからないように注意した。若者が年長者に会ったときにどう対応しているかも観察した。多くは〝こんにちは〟や〝お元気ですか〟にあたる地元の言葉で挨拶しているようだ。クリスはなにも言わず、お辞儀だけをした。無言も礼儀の許容範囲であることを願うしかなかった。

だんだん見覚えのある通りになってきたところに、ネリーが教えた。

(警察無線が活発になっています。内容は暗号化されていて、解読するには時間と処理能力が必要になります。どうしますか？)

(発信元はここに近いの？)

(わかりません)

通りの他の若者たちとおなじ歩き方をするために全身の筋肉に集中しながら、八百屋、服屋、銀細工店、皮革店、織物店などを通りすぎていった。どれも小さな店だ。店先に立っているのが店主だろう。客に声をかけたり、隣の店主と話したりしている。

通りを渡ろうとしたとき、白と黒のパトカーがまた通りすぎた。ややスピードを出している。クリスは道を渡って果物屋の屋台によりかかり、警官たちがどこへ集まっているのか見当をつけようとした。しかしはっきりしない。どこかでサイレンがふいに鳴って、すぐに沈黙した。回転灯は見えない。

クリスはゆっくりと横道にはいった。なにげない足どりでジグザグに道を曲がる。通りすぎる窓のガラスを利用して背後のようすに目を配る。これで尾行されているとしたらよほど巧妙な相手だ。さらに何人かの警官とすれちがった。だれもこちらを見ない。

そうやって五分ほど歩きつづけた。ナノガードの報告ではなく、ネリーが警告した。

(また警官が何人かやってきます)

クリスは〈ファティマのキッチン〉の裏口に飛びこんだ。

16

「帰ってきてくれてよかったよ」ソリルは不機嫌そうな顔で言った。「ナビルは停められた。なにもされなかったけどね。でも、めあての少年が乗ってたら、ただじゃすまなかっただろうね。少年は姿を消さなくちゃいけない。これを着な」

丸めた布を渡され、クリスは振って広げてみた。通りで一部の女たちがまとっている、頭から爪先までをおおうローブだった。ソリルはさらに指示した。

「靴を脱いで。はだしになるんだ」

クリスはたじろいでいた。ナビルとその息子たちはなにもしていない。あの灰色の警備主任は彼らになにをしたのだろう。悄然として靴と帽子を脱いだ。ローブをかぶって、反射的にネリーのアンテナを確認しながら考えた。ここであきらめたら……ナビルはむくわれない。前進あるのみだ、兵士。

「妊婦みたいな歩き方でついてきな」ソリルが言った。

「妊婦って……どんなふうに？」

「まわりの女を見てれば――」

クリスはさえぎった。

「わたしのまわりに妊婦はほとんどいなかったの」

ソリルは棚からトマトペーストの大きな缶をとった。

「これをズボンにつっこんで」

そのとおりにした。十キロ以上ある。姿勢が崩れて歩きにくくなった。

「妊娠するとこんなふうに？」

「そんな感じだ。おいで」

ソリルは裏口から出て早足に路地の奥へはいり、小さなドアを開いた。狭い階段を上がっていく。

大部屋があった。明かりはない。屋根の高い切妻に開いたいくつかの窓から光が差しこみ、室内に漂う塵を浮かび上がらせている。黒っぽい布の山と明るい色の糸の束が見える。薄暗いなかに四人の女がいた。ローブで全身をすっぽりとおおい、編み仕事をしている。壁にかかった絨毯の下端に糸を編みこんで伸ばしている。床には三人の幼児と、籠にいれられた二人の乳児がいた。埃と、布と、女と、赤ん坊の匂いが充満している。

小柄な一人の女が手もとから顔を上げた。ローブにはベールがかかり、顔は見えない。しかしその奥に鋭い観察眼を感じてクリスはひるみそうになった。ローブの奥から出てきた声は、老いていても力強かった。

「こいつかい。ずいぶん大きな頼みごとだね、末っ子の嫁よ」

ソリルはお辞儀をした。

「アブドゥルの求めをお願いしているだけです。みんなもおなじです」

「そうなのかい」年配の女はクリスに手を伸ばした。ローブの上から一度探っただけで肘をつかんだ。「ではアッラーの思し召しのとおりにしよう。ティナの隣へ行きな。ティナはここで一番手が遅い。横で手伝うんだ。妊娠してるから、歩き方も真似るといい。あんたの姿勢はまるで兵士だよ」

「気をつけるわ」

クリスは答えて、ついていった。

ソリルは店に帰ろうとしかけて、振りむいた。

「はだしになってないね」

「ローファーは脱いだけど」

「靴下のようなものを履いてる。慎ましい女はそういうものを履かないよ」

クリスは自分のローブの内側をのぞいた。シャツとズボンの下にはボディスーツを着ている。これが守りの要(かなめ)だ。しかしここでは、まるで道化師の服のように目立ってしまう。スーパースパイダーシルク地はどんな刃物も防ぐのだが。

「ちょっと待って」

クリスはシャツとズボンを脱いだ。それらは布の山のなかに隠された。防弾ガードルはあとでまたつけることにした。ボディスーツは脱ぐのにやや時間がかかった。付近に停車したパトカーの台数をネリーがかぞえる。八台か九台になったところで、クリスはボディスーツを脱ぎ終えた。

年配の女はそれを受け取り、しげしげと眺めたり匂いを嗅いだりした。

「これをどうしろって？」

「たとえば、ティナにあげて腹巻きにするとか」

「だめだよ。年若い孫娘にそんなことはさせられない。あんたが自分の腹に巻きな。よけいなことはなにもしゃべっちゃだめだよ」

「大丈夫よ」

クリスはボディスーツを返された。防弾ガードルをまたつける。これで腹部を撃ち抜かれる心配はなくなった。その上からボディスーツを巻いて背中で縛った。トマトペーストの缶を腹に縛りつける形になった。

ソリルが立ち上がり、クリスをじっと眺めた。

「よさそうだね。ただ、ちょっと背が高すぎる」

「母からもいつも言われるわ。危険なのにありがとう。ナビルの安全を祈ってるわ」

「ナビルはアッラーの思し召しに従って生きるだけだよ。あんたがそれを無駄にしなけりゃいい」

ソリルは肩ごしに言い残して帰っていった。

クリスはティナのほうをむいた。女は絨毯のまえにすわり、クリスのほうを見上げている。

ローブのベールのせいで顔はわからない。

「隣に立って。糸を渡すから、それを織機の上に通して、こっちに返して。そうすればわたしはいちいち立ち上がらなくてすむ。わたしもお腹の赤ちゃんもありがたいわ」

「予定日はいつ？」

妊婦の話題にはうといが、これが頻出の問いであることくらいはわかる。

「一ヵ月後よ。初めてのお産なの」

誇らしさがベールごしにも伝わってくる。

ネリーが脳裏で報告した。

（警官が店に一軒ずつはいってあなたを探しています。聞きこみをしている警官たちは詳しいことを教えられていませんが、捜索対象がプリンセス・ロングナイフらしいと薄々感づいています）

（つまり、苦労して変装した意味はなかったわけね。データ分析はどう？）

（実行中です）ネリーははぐらかすような返事をした。

（いつもなら中間報告があっていいころじゃない？）

（途中で報告をして、あとから修正したくありません）

（まちがえるのが怖いということ？）

（現時点での発見と考えられるものを報告したら、あなたは何人かに送信するでしょう。それが危険を招きます。安全を考えて報告を控えています）

（というより、本当は自分が発見したものが理解できなくて……）

（海軍級の大型レーザー砲です。八インチ砲の製造ラインが三本。それとはべつに十四インチ、十六インチ、十八インチ砲の製造ラインも）

（十八インチ砲まで！）

（トゥランティックプライド号がプレジデント級の兵装一式を搭載しようと思えば、充分可能だと思いませんか？）

この星に来るときに利用した旅客船を思い浮かべた。見た目の豪華さを忘れれば、船体はとても大きい。厚さ一メートル以上の氷シールドを張って、十八インチ砲を十門ほど据えつければ……クリスがパリ星系で一触即発の状況になった戦艦にも立ちむかえるだろう。まちがいない。

（その大砲の製造ペースは？）

（計算中です。ただ、レーザー砲は強力な電源を必要とします。それをまだ発見していません）

（火のないところに煙は立たないと言うでしょう。発射する電源がないのにレーザー砲をつくるわけがない。これは動かぬ証拠よ。ハイトゥランティックのドックでは六、七十隻の商船が軍艦に改装されている。完成すれば人類宇宙で九番目に大きな艦隊になる）

（このことを急いでだれかに伝えるつもりですか）

（いいえ、しばらく待つわ。分析が完了したら、ナノガードをここから数キロ自力飛行でき

るように改良する。それから知らせるべき人々に知らせる)

(離れた仲間に送信依頼をするわけですね。それなら尻尾をつかまれにくくなるでしょう。ところで、警官が四人、下の店にはいりました)

「来たわよ」

クリスが口を開くより早く、年配の女が警告した。手もとから目を離していない。クリスも糸を自分とティナのあいだでやりとりする作業を続けた。ティナも無言で仕事をしている。クリスは前かがみの姿勢を心がけた。トマト缶が重くて背中に負担がかかる。糸を渡してから右手で痛む腰を押さえた。ティナは自分の側の作業をして糸を返してきた。

「お腹に赤ちゃんがいるとみんなそうよ」

笑みをふくんだような声でティナは言った。

階段が騒々しくなった。言い争う大きな声と、重い足が駆け上がってくる階段のきしみ。三人の幼児のうち上の二、三歳くらいの二人がドアのほうへ駆けていった。もう一人は母親の服をつかんで泣き出しそうになっている。

白いローブ姿の男があらわれた。ローブは靴に届くほど長く、胴着は黒で、小さな縁なし帽をかぶっている。男はあとずさりながら部屋にはいってきた。

「ここにいる女たちは、わたしの妻と、義母と、子どもたちだ。婦人部屋(ハレム)なんだぞ。よその男はのぞくな」

しかし強い力で押しのけられ、三人の男たちがはいってきた。シュアファイア・セキュリティの灰色の制服を着た警備員たちだ。

幼児の一人は、「パパ、パパ」と叫びながら男にしがみついた。男は抱き上げてなだめようとした。もう一人の幼児はべそをかいて女のほうへ走っていった。三人目の幼児は力のかぎり泣きはじめた。籠のなかの赤ん坊もとまどうように喧騒に加わった。

年配の女が警備員たちの正面に立ちはだかった。ローブの下で子どもが幽霊ごっこをするように両手を震わせ、かん高い大きな声で早口にまくしたてた。クリスにはわからない言語だ。

(わたしはわかります) ネリーが脳裏で解説した。(ラクダでさえ赤面するような汚い表現で、この警備員たちをののしっています。ただし神を冒瀆する言葉は一言も使っていません)

「この女を黙らせろ」

袖に警備班長の階級章をつけた男が、白いローブの男に要求した。男は声をかけたが、女の声はますます大きくなっただけだった。班長のうしろの二人は女の迫力に圧倒されたようになった。

「イグ、この女を身体検査しろ」

班長は命じて、調べる予定の女とローブの男のあいだをさえぎるように立った。ローブの男は叫んだ。

「そんなことは許されないぞ！」

班長は男を押しのけようとした。しかし男に抱かれた幼児がその手にかみついた。班長は手を振って幼児から離れた。

ローブの男は義母になにか大声で言って、班長への抗議を続けた。

「これはわたしの権利だ。異教徒はけがれた手でアラブの女に触るな。どうしてもというなら女の警備員を呼べ。それ以外はだめだ。訴えるぞ！　わたしの息子の義弟は弁護士なんだ。告訴する！」

イグは気乗りのしないようすで身体検査をしようとし、年配の女はその手を払いのけつづけている。班長はとうとう大声で中止を命じた。

「わかった。身体検査はやめだ。女を呼べばいいんだろう」

警備員たちはドアのむこうに出ていった。ローブの男と義母に妻が加わり、三人で幼児をなだめはじめた。他の女たちは赤ん坊をあやしている。ティナとクリスは絨毯を編みつづけた。

五分後、大柄な女性警備員が男性警備員たちを押しのけて部屋にはいってきた。灰色の制服には警備主任の階級章がついている。

「どうした、班長」

「はい、主任。この女が、身体検査をするなら女の手でときかなくて」

「マムはやめろ。あたしは仕事でやってるんだ。プリンセス・ロングナイフじゃない」

「主任の美貌に見とれてるんですよ」班長の背後でだれかが言った。

警備主任は班長をやや乱暴に押しのけ、小柄な年配の女に近づいた。そのローブを軽く引き上げて、小さなしなびた足を確認する。

「探してるのは身長百八十センチの少年だ。この婆さんがそんな背丈に見えるか、班長？」

「いいえ、主任」

「そうか。この男は調べたのか？」

「はい、階下で。ここの店主です。チビで太っているので、該当しません」

ローブの男は黒く太い眉毛の下から班長をにらみつけた。

警備主任は次の女に移った。

「めあての少年が背中を丸めてるのかな」

ローブをめくると、幼児が女の乳房を満足そうにしゃぶっていた。

警備主任にくってかかる男を、班長は引き離そうとした。小柄な義母はその膝を蹴り上げ、班長は脚をかばって片足で跳んで逃げた。二人の警備員はまだ男を警備主任から引き離そうと格闘している。幼い子どもたちの泣き声が混乱に拍車をかけた。

しばらくして事態はやっと落ち着いた。男と義母は部屋の隅で警備員に押さえられた。二人の幼児はそこにしがみついている。妻はローブのなかで子どもをあやしはじめた。警備主任はもう一人の母親のローブを引き上げた。しかし赤ん坊のこうばしいおしめを交換しているのを見て、その肩に軽く手をおいて終わりにした。

警備主任はティナとクリスを指さし、反対の壁のほうへ手を振った。

「そこの二人、そっちへ行け」

　クリスはティナに手を貸して立たせた。若い妊婦は背中をさすり、うめきながら立ち上がった。片手で腹をささえ、反対の手を背中にあてて、警備主任がしめした場所へよたよたと歩く。

　クリスもできるだけ出産を控えた母親の演技をした。トマトペーストの缶の下に手をいれてささえると自然に腰を曲げた姿勢になる。薄暗いのでよくわからないが、警備主任の顔は青ざめていた。

「壁に背中をつけろ」

　ティナはそのとおりにした。するとそれなりに腹が突き出した。

　クリスは壁に背中をつけて肩を丸め、できるだけ背丈を小さく見せようとした。

「スカートをめくって足を見せろ」

　ティナは腹の下にいれた手で指示どおりにした。クリスはこれも真似た。

　警備主任は捜索対象がみつからないので不機嫌そうな顔で、ティナに手を伸ばした。すると突然、ティナは体を二つ折りにした。警備主任にもたれかかり、悲鳴をあげて糸の袋の上に倒れる。ローブがめくれて両脚がむきだしになった。それどころか……ローブの下は全裸だった。

「赤ちゃんが……産まれる！」

　ティナの悲鳴は、大騒ぎの声に飲みこまれた。大人たちは怒鳴り、子どもたちは泣きわめき、警備員たちはおろおろしてドアのほうへ退がった。クリスは叫び声をあげてティナの膝のあいだにしゃがみ、手を振りまわしたり指さしたりした。

警備主任はあわてたようすでドアへもどった。

「まったく、はだしの女と妊婦ばかりだ」

班長が隣を歩きながら言った。

「出産を手伝わなくていいんですか？」

「あたしがそんなことに詳しいと思うか」

子どもたちは泣き叫ぶ。ティナは間欠的な悲鳴を漏らし、その声が警備員たちを追い立てる。敗走する部隊のようにあっというまに警備員たちは部屋から撤退した。

小柄な年配の女は、ティナのローブをなおして下半身を隠してやりながら訊いた。

「どういうつもりだい」

「練習よ」

ティナは答えて、また悲鳴をあげた。

「ミルダから正しい呼吸法を教わったはずだろう。そんな息継ぎじゃ、あたしのときよりはるかに痛い思いをするよ」

「でもあの連中にはわからなかったわ」

ティナはいたずらっぽく答えた。年配の女は孫娘をローブごしにポンと叩いた。そしてクリスのほうをむいた。

「今回はアッラーのご加護があった。いつまでその恩寵に頼らなくてはいけないんだい？」ロープの男が近づいた。

「できるだけ早く出ていかせます」

「六時か七時までには帰らなくてはいけないから」クリスは答えた。

女は皮肉っぽく言った。

「パーティのまえに着飾るためかい？」

「ええ、たしかに今夜はパーティに出なくてはいけないわ」

それを聞いて女たちがざわめいた。しかし年配の女はローブのなかで首を振っただけだった。

「どんなパーティに？」

「いつもどおりの催しよ」

「おまえたち、うらやむことはないよ。この女にとっては楽しいことじゃなく、気苦労の種らしい」

階段を若い男が駆け上がってきた。ティナが横たわった場所へまっすぐ行く。言葉はわからないが、恐怖と愛情に満ちたやりとりがあった。話が終わると、男はクリスのほうへやってきた。ローブとベールで顔が隠されていても迷わないようだ。

「五分後にタクシーが来る。歯が痛い男を歯医者に運ぶという話になっている。これを」

男は自分の胴着と白いローブを脱ぎはじめた。クリスもローブを脱ごうとした。しかし年配の女がそれを止めた。

「孫が出ていくまでお待ち」

男は言った。

「でも、おばあさま、この女は異教徒です。異教徒に慎みはない」

「わたしに慎みがあるんだ。孫娘の婿が異教徒の女を見て欲望を持つのを許すわけにはいかない」

男はスラックスと白いTシャツ姿で、六百の惑星のどこへ出しても慎みがあるといえる服装だった。しかし肩をすくめておとなしく階段を降りていった。

クリスはローブを脱ぎ、ガードルをいったんはずして、透明なボディスーツをもとどおりに着はじめた。年配の女は鼻を鳴らした。

「上品な女がこんな下着を」

クリスは顔を上げずに説明した。

「五歩離れて撃った四ミリ弾を防ぐ性能があるのよ」

「ほほう」驚きと納得の声が女から漏れた。「それほど世間を恐れているのかい？」

すると娘の一人が言った。

「わからない、お母さん？　彼女は昨日のニュースに出ていたわ」年配の女が答えられずにいると、娘は続けた。「こちらはプリンセス・ロングナイフよ。裕福さはアリババ以上。権力は——」

「でもこんなにおびえて生きているわ」クリスはさえぎった。ボディスーツをようやく着終えて、ガードルをつける。「今日は本当に助かったわ」

小柄な年配の女はクリスの正面に立った。

「北大陸で人々が病に倒れていても、ワクチンを提供しないというのは本当なのかい？　莫大な富を持ちながら、この星の政府が要求額を出せないという理由で、病気の蔓延に恐れおののくわたしたちを見殺しにするのかい？　もしそうなら、あんたはとても貧しいよ」

「おばあさん、わたしの父も曾祖父も在庫のワクチンを一つ残らずこの星の人々に提供して、見返りはなにも求めなかったはずです。でも肝心のワクチンが倉庫から盗まれていたせいで、それができなかったのよ」

クリスは年配の女の灰色のメッシュのベールに隠された顔をじっと見つめた。

女はクリスに白いローブをかぶせ、しゃがんで、孫娘の婿がおいていった胴着を着せた。

「信じよう。この世に巣くう悪者たちがワクチンを盗み、強大な力を持つはずのあんたにこんなものを着させるほど恐れさせているんだね」

クリスは胴着に腕を通しながら言った。

「市内を跋扈（ばっこ）する悪者から逃れるために、ここに一時避難させてもらったわ」

「帽子を」ティナがクリスに手渡した。

クリスは手を止めてアンテナの受信状態を確認した。

（ネリー、正常に働いてる？）

(服のためにやや阻害されていますが、追ってくる無骨者たちを振り切るために必要な性能は発揮しています)

さまざまな色が編みこまれた帽子をかぶる。年配の女がスカーフを持ってきた。

「アッラーのご加護とお導きがありますように」

肩にかけられたクリスは、プリンセスでありながら女から祝福された気持ちになった。

階段のドアのところにソリルがあらわれ、女たちと強い調子で話をはじめた。ネリーによると、警備員たちの不敬と粗暴さについてらしい。宗教的に適切な礼儀作法を求められる場所は下の階にもあるのだ。長くなりそうな話を中断して、ソリルがクリスのほうへやってきた。袋をさしだす。

「アブドゥルは帰ってきたわ。この袋にあんたのメイド服と、ハンドバッグと、レインコートがはいってる。顔を隠すのにちょうどいいスカーフも。女はこれで口もとまでおおうこともあるのよ」そのとおりにやってみせた。「ヒルトン・ホテルのメイドがスカーフをしてもおかしくない。今日はそうしたほうがいい」

ふいに手を止め、真顔で訊いた。

「この大騒ぎにはそれなりの理由があるんだろうね」

「今夜のニュースを見て」

クリスにはそれしか言えなかった。いま考えていることを実行すれば、サンドファイアが造船所でやっていることは明るみに出るはずだ。とはいえ、いまはまだクリスとネリーしか空の上の出来事を知らない。

ソリルはクリスのローブをたくし上げ、メイド服とレインコートを太い紐でクリスの腰に縛りつけた。

「これで資産家の男のように見えてきたよ。顔に皺も描いておいてやろう」

化粧用のペンシルを使って顔の印象を変える。クリスは自分でもわからない顔になって、一階への階段にむかった。年配の女がさらに変装のアイデアを加えた。

「歯医者に行くなら虫歯が必要だろう。この赤い糸の束を嚙んでおきな。うまくいけば血が出ているように見えるよ」

クリスは言われたとおりにして、深呼吸して階段を急いで下りた。曇り空がとうとう雨に変わりはじめていた。大きな雨粒がポツポツと頰にあたる。化粧は耐水性だろうか。

外には年長の男が傘を広げて待っていた。階段の下からべつの裏口へ案内し、自分の絨毯店のなかを通っていった。急ぎ足の早口でアラビア語をしゃべりつづける。二人分の話し声に聞こえるだろう。店の床に積まれたり壁にかけられた絨毯を眺める暇もなく、表に出た。

店の前にはタクシーが一台、狭い通りをさえぎるように停まっていた。後続の車の運転手はクラクションを鳴らしながら怒鳴り、手を振っている。タクシーの若い運転手も大声と身ぶりで応じている。クリスはアブのタクシーを期待していたのだが、えり好みをしている暇はなかった。後部座席に押しこまれ、傘を持たされる。タクシーは背後のクラクションを圧するエンジン音を響かせて出発した。

運転手の若者は走りはじめると機嫌がよくなった。窓を開け、ラジオから大音量の音楽を鳴らしている。音楽はこの文化圏のものらしいが、鳴らし方に親の世代は眉をひそめるだろう。音楽にあわせてガムを噛み、信号で停まるとドラムがわりにステアリングを叩く。

客に行き先を尋ねようとしない。曲がり角のたびに曲がり、六ブロックほど行ったところでようやく振りむいてクリスを見た。

「灰色のラクダ野郎どもはつけてきてないっすね。四本先の通りが封鎖されてますよ。突破しましょうか」

「突破？」とんでもないタクシーに乗せられてしまったと思った。

「いや、路地を走って迂回するだけっす。裏をかいて。音楽かけて蛇みたいにくねるんすよ。勝手知ったるおれの町」

「できれば目立つことはしてほしくないわ」

「目立たないのがご注文なら」運転手は黙った。走りながらでもステアリングでリズムをとりはじめた。「お望みどおりにね、お客さん」

検問所の手前は二ブロックにわたって渋滞していた。もっと長い渋滞を予想していたが、そうでもなかった。多くの車が道路脇に停車し、暇をつぶしながらのんびり警備員の検査を待っている。クリスは窓枠に頭を寄せて外をのぞいてみた。たいていの車は短時間で通過している。たまに列から出されて詳しい検査を受ける車もある。

クリスは自分の白いローブをさわってみた。腰にくくりつけた服の束がある。身体検査は受けたくない。

（ネリー、工場についてのデータ分析は終わった？）

（完了しています）

（メッセンジャー・ナノマシンをつくるための設計情報はデータベースにある？）

（いくつかあります。トゥルーから組みこまれた自己組織化素材の一部を移植しましょう。この物質を数ミリグラム使えば、残りのスマートメタルから適度な大きさのメッセンジャーを四個つくれます。今夜のパーティでティアラが必要になったら厄介ですが）

（パーティなんか無視していいわ。一個のメッセンジャーにはクリーフ上院議員の電話番号をいれて北へ飛ばして。次は昨日のクラッガスという女性記者の番号とともに西へ。三番目はホテルのスイートへむけて東へ。最後は大使あてに南へ飛ばして）

（三キロ飛んで手近のネットアクセスポイントをみつけ、送信するようにします。どこかで回収できるようにしますか？）

（いいえ、任務完了後は自己溶解。証拠を残さないように。大使あてのメッセンジャーが飛ぶのは二キロだけでいいわ）

（すべて飛び立ちました）

天気がしばらくもつことを願うだけだ。

列はゆっくりと動いていく。数台が列から検査のほうへ出された。銃口をつきつけて降車を指示されている車もある。空気は湿って重苦しい。一台がバックして列から離れようとした。しかし灰色の警備員が検問所から走っていって、列にもどらせた。

「子どもがトイレなのよ」

かん高い声が聞こえた。しかし警備主任は容赦しなかった。

「そのへんの瓶にでもさせろ」

クリスの運転手はラジオの音量をさらに上げ、強烈な低音のリズムにあわせて手まで叩きはじめた。列の先頭までまだ五台あるが、すでに検問所の警備員が眉をひそめてこちらを見ている。クリスがうめいたのは演技ではない。大音量で歯が振動し、頭が割れそうだ。口のなかは乾いていなかった。空咳をして唾を吐いた。路面に落ちた唾は赤く濁っている。

（ネリー、大使あてのメッセンジャーはいつごろ送信ポイントに着きそう？）

（横風で苦労しています。少々長くかかります）

音楽は続いた。列はのろのろと進む。他の車も音楽を鳴らしはじめた。それぞれ異なるラジオ局にあわせている。クリスはドアにもたれようとして、あわてて離れた。ドアまで振動していた。

まえの車がタイヤを鳴らして発進していった。タクシーは軽く前進した。灰色の警備員が顔をしかめて車内をのぞきこみ、手をつっこんでラジオを消した。

「三十分前から早く止めたくて苛々してたんだ」

「なんだよ、消さなくてもいいじゃん。最高の音楽なのに。これで落ち着くんだよ」

運転手は消えたビートにあわせてまだステアリングを叩いている。

「行き先は？」

「街中の歯医者。うしろの男が虫歯で、痛いみたいで。早く着いたら倍払うって話だったのに、こんなとこで止められちまった。大損だ」

「おれたちの探し物がみつからないともっと大損するぞ。免許見せろ」

運転手は書類立てをつかんだ。乗客に提示するためのプラスチックの書類ばさみから免許証を出すのに四苦八苦している。手間どっているあいだに、二台の警備車両のあいだで大声のやりとりがあった。白と黒のパトカーがやってきてバリケードのそばに停まった。

(なにがあったの、ネリー)

(メッセージの一つが傍受されました)

(本当に傍受されたの？　コピーされただけ？)

(判別できません。しかし、相手にとって知られたくないメッセージが外に出ていることはわかったはずです。そして……そのメッセージの出所も)

運転手はようやく免許証を引っぱり出した。しかし警備員は一瞥しただけだった。べつの車のほうから自分を呼ぶ声に気をとられている。免許証を運転手に返し、白と黒のパトカーが去っていくのを横目で見てから、クリスに訊いた。

「名前は？」

「このおっさんは英語が下手なんすよ」

運転手がかわりに答えて、クリスにむかってアラビア語をまくしたてた。クリスはうめいて、ふくらんだ口を手でしめし、もごもごと声を出した。シュアファイア・セキュリティの警備員たちを乗せた車とパトカーが隣を通過していく騒音で、その声はかき消された。

「サイード・アブ・トワーンだって」運転手は言った。

「通ってよし」

警備員はそう言うと、残った警備車両のほうへ走っていった。急げと警備班長から怒鳴られている。

「彼らが出ていくまで待って」

「そのつもりです」

運転手は急にまともな英語をしゃべるようになった。前方を横切る車両がいなくなってから、ゆっくりと発進した。ラジオは局を切り換え、音量を下げた。クリスにとって好ましい音楽が流れはじめた。

数台の車が追い越していく。赤信号までにすこしでも先へ出たいようだ。運転手は流れに乗ってから、クリスのほうに振りむいた。

「さて、行き先は？」

クリスは糸の束を吐き出して答えた。

「エレベータへお願い」

運転手はウィンカーを出してレーン変更した。

「あの豆の木をするすると登るわけですね。この騒ぎの原因も知ってるんですか？」

「そのつもりよ」

「話してはくれないだろうと、アブおじさんから言われましたけどね」

「おじさんの言葉は正しいわ」

クリスは胴着を脱いだ。ローブの内側に腕を引っこめて、腰に縛ったレインコートとメイド服の紐をほどきはじめる。

運転手は小さな笑みで答えた。

「まあね。でも年寄りは臆病だ。年寄りの言うことばかり聞いていたらつまらない人生になる」

「だったら臆病な若者のアドバイスも聞きなさい。年寄りに耳を傾け、つまらなくても長生きすることよ」

クリスは茶色のメイド服を広げると、ローブを脱ぎはじめた。

「そんなにまずい状況なんですか」運転手の真剣な顔は、長続きしなかった。「うわっ、噂に聞くタクシー車内で着替える女性客。アブは見たことあるって言ってたけど、ホラ話だと思ってた。ああっ、せっかくの眺めなのに」

クリスはシートの足下にしゃがみ、メイド服を頭からかぶった。

「悪かったわね」

「つまんないなあ。命がけで異教徒の美女を守ったのに、生着替えを拝めないなんて、人生は不公平だ」

クリスはメイド服のボタンを留めはじめた。

「人生は不公平なものよ」

運転手はミラーごしに見た。

「でもおっぱいはデカいっすね」

クリスは思わず笑った。しかし女たちがぶかぶかのローブを着ているこの地区で生まれ育ったら、女性の胸についての評価眼が肥えていないのはしかたないだろう。

クリスはメイド服のボタンを留め終えた。運転手はそれを見た。

「しわになってますよ」

見下ろすとたしかにそうだ。ホテルの裏口へむかう途中でレインコートを捨てたら、メイド長にだらしない服装を見とがめられて、帰れと命じられるだろう。帰るべき部屋がホテルの最高級スイートルームであることを説明できるだろうか。

どうしたものか。

しかし結論を出すまもなく、ターミナル駅に到着した。メーターに表示された料金は三桁。しかしクリスのポケットにコインは数枚しかない。しかたなくクレジットカードを出したが、若い運転手は笑ってそれを押し返した。

「タクシー代もないだろうって、アブおじさんから聞いてました。アブにつけておきます」

逆に自分のポケットから現金をいくらか出した。「エレベータ代に使ってください」

「そんな、受けとれないわ」クリスは断った。

「こっちもクレジットカードは使えません。気づかれるのはおたがいにまずい。あなたは豆の木の上に帰らなくちゃいけない。おれたちアラブ人はバカじゃないんです、プリンセス。でもあなたがたは……どうかな」

クリスは現金を受けとった。

「わたしたちもバカじゃないわ。プライドがあって頑固なだけよ」

「これがこの町の生き方なんですよ」運転手は若さに似合わないまじめな顔で言った。「あなたをエレベータまで無事に送りとどけたとおじさんには報告しときます。ここから先は大丈夫ですね？」

クリスはそびえ立つエレベータを見上げた。

「もう何度も昇ったわ。一人で行ける」

17

運転手の若者は笑って車の流れのなかに消えていった。

クリスはスカーフを頭に巻き、顔の半分を隠した。望まない仕事に出勤する女のようにうつむき、改札機に現金を投入する列に並んだ。四時で交代時間に近く、出勤する従業員はそれなりに多い。エレベータ上昇中の三十分間は歩きまわった。カフェを三回通ったが、尾行者らしき人影はなかった。移動中の警官はいた。しかし女性用トイレの詰まった排水管を直す手伝いで忙しいようだった。

スイートへ帰り着くための作戦は立てた。

人ごみといっしょにエレベータから降りて、第一サークルへ出た。ステーションで最大のフロアをなす大通りだ。スライドカーに乗って第一停車場から第二十二停車場へ。そこからホテルは歩いて三分だ。ロビーの三番目の入り口へ迎えにくるようにというジャックへの指示を、ネリーに送信させた。

(メッセージは送信のみ。話さないし、返信も受けない)

(実行しました)

(警察の通信で目立った動きは？)

(ありません。いえ、ありますね。活発になっています。すべて暗号化されています。十分あれば解読できます)

(状況を三分以内で理解できなければ無駄よ。やらなくていい。それよりも付近で警察の動きが多くなったら教えて)

うつむきかげんの一定の歩き方で、ホテルの最初の入り口前を通過した。とくに警戒はされていない。しかしこんな姿で一人でロビーを横切ってエレベータへむかったら、不審に思われて途中で止められるだろう。クリスは外を歩きつづけた。

灰色の制服の警備員が三人、中央玄関からロビーへ息を切らせて駆けこみ、周囲を見た。クリスはその入り口前も通過した。見まわす警備員には背をむけている。

大きなアーチになった三番目の入り口は、エレベータホールのすぐそばだ。シュアファイア・セキュリティの警備員らしい二人がリラックスしたようすで立っている。

そこへ、ジャックとクラッガスと三人の警護官が早足に出てきた。クリスはさっと右へ方向転換して彼らに合流した。ジャックと警護官たちは機敏にまわれ右をして、厳重な箱のようにクリスをとりかこんで歩きはじめた。そのまま灰色の警備員たちを押しのけて通る。警備員たちは口を開くまもない。

クリスは頬の詰め物を口から出して、スカーフといっしょに茶色いレインコートのポケットに押しこんだ。そのレインコートはジャックが預かり、かわりにクラッガスがロイヤルブルーのレインコートをクリスの肩にかけた。右の襟には大きなダイヤモンド入りの王冠型ブローチがついている。

エレベータの直前で駆け足の足音が背後に近づき、息を切らせて声をかけた。

「そのメイドと話が……」

クリスはくるりと振りむいた。ジャックとクラッガスも振りむき、クリスをはさんで灰色の警備員をさえぎるように立つ。他の警護官はエレベータのドアを開けている。

「どのメイドですって?」

クリスは母親が最高に苛立ったときの声を出した。

警備主任ともう一人の警備員は、クリスのチームをまえにしどろもどろになってあとずさった。正面玄関のほうから警備部長の率いる一団があらわれたが、まだ距離がある。クリスの目のまえの二人は、「さっきの金髪の女は……」と口ごもっている。

「スケジュールが詰まっているのよ。話があるなら大使館を通しなさい」

クリスは尊大に言い放って、背をむけ、エレベータのなかにはいった。呆然とする警備員たちのまえでドアは閉まった。

「ああ楽しかった」クリスは笑った。

「危ないところだった」ジャックはうめいた。

「ああやって追い払(プル・オフ)うしかなかったのよ」

「それで、なにか成果(プル・オフ)が?」クラッガスが訊いた。

「べつに、なにも」

クリスはエレベータ内の長椅子に上品に腰かけ、茶色のメイド服を青のレインコートが隠していることを確認した。

警護官の一人がもの問いたげな視線をクラッガスにむけた。警部はきっぱりとした態度で首を振る。警護官たちはエレベータのドアにむきなおってじっとした。

スイートにもどると、クリスはアビーの言いなりになった。あっというまに浴室に連行され、メイド服とボディスーツを脱がされて浴槽に放りこまれた。

「これをつけて化粧を落としてください」

指示どおりにするとクリスのメイクはすぐにとれた。

待っていたネリーの宣言が流れた。

「安全確認を終えました。ロビーで拾ってきた四個の盗聴器を処理しました」

「ペニーの具合は？」クリスはアビーに訊いた。

「いまは落ち着いています。ジャック、はいってきて。受けとったメッセージについて報告を」

「例のものは受けとりました」

ジャックの声だけがした。クリスが振りむいても姿は見えない。ということはむこうからも見えないはずだ。

「見た？」

「もちろん見ました。巨大なひどい工場だ。造船所にはいっている船を全部武装してもまだあまる。もっと多くの商船を改装するつもりにちがいありません」

「なんてこと」クリスはため息をついた。温かい浴槽は心地いいが、のんびり浸かっていられないようだ。「アビー、タオルを」

清潔で柔らかなローブが用意されていた。仮の身支度をととのえるあいだ、ジャックは視界の外にとどまっていた。気を使う男だ。

アビーが言った。

「よろしいですか、十五分以内に浴槽におもどりください。今夜の催しのまえに髪をきれいに洗わなくてはなりません。これでは舞踏会にお出でいただけません。まるで汚いかつらをかぶるために束ねたようです」

「実際にかぶったのよ、今日は」

クリスはため息をついた。ネリーに大使への電話をかけさせると、すぐにつながった。

「ご用でしょうか」

「大使、とても奇妙なメッセージを受けとったわ。無許可の兵器製造についてのものよ。もしかするとそちらにも届いている？」

「よく存じません。しばらくまえに大容量のメッセージが届き、内容は工場かなにかの映像でした。通商部の職員に転送し、その後なにも聞いていません。クリス——」ふいに大使は声をひそめた。デジタルの送信データをそうやって目立たなくできるかのように。「——あれは合法的な情報とは思えません。ウォードヘブンの利益にもならない。犯罪行為の立件に必要な証拠でないなら、痕跡を残さず破棄するのが適当かと存じます」

クリスは、そんな提案を受けたのは初めてというように答えた。

「興味深い指摘ね。大使館の弁護士の意見を聞きたいわ。こちらにもどうやらおなじメッセージが届いているのよ。破棄したほうがいいのであれば教えて」

「ご連絡をさしあげます」

「今夜の席のために髪をセットしろとメイドがうるさいわ。そこで話せるわね？」

「もちろんです」

大使は電話を切った。

（ネリー、次はクリーフ上院議員に）

しばらくして画面にはひどく忙しそうな女が映った。

「手短にお願いします。他に二本の電話に対応中ですので」

「午後に大容量のメッセージが届かなかったかしら」

「いまかけている二本の電話は、それについての相談相手となんです」

「とすると、今夜の舞踏会は無理そうね」

「いえ、かならず出席します。話すべき相手とはほとんどそこで会えるはずですから」

「ではそこで」

二時間後、クリスは舞踏会に出る支度ができた。ただし問題もあった。クリスの母親がつかまされた安物ティアラの残骸を見ながら、アビーが言った。

「海軍仕様のティアラを使うしかないようですね」

「そうとはかぎらないわ。手持ちのメタルを使ってネリーにその安物を再生させるのは可能じゃないかしら」

「できます」

ネリーが答えた。宝飾品の細工師になる意欲満々のようだ。

クリスはトランクにいれたユニプレックスの十キロ初期ロットを探し出した。しかし結論は異なっていた。

「でもやっぱり海軍ティアラでいいわ。これは三回しか形状変更できないし、それに……」

考えの後半は続けなかった。

アビーは海軍支給品の無愛想な銀色の輪を不愉快そうに見た。

「どうしてもとおっしゃるなら」

「ダイヤモンドかルビーを取り付けましょう」ネリーが提案した。

「いいえ、これもやめ。戦傷獅子章だけつけるわ。どんな服にも充分な装いになるはずよ」

今夜のドレスは緑なので、青の飾り帯と金の勲章は映えるはずだ。

クラッガスは警護官を全員集めていた。しかし最上階行きのスライドカーへ案内する表情が曇っている。

「どうかしたのか?」ジャックが訊いた。

「ここ以外のところで動きがあるんです。多くの部隊が新しいネットワークに移動するように命じられている。聞いたことのないネットに。かなりの数の部隊です。基幹ネットに残っているほうが少ない」

「場所は？」

「ミッドタウンです。ターミナル駅のそばじゃない」

「暴動でも起きたのか？」

「そういう感じじゃないんですが。プリンセス・クリスティン、あなたのコンピュータでなにか拾えませんか？」

「どうなの、ネリー？」

「特段のことは起きていません。木によじ登った猫が一匹いて、数台の消防車が出て追いかけっこをしています。二局をのぞいてすべてのニュースチャンネルが生中継しています。いまのところ逃げる猫が優勢です」

「くだらん動物ニュースか」警護官の一人がうめいた。

「おれは猫派だ」もう一人が言った。

「たいした今夜のニュースはないな」クラッガスは結論づけた。

この惑星の真相を予定どおりに暴露したら、今夜のニュースはどうなるだろう。そう考えてクリスはニヤリとした。

会場の上の出口に着いたが、クリスはそこで降りず、スライドカーが折り返すのを待って低いほうの出口で降りた。ヒールの高い靴で階段を下りたくなかったし、膝丈ズボンの使用人に大声で名前を告げられるのを避けたかったからだ。しかしこれが裏目に出た。

スライドカーから出たとたん、クリスの警護チームは、おなじくらい大柄で壁のようなタキシード姿の警備チームにぶつかった。クラッガスとさらに体格のいい警護官が二人がかりで通り道を開こうとしはじめた。クリスは背伸びをして、相手方がだれの警備チームかを見た。

「ハンク？」

「クリス？　クリス・ロングナイフなのかい？」

クリスは三人の警護官の背後から呼びかけた。

「こんなところでなにをしているの？」

「名実ともに足留めだよ」

ハンク・ピーターウォルドは笑った。多くの公式文書にはヘンリー・スマイズ－ピーターウォルド十三世と正式な名前を記載される人物。完璧に整った容姿は、わが子のために金に糸目をつけない最近の両親のもとに生まれた証拠（ただし、クリスの両親はべつだ）。相続権を持つ資産の巨大さでもクリスに肩を並べる。どちらが上かは基準にする株式市場によって異なり、日によっても異なる。

トゥルーおばさんは、この男の父親がクリスの暗殺をなんどか試みたと確信している。首相であるクリスの父親は、公判を維持できるだけの明確な証拠がないと考えている。

しかし、とある惑星で両親をまじえずに二人だけで会ったときは、とても好感を持てた。クリスは手を振り、自分の警護官たちを押しのけはじめた。ジャックはうめいた。複数回あったクリス暗殺未遂事件のうちの一回は、二人が愉快なランチを楽しんだ直後に起きたのだ。クリス自身はその事件にハンクはかかわっていないと思っていた。いちおうそう考えている。すくなくとも社交場では楽しく話せる相手だ。そもそも衆人環視の場でクリス殺害を試みたりはしないだろう。

苦労の末に手がふれる間隔に近づき、愉快に笑って、ここでなにをしているのかと同時に尋ねた。

「殿方からお先に」

「父がここに建設した大きな製薬工場がまもなく稼働するんだ。さらにカルビン・サンドファイアが、これほどの規模ならぼくが赴任すべきだと強く主張した。だから来てみたら、到着五分後に宇宙港が閉鎖された。引き返そうとしたら、レーザー銃をかまえた強情な港湾職員が五、六人並んで、〝どこへも行くな〟と命じられた。そしていまにいたるわけさ」

「わたしも四時間差で出発船を予約しそこねたわ。いまも船を探しているところ」

「そしてネットも落ちたままだ」首を振り、「グリーンフェルド星でこんなことが起きたら父は烈火のごとく怒るだろうね」

怒るだけではなく下臣の首を切り落とすはずだと、トラブルなら指摘しただろう。しかしクリスは社交辞令の笑みを絶やさなかった。

「ネットが復旧すれば、わたしのかかえている課題の多くも解決するわ。エボラウイルス用ワクチンを注文して、この強制隔離を解除させたいの。ハンク、あなたの製薬工場ではエボラ対策の薬をなにかつくっていないの？」

ハンクは文字どおり天を仰いだ。頭上には星々と宇宙全体が広がっている。

「それは確認していない。そもそもエボラウイルスはとても厄介で、ワクチン製造には特殊な原材料と処理が必要だと聞いている。製造可能な工場はせいぜい三、四カ所だ。それより、きみの善人おじいさんは、惑星ごとにワクチンを備蓄しておくと言っていたはずだ」

クリスは祖父のアルを弁護した。

「実際に備蓄していたわ。ところが感染爆発の直前に倉庫から盗まれたのよ」

「興味深い偶然だね。しかしもっと興味深いのは、今夜のきみの素敵なドレスだ」

クリスは顔を輝かせ、その場でくるりと一回転してみせた。背中があらわで、体の線がよく見え、右側にスリットがはいっている。

「これならダンスが楽しそう」

「前回会ったときの暗緑色の地味な作業服よりはね。あれは緑で、ぐっしょり湿って、それを着た人々はみんな飢えていた。ところで、ぼくが寄付したものはうまく働いたのかな？」

クリスの笑みは凍りついた。意思の力でなんとか社交的な演技を続けた。ハンクは真実を知った上でこんなことを訊いているのか。息を整えて適切な声で答えた。

「ほとんどはとても有用だったわ。トラックは本当に必要だったから」

「ボートは？」

ハンクの美しく整った顔にはわずかなゆがみも震えもない。クリスは睫毛のあいだから相手を見ながら答えた。

「一部で問題が起きたわ。スマートメタルに欠陥があって、三回目の変形で分解した」

「なんてことだ、初耳だよ。肝心なときにそれが起きたのでなければいいけど」

ここは分かれ道だ。真実を話して出方を見るか、あたりさわりのない嘘をついて今夜を楽しく過ごすか。相手はタキシードが似合う紳士。宴の夕べにエスコートされるには理想的な相手。

「狭い渓谷を抜ける大荒れの濁流の上で、ボートは分解したわ」

「なんてことだ。最悪のときに。申しわけない、クリス」

整いすぎた顔に一瞬だけ、本当にそう思っているような表情が浮かんだ。しかし次の瞬間、その目の奥でスイッチが切り換わるのがわかった。クリスの頭には、〝口は災いのもと〟という父親の口癖が浮かんだ。

ハンクは抑制のきいた声で続けた。

「ぼくの日常よりはるかに興奮する毎日のようだ」口は笑っているが、目は笑っていない。

「きみはそれを楽しんでいるようだね」

ハンクは戦傷獅子章に手を伸ばし、指でなぞった。きれいに爪を整えた指の一本がクリスの胸のあいだを通ったのは、偶然だろうか。

「パリ星系に軍艦が集結したときにきみがやったことを、地球は気にいったわけだ」

その言葉にクリスは思わず身震いした。いつかこの男に真実を話すときがくるだろう。しかしいまは話せない。多くの人目があるなかでは。

「いわゆる出身家への配慮というものよ。一部の長老たちの決定でわたしの曾祖父が王冠をかぶることになった。すると地球の家庭雑貨部門のだれかが、新しいプリンセスのワードローブにそなえるアクセサリーにどうぞと送ってきたわけ」

「そういうものだ。わが家の資産は教皇が軍隊を持っていた時代までさかのぼることが父の自慢でね。ぼくのクローゼットでも探せば似たような飾り物がいくつか出てくるはずだ」

そう言うハンクの目は、クリスをダンスの相手として見ていなかった。むしろ毒蛇を見るようだ。姿さえそう見えるのだろうか。

ジャックがそばで耳打ちした。

「失礼します。ここはスライドカーへの出入りをさえぎってしまいます。それにサンドファイア氏がこちらをちらちらと見ています。ヘンリーをそれとなく探しているようです」

たしかに、この惑星におけるクリスの最大の敵とその他いくつかの目が遠くにあった。目は合わせないまでも、こちらを意識している。

ハンクは眉をひそめかけたが、すぐに表情を抑制し、笑みをつくってサンドファイアのほうに軽く一礼した。

「きっと今夜は彼の紹介する相手と握手しつづけることになるだろうな。ぼくと握手した事実をいつまでも自慢の種にしたい人々と」

　笑みを崩さずにクリスのほうにそう言った。クリスも認めた。

「わたしもたくさんの人と引きあわされるわ。ミッデンマイト大使にまだつかまらずにいるのは奇跡よ」

「おたがい義務に縛られているね」

　ハンクはクリスにむきなおると、右手をとり、腰をかがめてキスした。親指で手のひらをくすぐっている。これにはどんな女も陥落するだろう。しっかりしなさいと、クリスは自分に言い聞かせた。やるべき仕事があるのよ、中尉。

「ぜひあとでダンスを」

　ハンクはお辞儀の途中で目を上げて言った。あいかわらず親指で手のひらをくすぐり、膝やその他の部分を陥落させようとしている。

「しつこい申し込みがあっても枠をいくつか開けておくわ」

「よかった。では一時間ほどあとで」

　ハンクは去っていった。

　ジャックがクリスに訊いた。

「楽しくお話しできましたか？」

　クリスは肩をすくめた。このドレスで肩をすくめると、きらびやかすぎて進路上の障害物と認定されそうだ。

「候補者に気があるふりをする権利が女にはあるのよ」

どうせトムがいたとしてもダンスの予約はペニー、ペニー、ペニーだろう。

ジャックは老齢の家庭教師のように咳払いをした。

「政治的なお味方が何人かいらっしゃいます。どうぞ左のほうへ」

わずかな自己憐憫とともに、クリスは社交上の義務にむきなおった。挨拶の言葉が左右から浴びせられるなかを泳ぎ渡って、クリーフ上院議員と合流した。豪勢に着飾った人々の流れからすこしはずれた静かなよどみをみつけ、話をする。上院議員はクリスの挨拶をさえぎり、うれしそうに小声で言った。

「大統領は意識して窮地から逃れていたようです。あるいは、パーティを開くべき日時の助言を受けていたのか。アーリック上院議員にはナラの身に起きたことを話しました。わたしの娘がなんらかの罠にはまり、彼の娘が大統領のバーベキューのおかげで難を逃れたことは、こちらから指摘するまでもなく理解していました。保守党員であっても愚か者ではありませんから。奇妙な偶然にも前例があります。それから、議会が急に招集されました。ハミルトン星への宣戦布告を議決するためです。だれかに踊らされていると感じている者は数多くいます」

「宣戦布告議案を否決できる？」

「無理です。院内幹事は票読みすらしていないはずです。悪いことになってきました。とても悪いことに」

「今日届いた写真は見た？」

「内容の評価はわたしの手にあまるので、専門家に相談しました。それによると、この足下にある造船所でドック入りしている船団の二倍の数の船に搭載できる海軍レーザー砲が写っているとのことでした。この星で使いきれないほどの武器に莫大な投資がなされているのは……不可解です」

口調が遅くなり、考えこむように黙った。クリスは訊いた。

「ハミルトン星の商船団の規模は？」

（わたしがお答えしましょうか？）とネリー。

（黙ってて）

上院議員は答えた。

「よくわかりませんが、わたしたちより多いのはたしかです。ずっと多い」警戒心を持ったように眉を上げて、「はるかに大規模です」

「正確な答えはわたしのコンピュータに訊いたほうがいいわね。ネリー、ハミルトン星所有船舶の推定総トン数と隻数は？」

「ハミルトン星商船団は、標準トン数でトゥランティック星の三倍弱です。ただしトゥランティック星の船より平均してやや大型のため、隻数は約二倍半になります」さらに脳裏でささやく。（どうですか、クリス。人間らしい対応ができたつもりです。厳密にはちがっても、おおよそは合っているはずです）

（完璧よ、ネリー。トゥルーへの報告書に〝よくできました〟の評価をいれておくわ）

（それだけですか！）

（とりあえずよ。黙って）

上院議員はテーブルのほうへ行き、椅子に腰かけた。クリスもそうした。警護官たちはまわりをかこんだ。ケイ・クリーフはゆっくりと首を振った。

「ハミルトン星が軌道上に所有しているのはパトロール艇程度です。最後に確認したときはそうでした。この通信途絶のせいでよくわかりませんが」

「通信復旧はいつになるの？」

「だれにもわかりません。昨日はシステム全体を解体してゼロから再構築するという発表がありました。でも従来とおなじ部品をまた組み立てるだけ。改善になりません」

上院議員は天井を仰ぎ、そのむこうのまたたかない星空を仰いだ。

「状況は悪くなっています。ここ数日、地元のネットワークからあちこちの町が脱落しています。ある町がネット落ちしたときは、エボラに襲われて政府がその事実を隠しているという噂がニュースに流れました。わたしたちは調査隊を組織して現地に急行させました。それこそ山を越え、雪原を越えて。メディア関係者も同行しました。結果的には、町は無事でした。ネット落ちしているあいだ、この惑星がどうなっているのか状況がわからず、人々はおびえていただけでした」

「復旧まで長くかからないのであればよかったわ」

「でもその後、また二つの町がネット落ちしました。そのたびにエボラの噂がメディアに流れるんです」

「しつこく残るのね」

「あるいは、だれかがそれを望んでいるのかも」

「ブレーメンの現状は？」

「死者が増加したという報告はありません。一方で、アーリック上院議員は奇妙な話を耳にしたそうです。これまでの死者は検死がなされず、すぐに火葬されたと」

「エボラは無惨な経過で死にいたるらしいから、誤診はないでしょう」

「たしかにそうです。でもブレーメンの医療関係者はとりわけ経験の浅い者ばかりです。そして遺体が火葬されてしまったら血液サンプルを採って検査することもできない」

「エボラと断定しているのなら、血液検査くらいしているでしょう」

「ええ。コンピュータ上に検査レポートはあります。でも追試をしたくても血液サンプルがない。紛失しているんです」

「本当にエボラなの？」

「それはまちがいありません。エボラの初期症状が五十七例みつかっています」

「初期症状？」

「はい」

「どんなふうに初期なの？」

「いい質問ですね。わたしはアーリック上院議員から聞いたのですが、アーリックは支持者の一人から、その支持者は友人から、その友人はブレーメンに親類がいるだれかから聞いたという具合で、真実にたどりつくのはなかなか……」

「ようするに、噂ね」

クリスは笑顔に皮肉をまじえないように気をつけたが、レモンの酸味のようにしみだしていたかもしれない。

「大混乱です。娘の将来や孫の将来を左右する決断をしているのに、憶測や運にまかせるしかない。よその惑星の保有船舶の総トン数を正確に、即座に答えられるような優秀なコンピュータは持っていませんが、それなりに使えるコンピュータはあります。なのに、隣の星系どころか、ほんの八百キロ北の土地で起きていることさえわからない」クリーフ上院議員は苦々しげに笑った。「じつはイェディンカ大統領の言うとおりかもしれません。いったいこれからどうなるのか」

「そうね」クリスは同意した。

上院議員はべつのだれかをみつけて手を振った。クリスをかこむ警備の輪から出て、その相手と忙しく話しはじめた。

クリスはジャックにうなずき、警戒をゆるめるように合図した。すると、ミッデンマイト大使がやってきて、ワイン農場主三人を紹介された。クリスはふたたび上品な笑顔にもどり、さしだされたワインを試飲し、明日の広告ビデオに使われない程度に三種類とも賞賛した。

まもなく農場主たちは去り、大使が残った。

「おそばに配属している武官があのようなめにあったのは残念です。メディア的によくなかった」

「犯人についてなにか情報は？」

「申しわけありませんが、いまはそれどころでないのです。ウォードヘブン星が長年にわたってハミルトン星を優遇してきたという噂への対応です。いったいどこからそんな話が出てきたのか。文献に証拠があるというのですが、手持ちのファイルにそんな記述はありません」

「でもメディアはこの件について完全な証拠書類があるとしているわね」

「ええ、そう主張しています。しかし実際にはみつからない。まあメディアの連中は取材源を明かしたがりませんからね。わたしたちはトゥランティック星と大きな金額の貿易をしていますから、わたしは番組に出演してそれを説明しています。でもだれも聞こうとしません」

「旧聞に属することはニュースではないからよ」

「そう言われます。ウォードヘブンの文書ファイルをもっと手もとに持っておけばよかった。これまでは必要なときに送信させていたのです。通商上の秘密文書を大使館のシステムに保管しておきたくなかった。建前上はセキュリティ厳重でも、十代のいたずらっ子や六歳の子どもがネット上のいろいろな穴にもぐりこむ事件はあとを絶ちませんから」

「リスクの見きわめはたしかに難しいわね」

クリスは認めた。大使は首を振りながら離れていった。

それから三十分、クリスは客との握手を続けた。しかしそのペースは穏やかだ。今夜は客が少ないのか、それともウォードヘブンのプリンセスと握手したと自慢したい者が少ないのか。正解は後者ではないかという気がした。

一時間がすぎた。ハンクの挨拶まわりもそろそろ終わったころではないか。

（ネリー、ハンクの秘書コンピュータに接触して居場所を確認してみて）

ジャックが声をかけてきた。

「退屈そうな顔になっていますね。あの財閥の御曹司に来てほしいとお望みですか？」

「いけない？」

クリスは鼻を鳴らした。ジャックは耳の裏を掻いて、受信機の位置をなおし、肩をすくめた。

「あなたのご家族とピーターウォルド家の長年の確執について、クラッガスに説明したほうがいいかもしれません。あなたがあの若者と親しく話すことをどう思うか――」

「どう思うの？　警護上のリスク？　ねえジャック、ハンクにも常識というものはあるわ」

「あなたの命を狙うことが常識ですか？　彼がオリンピア星にあらわれたとき、あなたは殺されかけた」

「わたしのオフィスがロケット弾攻撃を受けたのは、ハンクとランチに出かけているときだった。むしろ彼は命の恩人よ」

「他にも暗殺未遂はありました。クリス、もう大人なんですからそれらしくふるまってください」

といわれても、最初からそうしているつもりだ。大人の女として行動している。ジャックに面とむかって尋ねたかった。自分のそばにいてくれる男はどこにいるのかと。トムもおなじだった。高校時代からみんなそうなのだ。クリスの引力に引かれて近づいてくるものの、接近してクリスをよく見ると、にっこり笑ってべつの相手のところへ去ってしまう。もう親友のしあわせを祝福するのはうんざりだ。だったらいっそ……どうしよう?

ジャックの背後にハンクの姿があらわれた。クリスに気づき、笑みを浮かべる。体全体がうれしそうに見え、手を振ってくる。

クリスは大きく息をついて、さまざまな感情を吐き出し、自分も笑顔になって手を振り返した。

ジャックはこわばった笑みになった。両方のチームは用心深く近づき、それぞれの警護対象をかこみつつ接触した。そのなかで二人はおたがいの腕をとった。

(クリス、事件が起きています)ネリーが言った。

「ハンク、意外に早く解放されたのね」

「カルビンに友人たちをそろそろ引っこめてくれと言ったんだ。こちらはダンスの予約があるからとね」

(事件ってなに?)

(トゥランティックの丘が火事です)

(トゥランティックの丘?)

(惑星議会議事堂がある場所です)

クリスがうわの空になって二秒後には、ハンクも宙に視線を移した。からめた腕も解いた。ハンクは落ち着き払った声で言った。

「なにかが起きたようだね」

「議会ではハミルトン星への宣戦布告が決議される予定なのよ——あるいはその予定だったわ。ひどい火事でないといいけど」心配しながらクリスは言った。

「こちらのレポートによると、火の手は建物全体にまわっているようだ」

クラッガスが警護官の一人に合図をした。進み出た警護官は、手のひらを上向きに広げてさしだした。そこに議事堂のようすが投影されている。ドームも左右の翼棟も完全に炎に包まれている。

「石造りの建物のはずよ。こんなに燃えるもの?」

クリスは周囲の顔を見た。するとハンクのボディガードの一人が答えた。

「報道によると、通信機器や、正規の保管報告書に記載されていない化学薬品が大量にあったようです。また紙の文書も多く保存されていたと。それにしても火のまわりが早いですね」

ハンクは首を振った。

「父が見たらこう言うだろうな。〝このデンマークではなにかが腐っている〟と」

クリスは気持ちのギアを切り換えた。多少のギアの鳴りもかまっていられない。

「ローマが燃えているときにダンスというわけにいかないわ。広報的に不適切ね。またの機会に」

「カルビンがこちらに来た。きみにとって好ましい相手ではないようだ」

「会って話したい相手のリストでは下のほうよ」クリスは認めた。

「では、ぼくはぼくのほうへ行く。きみはきみのほうへ。機会があれば、いつか静かな場所で二人きりでゆっくり会いたいね」

「すばらしい考えね」

そう答えるクリスの肩ごしに、ジャックが指さした。クリーフ上院議員が同僚らしい三、四人を連れてやってくる。

「ではそのときに」

クリスは振り返らず肩ごしにそう言った。しかしそのあとで一時的に振り返った。上院議員たちは、サンドファイアのグループとの間合いをあけるためにしばし立ち止まったのだ。サンドファイアはハンクの肘をがっちりとつかみ、急いで自分のほうへ連れていった。クリスとハンクは眉を上げて視線をかわしたものの、すぐにそれぞれの状況に注意を移した。

「困ったことになりました」

クリーフはクリスの肘をつかむと、ショウコウスキ上院議員とラクロス上院議員のところへ案内した。長身のラクロスはライムグリーンのディナージャケット。大柄な女性議員のショウコウスキは明るい青のスーツに、オレンジ色のブラウスとグレーのスカーフで、とても目立っている。

そのショウコウスキがまくしたてた。

「クイ上院議員とアーリック上院議員が逮捕されたんです」

ラクロスも言う。

「ありえない。わたしたちは議員として不逮捕特権があるのに」

首相であるクリスの父は、与党や野党議員から不愉快な横やりがはいってもじっと耐えるのが常だった。理由をつけて議員を刑務所に放りこみ、議決を操作するという手段もありえるが、そんな前例をつくるつもりはないとつぶやいていた。「それをはじめたら独裁となんら変わりない」とよく言っていた。しかしここでは、だれかがその道を突っ走っているようだ。

「どんな嫌疑で?」

クリスはできるだけ落ち着いて訊いた。上院議員たちは報道についてそれぞれの解釈を戦わせはじめた。

「ただ逮捕されたんです。クリスがおなじ問いを三回発すると、議員たちはとうとう黙りこんだ。どんな罪かは言われずに」

(ネリー、どうなの?)

（検索中です。嫌疑内容は報告されていません。議員の逮捕についてどのメディアも報道していません）

ネリーの検索結果を上院議員たちにも聞かせた。

「絶対におかしい！」三人は口をそろえた。

「でもだれかが命じた。だれかしら？」

それに答えたのはクラッガス警部だった。

「イェディンカ大統領以外にいないでしょう。はっきりした命令がなければ警官はそんなことをしません」

「いますぐ電話してみるわ」

クリーフはそう言ってうつむいた。しかししばらくして、呆然とした顔を上げた。

「出ないわ。アイジックがわたしの電話に出ない。事務所の職員さえ。上院議員の問い合わせを無視するなんてありえない！」

しかし今日は、ありえないことなど一つもないようだった。

クリスはまわりを見た。不審な人々はとくに見あたらない。しかしここでの会話は、大統領にも、上院や下院の議員たちを刑務所に放りこんだ公安関係者の耳にも筒抜けだと考えるべきだ。そろそろ秘密の話ができる場に移ったほうがいい。

「ところで、わたしはヒルトンのスイートに泊まっているのよ。防諜性を確認する警護チームもいる」

クリスは上院議員たちのむこうに目を走らせながら言った。議員たちの最初の反応は「ああ」とか「それで」とか、必要性をよく認識していないようすだった。

「そこへ移動したらどうかしら。もしあなたがたを逮捕しようという試みがあっても、ウォードヘブンの主権を主張して保護できるわ」

「ホテルの部屋で？」

「わたしはプリンセスになったばかりで知らないことが多い。警護チームもいる。外交特権がないとしても、しばらくは時間稼ぎをできるわ。そのあいだに交渉できる」

上院議員たちは半信半疑の顔だ。しかしクリスはその場から警護チームを連れて歩きはじめた。すでにクリスの輪のなかにはいっていた上院議員たちは、引かれてついていった。

今日のクリスはいい写真を何枚か撮りたいだけだった。写真は無事に撮れて、配布して、反響があった。予想以上の反響だった。スライドカーに乗りながら、この星ではこういう地滑り（スライド）的な反応が普通なのだろうかと思った。

18

十分後、クリスは客たちに声をひそめるよう合図しながら、ネリーとジャックによる室内の盗聴器処理を待った。上院議員たちはとまどった顔だったが、高周波音やパチパチと弾ける音が続くと、顔をしかめた。

「これが日常なのですか？」

クリーフは紅茶をクリスのトレイから受けとりながら訊いた。飲み物はクリスが舞踏会場にいるあいだに注文していた。

「プリンセスになったら、ルームサービスがあきらかに早くなったわ。驚くほどに。ホテルが王族を特別扱いするのは本当ね」

本題を避けて待ちつづける。やがてジャックが言った。

「終わりました」

（どう、ネリー？）

（もうすこしです）

シャンデリアの上で小さな音と火花が出て、なにかがくるくると螺旋を描きながら落ちてきた。ジャックは絨毯に落ちるまえに受けとめた。

「完了です」ネリーも言った。

「おれたちも同席していいかな」

トムが訊いてきた。もちろん拒む声はない。トムはペニーに手を貸して居室に案内してきた。ペニーは大きな肘掛け椅子にすわり、トムはその横で膝をかかえた。

いいカップルだと、クリスはため息をつきながら思った。片方が倒れたら、もう片方が荷をかつぐ。無言で交代する。生涯続く関係のはじまりとして悪くない。嫉妬じゃないわよ。あやかりたいだけ。

クリスは集まった人々をゆっくりと見まわした。

アビーはクリスの寝室の入り口に立っている。ジャックはその隣だ。アビーがトランクや袖から出してくるアイテムについて話はついたのだろうか。

一番大きな椅子をペニーとトムが占領しているので、二人の女性上院議員はソファの両端にすわっていた。ラクロス上院議員は、アビーの指定席だった背もたれがまっすぐの椅子だ。

クラッガス警部はドアの脇に立ち、退室すべきかどうか決めかねている顔だ。クリスは警部にも同席してもらいたかった。そこで咳払いして、最初の問いを発した。

「トゥランティック星はどこへ行こうとしているの？」

すると二、三人が同時に話しはじめた。議論になっているところもあるが、一人の上院議員は空中にむかって意見を述べていた。クリスはしばらく放置して、ドアのところにいるクラッガスを自分の椅子の脇へ招き寄せた。全員の話が偶然にも同時に途切れた。間髪いれずにクリスは言った。

「つまり、わからないわけね」

上院議員たちは目を見かわし、それからクリスを見た。ショウコウスキが認めた。

「そうです。わかりません」

「クラッガス警部、警察のネットワークにアクセスしている立場からこの話につけ加える情報がある？」

「いいえ。くりかえしになりますが、いくつかの特別編成のチームが、初めて聞くネットワークへの移行を命じられました。こちらから彼らにはアクセスできません。それ以上のことはわかりません」

「上院議員のみなさんは？」

クリーフが同僚たちを見てから言った。

「知っていることはあまりありません。事務所のスタッフにあちこち電話をかけさせました。連絡のとれない上院議員が八人います。下院議員も何人か行方がつかめないようです。そのうち四人は警察の特別チームに連行されたという目撃証言があります。逮捕されたのだとしても、理由はわかりません」

「この話はニュースとして流れているの？」クリスは訊いた。

ネリーは、クリスの背後の壁に映し出された海辺の夕日の風景を変えないまま、トムの部屋に近いあたりに五つの画面を出した。それぞれ異なるニュース局の放送をモニターしている。

「火事が最大のニュースです。木に登った猫の話題を放送しなかった二局は、消防署の対応が遅かったと主張しています。他の局は、猫の救出のような出動は消防隊員の訓練になっていると指摘しています」

「まさに猫の喧嘩ね」

クリスは皮肉っぽく言った。数人が鼻を鳴らした。

ラクロスが椅子から長身の体を乗り出した。

「一つの可能性として考えてみてください。議員たちが逮捕された理由は不明です。じつはそれは特別な保護なのかもしれません。大統領はなんらかの攻撃計画を知っていて、そうしたのかもしれない。だとしたら、わたしたちのほうが大きな誤解をしていることになる」

「もしそうならどんなにいいか」クリーフが言った。

「どうやら答えがわかりそうです」

ネリーが言って、クリスの背後の夕日の風景を変更した。新たに映し出されたのは、執務室のデスクのむこうにすわる大統領のクローズアップだった。壁いっぱいに映されているので身長六メートルの巨人に見える。

「ネリー、普通の画面サイズに縮小して」

「できません。この放送は全メディアに流され、スクリーン全面表示が強制されています」

クリスは嫌な予感がした。こういう権力の使い方に慣れているのはろくな政治家ではない。

「市民のみなさん、今夜は残念なニュースをお届けしなくてはいけません。すでにご存じのように、惑星議会議事堂で火災が起きました。消防隊の懸命の努力にもかかわらず、議事堂は全焼しました。しかしこれは過失による火災ではありません。意図的な攻撃です。わたしたちの民主主義の中枢を狙った攻撃なのです」

カメラが切り換わり、イェディンカ大統領は熱心なようすで身を乗り出した。

「この悪辣な行為を働いたのは、意外なグループです。市民のみなさんをだまし、代弁者になると信用させた者たちです。一部は下院議員、一部はわたしの出身政党の者です。彼らの放火によって議事堂は灰になったのです」

また映像が変わった。汚れた身なりの男女を遠くから映している。大統領が名指しした議員たちだ。

「なんてこと。クリーフが驚愕して声を漏らした。上院議員が九人。アーリックもいるわ。眼鏡をなくしてる」

ラクロスが続けた。

「下院議員も九人……十人……十一人いる。どんな人々かわかるかい？　政党の幹部ではないが、ある会派のリーダーたちだ。みんなただの議員ではないぞ」

「その会派の他の議員は？」

クリスの質問に、ショウコウスキが答えた。

「わかりません。だれも知らない。大統領はこれを見て判断しろと言いたいのでしょう。まだこれははじまりにすぎないかもしれない」

それに答えるように、大統領が画面にもどってきた。

「彼らは尋問中です。惑星と神聖な義務と有権者を売り渡そうとした裏切り者にもいくばくかの人権があるとすれば、それを最大限に尊重して事情聴取しています。警察はこの事件に全力であたっています。しかしこの惑星の経済と社会へのこのような攻撃が続けば、やがて警察だけでは負担しきれなくなります。そこで本日付けで、今回の攻撃に関連するすべての状況で警察を補助する惑星規模の市民軍を召集します」

「市民軍?」クリスはつぶやいた。

ラクロス上院議員は、市民軍という言葉を投げ返すように手を振った。

「冗談じゃない。なんという時代錯誤だ。惑星政府の設立直後までさかのぼる。異星人のイティーチ族と戦う目的で結成されたものだ」

「その市民軍を構成しているのはだれ?」クリスは具体的な訊き方に変えた。

「わかりません」ラクロスは女性議員たちのほうを見た。「まったくわからない」

するとクラッガス警部が言った。

「市民軍というのは、警察補助隊を構成する法律上の概念です。ハイデルベルクには六個大隊があったはずです。第一から第四まではただの老人会です。集まって飲むための社交クラブですね。第五がわれわれの警察補助隊。第六は医療関係者による緊急即応チームです。その他にあったかどうか……」

ネリーがその疑問に答えた。

「市民軍は第十二大隊まであります。そのうち六個大隊は昨年編成されたばかりです。おもに工場労働者で構成されています」

クリスより先にクラッガスが訊いた。

「その名簿は？」

ネリーは不可解そうに答えた。

「名簿のデータは現時点でダウンロード不可です。今夜六時までは公開されていたのですが、現在は非公開に変わっています」

「ネット上のどこかに残っていないか探しなさい」クリスは新たに思いついたことを指示した。「シュアファイア・セキュリティがまだネットに接続しているかどうかも確認して」

「いまもオンラインです。ただしトラフィック量はかなり低下しています。定期的に確認していたのでわかります」

最後はやや自慢げだった。ネリーのこの新しい態度は、たんにアップグレードのおかげなのか、あの得体のしれないチップのせいなのか。答えがわかるのはトゥルーだけかもしれない。これは重要なことだろうか。いったいいくつの難題を抱えこまされるのか。

「イェディンカはサンドファイアの勢力を代弁していると思いますか？」

ジャックの問いが、クリスを人間の側の問題に引きもどした。

「どうかしら、クラッガス？　現在の警察は警察国家をつくれるほど力がある？」

警部は不愉快そうに答えた。

「そんな規模はありませんし、意思もありません。自由党の一部からはわれわれが人権を無視していると非難されますが、市民権を守っていることはだれの目にもあきらかなはずです。警察は警察国家などつくりません」

最後はラクロス上院議員をじっと見つめた。

「とにかく、大統領は警察をあてにしていないわ」クリスは指摘した。

そこでジャックが声をあげた。

「お待ちください、みなさん。大統領が本題にはいったようです」

人々は口をつぐんだ。

「市民のみなさん、きわめて残念なことですが、今回の陰謀によって他の選択肢はなくなりました。この惑星の安全を守るという宣誓をまっとうするために、わたしは戒厳令を発令せざるをえません。憲法にこの非常手段の規定がないことは承知しています。しかし憲法は自殺協定ではない。民主主義への許されざる攻撃に直面したいま、このような極端な対応もやむをえないと判断しました」

「なんてこと」

クリスはゆっくりと立ち上がった。ラクロスは疑問を呈した。

「具体的な攻撃内容をあきらかにしていないぞ。そんなことはできもしないが」

大統領は続けた。

「この放送の直前に署名した戒厳令第一命令において、議会上下両院の機能を停止します。この陰謀を徹底的に調査し、かかわった者を探し出すまで停止は継続します。これまでの尋問から、今回の陰謀がトゥランティック星に大きな悪意を持つ他惑星に主導されていることがあきらかになりつつあります。このような敵対行動への対応が遅れれば、トゥランティック星防衛を誓った人々の命を危険にさらしてしまいます。よって、ただいまこのときをもって、トゥランティック星とハミルトン星は戦争状態にはいったことを宣言します。愚かにもこの敵対勢力に加担する他惑星があれば、彼らとの関係も戦争状態とみなします」

カメラは、大統領の背後にあるオレンジと灰色と黒のトゥランティック星旗に移動した。スピーカーからはいさましい軍歌が流れだした。まもなくスクリーンは五つの画面に分かれた。それぞれ主要メディアのニュースキャスターが映し出されている。軍歌がフェードアウトして静かになった。

クリスは頭のなかで、一、二、三……と数をかぞえた。三十五までかぞえたところで、キャスターの一人が口ごもりながら話しはじめた。しかしまだ呆然とした心境を述べているだけだ。しかしやがて、べつのキャスターが猛然としゃべりだした。そのとおりだ、ハミルトン星こそすべての黒幕だ、いまこそ彼らを倒すときだと主張した。

「消して」

クリスは命じた。スクリーンの制御がまだ奪われているのではと懸念したが、意外にも素直に画面は閉じて、壁は夕焼けの海の風景にもどった。白く清潔な砂浜にきらめく波が打ち寄せている。美しい。平和だ。場ちがいきわまりない。

（変えましょう）

ネリーが背景画像を星空に変えた。二つの月に照らされて、常緑樹の森が青白くベールをかぶったように輝いている。この空がなにを意味しているかは見る者しだいだ。

自分もなにかを変えなくてはとクリスは思った。

「ありえない！」「いや、げんに大統領が！」「やめさせなくては！」「どうやって？」「なにをやっても彼の思うつぼだぞ！」「しかしなにもしないわけには！」

上院議員たちはやがて言葉が尽きたように黙りこんだ。

（ネリー、造船所のドックを威力偵察できるナノガードを用意できる？）

（トゥルーから入手した関連ファイルがあります。警戒厳重なエリアに侵入して強硬手段で情報取得するナノガードというアイデアについて、彼女が旧知の友人たちとかわしたメールのコピーです。それによると、最大限の効率を発揮するために偵察ユニット、防衛ユニット、司令ユニットをそれぞれ製作しなくてはなりません。専門家たちが煮詰めた設計データがあります。ただし実証試験はされていません）

（だったら試験レポートを書いてやればいいわ。実戦こそ最高の試験場よ）

（今日使った偵察ナノガードの残りを転用しましょう）

（すぐにはじめて。十一時の勤務交代でだれかに運ばせたいから）

ネリーは返事もなく仕事にとりかかった。

クリーフ上院議員がクリスのほうを見た。

「ロングナイフ家の人々についてはさまざまな話が伝わっています。奇跡を起こす人のようだと。そんな奇跡の一つをここで起こせませんか？　この戦争を止めるために」

ラクロスが首を振りながら言った。

「無謀な戦争に走る大統領を止めるのは、奇跡をもってしても無理だ」

「噂を裏切って残念だけど、ロングナイフ家の者もただの人間よ」クリスは立ったまま答えた。たとえ奇跡を起こせるとしても、人目のあるところではできない。「首相である父は、いつも野党に対抗手段の選択肢を残さないように気をつけている。でも実際には、少ないなりに選択肢は残るものよ。あなたがたにもそれがあるはず」

クリーフ上院議員は立ち上がった。

「でもロングナイフ首相は、戒厳令発令と宣戦布告と議会解散を同時にやったことはないでしょう」

「そうね。こうして見たところ、みなさんは戦争反対の立場のようね」

クリスは無言のうちに議員たちをうながして立たせた。ラクロスが言った。

「わたしは三十年間、下院議員と上院議員をつとめてきた。午後に議会が休会になった時点で戦争を求める空気はみじんもなかった」天井を見上げ、唇だけを動かしてかぞえる。「保守党、自由党、労働党……。アイジックに賛成する票は五パーセントもないはずだ」

クリーフは首を振った。

「逮捕された議員たちはよく知っているわ。他惑星の陰謀の手先などではありえない。それどころか、休会の議決以外で投票行動が一致したことなどないような人々よ。ところで、ここもいったん休会にして、わたしの支持者の家へ移動してはどうかしら。要塞とまではいかないけれど、わたしたちを逮捕しようと警官たちが押しかけてきたら対抗できるはずの場所よ」

「賢明ね。民衆を代弁するには自由な立場が必要だわ」

クリスは、ジャックが開けたドアへ客たちを案内した。

「わたしはウォードヘブンを代表する立場から、内政干渉にあたる言動は極力慎まなくてはならないわ。大統領の最後の警告は、わたしとウォードヘブン政府にむけたもののようだから」

この最後の言葉は、四人の警護官と、エレベータ方面へ廊下を歩いていく一組のディナードレスの男女の耳にはいったはずだ。証人としてちょうどいい。

クリスはクラッガスの肘をつかまえて、周囲に警護官しかいなくなるまで待った。

「大統領の最後の発言に不安を感じるわ。爆弾が仕掛けられたり、暗殺が試みられたりするかもしれない。身辺警備を強化してほしいの。そうね……できれば十時十五分までに」

クラッガスは眉を上げた。

「短時間ですね。しかしここはわたしの惑星です。これまで敬愛してきた大統領の行動に納得できない人々はたくさんいるはずです」

「彼らが行動を起こすかもしれない、ということね。わかるわ、警部。でも、ここにいるわたしと側近たちはある種の人々の攻撃目標にされる可能性が高い。巻きこむ人の数は少ないほうがいい」

クラッガスは救命ボートにかけた手を拒まれたような表情でうなずき、去っていった。クリスはドアを閉めた。

（ネリー、なにかはいってきた？）

（ナノガードが二個。処理しますのでお待ちください）

クリスは黙って椅子にすわった。だれも口を開かない。やがてネリーが宣言した。

「処理完了です」

ペニーがまだ傷の治らない口で話しはじめた。

「この状況を看過しないでください。わたしを殴った連中が勝利するのは耐えられません」

クリスは答えなかった。あえて危地に身を投じる愚か者を見るような、ひねくれた楽しさがあった。眉を上げてトムを見た。そしてジャックに視線を移す。クリスはこれまでもしばしば周囲を巻きこんで火中の栗を拾ってきた。彼らはそれを制止できたためしがない。

ジャックは腕組みをし、唇を結んで考える表情で立っている。

トムは、ペニーを見たまま話しだした。

「なあ、クリス。パリ星系で地球とウォードヘブンの戦争を止めたときに、おまえ、言ったことがあるな。この二つの星が戦えば、人類宇宙は何世代にもわたってぐちゃぐちゃのサラダドレッシングになるって。他にもいろいろ言ったけど、ひとつだけ言わなかったことがある。個人の名前を挙げなかった。だれかを悪者にしなかった。つまりおまえは理想のために戦える人間だ。そんなおまえは、ここにいるペニーやおれを見て、どう思う？」

トムはクリスのほうに顔をむけた。

「おまえがこの星へ飛んできたのは、ロングナイフ家の所有物が盗まれたと思って怒ったからか？　おれはそういうものか？　トゥランティック星のことはおれはよく知らない。でもクラッガスや、〈トップ・オブ・トゥランティック〉の遊園地で遊んでた子どもたちや、地上で薬漬けにされて死にかけてたおれをタクシーに乗せてくれた運転手には、借りがあると思う。借りは返すべきだ。すくなくとも、軍服を着たら貸し借りは清算するもんだ」

たいした気構えだ。オリンピア星で沼地の盗賊に対して発砲を迷っていたのとはずいぶんちがう。大学の奨学金を免除してもらうという入隊理由から進歩したものだ。クリスがいい影響をあたえたのかもしれない。

あとはジャックだ。そちらに目をむけた。

「なにか言うことはある？」

ジャックは結んだ唇に指先をあてて、クリスを見つめ返した。

「上院議員たちへの最後の口上はよかったと思います。廊下には通行人がいましたね」クリスがうなずくのを見て続けた。「つまり警官の他にも目撃者がいる。さすがロングナイフ家の人間は幸運だ」ジャックは気をつけの姿勢をとった。「ご命令に従います、殿下」

「立場を表明しないの？」

「わたしが？　プリンセスの決断が先でしょう。わたしはペニーやトムとちがって、あなたの考えがわかる」

「つきあいはトムのほうが長いのよ」

「見る角度がちがいますから。さあ、指示してください。いつ、なにを攻撃するのか」

クリスは苦笑した。やはりジャックだ。理解できたと思っても、ときどきまったく予想外の反応をする。考え方や行動パターンがつかめない。

「失礼ですが、わたしに投票権はないのですか」

アビーが訊いた。するとジャックが指摘した。

「きみは地球出身者だ。ウォードヘブンの問題について投票権はない」

アビーはジャックを肘でつついた。

「自分の身の安全にかかわることに意見くらいは述べさせてもらうわ。言っておくけど、わたしのトランクに戦争をはじめる装備ははいっていないわよ。トム救出を念頭において荷づくりをしたから、それ以上のものはない。これは契約外の状況よ」

「ところで、あの増えたトランクはどこから来たの？」クリスは訊いた。

アビーは鼻を鳴らした。

「増えたとおっしゃいますと？」

「わたしの部屋から軌道エレベータの搭乗ゲートまでのあいだに増えたぶんよ」

「トランクは最初から十二個でした」

「ハーベイが持ってきたのは六個だった」ジャックは指摘して、クリスの部屋をのぞいた。

「増えた六個は見てすぐわかる。色が微妙にちがう」

「おなじよ」

アビーが言い張るので、ジャックは二個を外にころがしてきた。似た色だが、やはりおなじではない。

クリスはつかつかと歩み寄った。メイドの目を見て、唇を見て、緊張した姿勢を眺める。

「あなたはどこの勢力に属しているの？」

アビーはクリスを見つめ返した。呼吸にも姿勢にも変化はない。目は落ち着き、鼻もふくらませていない。首を軽く右へ傾けた。

「ここでは多くの勢力がしのぎを削っています。そのなかでわたしがプリンセスの利益に反する行動をとった瞬間があったでしょうか？」

「質問の答えになっていないぞ」ジャックが指摘した。

クリスはメイドを名乗るこの女をじっと見た。その唇にはいつものようにかすかな笑みがある。しかし疑念を棚上げにして、クリスは自分の席にもどった。

おもしろいことになってきた。前回はタイフーン号の艦長が背信行為に出たので、クリスは単身で反乱を起こす決断をした。しかし今回は時間がある。じっくりと考えられる。もしかしたら愚かな判断かもしれない。王室のプリンセスがよその惑星政府に対して武力行動を起こしたら、おたがいの惑星間は戦争状態にはいったことになるのだろうか。興味深い疑問だ。どんな歴史家もそんな先例はみつけられないだろう。

ペニーとトムは全面的に賛成している。ジャックも意欲的だ。アビーだけがさめた顔だが、この状況で有効な手段を魔法の袋から出せないからだろう。プリンセスと三人の上院議員。いい顔ぶれだ。トゥランティック星の外の人々はなにが起きているのか知らない。ハミルトン星の艦隊がこの惑星を叩きつぶすためにどこかのジャンプポイントにむかっているとしても、だれも知らない。

常識人ならこんなことに首をつっこまず、外からなりゆきを眺めるだろう。

クリスは首を振った。ロングナイフ家の人々は外から模様眺めをする性格ではない。トラブルの行動はなにもかも常識はずれだ。レイが穏やかな結婚生活で満足していたら、クリスはこんな裕福な生活を送っていないだろう。命を賭した先人たちのおかげなのだ。

クリスは深呼吸して、気が変になったような大きな笑みを浮かべた。

「では、紳士淑女のみんな、わたしは自分に付与されたと考える権限でもって宣言するわ。本日このときをもって、トゥランティック星とハミルトン星のあいだの宣戦布告を取り消す。ここにいる同志たちはあらゆる手段をもちいて、トゥランティック星によるハミルトン星への武力行使を阻止する」

「トゥランティック星のだれかに通告しますか?」アビーが訊いた。

「いちいち教える必要はないわ。みんな忙しそうだから。よけいな負担はかけないのが親切というものよ」

トムが言った。

「そうだな。忙しくしててくれれば、この小さな集団の動きには気づかないでくれるかもしれない」そして、いつもの片頬の笑みをクリスにむけた。「じゃあ、プリンセス、どんな計画で行くんだ？」

19

クリスは自分にむいた期待に満ちた顔を見まわした。いや、全員が期待に満ちているわけではない。ジャックは、〝言うは易く行うは難し〟という皮肉っぽい表情だ。クリスは言った。

「今回の戦争を阻止するアイデアはあなたたちが出してくれないかしら。前回の戦争はわたし一人で止めたから」

「おれも手伝っただろう」トムが口をとがらせた。

「あのときは艦隊の半分をきわめて短時間で味方につけましたね。その手際のよさを海軍情報部はいまだに理解できずにいます」とペニー。

「ロングナイフ家の資質というやつだ」ジャックはため息をついた。

「おもしろくないものですね、自分の知らない話を解説なしで進められるのは」アビーがむっとしたようすで言った。「どうぞご勝手に。わたしはただのメイドですから」

トムとペニーは紅茶のカップをアビーに投げるふりをした。クリスも自分のカップを手にとった。アビーはジャックの背後に隠れた。

ジャックは陶器の雨が降る可能性にもひるまなかった。

「とにかく、提案はだれかあるのか？」

「最初に提案した人はカップを投げていいわよ」

アビーがジャックの脇から顔をのぞかせて言った。ペニーとトムはカップをおいた。クリスは冷たくなった紅茶を最後の一滴まで飲みほして、カップをメイドに放った。アビーは無事に受けとめた。

ジャックは眉を上げた。

「提案を聞きましょう、プリンセス」

「とにかくこのステーションに集結している艦隊を消滅させればいいんじゃないかしら。艦隊がなければトゥランティック星はどこも攻撃できない」

「理屈はわかるけど、艦隊まるごとってのは簡単じゃないな」

トムが言った。クリスはうなずいた。

「ジャンプポイントへむかって出港されたらもう不可能よ。でもいまなら全艦がドックにはいっている。造船所を爆破すればどの艦も無傷ではすまない。そしてその艦を修理するドックはなくなる」

アビーがジャックの背後から出てきた。

「すばらしいアイデアですね、お嬢さま。理屈の上ではそうです。でも一つお忘れではないでしょうか。その造船所はわたしたちの真上にあります。そして造船所のさらに上には、かわいい子どもたちの駆けまわる遊園地が」アビーは首を振った。「この愚かな戦争を止めるべきことに異論はありませんが、無実の人々を多数巻き添えにせずに目的を遂げる方法が必要だと思います」

「だったら、無実の人々を多数巻き添えにしない賢明な方法をあなたから提案して」とクリス。

「賛成」とペニー。

「といっても簡単にはいかないぞ」トムはゆっくりと言った。

アビーは真顔で答えた。

「かりにお嬢さまは平気でいらっしゃるとしましょう。でもわたしはお嬢さまに化粧をしてさしあげるのが仕事です。毎朝そのお顔を眺めて軽蔑したくありません」

「化粧も手を抜きたくなるだろうな」ジャックが同意した。

クリスは笑みを広げながら言った。

「わかったわ。つまりこういうことね。造船所を爆破すればこの惑星の平和と繁栄を手助けできる。しかしそのために無実の人々を多数巻きこむことはできない」

「こんなデカい宇宙ステーションを爆破したら、普通は相応の死者が出るだろう」トムが疑問を呈した。

「提案を受けつけるわ」クリスは言ったが、みんな無言だ。クリスは立ち上がって歩きはじめた。「爆破するまえにステーションを無人にするか……地上から上がってこられないようにしてステーションが空っぽになるのを待つか……。他にどんな方法がある？」

ペニーが小さく肩をすくめた。

「いっそ広告を出すとか」

アビーは不愉快そうに言った。

「それはちょっと。ハイトゥランティックにおけるプリンセスの存在はどの勢力にとっても目障りのはず。他惑星のテロリストにとっては無関係な人々を巻きこまずにあなたとステーションを吹き飛ばす絶好の機会になる。そんな危険な招待状を出すのが賢明とは思えません」

「そうね」クリスは歩きつづけながら考えた。「人が行きたいところへ行くのをやめる場合には、どんな理由があるかしら」

いろいろな声があがった。

「交通渋滞」「自動車の故障」「他にやりたいことがある」「ひどい風邪をひく」

クリスは最後の案に身震いした。

「ウイルスがらみの案は却下」

みんな即座に同意した。クリスは歩きながら話した。

「ずっと昔、ウォードヘブン郊外で毎年開催されるハイランド競技大会に行きたいと両親に頼んだことがあったわ。父はその催しに政治的な価値はないと興味をしめさなかった。人口統計から票田を読む人だから。母は、仮設トイレしか衛生設備がないからやめなさいと言ったわ。幼い娘の付き添いでそんな場所に行くのが嫌だったのね。いまから考えればハーベイにまかせればよさそうなものだけど、なぜかそうしなかった。とにかく、トイレは重要な要素よ。〈トップ・オブ・トゥランティック〉のトイレ設備を故障させる方法があるかしら」

「トイレを？」とペニー。

「泥遊びの好きなお嬢さまだな」トムはなにもかも許されそうな独特の笑みを浮かべた。

「おれたちみたいな宇宙生まれの人間にとって、トイレの処理はいつも重要課題だ。微小重力環境ではすぐ逆流が起きるからな。そして下水は重力がほとんどなくなる中央のハブ部に集められる」

アビーも話した。

「下水はときどき爆発するものよ。わたしの育った地域では下水管が老朽化していて、ある暑い夏の日に爆発したわ。ギャングの縄張り争いで起きる爆弾事件より大きな爆発で、よく調べたら下水管だった。メタンガスが蓄積して、ドカンと」

「ネリー、〈トップ・オブ・トゥランティック〉の下水処理システムの図面を出して」

ネリーは残念そうに答えた。

「じつはそのファイルはもうネット上にありません。しかしクリスが最初に舞踏会に招待されたときの下調べでステーションの全配管図をダウンロードしていました。その保存がストレージにあります」

コンピュータにしてはずいぶん自慢げだ。

「〝よくできました〟をもう一個あげるわ」

スクリーンにはネリーが再構成したステーション全体の配管図が映し出された。下部のホテルや貨物区には数多くの配管がめぐっている。それに比較すると上部はまばらだ。しかし最上部へ行くとふたたび配管網が複雑になる。〈トップ・オブ・トゥランティック〉には多数のレストラン、スポーツ施設、娯楽施設、子どもむけのテーマパークがあるからだ。そのなかで右側の鏡張りの壁の奥をネリーはハイライト表示した。そこはステーションの回転中心に近い。

「トムの言うとおり、下水処理やその他のサポートシステムは、低重力の区画に集められています」

トムが不快そうに説明した。

「お客さまには縁のない場所さ。低賃金の労働者の出番だ。フィルター掃除は大変だぜ。汚物がそのへん漂ってるし、せっかく掃除したフィルターにまたくっつくし」

スクリーンのまえに全員が集まった。クリスは訊いた。

「他に処理プラントは?」

「この一ヵ所だけです」とネリー。

「造船所へ下水を流せるか?」

ジャックが訊くと、ペニーが答えた。

「造船所は、ハイトゥランティックとも〈トップ・オブ・トゥランティック〉とも防護壁で仕切られています。防護壁を貫通しているのはスライドカーの経路と、地上へのエレベータだけです」

「配管は？」とクリス。

「鋼鉄の防護壁の裏で止まっています。造船所のエリアには抜けていません」

アビーがジャックを肘でつつきながら言った。

「善良な市民はずいぶん信用されていないわね」

ジャックは肘でつつき返した。

「市民をおろそかにする連中は、市民の逆襲を恐れているものさ」

「サンドファイアはたしかに市民をおろそかにしてきたわ」とペニー。

「だからこそ逆襲してやらないといけない」クリスは言った。「ネリー、新型のナノガードの製作状況はどう？」

ジャックとアビーがそろって眉を上げた。クリスは説明した。

「大統領の演説が終わった直後からつくらせてるのよ」

トムが憤然とした。

「じゃあ、あのためらってた態度は演技だったんだな！」

「プリンセスたる者が補佐官の言いなりにはなれないでしょう」

「棒かなにかない？　殴ってやるわ」

ペニーは腰を浮かせたが、すぐにうめいて椅子に腰を落とした。

ジャックは軽く笑った。

「クラッガスがもどってくるまでには完成するんですか？」

「大丈夫です」ネリーが答えた。

「サンドファイアが出してくる警備ナノガードをかわすのは簡単じゃないはずだ」

クリスはニヤリとして答えてやった。

「今日地上に行ったわたしがわかっていないと思う？　ネリーはトゥルーおばさんから譲り受けた最高レベルの設計データを使っているわ。その偵察ユニットに、なにを探させるべきだと思う？」

「電源だな。電力を切断すれば一日休業になる」とトム。

「造船所の電力の源はなんですか？」アビーが訊いた。するとみんな眉を上げた。「わたしが育った地域では停電はしょっちゅうだったわ。電力なしでは、だれもなにもできないでしょう」

「あなたの育った地域に一度行ってみたいものだわ」クリスは言った。

「海兵隊を二個分隊連れてきてみてください。界隈で生き残れるのは一人か二人だと思います。とにかく、造船所の電源は？」

「地上からは給電していません」ネリーが答えた。

「では内部電源ね。艦載の原子炉のようなものかしら」

クリスが言うと、ペニーがうめいた。

「それはまずいわ。閉じ込め場の電源を切ったら大爆発よ」

「閉じ込め場が消失するまえに炉を緊急停止するバックアップ電源くらいあるさ」

ジャックの推測に、ペニーは反論した。

「このステーションの北側はすべて突貫工事で建設されているのよ。全部が基準どおりにつくられているとは思わないほうがいいわ」

「ネリー、ナノガードにはステーションの電源を探させて、同時にバックアップシステムの有無も確認させて。電力の供給網もよ。電源を破壊できないなら供給経路を遮断する手もある」

「わかりました。他に優先的に探すものは？」

またトムが提案した。

「化学物質だな。化学物質のタンクが爆発したりして空気が不快な状態になれば、仕事なんかやってられなくなる」

「では多くのナノガードに化学物質の探知機能を追加します」

「ステーション上部の下水管を狙うのなら、下部のは？」

アビーが訊いたが、ジャックは首を振った。

「子連れの母親は仮設トイレをいやがるかもしれないが、労働者は上司から命じられたトイレを黙って使うだろう」

「そうですね。そちらは優先順位のリストで下げておきます」ネリーは答えた。

さらにしばらく話しあいが続いた。ネリーがナノガードを完成させたころに、もどってきたクラッガスがクリスに報告に来た。ロビーに普段の倍の警護官を待たせているという。

今回もクラッガスは、政府打倒をめざすグループにクリスを招きたいらしいようすだった。しかしクリスは話を途中でさえぎり、握手を求めた。

「警部、怒れる人々が集まったときは保護が必要よ。彼らが自分自身を傷つけたり、攻撃を受けたりしないように。群衆とその怒りの対象のあいだに立って、黙ってその役割を果たせるのは、往々にして警察しかないわ」

「そしてロングナイフ家の者はロングナイフ家らしいことをやる、ですか？」

「さあ、なんのことかしら」

去っていくクラッガスをクリスは見送った。

（ネリー、ナノガードは全部彼についた？）

（一つ残らず）

クリスはドアから居室にむきなおった。

「さて、すこし休みましょう。明日はまた忙しくなるわよ」

母鳥がひな鳥たちを追い立てるように全員をベッドへむかわせると、自分も寝室にはいった。しかしまだやるべきことがある。

（ネリー、あのチップをまだいじってるの？）

（いいえ。今日は忙しかったので）

(いま調子をおかしくされると困るのよ)

(任務を求められないようでしたら)

(ネリー、いつあなたの任務を求めることになるかわからない。いま調子をおかしくされると困るのよ)

(バッファがあるので大丈夫です) 若者のように自信たっぷりだ。

(トゥルーがそう考えたのはわかるわ。でも彼女がまちがっている場合もある)

(無視できるほど小さな危険にすぎません)

(そうね、ネリー。でもいまあなたが障害で停止したら、その代償は無視できないほど大きい。トゥランティック星を救うのにあなたの力が不可欠なのよ)

ネリーはだだっ子のように答えた。

(第一バッファの状態を監視していればどんな障害も起きるはずはありません)

(ネリー、曾祖父はサンタマリア星で教授に殺されかけたわ。そのチップが教授のつくったものでないと断言できる?)

クリスにとっては考えたくない可能性だった。人類が遭遇した最悪の敵に自分の秘書コンピュータが乗っ取られかけているかもしれないのだ。

ネリーはコンピュータらしからぬ長い沈黙ののちに答えた。

(障害の可能性は無視できるほど小さな危険です。しかしそのような障害が重大な結果を引き起こすのであれば、指示に従います、クリス。チップへの電力供給を停止します。トゥル

ーが立ち会えるときまで試験の続行は控えます)

(ありがとう、ネリー。じゃあ、わたしは休むわ)

(おやすみなさい、クリス)

すぐに眠れば、忙しい一日がはじまるまでに六時間の睡眠をとれる予定だった。しかし二時間で眠りは中断された。

はげしくドアを叩く音でクリスは目を覚ました。

(午前四時です)ネリーが教える。

「もうすこし眠れると思ったのに」

クリスは愚痴りながら、ローブを着て居室に出た。

ジャックは廊下へのドアのところに立っていた。灰色のスエットパンツを穿いただけの姿。胸筋と腹筋がいい眺めだ。手には拳銃があるが、銃口は天井をむいている。

アビーは自分の寝室の入り口にいた。細い体にローブを巻きつけ、髪はすこしも乱れていない。彼女もジャックの筋肉を眺めて楽しんでいるのだろうか。その手はさりげなくローブのポケットにはいっている。まちがいなく小型拳銃を握っているだろう。クリスは小さく笑みを浮かべた。

ジャックは両方の眉を上げて問いかけるようにクリスを見た。

「開けなさい」

クリスは言った。むこうからは男の大声と、ドアをはげしく叩く音が聞こえる。ジャックは次に叩かれるタイミングでドアを開けた。

長身の若い男がバランスを崩してよろめきながら部屋にはいってきた。灰色の制服に銀色のパイピング飾りがはいっている。クリスが昼間に（すでに昨日だ）見た警備員たちよりいくらか地位が高いらしい。飾りの少ない制服の者たちも続いてはいってきた。

ジャックはその前に立った。拳銃を見せているが、銃口はまだ天井だ。銀色のパイピングの男と部下たちの行く手をさえぎった。

「妨害すると――」

パイピングの男が言いかけたが、ジャックは墓石のように冷たい声でさえぎった。

「用件を述べろ。まず氏名と身分証番号から」

すると男は口ごもった。背後にいる年配の数人は警備主任の袖章をつけていて、困惑したようすで目を見かわしている。

クリスは強い口調で言った。

「わたしはウォードヘブンのプリンセス・クリスティン。ここはわたしのスイートであり、古い外交慣習に従ってわたし個人とウォードヘブンの聖域として認められている」実際にどうかは知らないが、昔の小説でこんな口上を読んだことがあった。王族の権限が認められる範囲を詳しく知っている者などいないだろう。「そこへこんな時間に侵入してきたのはどういうつもり？」

パイピングの男はたじろいだ。ジャックはそれを見逃さずに前に出た。

「わたしはジャック・モントーヤ。ウォードヘブン検察局所属のプリンセス・クリスティン警護班長だ」

痩せた男はようやく口上をのべた。

「こ……こちらの用件はまさにそれだ。わたしはサミュエル・ローパー。シュアファイア・セキュリティ社の警護および特殊任務担当副社長代理だ」

ローパーが息を継ぐあいだに、クリスは疑問に思った。どうせサンドファイアの甥かなにかだろうが、どうしてこんな頭の悪そうなやつを手先にしているのか。抜け目ないサンドファイアらしくない。ローパーは続けた。

「さらにハイデルベルク市民軍第十五大隊名誉隊長でもある。今夜付けで国有化され、最近のサボタージュ行為によってこの惑星に足留めされた他星出身者の護衛と警備を担当することになった」

「警護チームならまにあっているわ」

クリスはやり返した。そして脳裏で計算した。昨夜六時の時点でハイデルベルクの市民軍は十二個大隊の編成だったはずだ。それが三隊増えて、そのうち一隊はシュアファイア社員が構成しているらしい。なるほど。

「クラッガス警部のことなら承知している」ローパーはわけ知り顔で、大きな鼻のむこうからクリスを見下そうとした。しかし……身長が七、八センチも低くては難しかった。「彼とその部下たちは義務的残業を長らく忌避し、ここで無為にすごしていた。この主権惑星への敵対行動の犯人を探すことにたとえ非力でも協力すべきであるのに、そうしなかった」ローパーの背後では警備主任たちが天井を熱心に観察している。「われわれの権限でもって彼らを解雇する。そしてトゥランティック星の安全と治安に関連するすべてのことがらであなたに協力していただくのが、われわれの今後の任務となる」

放っておくと、クリスがありとあらゆる罪を自供するまでしゃべりつづけそうだ。ローパーが自分の言葉に酔っているうちに、クリスはジャックをつついて合図した。ジャックは開いたドアの端に手をかけたまま、ゆっくりと前進しはじめる。クリスもついていき、ドアは蝶番を軸に回転した。ローパーとその灰色の部下たちは、ドアが迫ってくると徐々に後退し、しだいに廊下に出ていった。廊下を見ると、クラッガスの六人の部下たちが見える。エレベータのほうからは警部本人が駆けてきている。髪は乱れたままだが、目は覚めている。

クリスはそのクラッガスと警護官たちに言った。

「来てくれて助かったわ」

「申しわけありません、殿下。ついさきほど連絡を受けて飛んできました。こんなことになっているとは」

「意外な展開よ」クリスはふいに王族らしい表情に切り換えた。「職員の警護を勤勉にこなしてくれた警官たちの名簿をあとで書面にして送ってくれると助かるわ。あなたたちの上司あてに感謝と賞賛の手紙を書くつもりです」

そういう手紙も、王や姫やユニコーンや竜が出てくるファンタジー小説で読んだものだ。

ユニコーンや竜とともに美文調の世界に住むプリンセスは、本業が兵士だったりしないが。

「ありがとうございます、殿下」

クラッガスと警護官たちは絵本の親衛隊さながらにお辞儀をした。深く腰を折るお辞儀だ。するると、袖章のない新任警備員らしい者たちもつられてお辞儀をした。警備主任たちから小声でなにか言われて、新任警備員たちは急にしらけた顔になった。それでもプリンセスの儀式はローパーをたじろがせたようだ。

「あなたたちもこの者たちとおなじく熱心に働いてくれるでしょうね」

「はい、そうです……いや、プリンセス……いや、殿下。これまでどおり全員を安全にお守り……しよう」

ペニーが笑いすぎて傷口が開いてしまうのではないかと、クリスは心配した。ローパーは続けた。

「とにかく、室内にとどまってもらえればそれでいい。外は危険だから」

クリスは鷹揚な笑みを浮かべ、同意とも拒否ともとれる態度で答えた。

「そのほうがそちらは都合がいいでしょうね。さて、美容のためにもうすこし休ませてもらうわ」

クリスはなんとか吹き出さずにそう言うと、室内側へ退がった。ジャックがドアをしっかりと閉めた。

「室内にはいって監視するのではありませんでしたっけ?」一人の声が聞こえた。

「うるさい。部下を適当に配置するとか、警備主任らしい仕事をしろ」ローパーは叱責した。

クリスは愉快で大笑いして飛び跳ねたかったが、まだがまんした。

(ネリー、はいってきた?)

(いろいろ大量に)

(全部焼いて。急いで!)

ジャックを従えてゆっくりと寝室のほうへ歩いた。空中ではナノガードがパチパチとはじける音がする。ときには小さな煙を上げて落ちてくる。ジャックは二個を空中ですくいあげた。アビー、ペニー、トムがそれぞれの寝室のまえに立ち、ネリーの清掃完了宣言を待っている。

「最後の一匹まできれいにして」ペニーが唇を動かさずにつぶやいた。

「安全確認しました」ネリーが宣言した。

「偵察に出したナノガードはどうやって回収しましょうか」アビーが問題を提起した。

「ペニー、あなたの軍服はここにある? 女性将校用のは」クリスは訊いた。

「いいえ。病院着ひとつで来ましたから。それまでの服は裂けてしまいました」

それはそうだろう。

「トムに取りにいってもらってもいいかしら。あなたのアパートへ」

「ちらかってるんですが」

ペニーはちらりとトムのほうを見た。これから恋人になるかもしれない男に部屋を初めて見せるまえには、いろいろ隠しておきたいものがあるだろう。クリスは心のなかで肩をすくめた。クリスの化粧台には昔のボーイフレンドの写真がおきっぱなしになっていたりしない。ペニーにはがまんしてもらおう。わざとじゃないんだから。意地悪じゃないとクリスは思った。

「かわりにわたしが行きましょうか」アビーが提案した。

「いいえ、あなたにはメイドとしての仕事がある。廊下の警備員たちは退屈してお腹がすいて喉が渇くはず。七時になったら山盛りのドーナッツとコーヒーを運んであげて」

「どうしてわざわざ」ジャックとアビーはいっしょに訊いた。

「造船所の勤務交代の時間ごとにトムに地上へ下りてもらうわけにはいかないわ。だからクラッガスではなく、新しくやってきた警備員たちに司令ユニットへの命令を運ばせ、また偵察結果を報告させるのよ」

ジャックが笑った。

「あの警備員たちを使いっ走りにするわけですね。悪くない」

ペニーがトムから目をそらしたまま訊いた。

「どうするつもり?」

「今回は全面的にプリンセスの意向に従うよ。鼻で使われるのは本意じゃないけどな」

「そうね。わたしとしても、まだ正式に親しくなっていない男に引き出しのパンティを探られるのは不愉快だけど」

「じろじろ見たりしないから。なるべく目をそらしてやるから」

トムはあわてて言った。ペニーの本音の部分には気づかなかったふりをしている。本当にいい性格だ。先に手を出しておくべきだったと思って、クリスはため息をついた。

「わたしは〈トップ・オブ・トゥランティック〉に行く必要があるわね。配管に細工しなくてはいけない」

「どんな方法で？」

ジャックが訊いた。クリスは両手を腰にあててため息をついた。

「不愉快だけど、ハンクをデートに誘うしかないかしら」

「それはよくない」クリスが言い終えるまえにジャックは反対した。

「親切な警備員たちによる軟禁状態からうまく脱出する方法が他にある？」

「考えさせてください」

「それまで眠りましょう。ネリー、六時に全員を起こして。トムはそれくらいにエレベータを下りて、勤務交代時間のまえに造船所で新しいナノガードを散布すればいいわ。アビーは最初のドーナツの差しいれに」

「使用人の健康に気を配ってくださるすばらしいご主人さまですわ」アビーは鼻を鳴らした。

「クリス、一つ問題があります」ネリーが冷静に言った。

「なに？」

「新たなナノガードを製作しようにも、すでにスマートメタルを使いきってしまいました。

もどってきた分を再利用するつもりでしたが、計算ちがいの状況になっていますので」

「この室内の警備に使っているナノガードは？」

「これ以上減らせません」

クリスは見まわした。チームの視線が集まっている。

「アルおじいさまが送ってきた、あまりスマートでないメタルが十キロあるわ。それを使いなさい。当面必要な司令ユニット、連絡ユニット、防衛ユニットをそれでつくればいい。それらはつくりなおす必要はないから」

「そうします」

クリスは目をこすり、あくびをこらえた。

「さあ、寝直しましょう」

ベッドにはいって眠りが訪れるのを待ちながら、クリスは状況を再検討した。サンドファイアは先手を打ってきた。予想以上にすばやい。この一週間は相手に主導権を握られたままだ。敵の動きが早くなっているのは当然だろう。専横的な手法による議会停止と宣戦布告は、クリスの昨日の行動を受けた反射的な対応だと考えられる。クリスがサンドファイアをこうさせたのだ。

いつかはボロを出してくれるだろうか。出すならなるべく早いほうがいい。政治的には問題ない。問題は、いつどこでこちらに直接手を出してくるかだ。それを考えてクリスは身震いした。

ペニーを殴打したのはサンドファイアの取り巻きの女たちにちがいない。プリンセスにはさすがにやらないだろう。ロングナイフ家出身のプリンセスには。いや、攻撃を受けたことはあった。暗殺未遂もあった。廊下にいる警備員たちはなんらかの盾になるのだろうか。それとも暗殺者を素通しするだろうか。

サンドファイアの動きは加速している。クリスも急ぐ必要があるようだ。

20

「六時です、クリス」

半分眠ったまま、寝返りも打たずにクリスは答えた。

「あと二時間……」

よくよく考えたらこんな早い時間にハンクに電話するわけにはいかない。

「トムとアビーも眠らせておきますか？」

「だめよ。あの二人は働いてもらう。わたしはこのまま」

本当に寝かせておいてもらえるとは期待していなかった。だめもとで言ったつもりだった。しかし驚いたことに時間は流れ、やがてベーコンとコーヒーのいい香りがクリスを眠りの淵から引きずり出した。ベッド脇を見るとアビーの姿。朝食のトレイをベッドの上に用意しているところだ。

「ここで朝食？」

「わたしたち哀れな労働者階級が野山であくせく働き、有閑階級の怠惰な人々にこのような贅沢が許されるのは、世の常でございますわね」

メイドはトレイを少々乱暴においた。皿が鳴り、銀器がぶつかり、薄手のカップからコーヒーがはねて受け皿にこぼれた。

「階級闘争論者に先祖返りしたメイドを母は拾ってきたのかしら。地球にはまだ生き残っているの？」

クリスはすました顔で香ばしく焼けたビスケットをかじった。最初からバターとストロベリージャムが塗られている。

「巨万の富の持ち主が九時まで朝寝坊する場所では、労働者階級が不満をくすぶらせながら働いているものです」

アビーはせかせかとクリスの枕をなおし、衣装棚からビジネススーツを出した。赤のスカートとブレザーだ。

「ブラウスはロイヤルブルーになさいますか？　それとも宝冠図形の刺繍入りで穏当な白になさいますか？」

クリスは朝食をほおばったまま答えた。

「標的になりにくい色にして。それから、ファイアボルト号の艦上では七時に起きていたわ。リム星域の金持ちは怠惰じゃない。みんな働いているのよ」そこでまわりを見た。「もしかして、ネリーのナノガード除去がうまくいっていない？」

「ちがいます。外むけの演技ではありません。お給金をいただいて働いていますが、思想までは縛られません。廊下の見張りたちへの飲み物と軽食運びをやらされて、あまり愉快な気分でないだけです」

「勇猛で油断のない衛兵たちはどうしてた?」

「退屈して油断だらけでした。銃撃戦で勇猛かどうかはわかりませんが、あんな連中に命をあずける気にはなれません」

クリスは苦笑した。

「ありがとう。今日は服の下にどの程度の防弾装備をできる?」

「本当に今夜、配管仕事をなさるのですか?」

「もちろん」

「例のボディスーツを着ていただきますが、あれは体の線を絞ってしまいます。近くから見られたら最悪です。今夜はハンクという殿方とどの段階まで親しくされるご予定ですか?」

「ディナーとせいぜいダンスまで。それ以上は接近しないわ」

「リム星域の男女交際はつつましいことですわね。地球でのわたしは最初のデートで……いえ、気にしないでください」

「アビー、あなたの嘘は本当におもしろいわ」

「これが嘘だと?」アビーは鼻を鳴らした。「いつまでベッドにいらっしゃるのですか。それともそこから男性へ電話をかけると?　地球ではデートの終着点を暗示する誘いの意味でしたが」

「ごちそうさま。そのスーツの下にありったけの防弾装備をいれて。今夜の予定はあとで考えるわ」

三十分後、クリスはボディスーツを着て、ビジネススーツを着て、アビーに化粧をしてもらって、電話をかける準備が整った。

よくあるコンピュータ音声が返事をした。

「スマイズ－ピーターウォルド氏には現在お取り次ぎできません」

「ウォードヘブンのプリンセス・クリスティン・アン・ロングナイフからデートの話があると伝えて」

「そのようにお伝えします」

ネリーが割りこんできた

(その低知能バケツとの話を引き延ばしてください)

クリスは即興で言った。

「返事はいつごろになるかわかるかしら。こちらもスケジュールが詰まっているのよ」

「申しわけありませんが推測はできかねます。氏は多忙なビジネスマンで、予定外の重要用件にも対応することがありますので」

クリスはコンピュータの受付が嫌いだった。最近の人間的な対応プログラムを持つものがとくに嫌いだ。時間をはてしなく無駄にさせられる。

「できればお昼前に返事をいただきたいわ。それより遅いようだと……」クリスは適当にしゃべりつづけた。（ネリー、まだ？）

（完了です！）

クリスはコンピュータとの話を終えて電話を切り、スクリーンに背をむけた。

「ネリー、いまのはなんだったの？」

「あのうすのろ機械はあなたを門前払いするようにプログラムされていました。その部分を修正してやりました。ハンクが次にメッセージを確認するときには、あなたがリストの先頭になっています」

「やはりサンドファイアはプリンセスを足留めしたがっているようですね」ジャックが言った。

「とうにわかってるわ。トムはどこ？」

「六時十五分にここを出ました。もちろん警備員たちはいい顔をしませんでした。押し問答が続いていたところへ、アビーがコーヒーとドーナツを。警備主任の口に朝食を押しこんだら、あっさりと許可が出ました。ついでに椅子も出してやりました」

「椅子まで！」

「いいでしょう。立たせておいたら、いざというときに体が凝って役に立たない。椅子くらい安いものです」

「トムがもどるのはいつ？」

「地上にできるだけ長くとどまります。三時くらいまで粘れるでしょう。大使館に寄って担当武官に報告する予定です。あなたとトムは意図的に帰りの船を探さずに職務放棄しているのではなく、不可抗力で足留めされているだけだと」

「ああいけない、忘れてたわ。定期的に連絡しなくてはいけなかった」

「今回の件で海軍から叱責されるとは思えませんけど」

寝室からペニーが出てきてそう言った。クリスのパジャマとローブを着ている。すこし長すぎるようだ。

「マクモリソン大将を知らないからそんなことを言えるのよ。マックはわたしを追い出したがってるんだから」

ペニーは眉を上げた。プリンセスが追放処分になるところを想像して意外に思っているのか、ウォードヘブン全軍を統轄する参謀総長をファーストネームで呼んだのを驚いているのか。どうでもいい。まずこの部屋からの脱出だ。造船所にいる艦隊を爆破する方法をみいださなければ、もっとはるかに厄介なことになる。

しかし当面、クリスはなにもできなかった。快適な環境での軟禁生活。やれることはやってしまった。これからやるべきことの長いリストを考えたが、どれも答えは〝情報不足〟だ。

ペニーがチェスをやろうと言いだした。

「ネリーとではなくあなた自身と」

開始してまもなく、ペニーのほうがはるかに上手であることがわかった。アビーがクリスの肩ごしにのぞきこみ、四、五手先まで助言しはじめた。余裕綽々(よゆうしゃくしゃく)のペニーはルール違反と訴えることもなかった。しかしクリスは耐えられなかった。立ち上がり、いらいらして手を振った。

「代わってあげるから、あなたやりなさい」

「すでに負けゲームですけど」アビーは指摘した。

「最初からやりなおしましょうか」とペニー。

「そうして」クリスはチェス盤から歩き去った。しかし憤然とした態度をあらため、そろそろと壁スクリーンに歩み寄る。「電話はまだかしら」

「地球の女は返事をよこさない男を待ったりしないものですよ」

アビーは冷ややかに言ってテーブルにつき、両の拳をペニーのほうに出した。ペニーが片方をしめし、白が出ると、チェス盤を回転させる。ペニーは駒を並べながら言った。

「ゲームで落ち着いていただこうと思ったのに」

アビーは皮肉っぽく評した。

「男からの電話待ちですよ。落ち着くなんて無理。X染色体に刻まれています」

クリスは反論した。

「男からの電話を待ってるんじゃないわ。最上階に爆弾をしかける目的に利用できる電話を待っているの」

アビーはペニーの初手にすばやく対応した。

「どこから見ても恋の病。どう思う、ジャック？」

「そもそも返事がくるかな。彼はサンドファイアと父親の意向を受けて、この部屋にクリスをとどめたいだろう。籠のなかの鳥。好きなときに料理できるように」

クリスはジャックにむかって舌を出した。しかし不安はあった。ハンクが父親の言いなりならそうするだろう。それでも強気で主張した。

「ハンクと彼の父親の計略は無関係よ。寄付したスマートメタルのボートでわたしが死にかけたことを知らなかったもの」

「その話をするときに小声になっていましたけど」

アビーが言って、ペニーの仕掛けに対してすばやく防戦した。クリスとちがって、ペニーとアビーの盤上では駒の動きがめまぐるしい。クリスはつかつかと歩み寄って、アビーの顔をのぞきこんだ。

「わたしたちのような家庭では、口は災いのもとという教訓を子どものころから仕込まれるのよ。よけいなことを言うと翌日のニュースに引用されたり、父親が法廷に立たされたりするから」

ジャックはソファで脚を伸ばしてリーダーを手にとった。

「まあ、問題は彼が計略に加わっているかどうかではない。プリンセス、あなたが恋の病にかかっているかどうかです。電話がないほうがよけいな心配をせずにすむ」

「電話がなければ、最上階の配管をいじる方法を考えなおさなくてはいけないわ」

ジャックは肩をすくめた。

そのとき、ネリーが軽いビープ音をたてた。クリスははっとした。

「お電話です」

「だれから？」

思わず顔がほころぶ。アビーは猛然と指しかけたナイトを空中で止め、ペニーは盤上から手をもどす途中で止めている。ジャックは読書を続けている。

「電話は発信元情報がありません」

「いいから受けて」

「ヘンリー・スマイズ‐ピーターウォルド十三世がお話しになります」

コンピュータ音声が流れ、画面は紋章が大写しになった。

（ファンファーレが鳴る場面？）

（音声データを分析してみます）

（どちらが王族かわからないわね）

（失礼千万です）

ネリーは軽蔑して鼻を鳴らさんばかりだ。

「やあ、クリス。電話に出られなくて申しわけない」

ハンクは本当に申しわけなさそうだ。口もとはわずかに下がり、肩は落ちている。驚くほどハンサムで、わずかに後悔をただよわせた姿。

「忙しそうね」

背景はどこだろうと観察したが、コンピュータが生成したものだとすぐに気づいた。

「カルビンが多忙すぎるんだ。やり手のビジネスマンらしいところを見せたいんだろう。半分を代理にまかせればいいと思うんだけどね」肩をすくめて、「父もときどきあんなふうに手が放せない状態になる。ぼくがおなじ年のときにああはなりたくないと思うよ。ところでどうしたんだい？」

「用事があるというより、今夜の用事をつくりたいのよ。社交のスケジュールが昨夜で急に空っぽになってしまったから。あなたの今夜の予定は？」

「ぼくの予定はきみの予定さ。お目付役からしばらく逃れて二人だけで会おうという陰謀かい？」

「反逆罪で絞首刑になるかしら」

ハンクは三流ビデオの大根役者のように左右に目を走らせてささやく。

「きっと逃げ切れるさ」

「じゃあ、七時では」

「いいね」

「どんな服がいいかしら。ディナー？　ダンス？　映画？」

「映画はうんざりだな。きみといっしょにやりたいことを、ホロステージの幻影にやらせて二時間眺めるなんて」

ハンクは微笑んだ。今回は唇だけでなく、目も眉も微笑んでいる。いい笑みだ。

「ダンスのつもりで服を選ぶわ」

た。

「七時に」

「都合が悪くなったら電話して」

「エレベータが爆破されて地上から動けなくなったらそうするよ」

「ハンク、物騒なことを考えないで！　いまの情勢では本当に……」最後までは言わなかった。

「心配いらない。地元の騒ぎはカルビンが抑えている。彼が望まないようなことは起きないよ。じゃあ仕事があるからこれで。大急ぎで片付けて七時には体を空ける」

消えた画面にクリスは背をむけた。

「さて、電話はあったわ」意気揚々とした笑み。

「サンドファイアと仕事中でしたね」ジャックが指摘した。

「隣で見ているだけよ」

「見てきた内容をいくらか聞き出せるかも」アビーが落ち着いて指摘した。

「今夜の目的はそういうことじゃないわ」

アビーとペニーはまた盤上の激戦にもどった。

一日はゆっくりと過ぎていった。アビーは交代の警備員たちにミルクとクッキーを差しいれに行った。そして責任者の警備主任からデートに誘われて帰ってきた。

「今日はキューピッドが矢を射まくっているようだな」ジャックが不愉快そうに言った。

「嫉妬ね。自分は誘われてないから」とアビー。

ジャックは肩をすくめた。

「警備主任に誘われたくないな」

三時になった。クリスは当然の疑問を口にした。

「トムはいつ帰ってくるの？」

アビーの最後のビショップを取ろうとしたペニーのルークが、空中で止まった。ペニーは心配そうに肩をすくめ、ゲームにもどった。

ジャックはクリスを脇へ引っぱっていって話した。

「三時までに帰ってくるはずでした。大使館に寄って、すぐにペニーのアパートへ行く予定で」

「大使館で時間がかかったのかしら」

ジャックは首を振った。

「わかりません」

四時。アビーがテーブルから体を離した。

「八対八。引き分けということでどうですか？　続きはまた明日」

「もう一局だけ」ペニーは小声で言った。

「そろそろクリスに入浴していただかなくてはなりません」

「わかったわ」敗北感に満ちた返事。

脇からジャックが言った。

「手合わせを願おうかと思ったけど、見ていて怖じ気をふるったよ。きみたちは強すぎる」

「おかげでチェス以外のことを考えずにすんだわ」ペニーはドアのほうをむいた。「彼は？」

「そのうち電話があるわよ」クリスはよく考えずに言った。

「電話なんかなくていいんです。無事な体であのドアから帰ってきてほしい。殴られた青痣とかなしに」

クリスは寝室にもどって浴槽にはいった。あまりリラックスできなかった。そこへアビーがブラジャーのパッドに偽装した仕掛け爆弾を持ってきて説明をはじめた。

「引き伸ばしすぎると、配管に詰まって目的の場所まで流れていかないので気をつけてください」

クリスはうなずいた。

「こんなところにいれて運んで、危険はないの？」

「誤爆は一例だけ。口を直撃されたようですね」暗い笑いをクリスにむけた。

「つけたら無言の誓いを守るわ」

クリスは仕掛け爆弾を両手で持った。軽い。浴槽にいれてみるとなんとか浮く。

「起動方法はこうです。乳首を一度押しこんで引き出す。三百六十度回転させて、また押しこむ。これであなたの胸は爆弾です」

アビーはまじめくさった顔で説明した。クリスはあきれて首を振った。

「恥ずかしくて想像できない」

「考えすぎです」

アビーは爆弾をしまった。

クリスはリラックスした。すくなくとも浴槽に体を沈めた。さまざまな考えが頭をめぐる。主権惑星に対して攻撃をしかけようとしている。これでいいのだろうか。戦争にむかって突っ走るこの惑星を、破れかぶれの作戦で止められるだろうか。トムはどこにいるのか。造船所にはいった偵察ナノガードは多少なりともどってきたのか。ハンサムな男と初めてデートに行くのにこんなことを考えているのは普通ではない。クリスは首を振った。

最大の問題はハンクだ。クリスの殺害や誘拐といった危険なことを考えているだろうか。普通の女ならデートのまえに化粧や髪型以外のこんな心配はしないだろう。

「普通の女になりたいかも」

つぶやきながら、筋肉を揉みほぐすジェット水流に身をゆだねた。しかし頭のなかの緊張までは揉みほぐしてくれない。

三十分後、アビーの指示で浴槽から上がり、体を拭いてもらった。次は髪。アビーの手でたっぷりと泡立てられたところで、ジャックが浴室をのぞきこんだ。

「トムがロビーから電話してきました。スイートにもどる手前で警備員たちに止められたら大声で騒ぐので、待機していてほしいと」

アビーはクリスの髪を手早くまとめた。

五分後、化粧棚においたネリーがビープ音を鳴らした。

「トムがドアのむこうに来ました。交代した警備主任は通さない態度です」

クリスは立ち上がった。アビーはすでに退がって道を開けている。クリスはローブの腰紐をしっかり縛ると、水滴をたらし、はだしでスイートの入り口にむかった。

開いたドアのところにはジャックが立ち、隣にはペニーがいる。五、六人の警備員がトムの前に立ちはだかっている。サンタマリア星出身の若者は片頰の笑みを浮かべて灰色の制服の男たちとむきあっている。

クリスはそのなかにずんずんとはいっていき、ジャックの隣で足を止めた。

「なにか問題でも起きたの、警護官？　警備主任？」

祖父トラブルから受け継いだレーザー光線も凍りそうな表情で言った。濡れた髪がつららにならないのが不思議なくらいだ。

「どうやらそのようです」ジャックが答える。

「いいえ、なにも」警備主任は言ったが、目が泳いでいる。

「王室警護官によれば、問題はあるそうだけど」

クリスは〝王室〟というところを強調して言った。すると期待どおりの効果があらわれた。警備主任は青ざめて言葉に詰まった。警備員たちはトムではなくクリスに注目している。トムはそのあいだに割りこんできた。クリスはさらに言った。

「この若者を地上へ派遣したのは、王室同行者の一人が自宅から取ってきてほしいと希望したものがあったからよ。彼女は病院から直接ここへ移ってきたためにそのような必要が生じた。入院の原因になった暴行事件は、そもそもトゥランティック星が治安維持するべき場所で起きたわ。この若者の通行をさまたげるとはどういうこと？」

警備主任の喉仏はせわしなく動いている。

「失礼しました、殿下。身辺警備のための判断でした」

殿下と呼んで敬語口調になっている。クリスは相手をさえぎった。

「そちらの警備は感謝するわ。しかしこれまではこちらで問題なく警備してきた。よけいなことよ」

トムは、プリンセス一行の同行者にふさわしく堂々と警備員たちのあいだを通ってきた。警備員たちはその場でバリケードから儀仗兵に変わった。トムはレイ王のように鷹揚にうなずきかけている。そうやってスイートにはいってジャックがドアを閉めたところで、大きく息を吐いてへたりこんだ。アイルランド出身の祖母たちもほめてくれそうな名演技だった。

トムはソファで言った。

「やれやれ、あいつらにつかまってもうおしまいだと思ったよ」

「それでも遅かれ早かれ奪還に行ったわ」とクリス。

「早いほうがいい。ネリーの虫取りはまだか？」

（作業中です、作業中です）ネリーはクリスの脳裏で伝えた。

「もうすこし待って」

クリスは仲間たちに言った。空中でパチパチとはじける音がする。

（あ、こちらのナノガードも混じっています。トムが偵察ナノガードをいくらか持ち帰ったようです！）

（データ回収はあとで。まずトムの話を聞くから）

（優先順位はわかっています、クリス。もうすこしお待ちください）

クリスはトムの脇にしゃがんだまま、エンドテーブルを指先でコツコツと叩いた。ペニーはトムの隣にすわり、肩を抱き寄せている。アビーはクリスの隣に立っている。ジャックはやや離れて、トムと……ドアの両方を監視している。

ネリーが言った。

「作業完了です。トム、造船所から偵察ナノガードを何個か運んできてくれましたね！」

「そいつはよかった。アビーから借りたコンピュータによると、今朝の散布はうまくいったみたいだったからな。コンピュータは返すよ、アビー。大使館でペニーと自分の分として新品をもらってきた」

ペニーは怒ってソファで体を揺らして訊いた。

「そんなことで時間がかかってたの？」

「大使からじきじきにクリスへの伝言を頼まれてたんだ。見苦しいことはするなってさ。大使の話をそのまま引用すると、〝今回のことはすべてこちらで始末をつける。彼女に若気の至りで動いてもらう必要はない。見苦しいことになるだけだ〟」

「見苦しくないように気をつければいいのね」

クリスは言って、しゃがんだ姿勢でローブの前がきちんと閉じているかどうか確認した。

「それから、ペニーの上司からも脇に引っぱっていかれて話をされた」

「まずいわね」ペニーがうめいた。

「クリス、彼もおまえに動かないでほしいと言ってたぞ」

「ペニー、あなたの上司は気骨のある人物という話だったわね。でもトムの話を聞くかぎり、大使のスカートに逃げこむ弱虫のようだけど」

「普段はそんなことないんです。トム、クリスがおとなしくしているべき理由を彼は話した？　なにか目論見があるの？」

「ありそうには見えなかったぞ。むこうの考えはあまり話さなかった。おれの身許確認と、クリスが先週なにをしてたかを根掘り葉掘り訊かれた」

「なにを話したの？」クリスは低い声で訊いた。

「資料を読めばわかることだけさ」

トムはすました顔でズボンの裾から埃を払った。クリスは皮肉たっぷりの口調になった。

「つまり理由はないわけね。部屋でいい子にして、軍隊の出陣を手を振って見送れと」

「そういうことだ」トムは心配そうな顔になった。「もっと微妙な話があるんだ、クリス。ペニーの上司は、情報源は明かさなかったけど、サンドファイアがおまえに個人的な恨みを持ってると言ってた。おれも思いあたる節はいくつもあると話してやったよ。パリ星系の事件にいたる経緯をおれがあんまり詳しく知ってるんで、むこうは驚いてた。とにかく、サンドファイアは今回の騒ぎが終わったら、おまえを拘束するつもりらしい。鎖につないで素っ裸にして、ハンク・スマイズ＝ピーターウォルドの親父に提供するんだ。そのあとはナイフを使うだろうし、生きて帰すつもりはないだろう」

最後にごくりと唾を飲んだ。

クリスは衝撃を受けた。殴られたように床にへたりこんだ。

恐怖は経験ずみだ。戦慄を味わったこともある。しかしたいていは銃撃戦がはじまるまえだ。銃弾が飛びはじめたら生き延びるのに必死で、恐怖にひたっている暇はなかった。

額に流れてきたシャンプーの泡をぬぐった。アビーがタオルを取り出して手早くクリスの頭に巻いた。床にあぐらをかいたまま、クリスは腹の底で渦巻く恐怖をなんとかなだめようとした。

サンドファイアは自分を拘束し、拷問し、殺すつもりでいる。その考えを頭でくりかえした。いやというほど味わい、感じた。

初耳ではない。すくなくとも去年からサンドファイアの魔の手をかわしつづけている。もしかするとエディが誘拐され、殺されたのもサンドファイアの仕業だったのかもしれない。あのときクリスも狙われていたのか。エディからアイスクリームをねだられたおかげで命拾いしたのか。

サンドファイア……許せない。

クリスはゆっくり立ち上がった。だれにも、なににもよりかからなかった。

「サンドファイアは戦争をはじめるつもりで、わたしはそれを止めるつもり。サンドファイアはわたしを殺すつもりで、わたしは生きるつもり。なにも変わってないわ。ネリー、造船所の偵察データが分析できたら表示して」

するとジャックが横から言った。

「ネリー、この宇宙ステーションのレーザー砲の制御を奪えるか？」

「どういう意味？」クリスは険悪な声で訊いた。

「ネリー、ここから脱出する船に対してレーザー砲がむけられたときに、それらを停止させられるか？」

「ネリー、ジャックの命令は無視しなさい。造船所のマッピングに集中して」

「クリス、ジャック、二つの命令を同時実行できます」

「レーザー砲について答えろ」ジャックは要求した。

「造船所のマップデータを表示しなさい」クリスも言った。（ジャックには答えないで）

（クリス、どちらの命令も処理可能です。それにここから脱出するのは、あなたにとってもわたしにとってもいい考えかもしれません）

（わたしは脱出なんかしたくない）

（わたしは脱出したいです！）

このコンピュータは長生きしたいらしい。

「ネリー、わたしの質問に答えろ」ジャックがまた言った。

(答えないで。造船所を見せなさい)

美しい雪山の風景が表示された壁スクリーンが、ステーションの透視図に変わった。

「造船所はほぼ全体を調査できました。これまでのところ、造船所にはいる経路はエレベータ以外になさそうです」

「レーザーの件は？」

ジャックが穏やかに訊いた。すると十数個のバッテリーが赤い点滅表示になった。

「造船所の電力源は？」

クリスの問いに対しては、造船所中央の大きな区画が黄色い点滅表示に変わった。ネリーが解説する。

「核融合炉はここにあります。炉の周囲にはプラズマが流れる電磁流体走路がめぐっています」

「危険だ」トムが断言した。

「ここは急ごしらえで建設されていますし」ペニーも言った。

「建設は急ごしらえ、吹き飛ぶのも一瞬だ」

「ネリー、これらのレーザーの制御を奪えるか？」ジャックが訊いた。

「A層とC層のバッテリーに侵入できる確率は八十五パーセントあります」古い区画と最上部の区画にある八門のレーザー砲が早い点滅に変わった。「しかし造船所の分はアクセスできません」

クリスは指摘した。

「造船所を吹き飛ばしたあとなら関係ないわ。船を一隻奪って簡単に脱出できる」

するとジャックは答えた。

「今夜の脱出でも、あなたとトムの操船で造船所の二、三門のレーザー砲をかわしながら飛ぶくらい簡単にできるはずです。トム、きみは防御が専門だな」

「クリスにはかなわないぜ。こいつは敵のレーザーの照準が来ると、うなじの毛でわかるらしい」

「脱出するのは今夜じゃない」

クリスは強く言った。それに対してジャックは、強情な四歳の子どもを説得するようにゆっくりと話しはじめた。

「わたしの仕事はあなたの安全を守ることです。これは海軍映画じゃない。トムの話を聞いたでしょう。ここで発生している状況はあなたを狙ったものなんです。あなたを殺すことが目的です。わたしの任務はあなたの命を守ること。必要なら本人の意思に反した手段も使います。今回の件の目的が、トムだけでないのは最初からわかっていたでしょう。大使が招待を伝えてきたサンドファイアの最初の舞踏会から、何者かがあなたに強い興味を持っていた。そしていまこうして、標的はあなただとあきらかになった。ここから先はわたしの仕事です。いますぐ脱出します」

「この惑星が戦争の瀬戸際なのはわかるでしょう。ちっぽけなわたしの命なんかではなく、たくさんの命がかかっているのよ」

クリスはあとずさってジャックから離れた。しかし、背中がアビーにぶつかった。

「ペニー、わかるわよね?」

しかし海軍大尉は首を振った。

「わたしを殴打したのはサンドファイアの手先です。彼らともう一度戦うか、撃たれる確率五十五パーセントを覚悟して逃げるかと問われたら、わたしは五十五パーセントを選びます。トムの話もそうです。わたしは殴打されただけ。でもあなたはサンドファイアに命を狙われている」

「わかっているわ。しばらくまえからわたしは命を狙われている。でもまだ生きている。サンドファイアはもう長くないわ」

トムが鼻を鳴らした。

「最後はロングナイフ家の根拠のない自信か。いいか、おまえだって死ぬときは死ぬんだぞ。エディも死んだ。トラブル将軍ほど幸運じゃなかった祖父母だって何人かいるだろう」

クリスは、冷たい火打ち石が出す火花のように低く答えた。

「エディはしかたないわ。まだ六歳だった。わたしは六歳じゃない」

「脱出してください」ジャックは強く言った。

「脱出するわよ。造船所とドックを爆破したら」

「サンドファイアも殺すんですか。因縁ですね」

クリスはうなずいた。

「サンドファイアに照準を合わせる機会があれば殺すわ。でも最優先なのは造船所とそこで改造されている艦隊の爆破よ。サンドファイアの狙いどおりになったら多くの人々が死ぬ。クラッガスは戦争への抵抗運動に身を投じるつもりでいる。数人の上院議員も。絶望的な戦いよ」

「どうしてそう思うんですか？」ジャックは反論した。

クリスはすぐにやりかえそうと口を開きかけた。しかし、やめて口を閉じた。自分がこのゲームの中心だと主張するのはいささか無理がある。サンドファイアは最初からクリスを巻きこんでいる。クリスはそれを知りながら対応してこなかったのだ。先週のことをざっと思い出してみた。サンドファイアにどれだけ対抗策をとっただろう。彼の思惑にどんな抵抗をしただろう。クリーフ上院議員の娘の誘拐は阻止してみせた。しかし他には？

「たしかにサンドファイアはこの惑星を牛耳っているわ。わたしもその術中にはまっている。トムが誘拐され、わたしはこの罠に飛びこんだ。でも、昨日のナノガードによる偵察はわたしにしかできなかった。その写真を公開すれば、サンドファイアがここまで築いてきた計画は瓦解するわ」

「だからやつは子飼いの大統領にこの戒厳令を発令させた。それによって主導権をとりもどした」

ジャックの指摘を受けて、クリスはしばらく黙った。

「そうね。でも、ジャック、わたしがあの偵察写真を撮れたのは、一人のタクシー運転手が危険を冒して協力してくれたからよ。命からがらもどってこられたのは、少数民族の男女がわたしを守ってくれたから」

「だから借りがあると言うつもりですか？」

「そうよ」クリスはため息をついた。「でも、ここの人々にまかせていいという気もする。地上には貧しさにあえぐ人々がたくさんいる。不満を持ち、要求する人々。わたしはきっかけを与えるだけでいいかもしれない。やってみればいいのよ。今夜どうしても撤収する必要はないでしょう。明日の夜でも明後日の夜でもいいはず。サンドファイアの悪辣な計画に一矢報いてやるだけでいい」

「サンドファイアの逆鱗に触れますよ。この混乱のなかであなたの具体的な動きはわからないかもしれない。でもあなたがかかわっていることはつかんで、じわじわと首を絞めてくるはずです」

クリスはうなずいた。なにを言っても反論される。知らず知らずのうちに両手を腰にあてていた。

「いくら反対しても変わらないわ。わたしのやり方でやる」

ウォードヘブンのどんな氷河よりいまのクリスは冷えきっていた。冷徹だ。選択肢も妥協もない。

「五秒で縛りあげて連れていくこともできるんですよ」ジャックは小声で言った。

「アビー、近づかないで」クリスはメイドから一歩遠ざかった。しかしそのぶんだけジャックに近づいてしまう。「わたしを縛ろうとしたら大声をあげるわ。さるぐつわを嚙ませるまえに外の警備員が突入してくるはずよ」

「最悪の事態だな」トムがこの状況でもっとも理性的な指摘をした。

「本当にそうよ、ジャック。わたしのやり方でやれないなら、すくなくともあなたのやり方ではやらせない」

「まるで悪ガキだ」

「正真正銘の悪いプリンセスだから」

ジャックはクリスをにらみつけた。クリスはまばたきせずに見つめ返した。やがてジャックは肩をすくめた。

「ウォードヘブンに帰ったら配置換えを申請します」

ついにそこまで言わせてしまった。おたがいに最後のカードを切った。クリスは大声をあげると脅した。そうすれば全員がトゥランティックの最悪の地下牢に幽閉され、逃げることもサンドファイアの計画を止めることもできなくなる。ジャックはクリスから去ると宣言した。これまでずっと信頼し、そばにいてくれた楽しい警護官が。

クリスは大きく息を吸った。

「それは帰ってからの話ね」

「もし帰れたらの話です」ジャックは冷たく言った。「アビー、プリンセスの髪をなおしてさしあげろ。でないとわたしが警護対象の保護をおこたったと始末書を書かされる」

ジャックはしかめ面をそむけた。アビーがクリスに言った。

「浴室にもどりましょう。わたしもあなたの一言で路頭に迷う立場です。でもいまはプリンセスのお姿を整えるのが仕事ですから」

クリスはメイドの指示にしたがい、着替えにもどった。トムとペニーの視線が追ってくる。そこにあるのは絶望か。それとも、クリスが巻きこんだこの窮地から最後は救ってくれるはずだという期待だろうか。

21

アビーがクリスの髪に最後の仕上げをしているときに、スイートのチャイムが鳴った。

「わたしが出る」

ジャックが言った。その声は、脱出すべきだという主張をクリスが拒絶したときからずっと冷ややかで抑揚がない。

「できた？」

クリスは鏡のなかのアビーに尋ねた。メイドはうなずいた。クリスは最後の点検をした。髪は渦巻きのようにセットされ、ホテルのレンタルサービスで借りたダイヤモンドのアクセサリーで留めている。アクアマリンのドレスは細いウエストから左右に広がる。ひだ飾りのあるスカートは動きにあわせて優雅に揺れる。絞ったボディスが貧弱な胸を押し上げる。ふくらみは仕掛け爆弾のおかげだが、これを引き抜いてもすぐには気づかれないだろう。

しかしハンクの目をごまかせるかどうか。ダンスのときの距離しだいだ。

鏡のなかの顔を最終確認。気になるのは大きな鼻。アビーの魔法も万能ではない。

どんなことになっているのかと居室のほうへ出ていった。驚くにはあたらない状況だった。

三つの警護チームがにらみあい、威嚇しあっている。ハンクのチームはドアのある左側。灰色の制服の警備員たちは右側。そしてジャックと海軍礼装軍服に身を包んだトムは両者を分けるように立っている。三者がそれぞれ今夜にむけて自己主張している。

「今回はわれわれが仕切る」ハンクのチームの責任者が有無を言わさぬ口調で宣言した。

「こちらの許可なしに勝手に動かないように」灰色の警備員たちは言ったが、声が震えている。

「クリスは警護チームなしには動かない」ジャックは言った。警備員たちの顔に喜色が浮かびかけたが、その〝警護チーム〟に自分たちははいっていないことにまもなく気づいたようだ。

　アビーが地味な灰色のドレス姿でクリスの寝室から出てきた。ジャックをはさんでトムの反対側に立つ。

　クリスはだれにともなく言った。

「準備はいいのかしら」

　ハンクは心得顔の笑みを浮かべた。

「今夜のきみは美しい」

　まるでまわりにだれもいないようなセリフだ。

　クリスは軽くドレスを揺すって衣ずれの音をたててみせると、今度は相手をほめた。

「あなたも悪くないわ」

それは過小評価だった。明るいタン色のタキシードに真っ赤なカマーバンド。たっぷりとひだ飾りのついたシャツはノーネクタイで、最上段のボタンを開けっ放しにしている。

ハンクはクリスに腕を貸し、騎士道精神の健在をしめした。いがみあう警護チームを空気のように無視してレディを案内する。今夜の仕切りをどちらのチームが務めるべきか、クリスは考えるまでもなくわかった。今夜にかぎらないかもしれない。ジャックにはいい気味だ。

ハンクの警護チームは貸し切りのスライドカーを用意していた。警護チームの責任者が目配せしたが、ハンクは無視した。おそらくクリスは次のスライドカーにという合図だったのだろう。見苦しい勢力誇示だ。クリスはさっさと後部座席に乗りこんだ。ハンクは隣にすわった。

「忙しい一日だったよ。きみは？」

「ウォードヘブン星はトゥランティック星に好感を持たれていないのを実感したわ」クリスが言うと、ハンクはまじめな顔でうなずいた。「今日はスイートに軟禁状態だった。最近忙しかったから、のんびりできてちょうどいいけど」

ハンクはクリスにあわせて笑った。

「その思考法を見習いたいね。でもトゥランティック星とグリーンフェルド星の関係は希薄だから、ぼくはまったくかまわれなかったよ」

「あなたのサンドファイア氏は……」クリスは途中まで言った。

「ぼくのサンドファイア氏ということはない。カルビンはだれのものでもない」ハンクはため息をついた。そんな印象を持たれたことを父親に報告するはずだ。「彼はいくつも計画を持っているようだ。ぼくがここ数日、彼と行動をともにしていることに多くの人は驚いているらしい。これから披露される計画にぼくが加わっていると思われている。ところがこちらは、どんなふうに利用されるのかわかっていないんだ」

「わたしたちはいつもだれかに利用されるわ」クリスはため息をついた。

ハンクは意地悪そうな笑みを浮かべた。

「きみにはプリンセスという地位がある。だからきみが見捨てられることはない。それにひきかえ、ぼくはただのビジネスマンの息子だ」

「なんなら交代しましょうか。玉座もなにもかもあげる」

クリスはやりかえした。ハンクはクリスの髪の宝飾品を見た。

「ダイヤが多すぎるかな。きらきらしたものは男むきじゃない」

「あなたやわたしがファッションの論評をすると、新しい流行ができてしまうわ。でもこのアクセサリーは今夜のための借り物よ。政治的に微妙な風潮のなかで王族のティアラは控えたの」

じつは今回の事件の証拠写真を撮る道具としてそのティアラの大半を転用した。帽子から鳩を出したわけだ。

スライドカーのドアが開いた。しかし二人が降りるまえに警戒線の構築が必要だった。警護の隊列を組みなおすのは時間がかかった。二台目にはアビーと二人の灰色警備員が乗りきれず、三台目の到着を待たなくてはならなかった。

「暴動のほうがもっと整然としているわ」

追いついてきたアビーは鼻を鳴らした。クリスのすぐまえにいるジャックがからかった。

「その暴動はきみが率いたんだろうな」

ハンクはそのやりとりを耳にして笑った。

「今夜は楽しくなりそうだ」

クリスはそのハンクに訊いた。

「例によってレストランを徹底リサーチして、最高級で最高価格の店を選んだのかしら?」

「もちろんさ。ぼくが払うんだからね」

「デートに誘ったのはわたしよ。だからこちら持ちよ」

クリスはやや険のある声で言って、すぐに表情をもどした。しかし笑顔ばかりではないところは見せた。ハンクは答えた。

「ぼくは古い流儀なんだ。レディにはディナー代を払わせない」

「信託財産はわたしが上よ」

「おや、最新の市場価格を証券会社に問い合わせられたのかい?」二人は声をあわせて笑った。それからハンクは言った。「通信途絶には困ってるよ」

「ええ、わたしも。一週間の上陸休暇で来たのに、もう二週間目。帰ったら艦長から厳罰よ」

「きみの解雇通知にサインする管理職などいないだろう」

「そんなことはないわ。数人の将軍と、すくなくとも一人の提督はわたしを馘にしたがっている」

「そんなことをしたら彼らのキャリアも終わりになる」

「そう思うかもしれないわね。でも父の政敵は一家のスキャンダルがメディアで騒がれるのを期待しているのよ」

レストランは人通りの少ない一角にあった。照明は最小限。ジャックは暗視眼鏡をかけて、入り口と警護対象の席をさえぎる位置にあるテーブルにトムとアビーとともについた。クリスとハンクはホステスに席へ案内された。ホステスが着ている光沢のある黄色の腰布（サロン）は、明るいところなら透けそうだった。ハンクの視線はそこに引きつけられている。

クリスは笑顔のままで訊いた。

「ダンスをするのは食事の相手？　それとも店の使用人？」

「ロングナイフ家の出身のきみといっしょにいると、無事にこの惑星を出られるかどうか不安だからね。予備の選択肢を探しておこうと思ったんだ」

「そうね、わたしもウェイターをよく見てみるわ。あなたにこだわらなくもいい」

「ぼくらはそんなお安い立場じゃない」

ハンクはふいに真顔になった。まわりのテーブルにいる三組の警護チームに聞かれにくいように、身を乗り出して声を落として話す。

「ぼくらはこの惑星を住民ごと買える。きみなら秘書コンピュータのアップグレード費用分が余るほどだ。ぼくらは星を買える。なのにこの星のだれかに支配され、足留めされるなんて、へんだろう」

「努力して勝ち取らなくてはいけないのかも」

「これだけ相続財産があるのに、なにを努力する必要があるんだい？」

「その言い方では、まるでこの問題が……」しかし言ってしまうと空虚に響くだろうと思って、方向転換した。「……いろんな考え方をできるようね」

「きみもカウンセリングを受けているのかい？」

「精神的に不安定な将校を海軍は嫌うわ」

「父とおなじだな。まあ、ぼくにも父が知っているつもりでよく知らない友人が何人かいるよ」

クリスはハンクの手の震えやまばたきを観察した。あまり正直な言葉ではないようだ。

「お父さまはお元気でいらっしゃるの？」

「気分的に老けこみはじめているね。最先端の若返り術を受けていても、五十歳を過ぎると男性更年期の症状は出るらしい」

「お祖父さまもご健在なんでしょう？」

「曾祖父だって、あの事故がなければ生きていたはずだ」

クリスはその〝事故〟について、アルの企業情報レポートで読んだことがあった。株主の反乱によるものか、ハンクの父親の仕業か、可能性は五分五分というのがその結論だった。興味深い一家だ。

すくなくともクリスとちがって、ハンクは自分の家族をあまり愛していないようだ。クリスが抱えた厄介な状況に彼を引きこむことが将来あるだろうか。

ハンクの横にウェイターがあらわれた。若者は薄青色のサロンをきている。蠟燭の光による光沢のあいだに肉体が透けて見える。いい胸筋といい腹筋。ジャックよりたくましいかもしれない。

クリスがその眺めを楽しんでいると、ハンクが不思議な言語で注文しはじめた。

（ネリー？）

（バリ語かなにかです。地球の東南アジア由来ですが、長い距離をへて変化しています。もとの言葉とはかなり異なります）

当然だろう。クリスはウェイターが警護官たちのあいだを通り抜けていくのを目で追った。そして席を立った。

ハンクが辛辣な調子で訊いた。

「追いかけるのかい？　だったらぼくはホステスを追いかけようかな」

クリスは指さした。

「婦人用お手洗いのサインが見えるわ。今日の午後はほとんどずっと浴室にいたんだけど、気のきかないメイドのせいで、本来の用をたす場所としてなかなか使えなかったのよ。数ットル分、身を軽くしたほうが落ち着いて話し相手をできると思うわ」

ハンクは陽気な顔にもどった。

「そのセリフを早口で五回言ってみてほしいね。でも、きみの不在が長引いたら、ぼくはホステスといっしょに店の奥へ行ってしまうかもしれないよ」

「気をつけるわ」

アビーがやってきてクリスの隣にぴたりと寄り添った。

「そんな悪口を言われるのでしたら、もっと高いお給金(ウェイジ)を請求するんでした」

「罪の報い(ウェイジ)ならあなたはたっぷり受けているはずよ」

クリスのむこう側にはジャックが寄り添った。灰色の警備員たちがばたばたと席を立ってクリスの行く手をさえぎる。

「あら、わたしを通さないと床掃除をすることになるわよ」

クリスが脅すと、警備員たちはモーゼのまえの紅海のように左右に分かれた。

(ネリー、警備ナノガードはまだいる?)

(ダイヤモンドのアクセサリーに隠したまま一個も失っていません)

(トイレにはいったら飛ばして、邪魔者がどれくらいいるか教えて。準備はいい?)

(いつでもどうぞ)

すぐにアビーがドアを押し開けた。ジャックはドアのまえに仁王立ちした。警備員たちが納得しなくても、しばらくはだれもいれないという態度だ。

(監視デバイスは？)

(カメラ二個が流しを見下ろし、個室の出入りを確認できるようになっています。個室の上にカメラはありません。ナノガードが五個飛んでいます)

(ナノガードは制御を奪って。焼かないように)

(実行中です)

まずアビーが四つの個室のドアをすべて開け、無人を確認した。一歩引いて眉をひそめて考える顔になる。「ここがいちばん清潔そうね」とつぶやくと、バッグからスプレー缶を出して吹きかけた。そして無言で退がり、クリスを個室にはいらせた。病的な潔癖症をよそおっているわけだ。どんな細菌もたちどころに溶かしてしまう強力な殺菌スプレーを噴霧した。これならクリスが水をたてつづけに流しても不審には思われない。

(調子はどう、ネリー)

(あと一個です)

クリスは便座に腰かけた。

(ここがどこだかわかる？)

(レストランの位置は見取り図上で確認しました。ここからメタンガスが豊富に滞留していると思われる地点まで流れるのに十分かかります。それにしたがって起爆プログラムを組みます)

やれやれ。となるとディナーは短時間で終わり、ダンスは楽しめない。もちろん、下水処理施設の小さな事故は警護チームではどうしようもない。まあ、三十歳の行き遅れのおばさんになるまでにはべつの幸運があるだろう。クリスは思わず笑った。

(完了です)ネリーが報告した。

クリスは注意深くドレスをさぐり、左胸の爆弾を取り出した。起動し、ネリーにタイマーを設定させ、引っぱって二十センチくらいの長さにした。そっと水のなかにいれ、流す。一分ほど間隔をあけて、二個目の爆弾を流した。

それから、本来の用をたした。べつに緊張で喉がからからになって膀胱がいっぱいになったわけではない。最後に水を流し、ドレスをなおす。

外ではアビーが待っていて、スカートをなおし、ドレスの胸まわりを整えた。クリスが手を洗うときは水が跳ねないように手伝った。終わると最後に全体をチェックし、うなずいた。

「われながらいい仕事です」

「わたしが美人だから仕事が楽だという感想はないの?」

アビーは、なにを言うのかという顔でクリスを見た。

「わたしのような者が評するまでもなく美人でいらっしゃいます」

クリスはため息をついた。

「本当にそうならいいけど」

「お嬢さまが多感な時期にご両親はどこにいらしたのですか?」

「選挙運動とか、ただたんに忙しいとか。もう出てもいいかしら」

アビーはドアを開けた。

クリスはテーブルにもどった。腰を下ろすのにあわせてハンクが立ち上がった。

「あら、紳士なのね」

「ちがうよ。ホステスのところへ行こうかと思ってね。きみはウェイターと逃げたのかと思った」

離席時にはなかったクリスタルのコップを指でつついた。

「だれかが働いた痕跡があるわ」

「ウェイトレスが水を持ってきた。小柄なかわいい子だった。すけすけのサロンを意識していないようなふるまいで、しばらく見とれたよ」

「あなたのことをよく知らない女なら、お坊ちゃん育ちの浮ついたダメ男だと思うところだわ」

するとハンクはしばらく黙りこんだ。

「いや、それはちがう」

ため息をついてまわりを見た。自分の警護チームの責任者をみつけ、手招きする。

「今夜はぼくに身の危険はない。彼女もそうだ。すこしあいだを空けろ。警護官たちを壁ぎわまで退がらせろ。ナノガードを掃除して、しばらくおとなしくしろ」

「灰色の制服の田舎者たちはどうしますか？」

「追い出せないというなら、明日の朝からおまえのかわりにべつの責任者を雇う」

「いえ、やれます」

責任者は部下たちにすばやくハンドサインを送った。黒服の警護チームは灰色の警備員たちを手際よくドアのほうへ歩かせていった。文句を言う者がいても金を握らせると静かになった。

クリスは肩ごしに呼んだ。

「ジャック」

「気にいりませんね」ジャックは答えた。

「わかってるわ。それより、あなたはハンクの警護責任者にくっついていて。トムには反対側を守らせて、アビーはトイレのそばのテーブルで居眠りしていればいいわ」

「クリス、真剣に話してるんです。わたしはあなたの身を守るためにいつも必死です。冗談めかして遠ざけられるたびに歯がみしてるんです。あなたをこの腕のなかで死なせるのは絶対に耐えられない」

クリスは、ひざまずいたジャックの腕に抱かれている気がした。自分の体から血が流れるのさえ感じた。身震いしたが、決心は変えなかった。今夜は警護から離れる。ハンクと二人だけになる。

「ハンクのチームといっしょにいて」

ジャックは能面のような顔で従った。トムはキッチンの入り口脇に席をみつけた。ハンクのチームとおなじテーブルだ。これまでに確認した三カ所の出入り口はすべて守っている。

「こういうことはよくやるの？」

クリスは陽気な調子でハンクに訊いた。ハンクは大きな心配事が消えたように椅子に背をもたれて、首を振った。

「パーティがぼくの警護責任者になったときに、こういうことが年に二回はあるから覚悟しておけと言ったんだ。あいつは、年に一回ならがまんすると言った。三年前の話で、実行したのは初めてだ」

「それはすごいわ」

「大人になったともいえるし、利己的で危険な行為ともいえる。今夜きみを暗殺しようなんて者がいると思うかい？　きみのまわりでは、一般人が風邪をひくのとおなじくらいの頻度で暗殺未遂事件が起きているけどね」

クリスは快活に答えた。

「いちばん最近の事件はちがうわ。あれは上院議員の愛娘の誘拐未遂よ」

「よりによってきみの手から子どもを誘拐しようなんて、愚かな試みだ」

クリスは肩をすくめた。

「わたしに出くわすとは思っていなかったはずよ。こちらは狙われないように避けていたし」

「なのに渦中に飛びこんでしまう。父の言うとおりだな。きみたちロングナイフ家の人間は厄介事を吸い寄せる」

ピーターウォルド家はロングナイフ家についてどんな資料をまとめているのだろうと、クリスは興味深く思った。ロングナイフ家の何人かの先祖の死のいきさつについて、その資料ではどう報告されているのか。自分がそのファイルを見ることは永遠にないだろう。

「というと、ピーターウォルド家の人々の暮らしは穏やかなの？」

ハンクは目をこすった。整った顔にやや疲れた表情が浮かぶ。

「今週はちがうね。カルビンは朝から晩までぼくを連れて歩く。意見を聞くためじゃなく、ただ連れまわす。観客としてそばにいさせたいんだ」

「目的はなに？」クリスは訊いてみた。アビーがよろこぶゴシップかもしれない。

「表面的には、ぼくを感心させたいだけのようだね。驚かせたいんだ。〝自分にはこんな影響力があるぞ。あんなこともこんなこともできるぞ〟とね」

「〝だから自分にまかせろ〟と」

「たぶんね。実際には彼のやっていることがそれほどすごいとは思わなかったけど」

「たとえば……？」

ハンクは体を引き、クリスをゆっくりと眺めまわして、首を振った。

「きみのお父上も、たとえ友好関係にあっても野党には明かさない話があるはずだ。野党もそれがわかっているから訊かない。だからぼくにも訊かないでほしい」

まるで懇願するような口調だ。クリスは答えた。

「そうね。父についてはは新聞に出るとまずいようなこともわたしは知っている。でもそれは家族として恥じるような話ではないわ」

「きみが知っている範囲ではね」

今度はクリスが肩をすくめる番だった。

「いまの話題はおたがいが知る範囲のことでしょう?」

「そうだけど、首相の名前でおこなわれたことのすべてが首相の意向とはかぎらないだろう。通信途絶のせいでぼくも父に質問のメッセージを送れないんだ。悔しいよ」

ハンクは宇宙空間とそこに輝く星々を見上げた。悩ましい疑問の答えを星に求めているかのようだ。

このハンクは味方なのだろうか。この惑星が戦争に突き進むのを止める手伝いをしてくれるだろうか。訊いてみるのは危険すぎるだろうか。クリスは苦笑しかけた。少女が少年と出会い、世界を変える陰謀に導く。その先の展開は?

手の下のテーブルが振動した。

「なんだ?」

ハンクは空中を見上げて言った。

楽しい時が過ぎ去るのは早い。クリスはため息をついた。

「いまのような振動はここに来てから初めてだわ。スピン安定系に障害が起きたのかしら。大使館職員の話では、このステーションはかなりの突貫工事で建設されたらしいけど、どこかに手抜き工事があったとか?」

「どちらにしてもいいことじゃないね。ああ、バーティとジャックがやってきた。きみのダンスカードはまた先約で埋まってしまったようだ」

「お望みならいつでも空けるわよ」クリスは恥じらいの笑みをつくった。

「これ以上は警護チームを邪険にできないんだ。父に報告が行ってしまう」

「あら、今夜はどこにも電話はつながらないはずだけど」今度はいたずらっぽい笑み。

「きみは危ない子だ、ミス・ロングナイフ」

「そうなったのはプリンセス・クリスティンになってから」

「鵜呑みにはできないな。バーティ、なにが起きたんだ？　地元民の暴動か？　ジャングルに響く太鼓の音ではなさそうだけど」

「いえ、下水処理施設でメタンガス爆発が起きたようです。損傷状況はわかりませんが、船にもどられるのが賢明かと存じます」

「脱出するの？」クリスはハンクに訊いた。

「そうじゃない。でも、気密壁に損傷の可能性がある場合には安全なバルバロッサ号に退避するのが、父の決めたルールなんだ。きみもいっしょにどうだい？　安全が確認されるまでしばらくかかるだろう」

「でも、そんなことをしたらジャックが癇癪を起こしそう」

クリスは警護官のほうを見た。ジャックは口に拳をあてて咳払いをした。

「そうだね。警護チーム同士は反りが悪いようだ。ねえ、クリス、相争う二つの家に生まれた不運な恋人たちを描いた古いお芝居を観たことがあるかい？」

「ロミオとジュリエットだったかしら」

「そんな題名だったかな」

「たしか最後は二人とも死ぬのよ」

「まあ、ぼくらとは似ていないはずだ」ハンクのむこうでバーティが咳払いをした。「そうだな。明日の朝になったら電話をくれないか、クリス。後始末が終わっていたら、明日また会えるかもしれない」

そこへトムがやってきた。

「後始末には相当な手間がかかりそうだぞ。厨房の流しが噴水になってる。かなり臭い噴水に」

アビーもクリスのそばにもどってきた。

「お手洗いもしばらく使われないほうがよさそうです。清潔とはいえません」

匂いが漂ってきた。クリスはメイドに同意した。

「スイートに帰るまでがまんしたほうがよさそうね」

レストランの外に出ると、灰色の警備員たちにとりかこまれた。しかしやはり下水でなにが起きたのかわかっていないようだ。大通りに出て見上げると、〈トップ・オブ・トゥランティック〉の右側の鏡面壁が割れている。数組のカップルがスライドカーへ急ぐ一方、事態を把握できずに話している人々もいる。

バーティが言った。

「急がないと足留めをくうことになりかねません」

クリスはまだハンクの腕につかまっていた。ハンクの警護チームが人ごみをかきわけ、クリスの警護チームも二人のあとをついていった。ようやく確保したスライドカーは一台だけ。二人と二チームが乗るともういっぱいだ。狼狽する警備員チームの責任者のまえでドアを閉めた。

「しばらく彼らを見なくてすみそうね」クリスは言った。「アビー、外泊する気はある？トムはどう？」

ジャックは小声で言った。

「全員スイートにもどったほうがいいと思います。警備主任は夜の点呼をとるはずです」

「そんなひどい扱いを？」ハンクが訊いた。

「ここのメディアや灰色の警備員たちは、ハミルトン星と同盟を組んだ敵としてウォードヘブン星を見ているわ」

「そうだね」

ハンクはあっけなく納得した。おそらく今日サンドファイアから自慢げに披露されたことのなかにあったのだろう。戦争という絶好の商機において有能なビジネスマンがどんな一手を打つか。若手に教える基本であり、高度なレッスンだ。クリスが知っている戦争は血と泥にまみれたものだが、サンドファイアがそんなことをハンクに教えるはずはない。偏った教育だ。なめられているのだと助言すべきだろうか。

しかしバーティをちらりと見てやめた。その冷ややかな無表情の奥には底なしの邪悪さが隠れていそうだ。二言三言でさえぎられるだろう。

クリスがサンドファイアから命を狙われていることを、ハンクは知らないかもしれない。しかしバーティはそこまでうかつではないはずだ。

スライドカーが減速して停まった。クリスと一行は出口のある前方へ移動した。

「よければお茶でも」

クリスはハンクに提案した。しかしバーティが横から口を出した。

「船にもどっていただかなくてはなりません」

命令にひとしく聞こえる。ハンクは残念そうに答えた。

「遠慮したほうがよさそうだ」

「またお会いしたいわ。今度こそゆっくりお話を」

「そうしたいね。いったいだれが下水処理施設を爆破なんかしたんだろう」

ハンクはそう疑問を呈して自分で首を振った。するとトムが言った。

「爆破とはかぎらないと思うけどな。下水処理施設にメタンガスがたまって問題を起こすことはよくある。臭い汚物だといっていいかげんに扱うとしっぺ返しをくらうんだ。この宇宙ステーションは急ごしらえみたいだから、建設業者がどこかで手を抜いたんじゃないか？」

宇宙生まれの若者の意見を聞いて、ハンクはサンドファイアの話とは異なる視点を得たようだ。スライドカーの開いたドアごしにハンクは訊いた。

「明日また会えるかな」

「忙しいということはありえないわ」

クリスは笑顔で言った。ジャックとトムに導かれ、アビーから背中を押されて、おやすみを言うまもなくドアは閉まった。

22

「奥にはいりましょう」

ジャックが言った。クリスは両手をいじって考えごとをしながらついていった。三台の盗聴器処理装置とネリーが、室内に侵入したナノガードの掃除をはじめた。

クリスは忙しく考えていた。計画の第一段階は実行した。第二段階はいつはじめるべきか。明日か、もっとあとか。いや、遅くなると危険かもしれない。サンドファイアはそんな余裕をくれないだろう。

「処理完了です。新種のナノガードはふくまれていませんでした」

ネリーが報告した。クリスはすぐに言った。

「サンドファイアは短時間で網を絞ってくる気がするわ」

「尻尾は見せていません」アビーが断言した。

「サンドファイアにクリスを疑う理由はないはずです」ジャックも言った。「しかし、動くなら早いほうがいい」

「ネリー、造船所の偵察ナノガードを管理している司令ユニットに、信号を送れる？」

「やろうと思えば可能です、クリス。でもそれをやると――」

「発信源がこの部屋だとたちまち露呈する。わかってるわ、ネリー。でも彼らがドアをノックするまでぐずぐずしていられないのよ」

「なにを考えてるんですか？」ジャックがしかめ面をよそおって訊いた。しかしその裏にはおもしろそうな笑みが隠れている。

「速攻で大打撃をあたえ、急速離脱。それが急襲艦隊で受けた訓練だったわね、トム」

「そうさ、まさしく！」

「ペニー、体の調子はどう？」

海軍大尉はスエットパンツとシャツ姿で話に加わってきた。シャツには、〝海軍に入隊しよう！〟とスローガンが書かれている。

「ついていく体力はあると思います。どんな機動部隊も後衛は必要でしょう」

トムがすぐにその隣へ行き、心配そうに腕をまわした。ペニーは、今回はその腕を自然に受けいれた。

「しんがりはまかせろ」トムは言った。

小声で話しはじめた二人をおいて、クリスは指示した。

「ネリー、上の造船所のようすを見せて」

見取り図が表示された。これまでより詳細になっている。クリスは輪郭線を指でたどった。

このスイートから百五十メートル上にホテルと造船所をへだてる防護壁がある。ホテルから造船所への侵入を防ぐと同時に、造船所で使われる化学物質や材料がホテルの快適な空気を汚染することはないと宣伝されている。しかし今夜のクリスにとっては障壁だ。

「二段階の手順でいくわ。最初の爆発で、全員を地上に退避させる。常識的な人々がみんな宇宙ステーションから去ったら、本番の二度目の爆発を起こす。ネリー、造船所からの退避に必要な時間の見積もりは？」

「二十八分と数秒です」ネリーはコンピュータのくせにためらいがちな返事をした。「クリス、ジャックの言うとおりかもしれません。早く手を打つべきではないでしょうか」

クリスはネリーを吊っている腰を見て、眉を上げた。こんな返答をしたこともトゥルーおばさんに報告すべきだろう。生きて帰れたらだが。

「ジャック、予告なしに造船所を爆破したら、四千人から六千人の作業員を殺すことになるわ。それはテロリストのやることとよ。軍人のわたしにそれはできない。いやしくも海軍将校なのよ。戦うときは天に恥じない戦いをする。最初の爆発で人々を逃げ出させる。灰色の警備員たちが追ってきてもぎりぎりまで抑えこめるはず。そして三十分後に大爆発。あとは全力で脱出。質問は？」

チームを見まわした。

ジャックは肩をすくめた。

「そういうことなら……いいでしょう」

トムは一拍おいて言った。

「これだからロングナイフのそばにいたくないんだ。周囲のやつを危険に巻きこむ天才だからな」

しかし片頬に浮かべた笑みは、これまでよりやや大きいようだ。

ペニーはなにか納得したようすだ。

「乗組員たちが艦長を無視してあなたの味方についた理由がわかった気がします。ただし、それを報告書に書いても上司が理解するかどうか……そもそも生きて報告書を書けるかどうか」

そう言いながら、常識的な判断を捨てたようにニヤニヤ笑っている。ようやく海軍情報部らしくなってきた。

アビーは鼻を鳴らし、クリスの部屋のほうにむいた。

「その役に似合う服に着替えなくてはいけませんね」

クリスは言った。

「〈トップ・オブ・トゥランティック〉の避難開始から十分経過したわ。子どもたちが全員退避するまで一時間みましょう。そのあいだにサンドファイアが動き出す危険はある。でも新たな手を打つまえに、それまでのぶんを手じまいにしなくてはならないはずよ。アビーの言うとおり、着替えましょう。新たな役を演じるために」

ドアベルが鳴った。ジャックはリストユニットに目をやった。

「十分で帰ってきたか。あの混乱を考えれば上出来だな」

「警備員たちの扱いはまかせるわ。わたしは、身辺で起きた爆弾騒ぎの恐怖をいやすために入浴でリラックスしていると言っておいて」

寝室にもどってドアを閉めて、アビーのほうをむいた。

「さて、華麗なる爆弾魔にはどんな服がふさわしい？」

「これです」

クリスの衣装棚にむかっていたアビーが振りむいて広げたのは、紺色の透けるシルク素材のドレスだった。細く絞ったウエストは銀線細工で飾られている。その下はひだ飾りのある短いスカートだ。むきだしの足が男性の視線を惹きつけるだろう。しかしそれより目を惹くのがボディスだ。胸の谷間を強調するための深い襟ぐりがある。クリスは啞然とした。

「わたしがこれを？」

「爆発物を取り出しやすくするためです」

「どうしてあの仕掛け爆弾（ブービー・ボム）にこだわるの」

「ハリウッドがあなたの伝記をスペクタクル映画に仕立てるときには爆弾がいくつも登場するはずです」

「爆弾（ボム）じゃなくておっぱい（ブーブ）のほうよ」

「恵まれない方の不足分を補ってさしあげるのが、わたしの生涯の務めなのです。さあ脱いでください、プリンセス。この服には防弾アーマーが必須です」

わせるためだ。

クリスは脱ぎはじめたが、反論はやめなかった。これからはじめることへの不安をまぎらわせるためだ。

「ボディスーツの上からあの仕掛け爆弾をつけられるの？」

「裏の接着面で貼りつけます」

「前回の爆弾でもそうすればよかったのに」

「ハンク・ピーターウォルドとどこまで接近なさるかわからなかったからです」

「ただのディナーよ。ディナーとせいぜいダンスまで。結局ディナーにさえたどり着けなかったわ」

「若さゆえの自信ですね。どんなときも自分が予定どおりに行動できると頭から信じていらっしゃるでしょう」

「あたりまえよ」

クリスは一糸まとわぬ姿になってから、ボディスーツを着はじめた。スーパースパイダーシルク地は伸縮性が皆無だ。アビーがタルカムパウダーを塗ってくれて、なんとかこすれる痛みに耐えられた。

「いいですか、お嬢さま。どんな綿密な計画も、情熱や本能や、ときには運命の荒波に吹き飛ばされることがあります。やがて学ばれるでしょう。そのときはこのママ・アビーの警告を思い出してください。でも、楽しむことも忘れずに」

「ここに来たこと自体が運命の荒波のせいじゃないかしら」

「いいえ。あなたは指を鳴らせばどんなことも実現できるという幻想をいまだに持っていらっしゃる。わたしたちをここへ連れてきたのはそれです」

「わたしはひどい女ね」

親しい人々を巻きこんだ責任を感じて、急に息が苦しくなった。

クリスの細い腰をボディスーツのなかに押しこもうとしていたアビーは、顔を上げ、ため息をついて、小さな笑みを浮かべた。

「いうまでもありませんが、ここは多くの役者が立つ舞台です。あなたはその役者の一人にすぎません。青春時代を浪費してしまったわたしも役者の一人。あのハンクもそうです。あなたはそんな役者たち全員にハッピーエンドをもたらそうとしていますが、実際にはあなたは物語の支配者ではありません。なのに支配できるかのような幻想を持っている。そしてその幻想を持っているがゆえに、本当に支配権を手にいれるかもしれませんね」

クリスは首を振って渋面をメイドにむけた。

「だったら、だれがここの支配者なの？　サンドファイア？」

「サンドファイアも支配幻想を持っています。あなたのように。また、タイフーン号のあの艦長のように。ただ、あなたは周囲の仲間たちの想像力を強く惹きつけ、あなたの幻想に引きずりこんでいる。その結果がこれです。そんなあなたの幻想と、サンドファイアの幻想とどちらが強いか。そういう勝負です」

クリスはボディスーツに腕を押しこまれながら、眉をひそめた。アビーはクリスの生きている世界について、クリス自身よりよく知っている。あとでじっくり聞きたいことがまた一つ増えた。しかしいまは好奇心を刺激されていた。

「サンドファイアもわたしも支配幻想を持っているだけだとしたら、だれがこのひどい舞台のシナリオを書いているの？　急に知恵を語りはじめた隠棲の老賢女に訊きたいわ」

アビーは声を漏らして笑った。全身を震わせてクスクスと笑う。

「明確な支配者がいるとどうして思いたいようですね。どこかの部屋に完全に自立した人物がいると。そこでは両親とぶつかることもなく、だれの言いなりにもならない。でもその部屋に二人目、三人目をいれて、ついに百万人に増やしたら？　惑星全体をそうしたら？　だれが支配者なのか神でさえわからないでしょう。お父さまはウォードヘブンの支配者ですか？」

「ちがうわ。ウォードヘブンは民主主義の星よ。父はただの――」

「はい、できました。次はドレスを合わせてみましょう」

クリスは腕を上げ、ドレスを体にそわせた。ウエストはとても細い。スカートはさらさらでいい感触。ボディスは破廉恥だ。というより、着るとそう見えるだろう。アビーは二つの爆弾をクリスの胸に貼りつけた。いい感じで揺れる。男性ホルモン過剰な男を刺激するはずだ。

「ブラはなし？」

「つけたら興ざめです。今夜の戦いの半分は、いかに男性の視線を惹きつけるかです。次は荷物を」

クリスが持ってきた十キロの低性能メタルを、臀部のすぐ上にストラップで固定した。何重にもギャザーのはいった短いスカートがうまく隠してくれる。

アビーはレーザー装置を出してきた。

「どこからそんなものを」

「ジャックがセキュリティをかいくぐって持ちこみました。そのメタルをドリルにして穴をあけるつもりのようですが、回数制限のあるスマートメタルをなんども変形させるのは避けたほうがいいでしょう」

「たしかにそうね」

レーザー装置をおさめると、ずいぶん腹が出た恰好になった。アビーは言った。

「これくらいがちょうどいいのです。もうすこし太られたほうがいいのですよ。痩せすぎた女は殿方に好まれません」

「太りはじめたらあっというまなのよ」クリスは陰険な口調になった。

「太ってからおっしゃってください」

「体重の話はこの騒動が終わってからにして」

「そうですね」アビーは、結い上げたクリスの髪の上に海軍仕様のティアラをのせた。ケーブルを下に伸ばして腰のところでネリーに結線する。「ティアラにアンテナ機能を組みこんでおきました」

「豪華なほうがなくて残念ね」

「次の冒険旅行では予備を用意します」振りむいたアビーの手には四つの円筒形の物体が握られていた。「手頃な手榴弾を追加しましょう。スカートのウエストの下にポケットがありますので、そこにいれてください。これは高性能の閃光音響弾で、周囲の人は一、二分、あなたを追う気を失います」

緑の縞模様を確認して、ポケットにいれた。よく見るとスカートにはいくつもポケットがある。アビーはさらに四個出してきた。

「これは催眠ガス弾です。使うときは味方に声をかけてください。でないと悪党といっしょに味方まで眠ってしまいます。申しわけありませんが、マスクの用意まで手がまわりませんでした」

「今度から気をつければいいわ。ポケットはあと四つ開いているけど」

「次は殺傷用の破片式手榴弾です。多くの敵をまとめてやっつけたいときに使ってください」

クリスは慎重な手つきで受け取り、赤い縞模様を確認してしっかりとポケットにおさめた。最後に小型の拳銃を装弾子三本とともに受けとった。

「弾は節約してください。これだけですから」

作動確認をした。初期装填されているのは催眠ダート弾のクリップだ。隣の弾倉に致死弾のクリップをいれた。安全装置を解除した最初の位置では催眠ダート弾。レバーをもう一段進めると致死弾が選択される。とりあえず催眠ダート弾のほうにしておいた。しかしレバーはこの位置ではすまないだろう。今夜はだれかを殺すことになる。さもないとこちらが殺される。

その考えが頭のなかに充満した。胃が苦しくなり、心臓が冷たくなる。一対一で命のやりとりをする状況は初めてだ。サンドファイアはクリスを残忍に殺すことを狙っている。息が苦しい。クリスはいつか自分の家族を持ちたいと思っていた。今夜を生き抜けばその可能性は残る。失敗すれば、サンドファイアが勝ち、自分は死ぬ。

拳銃のホルスターを右の腿に固定した。スカートの高さを調節して体を起こす。

「いいわ」

「わたしは後片付けを。すぐに追いかけます」

クリスはドアを開けて居室に出た。

トムは礼装軍服のままだ。しかしニヤリとして、制式拳銃を二挺抜いてみせた。

隣のペニーも同様の礼装軍服。ただし本来はロングスカートのところを、白の礼装ズボンにしている。ダブついたサイズの上着に隠したサブマシンガンを出してみせた。

ジャックはまったくいつもどおりだった。にこやかで、危険な男。

「準備はいい？」

クリスが問うと、「いいぜ」「いつでも行けます」と返事があり、最後にジャックが「はい」と答えた。

「廊下の警備員たちは？」

「就寝すると警備主任に伝えると、警備員の半分は帰されました」

「ステーション上部の退避はもう終わったわ。ネリー、造船所のナノガードと接続。変圧器をショートさせて」

「四基を破壊できます。敵が襲ってくるかもしれませんが、司令ユニットと数個の防衛ユニットは残っています」

「実行しなさい。それから、スイート内の警備ナノガードは残さず呼び集めて。使えるかもしれないから」

ジャックがリストユニットに目をやった。

「五分後に？」

「もっと早いと思う。相手はサンドファイアよ」

アビーが寝室から出てきた。十二個の自走式トランクをうしろに従えている。

「全部持っていくのか？」ジャックがうめいた。

「捨てても惜しくはないわ。でも無駄にする必要はないでしょう」

単純な理屈だと言わんばかりにアビーは答えた。

一分がゆっくり過ぎていく。クリスは椅子にすわり、他の者もそれぞれ場所をみつけて腰を下ろした。次の一分はもっと長かった。

すでに戦いの火蓋は切られている。このステーションのどこかで警報が鳴り響いている。

重要なメッセージがクリスのスイートから造船所へ送信されたことを伝えている。あともどりはできない。クリスかサンドファイアか、どちらかが求めるものを今夜手にいれる。政治的妥協も歩み寄りもない。クリスが父と政治を嫌って海軍を選んだのはそのためだった。生きるか死ぬかで決着をつけるほうが、痛み分けよりいい。求めるものの半分でがまんするよりいいと思ったのだ。そのときは。

じつは父の生き方にも一理あるかもしれない。生きて帰れたら、父とじっくりと話してみよう。

「クリス、保安系ネットの通信量が急増しています」

クリスは立ち上がった。

「ジャック、警備員たちを部屋にいれて」

ジャックは足早にドアに近づいてから、振りむいた。

「本当に火事を起こしたほうがいいかもしれません」

「そうね。アビー、トランクをジャックの部屋に移して」

メイドが荷物の移動を終えると、クリスは寝室の入り口へ行って円筒形の物体をポケットから一本抜いた。赤い縞模様。殺傷用の手榴弾だ。この舞台の脚本家を驚かせてやる。

「爆発するわよ！」

クリスは大声で言って、手榴弾をバスタブに放りこみ、すぐに壁の裏に隠れた。

緊迫した二秒間のあとに、バスタブが爆発した。

ジャックはさらに二秒待ってから、廊下へのドアを開けた。廊下では二人の警備員が椅子にだらりともたれていた。一人はいびきをかいている。

「火事だ！」

ジャックが叫ぶと、二人はぎくりとして目を覚ました。一人は横むきに椅子から落ち、もう一人は立ち上がった。

ドアを開けて警備主任が出てきた。眠気の残る目をこすっている。ジャックの横を通ってスイートに駆けこんだ。三人の警備員も追っていく。

クリスは浴室を指さした。部屋でも廊下でも警報音が鳴り響いている。その音にかき消されそうになりながらクリスは叫んだ。

「火事よ！　ここ！」

警備員たちは寝室に突入して足を止め、惨状に目をまるくした。そして……消火すべき火がないことに気づいた。

クリスは拳銃を持ったトムを手招きして、警報音のあいまに耳打ちした。

「非殺傷弾で」

トムは弾薬選択レバーを動かさずに撃った。四人の警備員は倒れた。クリスは浴室をのぞいた。バスタブは粉々に砕けている。蛇口から噴き出す水で火はあらかた消えている。

「放置していいわ」クリスは指示した。

ペニーとトムはドアへむかった。アビーはすでに自走式トランクの列を引き連れて先に廊下を進んでいる。エレベータのボタンを押すと同時に、一つのドアが開いた。

悪党はスパンデックスを着てやってきた。

サンドファイアの八人の女たち。体に密着した真っ赤なボディスーツ姿でエレベータ内に立っていた。ベルトの装備品ポケットが不気味にふくらんでいる。ほとんどはサブマシンガンを持っているが、一人は黒く長い杖を、もう一人はクロスボウを手にしていた。

両陣営はぽかんとして見合った。それからあわてて武器をかまえた。

ちょうどそのとき、アビーが呼んだ隣のエレベータのドアが開いた。メイドは無関係をよそおってトランクの列とともにそちらに乗りこんだ。しかし、爆発物の一部を手もとに残していたらしい。エレベータの敷居をまたぎながら、小さな円筒形の物体を隣のエレベータに放りこんだ。

ガランと大きな音をたてて転がりこむと、驚いた赤ずくめの女たちは射撃リズムがわずかに乱れた。そのすきにクリスたちは武器をつかんで床に伏せた。

エレベータ内は噴き出す煙と強烈な閃光に満たされた。目が無事でも、鼓膜がかん高い騒音でやられた。音程が上下しながら聴覚を攻撃する。

クリスの背後からペニーのサブマシンガンが鳴った。騒音で銃声は聞こえないが、エレベータホールの壁のプラスチックや石膏ボードが砕かれていく。しかし銃弾のほとんどはエレベータ内に撃ちこまれた。ジャックもサブマシンガンを連射した。

クリスは赤ずくめの女たちをすこしだけ哀れに思った。しかし、そのエレベータから飛んできた銃弾が体をかすめて背後の壁に穴をあけると、そんな思いは吹き飛んだ。アーマーを着ているのはクリスだけではないのだ。

廊下に伏せ、非常出口のサインのほうへ匍匐前進した。するとエレベータの煙のなかから灰色になった人影が出てきた。しゃがんで拳銃をかまえている。連射された銃弾がクリスの頭上をかすめて飛ぶ。しかしすぐに敵の女はのけぞって煙のなかに倒れた。体にあたった六発は打撲をあたえただけだが、顔への一発が致命傷になった。

クリスは伏せた姿勢から上へ手を伸ばして、非常階段室のドアノブのロックをはずし、ドアを押し開けてころがりこんだ。体を起こして膝立ちになり、拳銃をかまえる。煙のあいだからのぞく顔や皮膚に一発ずつ撃ちこんでいった。命中しなくても、かぎられた弾薬を一定間隔で使うことで、敵を伏せさせておく効果はある。

両手に拳銃を持ったトムがあとずさってきて、非常階段のクリスに合流した。

「あいつら、赤い服が煙で灰色になってたな。造船所で爆発は起きたのか?」

そう言って、クリスのすぐ上で銃をかまえてエレベータホールにむけて撃ちはじめた。

「あの赤い服は防弾でもあるのよ。ネリー、どうなの?」

「変圧器破壊を命じたユニットのうち三つは、目的位置での自爆直前にその旨の報告をしてきました。ステーション全階で警報が鳴り、すみやかに退避せよと音声で指示が出されています。造船所でも同様だと思われます」

「たぶんね。トム、ショーは進行中よ」

「んなこたぁ、わかってる」トムはアイルランド訛りで答えた。「じゃあ、ここからどうやって脱出するんだ?」

エレベータホールは煙が充満している。階段には普段は通気があるが、今日はその風が止まっている。

「通気が止められてるわね」

「消火のためには当然だろ」宇宙生まれの若者は指摘した。

ペニーが匍匐前進でクリスのほうへやってきた。ジャックは撃ちつづけながら匍匐後進してきた。灰色の女がエレベータから出ようとしたが、顔を撃ち抜かれて動かなくなった。ペニーが非常階段の入り口にたどり着いたときには、銃声はまばらになっていた。トムは高い位置から煙のなかへ銃弾を撃ちこみつづけている。つられてエレベータ内からの応射も高い位置になっている。ジャックが非常階段に転がりこんできた。

ちょうどそのとき、なにかがクリスの顔をかすめて飛んで、廊下の奥で爆発した。爆風と閃光を浴びながらクリスはドアを閉めた。

「なんだいまのは」トムは驚いた声で言った。

「敵のクロスボウはダーツ遊び用じゃないということよ」

クリスはドアを薄く開いた。灰色の人影が二つ、低い姿勢で煙をついて前進してくる。かまえているのはサブマシンガン。

「わたしは右のをやる」

「左はまかせろ」トムが答えた。

「三つかぞえるわよ。一、二、三」

クリスは自分の目標の顔めがけて弾を撃ちこんだ。目標は倒れ、もう一人が掩護しはじめた。しかしそちらはトムに狙われている。すぐに煙のなかの動きは止まった。クリスは次を待つつもりはなかった。

「階段を上がって」

「この上に設備区画があるぞ」トムが指摘する。

「敵の裏をかくのにちょうどいいわ」

クリスは最初の長い階段を駆け上がりはじめた。鉄板を踏み鳴らしていく。すぐうしろにジャックがついてくる。ペニーとトムはだいぶ遅れている。

「ネリー、状況は？」

「ステーションは退避中です。造船所もふくめ、最上階からエレベータまで全部です。セキュリティ通信網は大混乱しています」

「付近に通信トラフィックは？」

「ありません。ただ、エレベータで襲ってきた一隊からもトラフィックを検知できませんでした。通信していないようでした」

ジャックが推測した。

「異なるネットワークを使っているんでしょう。周波数帯で空いているところがあれば、民間用バンドだろうがなんだろうが利用しているはずだ。ああいう連中は周波数割り当てなどおかまいなしですからね」

クリスは踊り場でチームを止めた。

「二手に分かれるしかないわね。トム、あなたとペニーは、わたしとジャックのペースについてこられないわ」

「ついていけるさ」「大丈夫です」二人は返事をした。

「サンドファイアを混乱させることにもなるのよ。こちらがまとまっていると敵は集中しやすい。分かれて混乱を引き起こせば、敵はどこでなにが起きているのかわからなくなる。協力して。造船所の爆破まであと三十分。それまで動きまわるのよ」

そう言ってポケットから手榴弾を抜きはじめた。

トムがニヤリとした。

「サンドファイアをあわてさせてやるぜ。まかせろ」

クリスはペニーに手榴弾を半分渡した。種類を説明してペニーのポケットにいれさせる。

「歩くかスライドカーに乗るかして、商業区へ下りて。合流場所は第十一ドック。民間船はそこに係留されているわ。一隻を奪って、ステーションが爆発するまえにジャンプポイントへむかう。さあ、行きなさい。ここには追手へのお土産に爆弾をしかけていくから」

トムとペニーはエレベータホールをのぞき、無人を確認すると出ていった。

「わたしたちは？」ジャックが訊いた。

「次の踊り場に整備用通路の入り口があるわ」

クリスは言いながら、ボディスの内側に手をいれて仕掛け爆弾を取り出した。

「まさにおっぱい爆弾ですね」

「うーん、左右のバランスがとれなくなったわ。ちょっと持ち上げて」

ジャックが手を組み、そこを踏み台にしてクリスは上へ手を伸ばした。踊り場の壁の高いところに爆弾を貼りつける。ジャックが脚フェチだったら楽しんでいるかもしれない。

「ネリー、ここにナノガードを一個残して。シュアファイア・セキュリティの灰色の警備員か、赤と灰色のボディスーツのニンジャ隊がやってきたら起爆」

「プログラムしました」

「行きましょう」

階段をもう一つ上がると、フロアとフロアのあいだの設備層にはいる点検口があった。ドアはネリーが開けている。奥には通風ダクトや各種ケーブルなど、普段は目にしないが、現代生活に必須の設備がおさめられている。

ネリーが三次元の見取り図を投影した。この設備層は〇・七五Gの高さでステーションをめぐっている。さえぎるものはないので、このまま進めば造船所の手前の防護壁まで行ける。しかしクリスはステーション中心のハブへむかうつもりだった。造船所を爆破するなら中心からやったほうがいい。

「カメラはどこ、ネリー?」見取り図上に赤い点が表示された。「できるだけ避けるルートを設定して」そして、灰色の壁や床や機械類を見まわした。「プリンセスの恰好はかえって目立つわね」

ジャックが訊いた。

「ネリー、見取り図上にロッカールームはあるか？」

小さなブロックが黄色表示になった。そのロッカールームにも監視カメラはある。しかしそのレンズのまえには、尻を出した男の写真がいたずらで貼りつけられていた。ジャックはロッカーの鍵を壊していき、三つ目でオレンジ色の作業服と青い組合野球チームの帽子をみつけた。最後のロッカーから出てきた工具箱で変装は完成だ。

クリスはスカートを腹まで引き上げて、その上から作業服を着た。いかにもビール腹という風情になった。

ジャックはその腹巻きスカートのあたりを肘で突いた。

「もうちょっと運動したほうがいいですね」

「これはビール腹じゃなくて生まれつきの体形よ」

「早死にしますよ」

クリスは二重の意味でそのとおりだと思った。

「黙りなさい」

ジャックは拾ったクリップボードを見て、クリスに工具箱を運ばせ、班長気どりで歩きだした。クリスはついていきながら、ネリーの声を聞いて進む方向を指示した。

五分が経過した。うまくいきそうだと思いはじめたとき、サイレンが鳴りだした。フロアとフロアのあいだの埃っぽく薄暗い空間に警報が響く。サイレンは三回鳴ってから、コンピュータ音声に切り換わった。全職員へのステーション退避命令が流れる。

「強制閉鎖を実施中です。構内に残留する者はその場で逮捕拘束されます。抵抗する場合は銃撃します。すべての作業を中止し、もよりの下降ポイントからステーション外へ退避してください」

ふたたびサイレンが鳴り、放送をくりかえした。

「当然ね。サンドファイアはあせりはじめたのよ」

「あなたと戦っていたらそうなるころでしょう」とジャック。

「プランBに移行しましょう。ナノガードを造船所にいれてうろつかせて、こちらはこちらで暴れまわるのよ」

「今日一番いい考えですね。今月で一番かもしれない。もしかしたら人生最高かも」

クリスはまじめな作業員をよそおって、もよりの出口へ小走りで移動しはじめた。

「残置したナノガードが攻撃を受けるのは気にいらないわ」

「わたしたちが残留して攻撃を受けるよりましです」

「出口を一カ所素通りしてみましょう。警告されるかどうか」

「ご希望どおりに」

ジャックは顔をしかめたが、クリスにしたがって右へ曲がった。そこからスライドカー、エレベータ、階段と三つの出口をすべて素通りした。そうやってステーション上部へ進んでいく造船所との境の防護壁に近づいたとき、前方でふいにサイレンが止まって、女のかん高い怒鳴り声がスピーカーから流れた。

「二十六階B区の作業班！　なにやってんの！」

ジャックが大声で答えた。

「弁当箱を忘れたんです。買ったばっかりのタンブラーがはいってるんで、取りにいかないと」

「コーヒーなんかあきらめなさい！　この安普請のステーションはもうすぐ分解すんのよ！　バカな建て主に雇われた用心棒は残ったやつをサボタージュ犯とみなして射殺する気でいる。四の五の言ってないでさっさと逃げなさい。あたしも二分後には脱出するから」

クリスは大声で答えた。

「行きます、行きます！　コーヒーなんかかまうなって何度も言ったんです」

「そうよ。言ってやりなさい」

「クソ女どもめ」ジャックは毒づいて、近くの出口にむかった。

「あんたみたいなバカにファミリーの資格はないわ」女の声はやり返した。

「おまえなんかとファミリーに――」

クリスはジャックの脇腹をこづいた。女の声が言う。

「そのバカをひきずって帰りなさい。あとであなたにはもっと優秀なパートナーをあてがってやるわ」

クリスは答えた。

「パートナー交代は歓迎です。うんざりなんです。この男は口数ばかり多くて」

「急ぎなさい。あたしももう出るわ。灰色の警備員たちがこの監視ステーションを使いたがってるのよ。しょうがない。きっと残業代をもらってるのね。あたしたちはそんなのないから。さっさとしなさいよ」

クリスはしばらく素直に出口のほうへむかった。しかし三十秒後には角を曲がってまた上へむかいはじめた。

「警備員たちは何分くらいで追いついてくるでしょうか」ジャックが言った。

「わからないわ。さっきの気のいい女ほどこの設備層の内部に詳しくないと思うけど」

「気のいいというより、口の悪い女でしょう」

「デートを断られたから怒ってるのね」

「いいですか、わたしが女性を夜に誘うときは礼儀正しく誘います。そして一度も断られたことはない」

「さっきの女はなんて言ってたかしら。〝あんたみたいなバカにファミリーの資格はないわ〟だって」

「あんな女とファミリーになる気はありません」

「じゃあだれと?」

「だれともなりません。わたしは家庭人じゃないんです」

「だったらわたしとファミリーになる？」

ジャックはしばらく黙った。口を開きかけているのは返事をするつもりなのだとクリスは思った。しかし背後からべつの声が聞こえた。

「動くな、二人とも」

23

クリスは足がもつれそうになって立ち止まった。ジャックは冗談を言おうと口を半開きにしたまま、隣で凍りついた。

「よし、こっちをむけ。言われたとおりにしろ。ゆっくりとだ。急ぐんじゃないぞ。さもないと二人とも撃ち殺す」

かん高く、裏返りそうな声。この状況では最悪の相手だ。神経質に震える指を引き金にかけて銃口をむけている。

クリスは工具箱を持ったまま、反対の手を上げてむきなおった。ジャックも同様にした。

クリスはなだめるように言った。

「言われたとおりにしてます。迷惑をかけるつもりはありません。すぐ出ます。ただ、このジャックがタンブラーを取りにいくといって聞かないんです。ほら、カフェラテの店に持っていくと無料でいれてくれるってやつで」

クリスは弁解しながら、さりげなくジャックと灰色の警備員のあいだをさえぎる位置に移動した。

若者はすでに乾いてひび割れた唇をなめた。これ以上ないほど神経質そうだ。

「命令は、問答無用で全員退避なんだ」

「それはそうですけど、管理職もパニクってあちこち指示を出してるうちに、適当じゃない命令をすることもあるでしょう」同情心たっぷりにクリスは言った。「おいしいコーヒーがありますけど、一杯いかがですか？」

クリスはしゃがんで工具箱を下ろした。そして、大きめに開いた作業服の襟から片方だけ残ったニセ胸がのぞくようなポーズをとった。

若者は目を丸くした。気をとられたような、困惑したような顔だ。警戒心がすっかり消えたようすでうなずく。次の瞬間、崩れ落ちるように倒れた。ジャックから三発の催眠ダート弾を撃ちこまれたのだ。

クリスはその拳銃が床に落ちるまえに空中で受けとめた。倒れた体から弾薬のベルトを抜いた。リストユニットもはずしてボディスのなかに押しこむ。

「ネリー、これのネットワークを解読して。使えるナノガードは残ってる？」

「十二個あります。ネットは解読中です」

クリスは一方を指さした。

「あっちにナノガードを一個飛ばして。ジグザグ飛行させながら、できるだけ多くの監視カメラのスイッチを切りなさい。反対方向にももう一個おなじのを」

「実行中です」

「わたしたちの行く方向は？」ジャックが訊いた。

「防護壁のすぐ近くまで来ているはずよ。出口へ行けという命令どおりにしてやりましょう」

　ネリーが報告した。

「スタウトという名の班長の報告を傍受しました。彼は二人の不審者を追跡していましたが、いまはわたしが放った最初のおとりを追っています」

「上出来よ」クリスはエレベータの列の裏にある整備用ハッチを開いた。「はいって、ジャック」

「こういう場合はリーダーが行くべきでは。わたしはあとからはいります」

「方針を変更したの。あなたは騎士道精神の基本を無視してわたしのためにドアを開けなかったわ」

「やれやれ。ドアを開けるのも、お父上の政敵を殺すのもわたしの仕事ですか。ロングナイフ家での任務はそういうものだと聞いてはいましたが」

「ロングナイフ家についての噂はすべて正しいわよ」

　クリスはドアの横の小さな張り出しの上に、閃光音響弾をおいた。

「ネリー、灰色かニンジャが来たら起爆させなさい」

「でも、残り九本になってしまいます」ネリーが指摘した。

「充分よ。ネットのようすは？」

「シュアファイア・セキュリティは、構内の三カ所で発生中の問題に対処しています。二十六階がわたしたちで、あとは五十一階と三十九階です。どちらかがトムとペニーだと思われます。他に五つの階で群衆規制が求められています。クリス、どうやらパニックが起きているようです」

ジャックがクリスを見た。クリスは肩をすくめた。もともと整然とした避難だとは思っていない。怪我人が出るのは覚悟の上だ。造船所で爆発が起きてステーションがバラバラになるときにくらべれば、これから二十分間はまだ安全だ。想定内の危険だ。

シャフトを登っていくのは楽だった。ハブに近づくにつれて重力は弱くなる。ジャックは梯子の段を次々とたぐり、クリスもすぐうしろをついていった。

下で叫び声と銃の連射音が聞こえた。次の瞬間、閃光音響弾が爆発した。騒音と閃光と煙でシャフト内は耐えがたい環境になった。ジャックは次の出口ハッチを開いた。

「まだハブではありませんね」

のぞいた場所は、天井の高い灰色の設備区画だ。大型の機械がある。匂いからすると下水処理施設らしい。クリスはうんざりした。

「最上階での爆弾遊びの罪のつぐないが一生続くわけ?」

「あなたはもっと重い業を背負うことになるはずです」

ジャックは言って、うなる緑色の発電機の裏に身をひそめた。

二人の警備員がこちらに走ってきた。といっても、この低重力環境に慣れていないらしく、手足を無駄に振りまわしている。

「手を上げろ！」

一人が怒鳴った。クリスは従った。ジャックが二発撃った。警備員たちは転倒して床の上を滑っていった。

「やっちゃったわね。ここから先は銃撃戦よ」とクリス。

「保安ネット上では、いまの二人が倒れた情報が警報として流れています」

ネリーも言った。クリスは指さした。

「あっちへ行ってみましょう。防護壁はもう遠くないはずよ」

ところがその方向からは、角を曲がって四人の警備員が駆け足であらわれた。クリスは一連射でその四人を倒した。壁に体が叩きつけられる。警備員の拳銃を一瞥すると、銃弾設定がわかった。殺傷弾だ。

「なら、こちらも本気を出そう」

ジャックは自分の銃のレバーを催眠弾から殺傷弾へ動かした。クリスは本意でなかったが、いまはサンドファイアがつくる流れにあわせるしかない。

四分の一G環境のために跳ねるような滑るような足どりで、警備員たちが出てきた通路にはいった。階段の先のドアが開いている。そのむこうには奥行きのある広い部屋があった。うなる機械が点在し、配管がめぐり、階段の上に制御室がある。部屋のつきあたりは壁だ。そこから突き出た部屋をみつけて、クリスはジャックにしめした。出てきた階段に催眠ガス弾を放りこみ、ドアを閉める。そして壁のほうへ小走りに進みはじめた。

足音が聞こえた。クリスは黄色いポンプの裏に隠れて、左を観察した。警備員たちが足から見えはじめた。ハブに近い部屋なので床は大きく内側に曲がっている。クリスはしばらく待ち、胴が見えはじめたところで撃ち倒した。

ジャックが追いついてきて、クリスのそばで足を止めた。

「掩護してください」

そういうと、配管ぞいに走りはじめた。

ジャックが伏せると、かわってクリスが走りはじめる。姿勢を低くしてジャックの横を通りすぎ、開けたところを渡ってコンプレッサーの陰に隠れた。ジャックはクリスがしゃがむより先に走ってきていた。

クリスの右に女性警備員が一人あらわれた。緑色の配管の列をまわってきて、銃をかまえたクリスと出くわした。驚いて逃げようとしたところをクリスは倒した。

すぐに左から銃が連射された。跳ね返ったダート弾がふわふわと天井へ飛んでいく。クリスは振り返ったが、敵の姿はない。

(ネリー、ナノガードを飛ばして)

(むかわせています)

その映像で見ると、頑丈な発電機の裏に警備員が三人しゃがんでいた。ときどきサブマシンガンを突き出して撃っているが、狙いをつけずに乱射しているだけだ。こんな連中は無視していいとクリスは判断した。生き残ったら上官に叱責されればいい。

右の遠くのほうでエレベータのドアが開いた。すぐにそのまえで爆発が起き、煙と閃光が充満した。クリスはそのなかに一連射して、反応を待った。ジャックも姿勢を低くしているが、撃ってはいない。煙のなかに動きはない。クリスはコンプレッサーの陰に移動した。すると、ネリーが警告した。

(クリス、観測ナノガードが飛んできました)

(殺しなさい)

(試行中ですが、強い抵抗にあっています)

クリスはのぞいてみた。エレベータの外に赤いボディスーツの女が一人伏せている。サンドファイアの美女軍団が追いついてきたようだ。

クリスはあとずさって回転するタービンのほうをむき、走るというより飛んだ。エレベータのなかから手榴弾が飛んできて、そのタービンにあたり、爆発した。エレベータ前が渦巻く煙におおわれた。ジャックがその煙のなかへ銃弾を多めにまき散らす。今度は応射があった。煙が消えると、赤いボディスーツの集団があらわれた。

「こっちよ、ジャック」

クリスは叫んだ。二人は応戦しながら、機械が並ぶフロアをあちこち走った。右からも左からも弾が飛んでくる。ポンプはたちまち破損し、オイルかなにか工業用の粘性の高い液体を噴き出した。一部は出火して黒煙を上げた。しかし低重力で酸素がまわらないためにすぐに火は消えた。床のオイルで滑って赤い女がはでな尻もちをついた。クリスは顔を狙って撃った。赤とオイルにべつの赤が混じった。

左側のケーブル配線路の蓋の上を、三人の警備員が走りはじめた。ジャックのほうへサブマシンガンを連射している。しかしこれも無駄撃ちのようだ。クリスの一連射を浴びて警備員たちは消えた。

「あのバカども！」

ののしる声がクリスの背後から聞こえた。赤の女たちは灰色の警備員をよく思っていないようだ。クリスは装弾子を交換して、後方へ連射し、配線路のむこうへ飛んだ。死体から流れた血でオレンジの作業服が赤く染まる。しかし追手の銃弾からは逃れられた。装弾子を交換。死体から弾薬帯を二本はずしてかつぎ、サブマシンガン一挺を奪う。装塡し、立ち上がり、「掩護する！」と叫びながら、拳銃とサブマシンガンを両方撃った。

ジャックがクリスのほうへ走ってきた。クリスは首を振り、三人の警備員が出てきた階段を指さした。ジャックは方向を変えた。途中で落ちているサブマシンガンを拾う。クリスが弾倉を空にしながら掩護するあいだに、ジャックは階段室に飛びこんだ。

次はジャックに掩護してもらいながらクリスが走る。階段室に飛びこむと、すぐにジャックがドアを閉めた。その外に手榴弾がころがる音がして、爆発した。低性能品らしく、ドアはへこんだだけで破れなかった。

しかしクリスは眉をひそめた。破片式手榴弾なら破片があたったところに特徴的なへこみができるはずだ。

「わたしたちを生かしたままつかまえるつもりなのかしら」

ジャックに続いて階段を上がりながらクリスはつぶやいた。

「たしかそう言っていましたね。サンドファイアはあなたを素っ裸にして、ナイフを持ったスマイズ－ピーターーウォルドのもとに連れていくつもりだとか。あの赤い偽ニンジャ隊はそう命じられているんでしょう」

「気にいらないわね」

「ずっとまえから気にいりませんでしたよ。閃光音響弾は残っていますか？」

クリスは一本抜いて渡した。ジャックは階段を上がった先のドアを薄く開き、むこうにころがした。三秒後、はげしい騒音と閃光が外で解き放たれた。ジャックは三つかぞえた。

「走って」

ジャックは姿勢を低くしてドアから右へ走った。クリスは左へ行き、配管の裏に隠れた。この階も機械室らしく、どちらをむいても灰色だ。頭上を銃弾が飛ぶ。なるべく小さくなって上を見る。すると、頭上のキャットウォークを歩く魅力的な脚が見えた。赤いボディスーツに包まれている。ボディスーツの上にはきびしい顔。連射モードにしたアサルトライフルを持っている。

クリスはそのライフルが無性にほしくなった。持ち主の美しい顔を一発で破壊した。さらに先へ這っていくと、べつの赤い女をみつけた。連射して倒し、顔への一発でとどめを刺す。右のほうでもジャックがおなじように相手を倒していた。

クリスはさらに這っていってアサルトライフルをつかんだ。海兵隊のM‐6とは異なる。よくできたコピー品だ。

(ネリー、これの発射制御装置のロックを解除できる?)

(無理です。高度に暗号化されています)

(うーん、サンドファイアはそんなに疑り深いの?)

最後の問いにネリーはあえて答えなかった。

クリスはマニュアル操作用のパネルを見た。M‐6のコピーなら、このダイヤルをまわせば火室へ送られる火薬量が増え、ダート弾の威力が上がるはずだ。右いっぱいにまわして、試しに撃つものを探した。赤の女が床の上へ前進してきている。次に動くタイミングまで待って撃った。胸に命中して女は倒れ、そのまま動かなくなった。

スーパースパイダーシルク地はピストル弾までは止められるが、アサルトライフルの最大威力にしたライフル弾には無力なようだ。

ジャックのほうを見ると、敵が二人いる。その二人とも倒した。

銃声が消えて、室内は急に静かになった。

「ジャック、全員倒したんじゃないかしら」

「まだです」

きびしい声での返事。クリスは言われたとおりに待った。灰色ずくめの機械設備の部屋を見まわす。

（ネリー、ジャックのいるあたりにナノガードは飛ばしてる？）

（はい）

（なにか見える？）

（なにも）

ジャックはおびえているだけだろうか。クリスはこれからドリルで壁に穴をあけなくてはいけない。やらないと先へ進めない。ぐずぐずしていると敵が増える。時間がない。

しかしジャックは戦闘経験が豊富な男だ。たとえナノガードがなにもいないと言っても、ジャックのうなじの毛が危険を感じるなら、クリスはそちらを信じる。

背後でサブマシンガンの短い連射音が聞こえた。ふりむくと、長い配管のむこうから黒ずくめの人影がずり落ちるところだった。黒い服はしたたる血で赤く変わりつつある。落下した死体のわきに黒い杖のようなものが音をたててころがった。いや、長い筒だ。

ジャックが言った。

「戦闘用の杖だと思ったら、じつは吹き矢の筒だったんですね。本当にあなたを生きたまま捕獲したいらしい」

「そうね」

クリスは見まわした。このフロアの管理室は、造船所の防護壁に接した高い位置にある。そこが監督の展望室でも管制室でも、とにかくクリスはそこへ行きたかった。指さすと、ジャックはうなずき、ついてきた。寄り道をして弾薬嚢と長いライフルを拾ってくる。クリスは梯子を昇りはじめたが、どこからも銃弾は飛んでこなかった。そのまま管理室にはいる。ジャックは机を寄せてドアが開かないようにふさいだ。

クリスは作業服を脱いでレーザー装置を取り出した。ジャックはその片側の把手を持った。

「今回は下着を省略したようですね」

「スーパースパイダーシルクだけで身を守れそうだったからよ。というより、のぞきが趣味なの？　警護官は見飽きてるはずでしょう」

クリスはレーザーのスイッチをいれ、ビーム径を最小に絞った。

ジャックはのんびりと話した。

「保護対象の身体的特徴を観察しておくことはときどき必要なんですよ。ああ、しっかり持ってください」

最後は、クリスがジャックをはたこうと片手を放したからだ。

レーザーのビームを壁にむけて保持した。穴ができて、まわりで金属が沸騰して泡立っていく。中心は赤くなって蒸発している。ビームそのものは目に見えない。

「クリス、機械室のフロアで動きがあります」

ネリーが警告した。クリスはジャックに訊いた。

「一人で持てる？」

「では、あの椅子を台にしましょう」

クリスはレーザー装置をささえる力をゆっくりと抜いた。ビームはすこし下がったが、ジャックが力をこめなおして、もとの位置にもどした。

クリスはそろそろと窓の外をのぞいた。数カ所からの銃撃を受け、窓の上半分のガラスが砕けて二人の上に降りそそいだ。しかし鋼板の床は銃弾をはじき返している。

椅子を移動させてレーザーの下にいれた。しかし高さがたりない。低い姿勢で机にもどり、報告書を何冊か持ってきて装置の下に敷いた。高さを調節するとジャックの手も空いた。ジャックは自分のライフルをつかんだ。

ネリーが教える。

「おおむね十時の方向、五十メートルほど離れたところに灰色の警備員が三人います。赤い服の女たちは二人で、交互に移動しながら前進してきます。だいたい二時の方向です」

「赤の女たちは引き受けます」ジャックが言った。

「あなたは防弾アーマーをつけてるの？」

「いまさら訊きますか？　もちろんつけています」

しかし顔面の保護具は二人ともない。狭い室内にはガラスが砕けている。クリスは慎重に移動して場所を変えながら外に連射した。

レーザーのせいで室温が上がっていった。窓が破れて風通しがよくなっているはずだが、効果はないようだ。そんな熱い戦いのスコアは〇対〇のまま続いた。とはいえこちらは袋の鼠。分は悪い。クリスは、伸びあがって撃ち、撃たれてしゃがむという動作のくりかえしに飽きてきた。

「たまには他のことをやらないとおもしろくないわ」思わずつぶやく。

「充分おもしろいと思いますが」

ジャックはさっとしゃがみ、いま立っていたところにはダート弾が降りそそいだ。

「退屈なのよ。もっと刺激的なことをしたい」そう言って十数発連射。

「申しわけありませんが、プリンセス、今夜の予定はご希望どおりになりません。そろそろレーザーが貫通したころでは？」

クリスは振り返った。もう壁から煙は出ていない。レーザーの射線を動かさないように用心してスイッチを切った。壁の金属はかなり高温になっている。

「ネリー、偵察ナノガードは通れそう？」

「いま試しています。通れました！」

クリスは作業着の下のスカートから低性能のメタル十キロを取り出し、ネリーに近づけてみせた。

「ちょっと予定変更。このメタルの一部を使って埃より小さな防衛ナノガードをつくれる？戦いながら侵入して、集まった先で爆薬になれるような」

「ご希望にしたがって構成を調整しています。メタルの七十パーセントを使って二十ミクロンの移動ユニットをつくります。炭ないし残留火薬の粒を運ばせます。二十九パーセントは四十ミクロンの防衛ユニット。これも小さいながら爆薬に加わります。一パーセントで点火ユニットで、サイズはやはり四十ミクロン。これでよろしいですか？」

「いいわ、ネリー。製造して。さっさと脱出したいから」

「それが問題ですね」ジャックは外へむかって撃ち、しゃがんだ。「背中は分厚い壁。細い穴をあけたとはいえ、それだけです。前には銃を持った五人の敵。無能な部類ですが、練習用の標的にはなりたくありません。なにか妙案が？」

位置を変え、数発撃ち、応射が来るまえにしゃがむ。

「風は吹いてる？」

クリスは、十キロの円筒形の灰色のメタルが溶けるように縮んでいくのを見ながら訊いた。壁の穴へ伸びる光の列が見える気がしたが、期待がもたらす錯覚だろう。

「風はあまり感じませんが、なぜ？」

「外に催眠ガス弾を二発落としたらどうかしら」

「ここもおなじ運命ですよ」

「ここにいるつもりはないわ」

痩せ細っていくメタルを穴のまえに動かして、レーザー装置を持ち上げた。床にむけ、スイッチをいれ、足下の鉄板を切っていく。

「壁抜けのマジックでもやるつもりですか？」ジャックが訊いた。

「それに近いわ」

三辺を切ると鉄板は曲がって開いた。下は倉庫だ。ここの責任者が鍵をかけてしまいこんだ物資らしい。カビ臭く、焦げた匂いもする。

クリスは跳び下り、ふたたび床にレーザーをむけた。これも鉄板だ。とても古そうで、しかも薄い。つまり軌道エレベータ建設以前の時代の建材だ。たいへんなコストをかけてこの高度へ運ばれたのだろう。これも手早く切り開いた。

下は独立した変圧器室のようなところだ。跳び下りて、すぐにドアに近づいた。外は最初に銃撃戦をやったフロアだ。一人の警備員が負傷した同僚に肩を貸してよろよろと退却していく。しかし死体を守っている者はいない。それを見てクリスはアイデアが浮かんだ。上にむかって呼ぶ。

「ジャック」

一連射する音がして、しかめた顔が穴からのぞいた。

「呼びましたか？」

最後の催眠ガス弾二本を出して、ジャックに放った。低重力環境なのでゆるい弧を描いて飛んでいく。ジャックは受けとめた。

「外に投げて、下りてきて」クリスは指示した。

長めの連射音に続いて爆発音が響いた。すぐにジャックは穴から跳び下りて、クリスの横に軽く着地した。

「さて、どうするんですか？」

「わたしたちが撃った警備員は放置されているわ。この変圧器を爆発させて、あの灰色の制服を死体から奪うのよ。あとはのんびり歩いて脱出するというのはどう？」

「あなたのそういう変装を見ることになるとは」ジャックは言った。クリスが最後の仕掛け爆弾を胸から出したのを見て、残念そうに続けた。「偽物とはいえ、せっかくいい眺めだったのに」

「ネリー、ナノガードを一個残して。いままでとおなじ、灰色か赤が来たら」

二人は急いで機械室に出ていった。ネリーが方向を指示する。灰色の警備員が一人、また一人と倒れている。ジャックはすぐに制服をみつけて着替えた。

「ちょっと失敗したわ」

クリスはつぶやいた。警備員の制服は男女ともズボンなのだ。クリスは武器庫のスカートを脱ぐわけにいかない。

「大丈夫。あなたは連行されるあわれな作業員ということに」

「楽しい時間は終わりね」

背後で変圧器が爆発し、機械室は暗闇に包まれた。

「女たちはガスマスクを持ってるかしらね」そして純情そうにまばたきしてジャックを見た。

「わたしを虜にした色男さん、これからどうするの？」

「手近なスライドカーを奪ってステーション下部へむかいます」

「つまらないわね。宇宙船を盗んでエンジン直結して乗りまわすのかと思ったのに」

クリスはスライドカー駅のほうへむかった。ジャックはその秘書コンピュータに訊いた。

「ネリー、制御系を乗っ取れる自信はあるか？」

「まかせてください」

クリスはからかった。

「それについては自信喪失中じゃなかった？」

「あれはサンドファイア氏のシステムがきわめて用心深く設定されていたからです」ネリーは釈明した。

クリスはスライドカー駅をみつけ、ボタンを押した。すぐに一台がやってきた。ジャックはクリスの腕を乱暴につかんで、押しこむようにして乗せた。

「そいつはなんだ？」

車内に声が流れた。見るとパネルに小さなスクリーンがあり、操作パネル上に小型のカメラが貼りつけられている。

ジャックが答えた。

「退避命令を無視してうろうろしていたバカな作業員の一人です」

「どんなやつだ」

「背の低いデブの女です。捜索対象とはちがいます」

クリスは耳が痛くなるほどかん高い声で哀れっぽく訴えた。

「だって銃撃戦よ！　赤い服の女たちがバンバン撃ちまくってるのに、どうやって逃げろっていうのよ！」

「わかったから黙れ。おい、そいつを連れて帰ってこい。作業員全員から事情聴取することになってる。捜索対象の四人はどうだ？　おまえの上のフロアは状況がつかめなくなってるが」

「こっちのフロアはいま静かですよ。あとから来た組でよかった。死体だらけです。それから、ついさっき変圧器が爆発して真っ暗です」

「わかってる。どこも厄介なことになってるな。とにかく下りてこい」

第五停車場のランプが点灯すると同時に、スライドカーは動きはじめた。

クリスは操作コンソールの整備パネルをこじあけた。

「集合場所は第十一停車場のドックよ。ネリー、第十一と第十二のあいだで停めて」

秘書コンピュータはスマートメタルを細長く伸ばした触手を内部に侵入させた。行き先をしめす数字がくるくると変わり、〝1-〟で止まった。

ふたたびスピーカーから声がした。

「スライドカーの調子がおかしいようだな。車内映像が消えたし、停止してるようだ」

ジャックは答えた。

「電源が落ちたみたいです。止まりました。どこにいるのかわからない」

「第十と第十一のあいだらしい。いや、第九と第十のあいだかな。じっとしてろ。しばらくしたら出してやる」

クリスは金切り声を出した。

「しばらくって、いったいいつよ！　ここはもうすぐバラバラになるんでしょう？　ねえ、早く出して！」

「この女は黙らせます」ジャックは大声でスピーカーに言った。

「そうしろ。うるさいから通話は切るぞ」

「さあて、これで二人きりですよ」ジャックはささやいた。

「素敵ね。ナイフでこのドアを開けられる？」

「仕事、仕事でつまらないな」

　ジャックは太いブレードをドアのすきまにさしこみ、力をこめた。開いたドアの外は細い金属メッシュの整備用通路だった。

「素敵な場所ですね。よく来るんですか？」

「少々ちらかっているけど」

　クリスは最後の赤い縞模様の手榴弾を弾薬袋にいれて車内に残し、自分は外へ出た。ドアを押さえ、ジャックが下りてくるのを待つ。

「ネリー、予備のナノガードを残置。スライドカーを再起動して第五停車場まで走らせる。そこで爆発させなさい」

　ジャックは自分の弾薬袋も車内に放った。

　クリスは先に立って歩いて整備用ハッチをみつけ、こじあけた。出たところは電子機器のケーブルがからみあう小部屋。そのドアから外をのぞくと、廊下だった。洗練されたビジネスマンやビジネスウーマンの趣味と用途にあわせた清潔な空間。
プリンセスの姿にもどったほうがよさそうだ。

24

驚いたことに、ドレスはほとんどしわになっていなかった。アビーの言うとおり、今夜に最適な服装だったようだ。

「わたしはもうしばらくこの制服のままでいたほうがよさそうです」

ジャックはそう言って、ドアを開けた。

廊下は重厚なチャコールグレーと青。趣味がいい。クリスは、護衛を連れた貴婦人のようにジャックを従え、第十二停車場のほうへ歩いていった。廊下は広いコンコースに出た。螺旋を描くなだらかなスロープの先には第一サークルがある。ステーションの最外周で、その先に宇宙港があり、宇宙船が停泊している。公共空間であるコンコースは美しい茶色とベージュのカーペットが敷きつめられている。天井は高い。重厚な壁は本物の大理石かもしれない。

歩く人々はみんなビジネスマンやビジネスウーマンだ。護衛のチームにかこまれて移動している者もいれば、一人で自由に歩いている者もいる。有力者が活動し、影響力をふるう場所だ。ステーションがふいに震動したが、みんな顔色ひとつ変えなかった。

（さきほどのスライドカーが爆発しました）ネリーが報告した。

警備員姿のジャックが付き従っているおかげでクリスは不審には見えない。職務質問をしにくる者もいない。それでもクリスは、コンコースに交差する通路にいつでも逃げこめるように、右手の壁のそばを歩いた。壁ぎわにはあちこちに荷物を載せるためのカートがある。しばらく使われていないようすで、荷物が載せっぱなしのものもあった。

クリスは息を殺し、つとめてゆっくりと歩いて、第一サークルへむかった。そこに行けばヨットや高速艇があり、ここから脱出できる。

壁側のドアが開いて、トムが顔を突き出した。クリスをみつけて手を振る。すぐに続いてペニーが階段室から出てきた。心配そうにうしろを振り返っているようすから、状況はわかった。クリスはトムに合図し、コンコースに交差する通路にはいるように指さした。そして自分も退がって壁のほうへ行った。クリスは追手を振り切っている。この閑静で落ち着いた区画で女ニンジャや灰色警備員たちと銃撃戦を再開するのは避けたかった。

「ジャック、荷物用カートを一台持ってきて。大きくて、できれば荷物が載っているのを」

手前から二台目にちょうどいいのがあり、ジャックはそれを押してきた。クリスは通路の先を指さし、あとからついていった。護衛に荷物運びをさせるレディの図だ。

赤いボディスーツの女が二人、階段室から跳び出してきた。荷物カートは一瞥しただけ。コンコースの先で角を曲がるトムとペニーをみつけて、そちらへ走り出した。そのときジャックがつまずいたふりをして、押し出したカートを女の一人にぶつけた。女はよろけてもう一人にぶつかった。サンドファイアの美女軍団はいつも流れるような身のこなしだが、荷物を満載したカートがぶつかってくるとは思わなかったようだ。二人はからみあって転倒した。とくに一人ははげしい倒れ方だった。

「いたた、脚が！　どこ見て歩いてるの、ボケ警備員！」

「申しわけありません、お二方。つまずいてしまって」

ジャックは心から申しわけなさそうな顔をし、ぺこぺこ頭を下げて女たちに近づいた。

「本当にマヌケね！」リーダーはもう一人に手を貸して立たせた。「その脚で走れる？」

もう一人はためしに踏み出した。しかしすぐによろけた。ボディスーツに包まれた足首はまるで副え木をあてたように腫れている。

「あとから行きます。あいつらを追ってください」

「たいへん申しわけありません」

ジャックは足首を捻挫したほうの女に手を差しのべた。

クリスはリーダーのほうに近づいた。下にやった手には拳銃を隠している。

「悪かったわ。どうやらリム星域で最低の護衛をあてがわれたみたい。地球ではありえないことよ。どうお詫びしていいか……」

リーダーが目を丸くした。

「あなたは――」

「そう、わたしよ」

睡眠弾三発を撃ちこんだ。最低出力に設定してあるので発射音は小さい。しかしこの近距離からは頭蓋骨を砕く威力がある。ジャックはもう一人にもおなじ処置をした。倒れた二人をカートに乗せ、箱を上から積んで隠した。

トムが角のむこうから顔を出した。ニヤリとしてペニーといっしょに足早にもどってきた。

「アビーを見かけた？　伝言でも？」クリスは訊いたが、ペニーは首を振った。

別行動のあいだに二人の服装も変わっていた。ペニーは警備員の灰色の制服。トムは薄青色のディナージャケットと赤のカマーバンド、下は軍服のズボンだ。

「トム、あなたとペニーはコンコースのこちら側にいて。ジャックとわたしは左側を歩くわ。一方が厄介なことになったらもう一方が助けにはいる」

しかし障害には出くわさないまま、第十二コンコースは第一サークルに抜けた。そこでふいにネリーが言った。

「私有ヨットの係留地は左だと、アビーが言っています」

「いつのこと？」

「わかりません。曲がり角にアビーが残したメッセージ・ナノガードがいて、それが伝えています」

そのとおりに左へ曲がった。

ステーションの回転は遅い。大型貨物船や旅客船は投射された初期連結索を把握して、ステーション側で引きこんで桟橋に寄せるようになっている。しかしヨットや小型艇のような機動性の高い船は自力で係留位置へはいることが求められる。それが第十一桟橋にいくつか並ぶ係留台だ。

クリスは大きい船に乗りたかった。そのためには、加算料金が必要な外側の係留台から探せばいい。ただし吟味している時間はない。

そのとき、アビーがトイレから出てきた。十二個の自走式トランクもぞろぞろとついてきている。メイドは言った。

「ずいぶんごゆっくりでしたね。D係留台に大型のヨットがあります。C係留台にはやや小さめのヨットが。どちらになさいますか？」

「警備が手薄なのはどちらだ？」ジャックが訊いた。

「わかりません。下調べに歩きまわるのは危険でした。だれかがあちこちで騒ぎを起こしていらっしゃったので」

「果敢な戦いと言ってほしいな」ジャックが不機嫌そうにつぶやいた。

「ともあれ、みんな無事でなにより」アビーは楽しそうに言った。

クリスは決断した。

「大きいほうにしましょう。警備を突破するのは考えがあるわ」

「どんな考えだ？」ペニーといっしょに追いついてきたトムが訊いた。

クリスは意地悪な笑みを浮かべた。

「最初の夜に使ったのとおなじ手よ。大型ヨットのオーナーが目新しくて魅力的な肉体の女を船内に呼ぶのはよくあることでしょう」

「どうやらわたしは魔性の女を生み出してしまったようです」

アビーはうめきつつ、トランクの一つのサイドポケットを探りはじめた。

ジャックはべつの意見を言った。

「アビーが生み出したわけじゃない。クリスが勝手に魔性の女になって、アビーは仕上げの一筆を加えただけさ」

「仕上げの一筆ということならこれを」

アビーは小さなハンドバッグをクリスに放ってよこした。開いてみると、中身は昔風に鏡のついたコンパクトと六本のチューインガム。そして残りの束がなにか気づくのに、クリスは少々時間がかかった。それは四種類のコンドームだった。軽く咳払いをした。

「あると便利かもしれないわね」

ジャックはクリスの肩ごしにのぞきこみ、それからアビーをにらみつけた。

「きみには本当に驚かせられるな」

「驚きはけっこう。手抜かりは決して」自分のハンドバッグを出した。「では行くわよ、かわいい妹」自走式トランクの指揮棒をジャックに放る。「迷子にしないように。そして自分の荷物をとりちがえないように。色が似ているから気をつけて」

にっこり笑うと、クリスを連れて係留台へむかった。

一周十メートルの螺旋を描く係留台は、大きな窓からいい眺めが得られた。派手に塗装された小型艇や中型艇がつながれている。どれも系内船だ。クリスは百メートル歩くあいだにガムを次々と口に放りこみ、適度に軟らかくなったところでアビーに笑顔をむけた。

「わかってるわ。ビデオに出てくるおバカなプリンセスを演じればいいんでしょう」ガムを噛み、鼻声で話す。「でもあなたはどんな役を？」

わざと悪女っぽい口調で訊いた。しかしアビーがのぞかせている新しい面も刺激してやるつもりだった。

アビーはハンドバッグを開けた。とりだしたのは、折りたたみ式の鞭。

「殿方の趣味はいろいろです。清楚でつつましい女性を好まれる方もいらっしゃれば、他のテクニックを駆使したほうがいい場合もあります」

「男ってバカね」クリスは首を振った。

「バカな男もいれば、バカな女もいます。ようは組み合わせです」

係留台は二層構造になっている。アビーは斜路を通って次の階へ下りた。こちらの窓から見える船は大型で重厚だ。派手な塗装は見られない。金のかかったものは目立つ必要はないのだ。

係留台のつきあたりに二人の男がいた。黒のスーツとネクタイで、連絡通路へのエレベータ前でくつろいでいる。

クリスはわざと腰を振り、ドレスを揺らす歩き方で近づいた。するとアビーが、笑顔の下で注意した。

「やりすぎませんように。あの者たちは客ではありません」

「ええ。でもたくましい男じゃない。ああいうのは好みよ」

「お嬢さまは安物ではございません。ご自分を安売りなされたら、奥さまはある意味で大損ではありませんか」

クリスははっとして歩みを止めた。アビーは口を滑らせたのだろうか。わかったわ、ママと、クリスは声に出さずにつぶやいた。

「なんの用だ……ご婦人方」

用心棒のうちスキンヘッドのほうが言った。若く見映えのするほうは、一歩退がって腰の武器らしいものに手をかけた。

「第十一栈橋D係留台一番スポットから手前どもの代理店に、急ぎのエスコートサービスを求める電話がはいったのです」アビーが応じる脇で、クリスは髪に手をやり、腰を低く突き出し、ガムを嚙む口を高くした。アビーは続ける。「具体的なご要望が不明だったので、わたしたち両方がよこされたわけです」

用心棒はチラチラとクリスを見ながら答えた。

「たしかにここは第十一栈橋だ。どんな要望だって?」

「キャンディ、ガムはやめなさい」アビーは口の端でささやいてから、用心棒たちに微笑んだ。「メディア映りのいい者と、ときに罰をあたえる者ですわ」

用心棒はハンドユニットを調べた。

「予定にはなにもないぞ」

するとと若いほうが言った。

「そうだけど、この一週間はゴタゴタしてたからな。ボスは新しいことをやる気になったのかもしれない。今夜のことは聞いてるだろう」

用心棒の二人はわけ知り顔を見あわせて笑った。アビーは鼻を鳴らし、用心棒の片方を始末した。クリスは自分に近いほうをやった。三発の小さな発射音とともに催眠ダート弾を胸に撃ちこまれた二人は、朝まで眠りつづけるはずだ。

クリスは倒れた用心棒をまたいで進んだ。

「今夜ってなんのことかしら」

「わかりません。でも次のドアも気をつけたほうがいいでしょう」

二人はエレベータに乗ってボタンを押した。エレベータはゆっくり静かに下りていった。停止した場所の正面は、どうやら船の後甲板らしい。ここにも二人の男がいて、こちらを慎重に見ている。黒いスーツはこの船の用心棒の制服のようだ。

「なにしにきたんだ、ええと、ご婦人方」

猪首(いくび)の男が訊いてきた。かたわらには、やや小柄だがおなじように筋肉質の男がコンソールにすわっている。モニターの大半はなにも映っていない。

「サービスを求める電話がうちの代理店にはいりましまして」

「電話なんかしてないぞ」

小柄な男がコンソールにむきなおり、一枚だけ映っているスクリーンを操作しはじめた。すると猪首の男が、映っていないモニターをしめした。

「いや、マルコ、今夜はおまえが監視できてないこともあるだろ。ステーションの回線はとぎれとぎれだったじゃないか。ボスが切断するまえから」

太い通信ケーブルが連絡通路の床に落ちていた。普通は出港まぎわまで接続されているはずだが、今夜はコネクタが抜かれている。船はステーションの回線網に接続しておらず、そのため係留台の監視カメラ映像がここでは見えなかったわけだ。クリスたちにとっては幸運だった。

猪首の男がマルコに得意げに説明しているすきに、クリスとアビーは催眠ダート弾で二人を倒した。

クリスは銃をかまえて警戒し、そのあいだにアビーは二人の用心棒を係留台の側に運んだ。そしてエレベータでいったん上がり、しばらくしてジャックとトムとペニーを連れてもどってきた。

「ジャック、あなたとアビーは船内の制圧。あとの二人はわたしといっしょに来て。ブリッジのようすを見るわ」

ブリッジに上がる経路はエレベータしかない。大加速中の船では有意義な設備だが、出口のない箱に閉じこめられるのは今夜にかぎってはまずい。

「ペニー、あなたはここで待機。トム、あなたはポン引きになって」

「ポ……なんだって！」

「横にくっついて、口は閉じて。銃は用意して」

「どこかで聞いたような命令だな」

トムはクリスに苦笑いをむけ、ペニーに軽くキスした。そしてエレベータに乗ってきた。クリスは上へのボタンを押し、エレベータは動きだした。

ドアが開いたところは、照明を抑えた薄暗いブリッジだった。機械油と松ヤニと汗とオゾンの匂いがする。船内の他の区画は清潔な事務室の匂いかもしれないが、ここは作業場だ。

二つの回転椅子がエレベータのほうをむいた。黒いフライトスーツ姿で肩ホルスターに拳銃を挿した男女が、クリスを見つめる。

クリスは、興奮したようにピョンピョンと跳びはねてブリッジにはいり、身をよじった。

「すっごーい、かっこいーー！　ここで船を動かしてるの？」

浮かれた声で質問しながら、エレベータの横に目を走らせた。裏のコンソールに三人目の男がすわり、操作パネルを注視している。

女が立ち上がった。

「あなたたち、どこから迷いこんだの？」

トムがうしろから説明した。

「お客は下の階だと言ったのに、この子が勝手に上行きのボタンを押しちまってね。おい、ロージー、客を待たせてるんだからよせ」

「でもいい男がいるわ。このチカチカ光ってるランプの意味を教えてくれるわよ」

クリスはしゃべりながら、操作機器のほうへ二歩進んだ。すると、すわったままの男が答えた。

「ずいぶん楽しそうだな、お嬢ちゃん。でもこっちは仕事してるんだ。これはシミュレータじゃなくて本物だ。子どもの遊び場じゃないんだよ」

「子どもぉ？」

クリスは頬をふくらませた。そして男を撃った。

女はトムが始末した。エレベータ裏の男は振りむいたところに、クリスがダート弾を三発撃ちこんだ。

「こっちのほうが背は高いわよ、坊や」クリスは回転椅子を自分のほうにむけ、眠りこんだ男を突き落とした。「トム、ペニーを連れてきて。操縦装置の一部について説明を聞きたいから」

トムは自分が倒した女を肩にかついでエレベータにむかった。クリスは操作パネルに目を走らせた。しかし眠ったパイロットの助言に従ってまだ手を出さなかった。

もどってきたエレベータには、アビーとペニーが乗っていた。アビーは言った。

「船内は制圧しました。ここの他の乗組員は二人だけでした。コックだという男によると、ほとんどの乗組員は休暇で地上にいるそうです。ステーション内で騒動がはじまってから帰船命令が出されましたが、まだだれももどっていません」

「舷門を閉じましょう」

「乗組員を全員降ろすまでしばらく待ってください」ペニーは眠ったパイロットたちをエレベータのほうへ引きずりはじめた。「それから、船主の船室は内側と外側から鍵がかかっているようです。ジャックが苦労しています」

クリスは眉をひそめた。

「内側と外側から？　ネリー、あなたの手でどうにかなる？」

「わたしは船の基幹ネットワークにアクセスする作業に集中しています。システム保護が厳重です」

秘書コンピュータはゆっくりと答えた。まだ侵入できていないことを恥ずかしく思っているようだ。クリスは言った。

「なんとか破って。反応炉はいま低出力運転中で、反応材を投入してから最大出力になるまでに五分かかるのよ。爆発はいつ？」

「六分四十二秒後です」

アビーとトムが最後の二人を運んでいった。ペニーはブリッジの反対側で一つのコンソールを調べている。しばらくして声をかけた。

「クリス、ここは情報収集担当の席のようです。警察用と軍用通信の大部分にアクセスできます」

「でもステーション側ネットワークとの接続は切れているはずよ。データケーブルがはずれているのを見たわ」

「データはタイトビーム送信ではいってきています。ありえないことですが、まるで中央セキュリティネットに侵入したかのようです」

「興味深いわね」クリスは航法関連の表示を見ながらつぶやいた。「ネリー、ちょっとやってほしいことがあるの」

「そのコンソールのロックは解除できたと思います。試してください」

クリスは反応炉の出力を上げる操作をしてみた。しかしアクセスは拒否された。

「引き続き解除にむけて努力します」

「お願い」

本当は大声をあげてコンソールを叩き、走りまわりたかった。しかしブリッジ内をゆっくり歩きまわるだけにした。

コンソールはすべて壁スクリーンに正対している。戦闘で回避機動をする必要がない商船らしい配置だ。航法機器がならぶメインの操縦席と、それをバックアップする席がある。女はバックアップのほうにすわっていた。ブリッジの他のコンソールはすべて表示が消えている。これはジャンプ船なのだから、そのうちのどれかがセンサー席のはずだ。ネリーがすべての席を確認するまで待つしかない。

裏のコンソールはどれもデータ収集用だった。商取引情報と科学情報がいりまじっていて奇妙だ。ペニーはそこでなにかに没頭している。クリスはじゃましないことにした。

操縦席へもどりながら他の席に目を走らせたが、どれも機械関連に見える。いや……操縦席の隣のコンソールに目を惹かれた。表示は完全に消えている。起動して初期化しなくてはならない。なにが映るのか。

クリスはその席にすわった。

「ネリー、できたらここの電源をいれて」

「もう一度試してください」

クリスは反応炉のレバーを五パーセントから十パーセントへ上げてみた。すると炉の状態が変化した。クリスは身を乗り出し、炉への反応物質の流入量をさらに増やしてみた。スタンバイ走路を流れるプラズマ量が増え、電磁流体エンジンによる発電量も増えた。クリスはその電力をキャパシターに流しこんだ。そのとき、積まれているキャパシターがヨットの余剰電力を蓄めるだけにしてはふつりあいなほど大容量であることに気づいた。

「ジャック、そろそろハッチ閉鎖の準備はできた？」

「最後の余剰人員を放り出して、いま舷門を閉じようとしているところです」

「係留索をのぞいてすべての接続を解除。そのまま待機して。ネリー、お祭りのはじまりまでどれくらい？」

「三分少々です」とネリー。

「いきなり概算になったのはなぜ？」

クリスは訊きながら、姿勢制御用のスラスタを試した。船体がわずかに動いたが、係留索に引きもどされた。

「司令ユニットに指示を送信したあと、敵の抵抗があるはずなので、実行のタイミングを秒単位で予測するのは無理だと気づいたのです」

「なるほど。現実世界というものがすこしはわかってきたようね、ネリー」

「現実世界は混乱だらけです」

「この操縦系で制御をまだ奪えていないのはどこ？」

「ジャンプポイント・センサーについて調査中です。そこは異なるロックがかけられているようです」

「たぶん、おれが倒した女じゃないかな」トムがエレベータからもどってきて、バックアップの操縦席についた。いくつかボタンを押し、さらに試みて、ゆっくり首を振る。「原子レーザー・ジャイロを初期化できない。重力計もだ。これじゃジャンプできないな」

「ネリー、解除作業を続けて」

そのとき、船内システムからジャックの声が流れてきた。

「クリス、この最後の部屋のロック解除に余力をまわしてもらえませんか？」

「室内から応戦が？」

「いまはありません」

「ではネリーにはジャンプ管制系のハッキングを続けさせるわ。他はあとまわし」

べつの声が流れてきた。

「第十一桟橋のＤ１へ、こちらは港湾事務所の港長だ。機関出力を増加させたというモニタリングデータが出ている。いうまでもないが、本港は閉鎖中だ」

クリスは穏やかに答えた。

「閉鎖中は了解しています、港長。本船は機関まわりを試運転しているだけです。しばらく停めっぱなしにしていましたから。そして、なんといいますか、ステーションでは不穏なことが起きているようです。万一この第十一桟橋がステーションから脱落した場合には、べつの桟橋へ移動できるように準備しておけと船主から命じられたのです」

「船主が神経質になられているのは理解できる。しかし言っておくが、こちらはステーションから出港を試みるものをすべて撃墜せよと命じられている」

「そのとき電力が残っていたらね……」

クリスはコンソールのマイクを手でおおって、つぶやいた。しかしおおい方が完全ではなかったようだ。

「聞こえたぞ。今夜はあちこちで問題が起きている。貴船までその長いリストに加わらないでくれ」

「了解しました、港長。通話終了します」今度はマイクの表示が完全に赤になるまで口を閉じて待った。「これでしばらくおとなしくなるはずよ」

ペニーが座席にもたれてクリスのほうに振り返った。

「心臓が停まりそうでしたよ。ここから脱出するのが最優先事項なのはわかります。でも、ちょっとこちらに来てもらえませんか?」

「コンソールはおれが監視してる」トムが言った。

クリスは席を立ってペニーのコンソールのほうへ移動した。ペニーは説明した。

「ここではさまざまな通信を傍受できます。そのなかの大統領の声を聞いてみてください。これです」ペニーがボタンを押すと、強い訛りのある大統領の声が流れてきた。「彼は強いプレッシャーにさらされたときに訛りがひどくなる癖があります。今回はいままでで一番ひどい」

「他には?」

「たとえばサンドファイアとか」

「聞きたい!」クリスとトムは同時に言った。

「言葉数は少ないのでいまは流れていません。でも話すときはこのチャンネルです。実際には五十九本のチャンネル間をランダムに跳ぶんですが、このコンソールは跳ぶスケジュールと解読コードを知っているようです」

「どんなことを言ってるの?」

「女ニンジャ隊に〝城〟へもどるように命じています。さらに〝パーティ〟とそのチームもおなじ場所へ移動するように指示しています。それがどこだかわかりませんが、こちらを追うのはやめたようです」

「まずいわね」

クリスは自分の席へゆっくりもどりはじめた。サンドファイアがステーション内に手下を走りまわらせているうちは、まちがった目標を追っているので安心していい。しかし手下を引き上げさせているということは、新たな手を打つ準備をしているわけだ。

「引き続きサンドファイアに注意して。通信があったら教えて。大統領の動きは？」

「地上で民衆蜂起が起きているようです。まずアラブ地区でデモ行進がはじまり、続いて大学地区で上院議員の演説集会がおこなわれました。いつかお会いになった上院議員たちです。その動きは他の地区にも広がり、通りは人であふれています。武力で制圧せよとの命令が出ると、警官たちは拒否してデモ隊に加わりました。あのクラッガス警部は、〝こちらの水に飛びこめ〟とネット上で参加を呼びかけています」

クリスは警部が湖で泳いでいるところをつい想像して苦笑した。

「サンドファイアは民衆を鎮圧できると主張しています。大統領は臆病なので問題解決をあせっています。次々と命令を出して朝令暮改になり、混乱をまねいています」

軍では厳にいましめられているやり方だ。

船内システムからジャックの声が流れた。

「クリス、問題が起きました。連絡通路をだれかがやってきて、睡眠中の乗組員をみつけたようです。舷門を開けろと騒いでいます」

「出港せざるをえないわね」クリスは操縦席に滑りこみ、ベルトを締めながらコンソールを目で確認した。「全表示グリーン」

「こちらもグリーンだ」トムが確認した。

「操舵はわたしが。ネリー、全係留索を切り離し」

命じて、前部スラスタのレバーを軽く押した。

しかし反応がない。ネリーが答えた。

「係留装置を制御できません。回復作業中です」

「急いで、ネリー」

「第十一桟橋D1、こちら港長だ。係留索を切り離す動作をしているようだが、すべての係留装置は中央の制御でロックしているぞ。いったいどういうつもりだ？」

クリスはマイクをオンにした。

「申しわけありません、港長。試運転中によけいなサブルーチンが働いてしまいました。コンピュータの誤作動です。二度と起きません」

「もちろんだ。……ちょっと待て」

耳ざわりな雑音とともに音声は途切れた。

「おや、だれか割りこんできたみたいだ」トムが言った。

新しい声が聞こえた。

「応答しろ」

「質問をくりかえしてください」クリスは言った。「こちらは有線接続していません。無線は通信状態が不安定です。こういう状態ですから」

しゃべりつづけて時間を稼ごうとしたが、相手にさえぎられた。

「こちらは港湾事務所の当直だ。そちらの名前は？」

「ネリー・ベンティーンです」クリスはとっさに一年生のときの同級生の名前を言った。

「船名は？」

クリスはマイクのスイッチを押して赤になったのを確認して、見まわした。

「このボロ船の名前はなに？」

「第十一栈橋D1のヨットを占拠したテロリストに告ぐ。法規により——」

「ネリー、チャンネルを遮断」

声は途切れた。ペニーが言った。

「サンドファイアが船を何隻か出しています。栈橋から離れて、この船の出港を阻止できる位置につけと命じています」

「ネリー、いますぐ係留を解かないとまずいわ」

「スラスタを噴いてみてください」

クリスは試した。

「もっと強く」

クリスは船内放送で呼びかけた。

「ジャック、アビー、船体破損の危険にそなえて。後進して離脱する。栈橋の係留は解けていない」

深呼吸しながら、ジャックが船殻付近から内部へ移動して体を固定できるだけの時間を待った。そして船首スラスタに二十五パーセント推力をいれた。船体が振動している。しかし動かない。指先でレバーを押して、ゆっくりと推力を五十パーセントに上げた。船体がミシミシときしんだ。どこかで金属の破断する音が聞こえる。栈橋側であることを祈るしかない。

六十三パーセントで、なにかがはずれた。船体がきしみ、騒音が響く。係留装置が規制の三倍の速度で桟橋上をころがった。ブリッジが栈橋の先端を通過すると、係留台はステーションの回転によって離れていった。ちぎれた金属片やケーブルがわずかに見える。しかし船体後部が大きく破損したと考えるほど破片は多くない。

「どんな出港でも無事なら祝福していいって、昔の機関長が言ってなかったか？」

トムが言った。クリスは船の姿勢を安定させ、後進速度を抑えた。転回する空間を探さなくてはいけない。

「こんな出港について言ったわけじゃないと思うけど」

「どうかな」トムはニヤリとした。

「それより、レーザー砲で狙われていないかどうか知りたいわね」

ペニーが答えた。

「ステーションの照準レーザーは一本もこちらをむいていません。ネット上のやりとりを聞くと大混乱しています。実弾射撃訓練を何年もやっていなかったほうに賭けますよ」

「命まで賭ける気がある？」

「すでに賭けているのでは？」

トムが割りこんだ。

「賭博常習者の会話を中断させて悪いが、お客さんが来てるぞ」

スクリーンを指さす。細長い三隻の船がステーション周辺をゆっくりと飛んでいる。

クリスは急いでスラスタを操作して船を転回し、敵に正対させた。

船内放送からジャックの声が流れた。

「クリス、こっちでちょっとまずいことが起きてます」

「悪いけど、ジャック、上ではもっとまずいことが起きてるのよ。サンドファイアの追手が三隻来てる」

「こちらのまずいことも一度見てもらいたいんですがね」

「いまは操縦席を離れられない」

「じゃあ、見せに上がります」

「他にどんなまずい状況があるっていうのよ」

クリスは毒づきながら、ありったけのプラズマをメインエンジンに流しこんだ。姿勢制御スラスタを操作して船の位置を小刻みに揺らし、敵の火線を避ける。

ペニーが大きな声で言った。

「クリス、サンドファイアから通信がはいっています」

「流して」

背後でエレベータの開く音がした。スクリーンにはサンドファイアの自信たっぷりの笑顔が映った。

「さて、プリンセス・クリスティン、このあとはどうしましょうか。急いでもいいし、ゆっくりでもいい。どちらにしてもあなたは袋の鼠です。そのちっぽけなヨットは重武装の巡洋艦三隻にかこまれている。降伏なさい。さもないと宇宙の塵になりますよ」

「カル、わたしが乗っているのにこの船を撃つわけにはいかないだろう」

その声はクリスの背後から聞こえた。クリスは振りむいた。

ハンク・スマイズ-ピーターーウォルドが百万ドルの笑顔をむけた。

「やあ、クリス。ぼくのヨットへの招待は断られたと思っていたんだけどね」

クリスは呆然とした。船を強奪するつもりだっただけで、だれかを誘拐するつもりはなかった。ましてハンク・ピーターーウォルドを誘拐するつもりなど……。

そのハンクの笑顔が、スクリーンの反射を受けてゆらめいた。クリスは振りむいた。

ステーションが爆発していた。

最初に爆発したのはクリスが放った十キロ分のナノガードの群れだ。造船所の一部が吹き飛んだ。ステーション全体はしばらくそのまま回転を続けた。上部は無傷、下部も無傷。中央の造船所とドックだけがかじられたように欠けている。やがてゆっくりと、もっと大きな爆発が造船所内部で起きた。爆発は連鎖して成長し、最初に吹き飛んだ穴から光が噴出する。光は赤から黄色、白へと変わった。造船所の壁がふくらみ、静かに、じれったいほどのろのろと破裂した。

さらにいくつもの爆発が連鎖し、火球がふくらむ。その下から瓦礫とガスの雲が盛り上がった。船とステーションのねじれた残骸が回転しながら高速に飛んでくる。その大きな塊がサンドファイアの巡洋艦の一隻にあたった。巡洋艦ははじかれて隣の艦に衝突した。

「まさしくロングナイフ家の仕事だね」

ハンクがゆっくりと嘆息した。

25

「つかまって！」

クリスは叫んで、エンジンへのプラズマ流量をいっきに増やした。過剰なプラズマで反応炉が破損する危険があるが、ためらっている場合ではない。炉内のプラズマが少ないところへ冷えた反応材を大量に流しこんだら、炉心温度が下がって臨界点以下になってしまう。いちかばちか、やるしかない。

船は——いや、ハンクのヨットであるバルバロッサ号は、急加速をはじめた。ジャックもアビーもハンクも立っていられなくなって床に膝をついた。後方から急速に迫ってくる瓦礫とガスの壁をにらみながら、上昇する炉内温度と加速度のぎりぎりのバランスをとる。

ブリッジに新たに上がってきた者たちは床を這ってそれぞれの席についた。ハンクはクリスの右隣へ。ジャックはその横へ。アビーはトムのむこうへ。

「ぼくのヨットでずいぶん勝手なことを！」

ハンクはシートに滑りこんでベルトを締めながら、所有権を主張した。

「あのガラクタから逃げてるだけよ」

クリスはこまかい話を抜きにしてそう答えた。ここ数日やってきたことを説明している暇はない。男はこういうときに飲みこみが遅いし、すぐ怒りだす。

ハンクはスクリーンを見て驚いた。

「いったいなにが起きたんだ？」

「工場の事故かなにかよ、きっと」クリスはしらばっくれた。

「そしてたまたまぼくの船で逃げている、と」

クリスは反応炉の状態を見て、タンクからの反応材供給量を増やした。

「そのときはいい考えに思えたのよ。手にはいりやすそうだったし」

「たしかに警備は四人程度しかいなかった。きみたちロングナイフ家は所有権の解釈が自分勝手だと父から言われていたけど、本当だね」

「失望させてしまったら謝るわ」

メインエンジンを切って、船体を百八十度転回させた。迫ってくる衝撃波に正対し、反応炉とエンジンを直接叩かれないようにするためだ。しかしブリッジは正面から波を受ける。

「衝撃にそなえて！」クリスは怒鳴った。

衝撃波の最初の波がぶつかり、ベルトがちぎれそうな荷重がかかった。船体は前後左右に振られ、横転しはじめた。姿勢の安定をとりもどそうとジャイロが抵抗する。クリスも手動操作で手伝った。姿勢制御スラスタの出力を上げ、反応炉に燃料を投じ、発電量を増やす。船体はなんとか安定をとりもどした。

次は大きな瓦礫が群れをなして飛んできた。ステーションの破片、ちぎれた船体、ねじれた梁材、壁……。さいわいにも死体は見えなかった。スラスタを噴いて船体を上下左右に振り、瓦礫を避ける危険なゲームを続けた。

「アルファ、ガンマ、7、7……」クリスの隣でハンクが呪文のようなものを唱えはじめた。

「……オメガ、レッド、イプシロン、1、9、11」

言い終えると、ハンクのまえのコンソールに光がはいった。

「船首装甲を強化」

クリスは飛んでくる瓦礫から目を離さずに訊いた。

「なにをしたの？」

「ぼくは海軍ではないけど、いざというときの船の守りは堅いほうがいい。これはスマートメタル船なんだよ。船首の装甲を厚くしたところだ」

「トム、操縦はわたしが代わるわ。あなたのコンソールをハンクのと同期させて、守備固めをして」

タイフーン号でのトムは防御システムの担当だったのだ。トムは叫んだ。

「接続拒否されたぞ」

「全コンソールへのアクセス権をあげるよ」とハンク。

「あ、はいれた」

「右舷からの衝撃にそなえて！」クリスは叫んだ。

「まかせろ」

トムはコンソール上に指をはしらせた。クリスがかわしきれなかった瓦礫が右舷に斜めにあたり、船体ははじかれて揺れ、きしんだ。

「損傷は？」

「修復中だ」トムは答えた。

「なかなか優秀だな」ハンクがつぶやいた。

「この船もなかなかのもんだ。悪くない」宇宙生まれのトムの言葉としては賛辞にあたる。

「それなりに金がかかっているからね」

ハンクは強い荷重に耐えて歯を食いしばった。クリスは船体をいっきに横移動させた。ちぎれた船の後部と、ケーブルでつながったレーザー砲が回転しながら飛んできて、バルバロッサ号に軽く接触した。

「うまくかわしたな」先にトムが言った。

クリスは自分の衝突回避画面を拡大した。はっきりとした危険はなさそうだが、もっと詳しく見る必要がある。

「センサー群（スイート）管制席はどこなの？」

クリスは訊いたが、返事はない。ハンクが見まわした。

「ぼくの暗証コードですべてのコンソールのロックが解除されたはずだ。彼がすわっているところがそうじゃないかな」

ハンクはジャックのほうを手でしめした。警護官はむっとしたようすで答えた。

「わたしにはセンサー群もホテルの豪華スイートもわかりませんよ」

ペニーが助け船を出した。

「隣のコンソールをそちらと同期させてみましょう。……たしかにセンサー群です。クリス、全体図をそちらに出します」

クリスの左脇にスクリーンが開いた。不必要に詳細だったので、縮尺を上げて広い範囲を見た。周囲が瓦礫だらけなのは予想どおりだ。ステーションのようすもざっと見た。ナノガードを通すために穴をあけた分厚い防護壁は、爆風を上下に伝えず、外へ逃がしていた。ヒルトン・ホテルはかなり衝撃を受けただろう。しかしステーション下部はもとのままエレベータとつながっている。〈トップ・オブ・トゥランティック〉も残っている。しかし両者のあいだには広い空間ができ、数本の頼りない構造材でようやくつながっている。

爆風は意図したとおりに外へ抜けた。幸運だった。しかし今日の分の幸運を使いはたしていないことを祈らねばならない。まだ終わっていないのだ。

一隻の巡洋艦が瓦礫をかきわけて近づいてきた。

「ペニー、サンドファイアに新しい動きは？」

「なにも」

「船を転回させるわ。離脱しましょう」

船をまわし、行き先のジャンプポイントを選び、反応炉の温度を見た。側面のスラスタを噴いて温度の上がり方に満足し、出力を上げる。全員に告げた。

「二Gで加速するわよ」

「サンドファイアから通話がはいっています」ペニーが言った。

「メインスクリーンに出して」

耐加速シートにおさまってベルトを締めたサンドファイアは、威厳に満ちているとはいいがたかった。ベルトはあわててかけたらしく、二本がねじれている。高いGで苦しんだように目を剝き、頬を紅潮させている。額には血管が浮いている。しかし言葉だけは偉そうだ。

「降伏しろ。加速をやめて、本艦による臨検を受けいれろ」

クリスは首を振った。

「残念だけど、サンドファイア、あなたの庭を駆けまわる遊びは終わり。帰らせてもらうわ」

サンドファイアはシートベルトの許すかぎり身を乗り出し、カメラに顔を近づけた。クリスのスクリーンに映った顔が大きくなる。額の血管が脈打っているのが見える。

「命令を拒否するなら、吹き飛ばして宇宙の塵にするぞ」

ハンクが二度咳払いをした。

「カル、これはぼくのヨットで、ぼくが乗っているんだ。撃つわけにはいかないだろう」

サンドファイアは頬を叩かれたように驚いた。シートに背中をもどし、目をあちこちに走らせて考える。そしてニヤリと笑った。あるいは笑っているらしい形に唇をゆがめた。

「きみは人質だな」

「人質ではないよ」

「ロングナイフ家のテロリストによって人質にされている。そのような条件交渉にはいっさい応じないのがスマイズ－ピーターウォルド家の方針だ」

「いいかい、カル。たしかに今夜ミス・ロングナイフとこんなふうに会う予定はなかった。でも人質にされてはいない。ステーションにあんなことが起きたことを考えると、むしろ彼女に命を救われたんだ」

サンドファイアは声を荒らげた。

「ステーションを爆破したのはその女だ。きみを殺しかけ、数千人の作業員を実際に殺したのは、ほかならぬその女だ。訊いてみたまえ。隣に尋ねればわかる。疫病神のロングナイフ家がまたとんでもないことをやらかしたのだ。しかしその女が悪事を働くのはこれが最後だ」

クリスはあえて答えなかった。ステーションから人々を退避させるためにできるだけの手を打った。やれることはすべてやった。ハンクに言うことはなにもない。

しかしハンクはクリスに興味をしめさず、スクリーンの相手との話を続けた。

「カル、すこし落ち着こう。ステーションの拡張はきみの大切な事業だった。でも保険はかけてあるはずだ。トゥランティック星のプロジェクトにも長年努力していたね。でも今回の失敗で事業計画全体に影響がおよばないようにすることが大事だ。失敗は忘れて前進するんだ。明日は明日の利益がある」

「わかったような口をきくな、甘ったれた坊や」

サンドファイアが怒って言うと、スクリーンにむかって唾が飛んだ。クリスはその唾の軌跡を見てから、自分のコンソールを確認した。むこうの巡洋艦も二G加速中らしい。そこでヨットの加速度を二・五Gに上げた。

ハンクは相手のセリフを宙に漂わせるように、一拍、二拍と間をおいた。そしてきわめて社交的で愛想のいい表情を浮かべた。

「カルビン、落ち着いてほしいな。そんなことを言うと朝になって後悔するよ。ぼくも忘れる努力をする。ひとまず冷静になるんだ」

サンドファイアは冷静にならなかった。

「くだらないガキめ。状況をなにもわかってないくせに。ロングナイフ、自分のやったことを話してやったらどうだ。わたしが築き上げ、おまえが打ち壊した計画を。話さないならこちらから話してもいいぞ」

クリスは加速度をさらに四分の一G上げた。サンドファイアより巡洋艦の艦長のほうがクリスの速度に注目しているはずだ。

サンドファイアとのやりとりは、今度はクリスのほうが一拍間をおくことになった。これから話すことで驚くのはサンドファイアではなく、ハンクだろう。

「残念だけど、サンドファイア氏の言うとおりよ。わたしは彼の計画をじゃました……また

して も」ニヤリとして画面を見た。すると相手もふてぶてしい笑みを浮かべた。「サンドファイアは、トゥランティック星のすべての商船を軍艦に改装し、大艦隊を編成しようともくろんでいたわ。周囲の惑星がほとんど軍備を持たないこの星域では、いっきに強力な軍事惑星にのし上がるはずだった。でもその艦隊は消えた。イェディンカ大統領に召集させた軍隊を運ぶ手段はなくなった。万事休すよ」

サンドファイアは画面にかみつくように言った。

「しかし今回はおまえを葬ってやる。艦長、テロリストの乗ったあの船を砲撃しろ」

「発射しました」画面外から声が聞こえた。

クリスはヨットを右へ横滑りさせ、回転も加えた。乱暴な機動によって体はシートのなかで振りまわされたが、操縦機器は放さなかった。一Gに急減速。敵レーザーの火線が前方の高い位置をはずれたのを攻撃画面で確認すると、ふたたび三G加速にいれた。

「このぼくにむかって撃ってきてる」

ハンクが言った。ショックと恐怖のようすからすると、戦闘は初めてらしい。クリスはなるべく安心させるように言った。

「わたしは何度も狙われたことがあるし、いつも乗り切ってきたわ」

「ベータ、アルファ、アルファ、X線」ハンクは早口に言った。「レーザー砲の使い方は知らないけど、だれか知ってるんじゃないか？」

「レーザー砲ですって！」クリスは歓喜の声をあげた。

「口径十二インチ、軍事強度のパルスを撃てる。搭載してるキャパシターの容量を見たかい？」

「見たわ。過保護な親があんな仕様にさせたのかと思ったんだけど」

ハンクの席には新しい画面が次々と開いていった。

「将来はグリーンフェルド星も艦隊が必要だと父が言っていてね。これはその一隻目になるかもしれない」

「ペニー、防御をまかせられる？」

「訓練は受けてますが、実戦経験はまだ」

「今日が実戦経験よ。トム、操舵をやって」

「操舵を担当する。必要に応じて回避機動をいれる」

「わたしは兵器管制を」クリスはコンソールをモード変更した。センサー類のデータ画面とレーザー砲二門のステータス画面があらわれる。それを見て眉をひそめた。「兵器管制コンピュータにレーダーとレーザー測距計のデータしかはいってないじゃないの」

ハンクは鼻白んだようすで答えた。

「シンガー社製の最高の製品だと父が言っていたけど」

「悪いけど、ハンク、重力計と原子レーザーのデータもいれないと照準精度は上がらないわ」

クリスは二つのデータをコンソール上に呼び出した。照準システムに統合するにはプログラムを書き換えなくてはいけないが、そんな暇はない。暗算で補正するしかない。

「敵の砲撃をまたかわした」トムが歯を食いしばって告げた。

「四分の一パルスで発射」

クリスは発射ボタンを押した。しかし二発のパルスは右上にはずれた。

（クリス、わたしならもっと上手にできます）ネリーが言った。

「ネリーに兵器管制を交代する」クリスは全員にむかって宣言した。

「測距データを統合。八分の一パルスで発射」

ネリーが言った。それを聞いてクリスは眉を上げた。コンソール上では四分の一パルスまでしか設定できない。八分の一ならもっと多く、すばやく撃てる。スクリーンを見ると、ネリーでも発射精度がたりないことがわかった。一回目はやや近くなったが、まだ高い。

「敵艦の回避機動パターンを分析しています」

「トム、こちらのパターンは？」クリスは訊いた。

「四種類のランダムパターンがあって、それをランダムなタイミングで切り換えてる」

「パターンは艦載コンピュータが出力したもの？」

「まあ、そうだな」

「ネリー、新しいパターンを生成してやって」

「システムに送信しています」ネリーは言った。「二重パターンで八分の一パルスを発射」

二門のレーザー砲はそれぞれ二連射した。

「一発命中したようです」

巡洋艦は金属蒸気の尾を引いて移動を続けている。クリスははっと気づいた。

「氷じゃないわ。レーザーをさえぎる氷シールドを持たないのね」

「ないとまずいのかい？」ハンクが訊いた。

「こちらはスマートメタルを移動させて被弾箇所の厚みを増すことができる。でもむこうはレーザーをじかに船体に浴びてしまうのよ。ネリー、敵のパターンはわかった？」

「いまの命中後に変更されています。解析にはもうすこしかかります」

クリスはキャパシターの状態を確認した。残量は半分強。連射すれば命中確率が上がるはずだ。

「ネリー、八分の一出力で四連射できる？」

「無理だと思います。レーザーが熱くなっています。このような使い方を想定した設計ではないようです」

クリスはハンクを見やった。ハンクは言った。

「父はどんな標的でも二発撃てば充分だと考えていたんだ」

「楽観的なお父さまね」

兵器ステータスのメニューをたどって温度項目をみつけた。たしかに温度上昇が見られる。過熱とまではいかないが、これまでの撃ち方で連射回数を増やしたらレーザー砲は二門とも溶けてしまうだろう。

作戦変更だ。移動しよう。トゥランティック星をまわるスイングバイ軌道に。新しい方向へ出して」

「トム、針路を変えて。

防御担当のトムは答えた。

「エンジンの噴射をサンドファイアに直接むけるわけだな。コースのプロット完了。みんなチビるなよ。針路変更開始」

バルバロッサ号は推力をかけながら方向転換し、惑星のほうへ落ちはじめた。さきほどまでいた空間にサンドファイアの巡洋艦から一斉射撃のビームが飛んできた。

「うまいコース変更よ」クリスは言った。

「ああ」トムがほっと息をついた。

「サンドファイアが追ってきています」ペニーが報告する。

「これは意外だ」ジャックが首を振った。

「彼はぼくを撃てないはずだ」ハンクはまだ呆然としている。

トムが唇の端を意地悪にゆがめた。

「そいつはちがうぞ、ハンク。あいつが狙ってるのはクリスだ。おれを誘拐したときから、真の狙いはクリスだった。たぶんもっとまえからな。彼女を殺すことしか考えてない。おまえはおれたちとおなじく、ただの脇役なんだよ」

「クリスを？　なぜきみを狙うんだい？」

クリスは答えた。

「ハンク、あなたは自分の家族や会社についてまだまだ知らないことがあるのよ」

「父はこんな不法行為はしない」

「それはともかく、わたしは自分の家族について表沙汰になっていない事実を最近いくつか発見したわよ」

「ロングナイフ家の悪事ならぼくもいくつか知っている」

「おなじように、株主あての年次報告書に書かれていないスマイズ＝ピーターウォルド家の秘密について、わたしもいくつか教えてあげられるわ」

「わが社は非公開企業だ。ヌー・エンタープライズとおなじように」

「だからこそ、より深く掘らないと秘密が出てこないのよ。もっと深く掘らないと。さて、悪いけど、わたしは生き延びるための仕事にもどるわ」キャパシターと、温度表示と、照準システムを同時に見る。「ペニー、ハンクのお友だちのカルをメインスクリーンに映して」

「呼び出し中です。つながりました」

サンドファイアが陰険な声で言った。

「降伏する気になったか？」

「いいえ。そちらからは一発も当たっていない。こちらは一発当てた。どちらが優勢かあきらかだわ」

「優勢などない。おまえは人のじゃまばかりする。他人が築き上げたものを壊している。降伏しなければ殺す」

クリスはやり返した。

「撤退しないならあなたを殺す。照準システムも装甲も性能はこちらが上よ。このまま撃ちあいを続けるなら、あなたも、乗組員も全員――」話しかけている相手は本当は彼らだ。「――死ぬわ。思い出せばわかるでしょう、サンドファイア。わたしは宇宙での艦隊戦に勝った経験がある。歴戦の乗組員がブリッジにいる。あなたの艦には、こんな本格的な撃ちあいを経験した者はいるの？」

話しつづけるのだ。そのあいだにキャパシターは充電され、レーザーは冷却される。標的画面を見ると、トムが照準設定をはじめている。

サンドファイアは言った。

「わたしの女たちはみんな殺しに慣れている。そういう者しか雇っていない。おまえのしたり顔を見るまえに喉笛を搔き切ってやるという者ばかりだ」

「残念ながら、いまはナイフや拳銃を手に対峙しているわけではないのよ。ここは宇宙。武器はレーザー砲。わたしは知性連合艦隊クリス・ロングナイフ中尉。無駄な砲撃と追尾をやめなさい。そうすれば命は助けてあげる。続けるなら殺す」

「撃て！　おまえたち、撃て！」

サンドファイアは叫んだ。しかし画面の外でだれかが、「充電が終わっていません！　ちょっとお待ちください」と言うのが聞こえた。遅れて通信が切断された。

巡洋艦はレーザーを発射した。しかしバルバロッサ号は、トムが設定した新しいパターンにしたがって回避機動をとった。レーザーはすべてはずれた。

クリスは自分のコンソールを見た。

「ネリー、十分の一か十二分の一出力のパルスで六連射。狭い散布パターンで」

「十二分の一出力で六連射しました」

ネリーが答えた。二門のレーザー砲が強力なパルスビーム六発をたてつづけに発射した。二発はわずかにはずれたが、一発が命中した。

巡洋艦は姿勢を乱し、回転しながら金属片を放出した。他にもなにかが出ていた。大きな物体で、加速して離れていく。ペニーが報告した。

「救命ボートと脱出ポッドが離脱しています。サンドファイアと運命をともにしたくない者がやはりいるようですね」

ハンクが首を振った。

「正気ならあたりまえだ。まったくわけのわからない事態だ」

クリスは助言した。

「よく見て、理解して。ペニー、サンドファイアを呼び出して」

「応答がありません」

「もう一度。沈む船からネズミが逃げ出していると言ってやって」

サンドファイアがふたたびスクリーンいっぱいに映し出された。

「忠実な部下たちが逃げたりするものか」

その顔はさきほどのステーションの爆発のように真っ赤だ。額に脈打つ血管は右だけでなく左にもあらわれている。血圧はいったいどれくらいだろう。クリスは言った。

「こちらのセンサーがとらえた映像を見せてあげましょうか。救命ボートと脱出ポッドが次々と飛び出しているわ。まるで枯れたヒナギクの花びらが散るように」

「おや、詩人だな」トムがわざとらしく驚いた顔をした。

「ロングナイフの言うことをわたしが信じると思うか」サンドファイアは切り返してきた。

「つまりメディア操作のために、わたしは生き延びなくてはいけないわけね」

「ロングナイフ、おまえは子どものころからじゃま者だった。われわれの誘拐計画から逃れた。数カ月前にも地雷原で死ぬはずだった。ところが生き延びて、あの代将を使ってパリ星系でしくんだ計画もだいなしにした。しかし今回は照準にとらえている。殺してやる。この手で。撃て、撃つんだ！」

ヨットはクリスの足下で強烈な回避機動をとった。しかしクリスの胃はそれ以上に荒れ狂っていた。

サンドファイアの言う〝われわれ〟とは他にだれをふくんでいるのか。誘拐計画とはエディのことだ。地雷原のまんなかに着陸させられた海兵隊小隊を救ったことは誇りに思っている。サンプソン代将がウォードヘブン艦隊の第六急襲艦隊を乗っ取り、地球とウォードヘブンのあいだに戦争を勃発させようとしたたくらみを防いだことは、さらに大きな誇りだ。今回はトムとペニーが生死の淵をさまよい、トゥランティック星の住人全員が戦争の瀬戸際に立たされた。首謀者のサンドファイアは死に値する。

さらにその罪のリストの最上段に亡きエディの名が出てきた。

もはや何度殺しても殺したりない。

クリスは深呼吸して怒りを抑えこんだ。憎悪をぶちまけても得にはならないと自分に言い聞かせた。頭にも、胸にも、腹にも、怒りや復讐心を忍びこませてはならない。感情はじゃまだ。血流を乱し、脳の判断力を鈍らせる。

宇宙のように冷たいまなざしでスクリーンの男を見つめる。その視野を広げて、反応炉の温度、反応材の残量、レーザー砲の温度、キャパシター残量を見る。

もうすぐだれかが死ぬ。

そのだれかはサンドファイアだ。

「またはずれたわよ」冷ややかに唇を吊り上げ、歯を剝いて笑う。しかしすこしも愉快ではない。「それが精一杯なの、カル？　もっと近づいたらどう？　でもわたしには触れさせないわ。あなたは幼い子を誘拐し、救ったわたしは英雄になった。あなたは戦争を計画し、防いだわたしはプリンセスになった。あなたがロングナイフを憎めば憎むほど、わたしたちは強く豊かになり、人々の尊敬を集める。さぞ悔しいでしょうね」

サンドファイアが激情の炎に身を焦がすのを見た。大声でわめいている。撃てと命じ、シートのなかで身をよじり、両手を伸ばしてスクリーンにつかみかかろうとしている。クリスずれた。

びトムがバルバロッサ号をすばやい回避機動にいれた。レーザーが飛んできたが、これもは

の首を絞めたいのか。

画面の外で、レーザー用キャパシターが満充電になったと報告する声が聞こえた。ふたた

サンドファイアは嘆きの吠え声をあげた。

クリスは無視してコンソールの兵器ステータスを見た。サンドファイアが無駄に二斉射するあいだに、こちらのレーザー砲は充分に冷え、キャパシターは満充電になっている。

（ネリー、十二分の一出力で六連射。命中があれば、そこへ四分の一出力で二連射）

（了解）

サンドファイアの怒りにゆがんだ顔が大きく映されたスクリーンの手前で、クリスのコンソール上に六本のビームの軌跡が描かれた。二発が命中し、巡洋艦が揺れた。クリスが後続発射を命じるまえに、二本のビームが飛んだ。四分の一出力のパルスは巡洋艦を貫通し、艦体を引き裂いた。スクリーンに映ったサンドファイアの顔が消えた。

巡洋艦はしばらく暗黒の宇宙を背景に漂っていた。まもなく新星のような強い光を受けたスクリーンは、自動的に減光処理されて真っ暗になった。しばらくして通常表示にもどると、拡大するガスの塊だけが映っていた。やがてそれも消え、痕跡はなにもなくなった。

サンドファイアはいなくなった。悪意に満ちた言葉だけを残して。

ジャックがゆっくりと言った。

「あいつは死んだ。でもエディは帰ってこない」

アビーがつぶやいた。

「悪人はこの世から消せる。でも働いた悪事は歴史から消えないわ」

クリスは索敵画面を見た。敵は残っていないようだ。

「トム、メインのジャンプポイントへ針路をとって。ウォードヘブンへもどりましょう」

「トゥランティック星のようすを見なくていいんですか？」ペニーが訊いた。

「この星のことはこの星の住人にまかせるわ。わたしは関係ない」腹の奥底で熱いものがふくれあがっている気がした。巡洋艦のように爆発しそうだ。しかしいまはまだだめだ。「用があったら……船室にいるから」

「ぼくの部屋をつかってくれ。第五層の右側だ」ハンクが言った。

クリスはシートベルトをはずした。

「あなたも必要でしょう」

「いま必要なのはきみだ。浴槽もあるからゆっくりするといい」

「入浴ならお手伝いします」アビーが立ち上がりかけた。

「いいえ。一人にして」

「そうおっしゃるなら」アビーはシートに腰をもどした。

トムが声をかけた。

「しばらくは一G加速にしとく。変更するときは教えるから心配するな」

クリスはエレベータへ行った。感情を抑えるために歯を食いしばったままで、音声指示ではなく手で五階のボタンを押した。ドアが開いたところは板張りの落ち着いた通路だった。建材とワックスの匂いがしそうなほど真新しい。右のドアは開けっ放しだった。部屋はこの階層の船体の半分を占めるほど広々としていた。ベッドは五人並んで寝られそうなほど大きい。

クリスはフラフラと近づき、その上に身を投げた。そして体の底で荒れ狂う嵐に身をゆだねた。

長い時間ののち、クリスはバルバロッサ号の食堂の椅子にすわっていた。朝までにありとあらゆる感情を吐き出していた。空っぽになった体内に、いまはなにかをいれたかった。かすれ声で訊いた。

「なにか食べるものある?」

「フライパンを使った卵料理は得意です」

アビーが小さな厨房から顔を出して答えた。

「スクランブルエッグとベーコンとトーストをお願い」

トムが厨房の奥から言った。

「トーストはすぐできるぞ。牛乳、オレンジジュース、アップルジュースのどれがいい?」

訊かれて、喉が渇いているのに気づいた。

「全部」

顔をこする。こんな泣き腫らした目では人前に出られない。がらんとした食堂を見まわした。

「ブリッジの当直はだれが？」

トムが三つのグラスをテーブルに運んできた。

「ペニーだ。このヨットについてハンクが説明してる。ジャックはそのハンクを監視してる。信用してないみたいだ」

クリスはアップルジュースを飲みほした。

「いつもそうよ」

スピーカーからペニーの声が聞こえた。

「クリス、食堂にいるんですか？」

「ここが食堂ならそうね」

「あなたあてのメッセージが何本かはいっています。タクシー運転手のアブ・カルトゥムは憶えていますか？　一度世話になった」

「一度ならず、よ」クリスは小声で言った。

「彼から伝言です。貸し借りはおたがいになしだと思ってほしいそうです。自分も甥も借りは充分返してもらったと。それから、ティナはかわいい女の子の赤ちゃんを出産して、クリスと名付けたそうです。絨毯工房の他の女たちからもよろしくと。クリス、この人たちとなにがあったんですか？」

「報告するほどのことじゃないわ」クリスは答えた。（ネリー、アブがやっている慈善社会活動の一つに十万ドルを寄付したいんだけど、手配できる？）

（やっておきます）

「反応がいまいちのようですが、伝言はもう一本あります。クリーフ上院議員からです。ロングナイフ家についての噂はこれまでも懐疑的に思っていたけれども、いまは完全にロングナイフ家の支持者になったそうです。そして彼女の友人たちからも謝意が寄せられています。あのデニス・ショウコウスキさえ、今回に関しては不満はないと言っているそうです」

「めずらしいわね」クリスは苦笑した。

エレベータのチャイム音がした。ハンクとジャックがクリスのテーブルへやってきた。ハンクは船主のプライドを漂わせて話した。

「ペニーはこの船の操縦法がつかめたそうだ。まあ、ほとんど自動化されているけどね」

「ウォードヘブンに着いたら乗組員を補充してあげるわ。すくなくともコックは必要でしょう」

厨房からアビーが顔を出し、むっとした声で言った。

「聞こえましたよ。どんな黒焦げ卵料理がご希望ですか？」

「ヒルトン・ホテルのようなスクランブルエッグに」

「本職でない雇い人にずいぶん高い水準を求められますこと」

アビーは鼻を鳴らして厨房にもどった。

「おもしろいグループだね、きみたちは」

ハンクはクリスのむかいの席に腰を下ろした。ジャックはテーブルの端の席を選んだが、クリスとハンクにいつでも手が届く位置だ。そしてリーダーを取り出し、家具のように気配を消した。

「わたしにとっては最高のチームよ」クリスは言った。

ハンクは首をかしげ、誠実な表情で質問した。

「あそこでは、具体的になにをやったんだい？」

本当になにも知らないのだろうか。クリスは訊いた。

「あなたの目にはどんな出来事が映った？」

父から言われたことがある。本人が見ようとしないものを人に見せることはできない。そして人はとても大きなものさえ見えていないことがある、と。

ハンクは肘をテーブルにおいて身を乗り出した。

「宇宙ステーションが爆発するのを見た。三隻の……いや、一隻の巡洋艦がきみを攻撃するのを見た。その巡洋艦をきみが吹き飛ばすのを見た。そしてカルが意味不明のことをいろいろ言うのを聞いた」

「たとえばどんなことを言ってた？」

「彼はきみを憎んでいた。彼の人生でうまくいかなかったことをなにもかもきみのせいにしていた。たしかに彼はわからず屋のところがあるけどね。ときどき損得を考えなくなる。彼はこの船を追いかけ、乗組員たちにきみを殺せと命じた。完全に正気を失っていた。あれはなぜだい？」

クリスはゆっくりと答えた。

「わたしの聞きちがいでなければ、彼はこう言っていたわ。自分とだれかを意味する〝われわれ〟が、わたしの弟のエディを殺した。そしてそのとき本当はわたしも殺すはずだったと」

ハンクは椅子に背中をもどした。

「そこは憶えていないな」

「おれは憶えてるぞ」

トムが言いながら厨房から出てきた。トーストとコーヒーのポットを運んでいる。コーヒーをすすめられたハンクは、テーブルの中央からマグカップをとり、トムはそこに注いだ。ジャックもリーダーの陰から手を出してマグをつかんだ。トムは自分の分も注いで、テーブルの隅の席に腰を下ろした。

「おれは一年間ほとんどずっとクリスのそばにいた。彼女にとってエディがどんなに大切か、その死に彼女がどんな思いでいるか、わかってるつもりだ。あの悪党がエディについて口走ったとき、クリスほどじゃないにせよ、それなりに注意して聞いてた。あの男はだれかと組んでエディを殺した。そのだれかって、だれだ？」

トムの口調は穏やかで、まるで世間話のようだった。しかし内容は、クリスならかん高い声で詰問したいようなことだ。では、だれに対して詰問すべきか。

ハンクは首を振った。

「ぼくは知らない。当時十歳か十一歳だったからね。知るわけがないよ」

クリスはオレンジジュースを飲んだ。

「それは表面的な答えよ。ロングナイフ家にもわたしの知らないことがたくさんあった。最近それを知るようになったわ。その知識は、暗殺者に対して先手を打ちつづけるために必要だった。あなたの友人のカルビンが送りこむ暗殺者に対してね」

「カルビンは友人じゃない」

クリスはゆっくりとオレンジジュースを飲みくだした。全身の筋肉を意思の力で制御した。胃は逆流しないように。手はものを投げないように。目は涙を流さないように。

「カルビン・サンドファイアはあなたの父親のために働いていた。あなたの父親の意をくんでものごとを実行していた。あなたの父親の部下だった。その部下は、なにをやったのかしら」

ハンクは言葉をつかえさせながら答えた。

「知らないよ。父はいつも彼をほめていたけど、具体的なことは言わなかった。彼のそばで仕事をしたのは今回が初めてなんだ。ぼくは彼のことをなんとも思っていないと、まえにも言ったとおりだ。この騒ぎが起きるまえに話しただろう？」

「そうね」

「ぼくにどんな答えを期待してるんだい？」ハンクはそう問いかけて、しばらく食堂の人々の顔を見まわした。「きみのために行動したじゃないか。人質にはされていないと話した。でも、きみたちがこの船に乗ってきた経緯を詳しく調べれば、たぶん法廷では釈明できないはずだ」

「ここは法廷ではないわ。そしてあそこは戦場だった」クリスは言った。

「戦場？」

「サンドファイアは戦争をしかけたのよ。その戦争をわたしたちは止めた。かつてパリ星系でやったように」

「クリス、父がやっているのはビジネスだ。戦争じゃない」

　クリスは小声で訊いた。

「本当にそう言える？　ちゃんと調べた？　家族の歴史の裏側を見た？　ハンク、オリンピア星であなたから寄付されたスマートメタルのボートで、わたしはあやうく殺されそうになったわ。あのボートは買ったの？」

「そうさ、買ったものだ。いや、正確には注文した」

「注文ね。わたしたちはボートを調査したわ。出所を解明しようとした。でもだめだった。販売履歴をたどれなかった。だれから買ったの？」

　検察官の尋問口調になっているのが自分でわかった。ハンクという城に攻城戦をしかけている気分だ。友人との会話ではない。恋の駆け引きでもない。聞き出したいのは金曜の夜の予定ではなく、真実だ。

「注文したんだよ。個人アシスタントに手配を指示した」

「個人アシスタントって？」

「秘書コンピュータさ。これだ」シャツの襟を開いて、肩につけたコンピュータをしめした。

「ぼくはボートを注文するように指示し、コンピュータは手配すると答えた。それっきり忘れていたよ。数日前に奇妙な報告をきみの口から聞くまでね」

「そのコンピュータのプログラムを書いたのはだれ？」クリスは訊いたが、答えはわかっている気がした。

「アイアンクラッド・ソフトウェアだ。毎年そこから新しいコンピュータを買い、プログラムも用意させている。すぐ使える状態で納品させているんだ。まともに動かないものをいじりまわしている暇はないからね。それに、ネリーなんてへんな名前もつけていない」

「失礼な」ネリーが小声で言った。

「静かに、ネリー。ハンク、それがどういうことか自分でわかってる？　サンドファイアはあなたの行動すべてに干渉できる裏口を仕込んだコンピュータを、あなたに売りつける立場だったのよ。サンドファイアの会社を紹介したのはお父さま？」

「そうだけど、今回のことはサンドファイアの起こした事件だ。父は関係ない。父は今度のことになにもかかわっていないよ」

遺伝子レベルで整形された顔を痛々しくゆがませて、ハンクは席を立ってエレベータへ行った。

アビーがやってきて、無言で卵料理をクリスのまえにおき、その肩に手をのせた。

クリスは料理を見たが、首を振った。食欲などどこかに消えていた。体のなかにうまれた空虚は、食事では満たせそうになかった。

ウォードヘブンへの帰路は長かった。スマートメタル製の船体も、宇宙の冷たさと沈黙と空虚さをさえぎることはできないようだった。

26

クリスは、ヌー・ハウスの階段の上に立っていた。

一階ホールの床には、中心の一点へむかって螺旋状に流れこむ白と黒の渦巻き模様がある。エディとその模様をたどって遊んだものだ。クリスは白、エディはいつも黒だった。六歳の男の子がどうしてあんなに黒に惹きつけられたのだろう。その答えは永遠にみつからない。

一つの疑問に答えが出ても、べつの疑問に答えが出るとはかぎらない。しかし今日は、答えがなくても答えなくてはいけない日だ。マクモリソン大将の執務室に呼び出されている。今回のことについて報告しなくてはならない。

前回おなじ立場になったときは、トラブルとレイがそれぞれこの玄関ホールにいた。そして応援はしないまでも、クリスの行為はロングナイフ家のよき伝統にかなっていると暗黙のうちに認めてくれた。

今日は、トラブルは将軍としての仕事で不在だ。レイには昨夜電話をしたが、返事はない。王たちは忙しいのだ。家族に会うまえに海軍の問題を片付けておくのはいいことかもしれない。

トゥルーおばさんからの電話はマクモリソンの直後にかかってきた。ネリーには抗議されたが、トゥルーはやるべきことのリストの三番目にした。

階段の下にはジャックが立っていた。

「車をご用意しています」

クリスは白の略装軍服だ。この軍服に勲章は必須ではないので、なにもつけなかった。今回の舞台がどんな題目であれ、浮くも沈むも本人しだいだ。借り物と後ろ指さされるような勲章の威光は関係ない。

ヒールを鳴らしてタイルの床を歩き、ジャックの開けた玄関から表に出た。ジャックは車のドアも開けた。今日の車はリムジンではなく、普通のセダンだ。クリスは後部座席におさまり、ジャックは助手席にすわった。

運転手のハーベイは今朝の行き先をわかっていた。ナビゲーションで手早く海軍本部を呼び出し、車を発進させた。車内は葬式のような沈黙。それでもクリスは友人たちにかこまれていた。自分にとって友人にもっとも近い人々だ。

ウォードヘブンの見慣れた通りを眺めた。基礎工事用の深い溝から新しい建築物の壁が立ち上がっている。それを見て、自分の疑問の答えがすこしわかった気がした。

自分と、トムやペニーやジャックを隔てているのは、資産という壁だ。

自分とハンクを隔てているのは、深い溝だ。

クリスはロングナイフ家の一員であることに辟易して、海軍へ逃げこんだ。父の政治にも母の社交にも辟易していた。玉虫色のプレスリリースの彼方に真実がはじまる地点を求めていったのだ。

ハンクはその地点まで来ていない。永遠に来ないかもしれない。ハンク・スマイズ-ピーターウォルド十三世は、いまもヘンリー・スマイズ-ピーターウォルド十二世から愛され、信頼される息子なのだ。いつかハンクが自分の出生証明書の細目に目をこらし、公式レポートに書かれていないファミリービジネスの裏側を見るようになったら、そのときクリスは対等な相手として話をできるかもしれない。

しかしいまのハンクは、父親の吐息を吹きこまれた風船にすぎない。

海軍本部の古いコンクリート製のファサードのまえで、車は停まった。ジャックが後部座席のドアを開けると鳩が飛び立った。セキュリティチェックはすぐに通過し、よくワックスのかかったタイルのホールを横切って、参謀総長の執務室をめざした。面会予定は〇八〇〇(マルハチマルマル)。バルバロッサ号から下船したのが昨夜の九時半だったので、なかなかすばやい対応だ。ペニーの報告書提出がとても早かったのか、マックが事務官に書類作成を手伝わせたのか。

秘書はクリスを見るとすぐ奥へ通した。ジャックは脇の椅子に腰かけ、雑誌をとっていつものように読むふりをはじめた。この海軍本部でクリスの身に危険がおよぶことはありえない。危険がおよぶのは精神だ。

訓練教官も納得するはずの直角ターンで歩き、机のまえで直立不動でぴたりと敬礼した。マクモリソンは額のあたりで適当に手を振っただけ。広げた三枚の書類から目を上げない。

そして休めとも声をかけない。クリスは気をつけの姿勢のまま、背中に汗が流れるのを感じた。

マクモリソン大将は書類に目を落としたまま言った。

「ずいぶん大きな騒ぎを起こしたようだな」

「なにもしないと、もっと大きな騒ぎが起きそうでしたので」

大将のふうんというううなりは、どんな意味にもとれた。

「革命か、反乱か、あるいはそれに類するなにかがトゥランティック星で発生しているようだ」

「はい、将軍」

クリスがトゥランティック星近傍空間から離脱して二日後に、ウォードヘブン星からの大規模な機動艦隊がその惑星軌道に到着した。海軍は数種類のエボラウイルスに対するワクチンと新しい通信施設建設資材を運んできた。すべての政党がこれを歓迎したが、海軍は特定の党と親交を結ぶことなく、ワクチンの配布と、トゥランティック星と人類宇宙を結ぶ通信リンクの復旧作業をおこなった。イェディンカ大統領については、事故死、自然死、暗殺という矛盾する噂が並行して流れた。しかし、すでにこの世の人でないという点ではどの報道も一致していた。トゥランティック星の住人たちにとってはイェディンカ体制の後始末が現在の課題だった。

マクモリソンは初めて顔を上げて訊いた。

「大統領の死にきみはかかわっているのか？」

「存じません。トゥランティック星の何人かの要人と会いましたが、特定の行動を示唆したことはありません。またウォードヘブン名での約束もいっさいしていません」

「それを聞いて安心した、プリンセス・クリスティン」

さりげなく〝プリンセス〟へ格下げされた。しかし反論するすべはあたえられていない。だから口をつぐんだ。

「休暇期間を超過したな。さらには艦の出港にまにあわなかった」

「ファイアボルト号は四週間のドック入りだったはずです。ヌー・ドック社によるユニプレックスの作業が必要でした」

「実際にはちがう。ファイアボルト号の機関長が造船所に仕事を急がせたらしい。また簡略版のスマートメタルはかなり利益になるらしく、ヌー・エンタープライズは生産スケジュールを当初の見込みより前倒しした」

それほど急がせたということは、アルは相当の利益を見込んでいるのだろう。

「ファイアボルト号は先週、試験航行に出た。結果は大成功だった」

「機関長がわたしの秘書コンピュータを乗せずに試験に出たとは意外です」

「新しいコンピュータがべつの資金源から調達されたようだ。きみは必要不可欠ではないわけだ」

「それはわかっているつもりです。とにかく、トゥランティック星の強制隔離で足留めされたときには、地元大使館の武官のオフィスに出頭しました。当時の想定外の状況について報告書が届いていると思います」

大将は書類をめくった。

「ないぞ、そんなものは。どこにも一言も書かれていない。いや、大使館からの報告書が一枚あるな。きみはむしろプリンセスとして傍若無人にふるまったようだ。一部の職員をフルタイムで拘束し、通常の報告書作成を妨害し、さらには生命の危険のある状況に追いこんだ。一読してロングナイフ家らしい横暴さだ」

「大使館の武官に報告に行ったことは言及されていないのですか」

「一行も書かれていない」

言いたいことが喉までこみあげてきた。〝報告には行きました〟〝大使館はまちがっている〟〝だれかに仕組まれたんです〟……。しかしどれも海軍士官には適切ではないように思えた。だから口をつぐんだ。

そのせいでまた、大将はふうんとうなった。

「クロッセンシルド中将から仕事の誘いを受けたそうだな。情報収集または分析の仕事だと聞いた」

「はい、そのとおりです」

「断ったのか」

「はい、断りました」

「休め。中尉、そのわけを聞かせてもらおうか。すわって楽にしたまえ」

デスクの隣の椅子を手でしめした。クリスは緊張を解いた……十分の一だけ。しめされた椅子に腰を下ろして、胃や血管や頭のなかで荒れ狂う嵐を抑えようと努力した。ここで〝進路相談〟をやられるのは不愉快だ。腹立たしい。しかし中尉が四つ星の大将に抗議などできない。たとえ首相の娘で、プリンセスでも。しかも相手はロングナイフ家に批判的な人物だ。

「中尉、今回のその……きみの経験は、わたしとクロッシーの意見が一致することを示唆している。きみは不規則な事態を呼び寄せる才能がある。それどころか、不規則な事態においてきわめて不規則な解決策を実行する」

「はい、将軍。やるべきことをやります。しかし楽しんではいませんし、得意なわけでもありません」

「楽しんでいないのか？」

クリスは深呼吸した。話してわかってもらえるだろうか。

「将軍、非常に混乱した状況においてやるべきことをやるのは、わが家の伝統です」

「そういう言い方もできるな」

大将の口の端に微笑らしい小さな皺ができた。

「家族のだれもそのような混乱を望んでいません」

短くそうまとめた。マックがその意味をわかるなら多言を要しない。わからないなら、多言しても無駄だ。

大将は椅子にすわりなおし、ゆっくりとうなずいた。

「なるほどな。わたしは、クロッシーの部下は楽しんでやっているのではないかと心配になることがある」

「将軍、わたしはこのようなことを楽しむ人間にはなりたくありません。ロングナイフ家にそんな者がいたらウォードヘブンにとって有害です」

「それは空恐ろしいな。よくわかった。クロッセンシルドには話しておく。きみに接触してくることはもうないだろう」

マクモリソンは書類の一枚を破いて捨てた。しかし今度は、ディナーに長時間遅刻した者を見るハゲタカのような目になってクリスを見た。

「上陸休暇については、かなり期間を超過しているな。それについて責任をとらせることもできる。しかしきみをメディアのさらし者にすると父上の機嫌をそこねるだろう。ウォードヘブンのニュースから遠ざかっていたかもしれないが、ここ数回の補欠選挙で首相は野党に負けている。政敵が勢いを増している。というわけで、一番いい解決策はきみが任意除隊してくれることだ。健康上の理由かなにかで。きみもそのほうが王室の公務に専念できるだろう」

クリスは提案を一蹴した。

「将軍、わたしは除隊はしません。それからご注意申し上げますが――」もちろん、中尉が四つ星の大将に注意などできない。それはルールだ。クリスはルールを破るつもりはなかった。ルールを燃やしているのだ。「――わたしに責任をとらせるのは難しいと思います。軍紀による大使館への報告を怠ったと証明するのは困難なはずです。わたしはどこへ行っても人目を惹きますから」

マクモリソンはもう一枚の書類に目をやり、ため息をついて破り捨てた。

「うまくいかないだろうとクロッシーには言ったんだ。ではプリンセス、きみをどうすべきかな」

「わたしは一介の現役中尉です。お払い箱にする転属先はいくらでもあるはずです」

クリスは強気で笑みを浮かべた。

「そのつもりで暑くじめじめしたジャングルに送ったことがあったな。海軍と海兵隊において最悪の転属先だった。ところが、きみはそこで指導力をとりもどした。それどころか、わたしと出世争いをした優秀な将校の一人を復活させた」

大将は首を振った。

「新任少尉のきみを手厳しい艦長のもとに配属した。するときみは彼を解任し、わたしが望まない戦争を止めてみせた。見せしめとして艦上任務につかせたら、そこから逃げ出し、政治的危機を解決して正常化への道筋をつけて帰ってきた。これでは、きみをどこへ送っても意図どおりの見せしめ効果を上げられるとは思えない」

「どこかあるはずです」

クリスは訴える口調になった。中尉が大将に訴えるものではないが。

マクモリソンはべつの書類を取り上げた。

「帰り道は興味深い船に乗ったようだな。十六インチ砲を積んだ巡洋艦と撃ちあいをしながら脱出してきたとか」

「サンドファイアの側には経験ある乗組員がいませんでした。こちらは少人数でしたが、船も小さかったので」

「しかし構造的欠陥をかかえていたようだ。冷却できない艦載レーザーなどありえないだろう。しかも貧弱な十二インチ。お粗末な照準システム。ひどいものだ」

「おっしゃるとおりです」

「その初期トラブルに手早く対処したようだな」

「巡洋艦に追われるのは、集中力を高めるよい動機になります」

「たしかに」大将はつぶやきながら、最後の書類を見た。「二十年前、われわれは高速パトロール艦を設計した。惑星防衛を主任務とするものだ。政治家を納得させるために、大きな予算を割いて百隻を配備した。しかし結局それらは関税業務にしか使われなかった」

大将は写真を投げてよこした。クリスは写真の船を見たが、見覚えはなかった。

「ユニプレックスという材料を得て、一部の設計者はこの高速パトロール艦のアイデアをもう一度試せるのではないかと考えはじめている。小さく、高速で、大加速性能を持つ。若い乗組員でなければ高いGに耐えられない。四門の十八インチ・パルスレーザー砲は、うまく使えば戦艦にもひと泡吹かせられる。兵器管制システムも高性能だ——きみが見てどうかはわからないがな。こんな艦を指揮してみる気はあるか？」

意識するより先に口が動いていた。

「はい、将軍」

大将は椅子にもたれた。

「驚くにあたらない返事だな。とはいえ、海軍の指揮命令系統の外に出るわけではないぞ。きみのような扱いにくい士官たちをたばねるために、あわれな少佐が赴任することになる。生意気な青二才は一ヵ所にまとめるにかぎる。そうすれば内部でいがみあってエネルギーを消耗するだろう」

返事を求められてはいないので、クリスはこわばった笑みを浮かべるだけにした。

「小型とはいえ就役艦の艦長に中尉を任じるわけにはいかない。艦長は大尉以上と決まっている。そこで――」マクモリソンは立ち上がった。「――またしてもきみを昇進させねばならんようだ」

「不愉快なこととお察しします」口を滑らせた。

大将は机の最上段の引き出しから、大尉の肩章二枚を取り出した。描かれている二本線はどちらも太く力強い。現在のクリスの肩章も二本線だが、一本は細く弱々しいのだ。

「今朝、秘書に調達させた。特別なものではない。一階の売店で買ってきた」

「最初からそれをくださるおつもりで？」クリスは眉を上げた。

「前回この進路相談をやったとき、きみはやはり除隊を受けいれなかった。どんな理由を言ったか憶えているか？」

よく憶えている。心の奥底にあるものを言葉にできたら、忘れたりしない。

「わたしは海軍の人間だからです」

「そのとおりである気がしてきた」

クリスは立ち上がり、肩章を受け取り、敬礼して退室した。すこしめまいがしていたかもしれない。入室したときほど直角に角を曲がれなかったかもしれない。そして、夢みるような目つきになっていたかもしれない。

待合室にもどると、秘書がにっこりと微笑みかけてきた。まるで母親から微笑まれているような気がした。

ジャックが立ち上がり、大尉の肩章を見て、眉を上げた。

「自分の船を持つことになったわ」

クリスは得意げに言った。ジャックはため息をついた。

「やれやれ。海軍は懲りませんね」

訳者あとがき

長らく間があいてしまって申しわけありません。お待たせしました。〈海軍士官クリス・ロングナイフ〉シリーズ第二巻、『救出ミッション、始動！』です。この巻の目玉は……。戦うメイドさんです！

まあ、その話はあとにして……。

六百の惑星に広がった人類宇宙。しかし地球を中心にした人類協会という統一的な政治体制は崩壊し、混乱の時代に突入しています。大規模な戦争への突入は、一巻のラストで主人公のクリスがからくも阻止しました。しかし戦雲急を告げるキナくさい情勢は続いています。

クリスの故郷であるウォードヘブンは、辺境のリム星域の有力惑星として八十の惑星をゆるやかにたばねた知性連合を率いています。しかしこの混乱の時代を憂慮し、政治的結束力を高めるために、知性連合は君主制に移行します。初代の王位に就いたのは、八十年前の連合創設時の立役者であるレイモンド。クリスの曾祖父です。

おじいさんが王さまとなると、その曾孫娘のクリスは……もちろん王女さまです。プリンセス！

一巻で首相の娘にして海軍の新任少尉だったクリスは、今度はお姫さまでもあることになります。そしてロングナイフ家は大財閥ヌー・エンタープライズの創業家で（会長はクリスの祖父のアル）、クリスはその大株主でもあります。海軍勤務時に個人的に持ちこんでいるウェアラブルコンピュータのネリーは、艦載コンピュータの百倍の演算能力を持っていて、ときどき勝手に危機を救ってくれる……。こんな部下が配属されてきたら、上官はやりづらいでしょうねえ。

いいかげん海軍辞めたら、と家族からつつかれますが、クリスは政治の世界が大嫌いなので、断固として海軍でのキャリアを続行します。

でも王女なんだし、プリンセスには、やっぱり身のまわりの世話をする使用人が必要でしょう。というわけで、メイドさんの登場です！　戦うプリンセスに仕えるメイドですから、ただ者ではありません。


この初登場のメイド、アビーを描写するにあたって、訳者は参考のために戦うメイドが出てくるマンガやアニメを読んだり見たりしてみました。しかし正直なところ、日本のサブカルチャー作品に登場するメイドは、厳格な階級社会を背景としてともなっていないことが多く、アビーの言動を訳す上での参考にはあまりなりませんでした。

結局、一番参考になったのは正統派の英国メイドを描いた『エマ』（森薫著、エンターブレイン刊）でした。ですからアビーは、戦うエマかもしれません。まあ、エマほど内気ではないので、戦うアデーレやマリアでしょうか。

さて、ここからあとは、すこしストーリイに触れますので、さきに「あとがき」からお読みのかたは、ご注意ください。

クリスにメイドがくっついてくるのは、海軍から離れてプライベートで行動しているときだけです。そんなわけで、この第二巻のストーリイは上陸休暇中の出来事として展開します。開発中の新材料ユニプレックスメタルを組みこんだ新造艦の試験が不首尾に終わり、クリスは休暇で実家にもどります。そこへ飛びこんできた、海軍での親友トムの行方不明情報。クリスはプライベートな身分のまま現地入りを決意します。同行するのはメイドのアビーと、政府から派遣されている警護官のジャック。現地では、途中までトムといっしょだったという情報将校のペニーと合流します。

トムが行方不明になったトゥランティック星。その首都ハイデルベルクのスラム街でトムが拘束されているとの情報をつかみ、クリスたち四人は救出作戦を敢行します。トムはあっけなく発見、無事救出されます。

しかし、じつはこれはクリスをおびきよせる罠だったのです。帰りの便を予約しようとすると、疫病発生によって惑星全体に強制隔離が発令されたことを知らされます。トゥランティック星から出られない。それどころか謎めいた通信途絶によって、状況をウォードヘブンに知らせることもできない。

孤立無援の状況になったところで、正体不明の敵はクリスの命を狙いにかかります。彼女の身辺を守るのはメイドと警護官とわずかな友人たちだけ。はたしてクリスはこの罠から脱出できるのか。トゥランティック星をとりまく陰謀をあばいて、黒幕に鉄槌を下すことができるのか……。

今回の『救出ミッション、始動！』では、一部のエピソードが伏線として回収されないまま終わります。これらは基本的に三巻につながって解決すると思ってください。じつは一巻『新任少尉、出撃！』でもすっきりしないエピソードがいくつかありました。これも三巻につながっていきます。

〈海軍士官クリス・ロングナイフ〉は、アメリカでは今年第九巻が刊行される人気シリーズになっていますが、当初の版元との契約ではとりあえず三巻までだったと思われます。そのため著者は三巻でいったんまとまる構想を描いていたようです。

この邦訳もとりあえず三巻までは出す予定になっています。気になる伏線を回収するところまではお届けできるはずですので、そこまでおつきあいください。

まだ紙幅があるのでもう一つ。クリスの政治嫌いには性格以外にも理由があるようです。

この二巻で詳しく描かれますが、胸元が大きく開いたドレスが大の苦手なのです。なぜかというと……貧乳だから。えー、一巻の表紙は巨乳だったじゃんと思われるかもしれませんが、あれはあれでOKなんです。よく読んでいただければわかりますが、あそこはネリーの装着位置なんですね、戦闘服では。

この二巻でネリーはさらに小型化され、装着位置はクリスの肩ないし下腹に移動します。では二巻の表紙はどうなるのか。訳者はこのあとがきを書いている時点でエナミカツミさんのカバーイラストを拝見していません。でもかりに巨乳に描いてあっても大丈夫。そのわけは……本文を読んでいただければわかります。ママ・アビーの魔法です。

訳者略歴　1964年生，1987年東京都立大学人文学部英米文学科卒，英米文学翻訳家　訳書『新任少尉、出撃！』シェパード，『啓示空間』レナルズ，『トランスフォーマー』フォスター（以上早川書房刊）他多数

HM=Hayakawa Mystery
SF=Science Fiction
JA=Japanese Author
NV=Novel
NF=Nonfiction
FT=Fantasy

海軍士官クリス・ロングナイフ
救出ミッション、始動！

〈SF1822〉

二〇一一年八月十五日　発行
二〇一四年二月二十五日　二刷

（定価はカバーに表示してあります）

著者　マイク・シェパード
訳者　中原尚哉
発行者　早川浩
発行所　株式会社早川書房

郵便番号　一〇一 - 〇〇四六
東京都千代田区神田多町二ノ二
電話　〇三 - 三二五二 - 三一一一（大代表）
振替　〇〇一六〇 - 三 - 四七七九九
http://www.hayakawa-online.co.jp

乱丁・落丁本は小社制作部宛お送り下さい。
送料小社負担にてお取りかえいたします。

印刷・三松堂株式会社　製本・株式会社川島製本所
Printed and bound in Japan
ISBN978-4-15-011822-8 C0197

本書は活字が大きく読みやすい〈トールサイズ〉です。